CLAUDIA RIMKUS

Eichengrund

LETZTE KONSEQUENZ In der hannoverschen Seniorenresidenz Eichengrund ereignen sich innerhalb kürzester Zeit zwei Todesfälle. Als Charlotte Stern, ehemalige Leiterin des Kriminalarchivs, davon erfährt, spricht sie beim Stammtisch ihre ehemaligen Kollegen darauf an. Diese behaupten jedoch, dass es sich um Unfälle handelte. Ihre Spürnase sagt ihr allerdings etwas anderes. Deshalb meldet sich Charlotte kurz entschlossen zum Probewohnen in der Residenz an. Um unauffällig Informationen zu sammeln, freundet sie sich mit einer munteren Gruppe Oldies an, die sich nachmittags im Wintergarten der Residenz trifft. Sie erfährt einiges über die Verstorbenen und beginnt Zusammenhänge zu erahnen. Nur wenige Tage später wird die Leiche einer weiteren Bewohnerin gefunden. Wieder gibt es keine Hinweise auf einen unnatürlichen Tod. Allerdings hat die Verstorbene Charlotte eine Warnung hinterlassen. Nun weiß sie, dass sie auf der richtigen Spur ist. Sie recherchiert weiter und gerät dadurch in Todesgefahr …

© Photoproduktion Symanzik

Die gebürtige Hannoveranerin Claudia Rimkus schreibt seit ihrer Jugend Gedichte, Kurzgeschichten und Romane. Ihre ersten Erzählungen wurden erfolgreich als Fortsetzungsromane in der Hannoverschen Allgemeinen Zeitung und den angeschlossenen Lokalzeitungen veröffentlicht. Wenn sie nicht am Schreibtisch sitzt, ist die Autorin oft mit der Kamera unterwegs. Das genaue Beobachten ihrer Umwelt inspiriert sie sowohl beim Fotografieren als auch beim Schreiben. Ihre Fotos haben mehrere Preise gewonnen. Die Autorin ist Mitglied im SYNDIKAT e.V. Verein für deutschsprachige Kriminalliteratur und im KRIMI KARTELL.

CLAUDIA RIMKUS

Eichengrund

KRIMINALROMAN

GMEINER

Immer informiert

Spannung pur – mit unserem Newsletter informieren wir Sie regelmäßig über Wissenswertes aus unserer Bücherwelt.

Gefällt mir!

Facebook: @Gmeiner.Verlag
Instagram: @gmeinerverlag

Besuchen Sie uns im Internet:
www.gmeiner-verlag.de

© 2018 – Gmeiner-Verlag GmbH
Im Ehnried 5, 88605 Meßkirch
Telefon 0 75 75 / 20 95 - 0
info@gmeiner-verlag.de
Alle Rechte vorbehalten
7. Auflage 2026

Lektorat: Claudia Senghaas, Kirchardt
Satz: Mirjam Hecht
Umschlaggestaltung: U.O.R.G. Lutz Eberle, Stuttgart
unter Verwendung eines Fotos von: © Christian Müller/fotolia.com
Druck: Custom Printing Warschau
Printed in Poland
ISBN 978-3-8392-2204-1

Für meine wunderbaren Enkel
Noah und Josuah

KAPITEL 1 – DIENSTAG, 28. APRIL

Am Fuße der breiten Treppe lag ein Mann – die Glieder seltsam verrenkt. Rote Sprenkel auf dem grau-blau gestreiften Schlafanzug stammten von einer klaffenden Kopfwunde. Auch auf dem Treppenabsatz waren Blutspuren. Ein Filzpantoffel lag ein paar Stufen tiefer, der zweite neben der rechten Hand des Toten.

Der Fundort der Leiche in der Lobby der Seniorenresidenz Eichengrund war weiträumig abgesperrt. Hinter dem rot-weißen Trassierband versammelten sich immer mehr Bewohner. Der 60-Plus-Generation stand die Betroffenheit ins Gesicht geschrieben. Einige waren wie versteinert, andere kämpften mit den Tränen; alle starrten entsetzt auf ihren toten Hausgenossen. Immerhin handelte es sich bei ihm um den zweiten Unfalltoten innerhalb von 14 Tagen.

Hauptkommissar Hannes Bremer trat ungeduldig von einem Fuß auf den anderen. Er war ein drahtiger, knapp zwei Meter großer Mann, der den korpulenten, glatzköpfigen Rechtsmediziner, der die erste Leichenschau durchführte, nicht aus den Augen ließ.

»Und?«, fragte der Kommissar, als der Arzt sich schwerfällig erhob. »Irgendwelche Hinweise auf Fremdverschulden?«

»Sieht ganz nach einem Unfall aus.« Schnaufend wischte sich Dr. Fleischmann mit einem Taschentuch die Schweißperlen von der Stirn. »Alles Weitere nach der Obduktion.«

»Wann kann ich mit deinem Bericht rechnen?«

»Ich melde mich.« Ohne eine Antwort abzuwarten, griff er nach seinem Aluminiumkoffer und marschierte auf seinen kurzen Beinen zum Ausgang. Umständlich zog er dort den grauen Overall aus, den er über seiner Kleidung trug, drückte ihn einem uniformierten Beamten in die Hand und verschwand aus dem Blickfeld des Kommissars.

»Wir haben nichts Verdächtiges gefunden, Hannes«, informierte ihn ein Kollege von der Spurensicherung. »Die vielen Fingerabdrücke am Treppengeländer stammen wahrscheinlich alle von Bewohnern. Das überprüfen wir noch. Es sieht aber so aus, als wäre der alte Mann einfach gestolpert und die Treppe runtergefallen.«

»Mitten in der Nacht?«

»Vielleicht war er verwirrt oder ist schlafgewandelt?«

»Warten wir das Obduktionsergebnis ab«, sagte Hannes und wandte sich an seine beiden Teamkollegen, die gerade eintrafen. Kurz informierte er sie über den Sachverhalt. »Pia, du fängst mit der Befragung der Bewohner an. – Und du, Martin, sprichst zuerst mit der Heimleitung.«

»Dabei kommt auch nicht mehr raus als beim letzten Mal«, mutmaßte der junge Kollege. »Wir haben mit dem Eilenriede-Killer schon genug am Hals.«

»Ich weiß«, sagte Hannes mit einem Seufzer. »Hoffentlich war das hier nur ein Unfall. Dann ist die Sache schnell erledigt.«

KAPITEL 2 – DONNERSTAG, 30. APRIL

Der Kollegenstammtisch traf sich im vierwöchigen Rhythmus donnerstags in der hannoverschen Altstadtkneipe »Alibi«. Als Charlotte Stern eintraf, saßen die anderen schon beim ersten Bier.

»Entschuldigt meine Verspätung«, bat sie, stellte ihre Sporttasche ab und nahm neben Hannes Bremer Platz. »Als ich aus dem Fitnesscenter kam, hatte irgend so ein Idiot das Vorderrad von meinem Drahtesel geklaut. Deshalb musste ich die Strapazenbahn nehmen.«

»Kein Problem«, sagte Dr. Fleischmann, bevor er dem Kellner ein Zeichen gab, ihr ein Bier zu bringen. »Trainierst du immer noch regelmäßig?«

»Zweimal in der Woche. – Das könnte dir auch nicht schaden«, fügte sie mit einem Blick auf seinen Leibesumfang hinzu. »Du kannst mich ja mal begleiten.«

»Dir würde ich überallhin folgen, aber nicht ins Fitnessstudio. Wir könnten stattdessen …«

»Spar dir die Mühe«, fiel sie ihm lachend ins Wort und schaute in die Runde. »Erzählt mir lieber von euren Ermittlungen. Gibt es was Neues über den Eilenriede-Killer?«

»Wir suchen immer noch nach den fehlenden Leichenteilen«, berichtete Hannes. »Die bisherigen Fundstücke stammen von einer Frau und einem Mann, aber erst wenn wir die Köpfe gefunden haben, können die Opfer vielleicht identifiziert werden.«

Zustimmend nickte sie nur, da sie das schon aus der Presse erfahren hatte. Ihr war klar, dass die Kollegen sich bedeckt halten mussten. Trotzdem hätte sie gern mehr gewusst. Ihr Arbeitsplatz war bis zu ihrer Pensionierung mehr als 30 Jahre lang das Kriminalarchiv gewesen. Sie hatte nie direkt mit Ermittlungen zu tun gehabt, sich im Laufe der Jahre aber viel Wissen über Verbrechen und Täterprofile angeeignet.

»Kann man die Identität der Opfer nicht anhand der Vermisstenanzeigen eingrenzen?«

»Das hat leider nichts gebracht. Zurzeit gehen wir sämtlichen Hinweisen aus der Bevölkerung nach. Es haben sich eine Menge Leute nach unserem Aufruf gemeldet.«

»Jetzt müssen wir erst mal die Wichtigtuer aussortieren«, sagte Kommissar Martin Drews mit wenig begeisterter Miene. Als Jüngster im Team war er mit seinen 31 Jahren noch voller Tatendrang. Er ermittelte am liebsten vor Ort und hasste den lästigen Papierkram. »Das ist Polizeiarbeit, wie ich sie mir immer gewünscht habe.«

»Würdest du lieber auf der Suche nach Leichenteilen jedes Blatt in der Eilenriede umdrehen?«, spottete seine etwas ältere Kollegin Pia Wagner. Mit dem langen blonden Haar und dem kindlichen Gesicht wirkte sie harmlos, konnte aber knallhart sein. »Die 640 Hektar Stadtwald schaffst du bei deinem Arbeitseifer sicher im Handumdrehen.«

Lässig winkte er ab.

»Die fehlenden Teile könnten auch ganz woanders entsorgt worden sein – vielleicht sogar im Maschsee.«

»Das wäre auch nicht das erste Mal«, bemerkte Charlotte und nickte dem Kellner dankend zu, der das gewünschte Bier vor ihr auf dem Tisch abstellte. »Es war schon gruselig, als die zerstückelte Leiche vor anderthalb Jahren im Maschsee gefunden wurde. Damals war ich noch im Dienst. Ich erinnere mich, dass Spaziergänger den blauen Müllsack entdeckt hatten – und das relativ bald nach der Tat. Der Eilenriede-Killer hat die Leichenteile besser versteckt, damit sie nicht so schnell zu finden sind.« Fragend blickte sie den Rechtsmediziner an. »Hatte die Verwesung nicht schon eingesetzt?«

»Du bist gut informiert.«

»Ich lese Zeitung.«

»Nach dem Grad der Verwesung zu urteilen, haben die Leichenteile mindestens vier Wochen im Wald gelegen«, fügte er lächelnd hinzu. »Soll ich ins Detail gehen?«

»Lieber nicht, sonst schmeckt mir das Bier nicht mehr.« Damit griff sie nach ihrem Glas und trank den anderen zu.

»Die Soko Rotlicht kommt auch nicht richtig voran«, sagte Hannes nach einer Weile. »Ich habe heute mit Pit Gerlach gesprochen. Inzwischen haben sie jede Menge Leute aus dem Milieu befragt, aber keiner macht den Mund auf.«

»Wenn jemand in einem Bordell am Steintor rumballert, kann es sich eigentlich nur um rivalisierende Banden oder Rache handeln«, meinte Charlotte. »Waren die fünf Toten nicht alle Ukrainer?«

»Das macht die Ermittlungen ja so schwer. Da redet keiner. Und den Täter hat angeblich auch niemand gesehen. Ich wette, die regeln das schon bald unter sich.«

»Und ich kriege dann wieder die ganze Schweinerei auf den Tisch«, sagte Horst Fleischmann mit grimmiger Miene. »Da ist mir einer, der im Seniorenheim die Treppe runtergepurzelt ist, tausendmal lieber.«

»Ist der wirklich gepurzelt oder gepurzelt worden?«

»Witterst du schon wieder ein Verbrechen, Charly?«, fragte Hannes, wobei er ein Schmunzeln unterdrückte. »Du kannst es wohl auch nicht lassen.«

»Die Umstände sind ja auch etwas seltsam«, erwiderte sie betont sachlich. »In der Zeitung stand, dass das der zweite tödliche Unfall innerhalb von 14 Tagen war. Seit der Eröffnung vor knapp zwei Jahren erfreuen sich die Bewohner bester Gesundheit. Es ist noch nicht mal einer an Altersschwäche oder an einer Krankheit gestorben – und plötzlich zwei Todesfälle innerhalb so kurzer Zeit. Das stinkt doch zum Himmel.«

»Die Obduktion hat bei beiden keinen Hinweis auf Fremdverschulden ergeben«, wagte Dr. Fleischmann anzumerken. »Der erste Mann ist im Bad ausgerutscht und mit dem Kopf gegen den Waschbeckenrand geknallt. Genickbruch – und Exitus. Der zweite hat sich bei einem Treppensturz schwere Kopfverletzungen zugezogen. Wäre er noch in der Nacht ins Krankenhaus eingeliefert worden, hätte man ihn vielleicht retten können. Da er aber erst am nächsten Morgen gefunden wurde, kam jede Hilfe zu spät.«

»Und ihr habt den Fall zu den Akten gelegt!«, vollendete Charlotte und leerte ihr Glas. »Dabei könnt ihr nicht hundertprozentig ausschließen, dass der Mann nicht doch gestoßen wurde.«

»Warum sollte das jemand tun? Der hatte nicht mal mehr nahe Verwandte, die ihn beerben könnten. Nur eine Großnichte, aber zu der hatte er schon lange keinen Kontakt mehr.«

»Ein Mord muss ja nicht immer finanzielle Gründe haben, Pia. Da genügen manchmal irgendwelche Streitigkeiten. Die kommen bestimmt auch unter wohlhabenden Senioren einer feinen Residenz vor.«

Hannes hob die Brauen, wobei er hintergründig lächelte.

»Sagt dir das deine Spürnase oder ist das Intuition?«

Vage zuckte sie die Schultern.

»Vielleicht beides – oder glaubst du, das alles habe ich an meinem letzten Arbeitstag mit dem Dienstausweis abgegeben?«

»Wie könnte ich das? Du hast uns in den vergangenen Jahren schon so manchen wertvollen Tipp gegeben. Und nachdem du nach deiner Pensionierung sogar eigenmächtig ermittelt hast und vor Weihnachten den Kindermörder überführen konntest, wundert mich nichts mehr. In diesem Fall bist du aber auf dem Holzweg.« Vielsagend zwinkerte er ihr zu. »Außerdem wolltest du nach Küppers Festnahme anfangen, Socken zu stricken.«

»Inzwischen habe ich meiner ganzen Sippe Strümpfe in allen Farben beschert. Meine Verwandtschaft wäre bestimmt froh, wenn ich mir eine andere Beschäftigung suchen würde.«

»Dann entscheide dich aber bitte für eine, die nicht mit Mord und Totschlag zu tun hat.«

»Ich werde darüber nachdenken, was ich am besten kann«, sagte sie mit schelmischem Lächeln. »Erst mal möchte ich aber noch ein Bier.«

KAPITEL 3 – MONTAG, 4. MAI

Bevor Charlotte aus dem Wagen stieg, klappte sie die Sonnenblende herunter und warf einen prüfenden Blick in den daran befestigten Spiegel. Entgegen ihrer sonstigen Gewohnheit hatte sie sich am Morgen sorgfältig geschminkt: Ein leichtes Makeup und etwas Rouge ließen ihr Gesicht frischer aussehen. Schwarze Mascara bewirkte, dass ihre Wimpern länger und dichter erschienen; ein mattroter Lippenstift betonte den Mund. Dem Friseurbesuch vom vergangenen Samstag verdankte ihr von grauen Strähnen dominiertes Haar den ursprünglichen Blondton und einen neuen Schnitt.

Zufrieden schob sie eine große Sonnenbrille auf die Nase und stieg aus dem Wagen. Im Vorbeigehen warf sie einen Blick auf ihr Spiegelbild in einer Schaufensterscheibe, bevor sie die

Straße überquerte. Nun waren es nur noch wenige Schritte bis zum Präsidium. Kaum hatte sie den Eingangsbereich betreten, schaute ihr ein älterer uniformierter Beamter, der hinter dem Tresen stand, neugierig entgegen.

»Guten Tag«, sprach er sie freundlich an. »Kann ich etwas für Sie tun?«

»Ich möchte zu Hauptkommissar Bremer.«

»Werden Sie erwartet?«

»Nein, ich möchte ihn überraschen«, erwiderte sie und schob die Sonnenbrille nach oben in ihr Haar.

»Frau Stern!«, rief er erstaunt aus. »Ich habe Sie gar nicht erkannt. Sie sehen toll aus. Der Ruhestand scheint Ihnen gut zu bekommen.«

»Darauf können Sie wetten, Herr Welsch. Rufen Sie bitte oben an und sagen Herrn Bremer, dass hier jemand auf ihn wartet? – Aber nicht verraten, dass ich es bin.«

»Mit Vergnügen.«

Schon griff er zum Hörer. Während er telefonierte, schlenderte Charlotte die wenigen Schritte zum Wartebereich, trat ans Fenster und schob die Sonnenbrille wieder auf die Nase.

Die Besucherin musste nicht lange warten, bis sie Schritte in ihrem Rücken vernahm. Langsam drehte sie sich herum.

»Hauptkommissar Bremer«, stellte sich der ehemalige Kollege im Näherkommen vor.

Sie bemerkte, dass er sie in Sekundenschnelle taxierte. Sein Blick glitt von ihrem Gesicht über das elegante, beigefarbene Kostüm und blieb etwas länger auf ihren Beinen haften, ehe er auf Augenhöhe zur Ruhe kam. Charlotte wusste jedoch, dass er die dunklen Gläser nicht durchdringen konnte.

»Sie wollten mich sprechen?«

Auf ihren hohen Pumps schritt sie ihm entgegen.

»Warum denn so förmlich, Hannes?«

Seine Brauen hoben sich überrascht.

»Charly? Bist du das wirklich?«

»Live und in Farbe«, erklärte sie lachend, wobei sie die Sonnenbrille von der Nase zog. »Überrascht?«

»Aber hallo! Du siehst umwerfend aus. Hast du einen neuen Verehrer? – Ich meine, außer unserem Schnippler?«

»Das erzähle ich dir später. Können wir in dein Büro gehen? Ich muss was mit dir besprechen.«

Der Lift brachte sie in die vierte Etage.

»Kannst du das Riesenteil noch mal aufsetzen?«, bat Hannes im Flur. »Ich möchte mal testen, wie die Kollegen reagieren, wenn ich mit so einer heißen Braut angerauscht komme.«

»Kindskopf«, tadelte sie ihn, kam seiner Bitte aber nach.

Hannes legte seinen Arm um ihre Schultern und führte sie in sein Arbeitszimmer. Er warf nur einen kurzen Blick durch die große Glasscheibe, die sein Büro von dem der beiden Teamkollegen trennte.

»Pia und Martin beobachten uns.«

»Dann sollten wir ihnen etwas bieten«, sagte Charlotte, setzte sich auf die Schreibtischkante und schlug die Beine dekorativ übereinander.

»Ich glaube, das genügt schon, Charly, sonst fallen ihnen noch die Augen aus dem Kopf. Ich hole uns mal einen Kaffee.«

Durch die Verbindungstür betrat er das Büro der Kollegen.

»Wer ist die Klassefrau?«, fragte Martin sofort. »Eine Zeugin?«

Mit stoischer Gelassenheit griff Hannes nach der Warmhaltekanne und schenkte zwei bunte Keramikbecher voll.

»Negativ«, sagte er dabei. »Die Dame ist aus privaten Gründen hier.«

»Kennst du sie schon länger? Ist sie deine neueste Flamme?«

»Wir sind alte Freunde.«

»Und warum trägt sie eine Sonnenbrille?«, wollte Pia wissen. »Möchte sie nicht erkannt werden?«

»Sie ist ein Promi!«, warf Martin ein, bevor Hannes antworten konnte. »Habe ich recht?«

»Im gewissen Sinne … ja.« Mit ernster Miene griff er nach den Kaffeebechern. »Kommt mit, ich stelle euch vor.«

Zusammen betraten sie sein Büro. Dort setzte er die Tassen auf dem Schreibtisch ab.

»Das sind meine Kollegen Pia Wagner und Martin Drews.«

Freundlich nickte Charlotte beiden zu, sagte aber kein Wort.

»Sie wollen wissen, mit wem sie es hier zu tun haben.«

»Als gute Kriminalisten sollten sie das eigentlich selbst rausfinden können.«

»Nee, oder?« Verblüfft blickte Martin sie an. »Charly! Deine dunkle Stimme würde ich unter Tausenden erkennen.«

»Wenigstens mal ein Ermittlungserfolg«, meinte Hannes trocken, während Charlotte die Brille abnahm. »Ich war genauso überrascht wie ihr. Allerdings kenne ich den Grund für ihre Veränderung auch noch nicht.«

Langsam rutschte Charlotte vom Schreibtisch und entfernte sich einige Schritte.

»Was seht ihr?«, fragte sie und drehte sich einmal um die eigene Achse. »Wie würdet ihr mich beschreiben, wenn ich eine Fremde wäre?«

»Elegant«, sagte Pia. »Eine elegante Dame.«

»Schlank«, fügte Martin hinzu, wobei er sie musterte »Und gepflegt.« Sein Blick wanderte tiefer. »Seit wann hast du diese tollen Beine?«

»Lenk nicht ab«, tadelte sie ihn. »Was fällt euch sonst noch auf? Hannes?«

»Ich würde sagen: eine Frau aus besseren Kreisen, wohlhabend, geschmackvoll, aber nicht übertrieben auffällig gekleidet, legt Wert auf ein gepflegtes Äußeres, treibt Sport, um in Form zu bleiben.« Seine Augen glitten noch einmal über ihre Gestalt. »Warum trägst du eigentlich sonst immer Hosen?«

»Wahrscheinlich aus dem gleichen Grund wie ich«, antwortete Pia an ihrer Stelle. »Um euch Machos nicht auf dumme Gedanken zu bringen.«

»Okay, okay«, winkte Hannes schmunzelnd ab, bevor er wieder Charlotte ansah. »Verrätst du uns jetzt dein Geheimnis?«

»Ich habe mich zum Probewohnen angemeldet – in der Seniorenresidenz Eichengrund. Da kann ich doch nicht in Jeans und T-Shirt auftauchen.«

Allmählich begriff er, was sie vorhatte.

»Das kommt überhaupt nicht infrage!«

»Wie willst du mich daran hindern?«

»Hast du vergessen, wie brandgefährlich deine eigenmächtigen Ermittlungen das letzte Mal waren? Du hast dein Leben riskiert, um das kleine Mädchen zu retten.«

»Mir kann doch gar nichts passieren. Ihr habt schließlich rausgefunden, dass die beiden alten Herren durch Unfälle zu Tode kamen.«

»Was willst du dann dort?«

»In meinem Alter sollte man darauf vorbereitet sein, dass man irgendwann ohne Hilfe nicht mehr zurechtkommt«, erwiderte sie prompt. »Da ist es gut, sich beizeiten zu informieren, welche Möglichkeiten es gibt.«

»Du bist besser in Form als die meisten von uns.« Dicht trat er vor sie hin. »Ich kenne dich, Charly. Du witterst ein Verbrechen und willst deine Nase unbedingt in Dinge stecken, die dich absolut nichts angehen. Aber so läuft das nicht.«

Natürlich hatte sie geahnt, wie er auf ihre Pläne reagieren würde. Sie hätte es ihm auch verheimlichen können und sich diese Diskussion dadurch erspart. – Aber sie waren seit fast

20 Jahren befreundet. Sie hätte es nicht fertiggebracht, hinter seinem Rücken zu ermitteln.

»Ich habe sogar das Okay der Staatsanwaltschaft«, spielte sie ihren letzten Trumpf aus. »Frau Dr. Pauli hat – wenn auch inoffiziell – nichts dagegen, dass ich mich ein bisschen umhöre. Immerhin sind eure Ermittlungen abgeschlossen. Sie haben keinen Hinweis auf Fremdverschulden ergeben.«

»Was mache ich nur mit dir?« Mit einem Seufzer ließ sich der Hauptkommissar in seinen Schreibtischsessel fallen. Er zog aus der Ablage eine Fallakte hervor und legte sie vor sich hin. »Wenn ich dich schon nicht umstimmen kann, solltest du wenigstens umfassend informiert sein. Zu dumm, dass ich dir keine Akteneinsicht gewähren darf.« Damit erhob er sich und blickte seine Teamkollegen an. »Wir verpassen unseren Termin.«

»Welchen …«, begann Martin, aber Hannes unterbrach ihn streng.

»Nun kommt schon! Wir haben schließlich noch einen Fall zu lösen.« Er scheuchte die beiden hinaus. »In einer halben Stunde sind wir zurück«, sagte er noch über seine Schulter, bevor er die Tür hinter sich schloss.

Sofort setzte sich Charlotte an den Schreibtisch und schlug die Akte auf. Zuerst betrachtete sie die Fotos des ersten Unfalltoten, die auch die Lage der Leiche dokumentierten. Danach las sie den Autopsiebericht, konnte aber zunächst nichts Ungewöhnliches entdecken. Nun nahm sie die Fotos des zweiten Unfallopfers zur Hand, betrachtete sie und las anschließend den Bericht des Rechtsmediziners. Auf einer Seite des Obduktionsprotokolls befanden sich auf der rechten Seite zwei gezeichnete menschliche Körper, die Vorder- und Rückansicht. Auf den Zeichnungen waren die Verletzungen des Toten durch Kreuze markiert. Ein faustgroßes Hämatom auf dem rechten Schulterblatt erregte Charlottes Interesse.

Sie nahm noch einmal die Fotos zur Hand und sah sich den Bluterguss genauer an. Er könnte tatsächlich – wie die anderen zahlreichen Hämatome – durch den Treppensturz entstanden sein. Sie hielt es aber auch für möglich, dass ein harter Stoß den Mann getroffen und zu Fall gebracht hatte. Das ließ sich allerdings schwer beweisen. Trotzdem fühlte sie sich in ihren Plänen bestärkt.

Nachdenklich klappte sie die Akte zu und griff nach einem der Kaffeebecher. Als sie Stimmen auf dem Flur vernahm, erhob sie sich. Durch die Glasscheibe sah sie die ehemaligen Kollegen nebenan das Büro betreten. Gleich darauf kam Hannes durch die Verbindungstür.

»Und?«, fragte er. »Alles klar?«

Sie nickte und griff nach ihrer Umhängetasche.

»Ich möchte euch nicht länger von der Arbeit abhalten.« Lächelnd blieb sie vor ihm stehen. »Danke, Hannes.«

»Versprich mir, dass du auf dich aufpasst.«

»Mach dir keine Sorgen um mich.« Gerührt umarmte sie ihn. »Ich werde vorsichtig sein.«

»Wenn dir irgendwas Ungewöhnliches auffällt, dann melde dich – aber nicht erst wieder in letzter Minute.«

»Versprochen.« Durch die Scheibe winkte sie den anderen beiden Kollegen zu, bevor sie sich zur Tür wandte. »Bis bald, Hannes.«

Kaum hatte sie den Flur betreten, sah sie Dr. Fleischmann um die Ecke biegen. Mit einem schnellen Griff schob sie die Sonnenbrille auf die Nase.

Mitten im Flur blieb der Rechtsmediziner stehen. In der einen Hand hielt er einen großformatigen Umschlag, in der anderen ein weißes Taschentuch, mit dem er sich über die glänzende Glatze fuhr.

Charlotte nickte ihm im Vorbeigehen zu, worauf er den Gruß auf die gleiche Weise erwiderte.

Interessiert drehte er sich zu ihr herum und schaute ihr versonnen nach, bis sie aus seinem Blickfeld verschwand.

Schnaufend betrat er das Büro des Hauptkommissars, der am Fenster stand.

»Moin, Hannes. Du hast ja neuerdings sehr attraktiven Besuch.«

»Man tut, was man kann«, erwiderte er vollkommen ernst.

»Hast du ihre Beine gesehen?«

»Ich bin zwar ein alter Sack, aber nicht blind.«

»Das war Charly.«

Mit einer wenig respektvollen Geste tippte sich der Arzt an die Stirn, bevor er sich ächzend auf einen Besucherstuhl fallen ließ.

»Du glaubst mir nicht?« Mit dem Daumen deutete er zum Fenster. »Überzeug dich selbst.«

Mit einem Stöhnen wuchtete Dr. Fleischmann sein Gewicht wieder hoch und trat zu ihm. Vom Fenster aus sah er die Frau unten die Straße überqueren und auf einen am Bordstein geparkten schwarzen Golf zugehen.

»Das ist Charlottes Wagen«, murmelte er verblüfft. Sie schaute noch einmal hoch und stieg ins Auto. Fragend blickte der Rechtsmediziner den Kommissar an. »Warum hat sie sich so rausgeputzt? Steckt da etwa ein Mann dahinter?«

»Würde dich das stören?«

»Und ob.«

»Dann hättest du ihr vielleicht mal sagen sollen, dass sie dir nicht gleichgültig ist.«

»Das weiß sie doch längst.« Mit einem Seufzer nahm er wieder Platz. »Ich bin nicht ihr Typ. Mehr als Freundschaft ist nicht drin.«

Nachdenklich setzte sich Hannes an seinen Schreibtisch. Dann erzählte er, aus welchem Grund Charlotte ihr Äußeres verändert hatte.

»Nach ihren Spekulationen am Stammtisch habe ich noch mal die Obduktionsprotokolle durchgesehen«, sagte der Rechtsmediziner. »Beim zweiten Toten ist mir ein Hämatom aufgefallen, das eventuell nicht vom Sturz herrühren könnte.«

»Aber das ist …«

»Könnte, Hannes, könnte! Es gibt keinen Beweis.« Er zog ein Foto aus dem Umschlag und legte es auf den Schreibtisch. »Das ist eine Vergrößerung. Aber auch sie gibt keinen Aufschluss darüber, ob der Bluterguss vom Sturz oder von einem Schlag stammt.«

»Das reicht wahrscheinlich nicht für eine Wiederaufnahme der Ermittlungen. Wir haben nichts in der Hand. Aber wie ich Charly kenne, ist sie auch über das Hämatom gestolpert. Das gefällt mir gar nicht.«

KAPITEL 4 – DIENSTAG, 5. MAI

In der Seniorenresidenz Eichengrund saß Charlotte im Büro der Leiterin Marion Fischer, einer schlanken Frau mit dunklen Locken. Nachdem die Formalitäten erledigt waren, überreichte sie dem neuen Gast den Hausprospekt.

»Hier drin finden Sie alles Wissenswerte, Frau Stern. Sie genießen bei uns Komfort und Service wie in einem Hotel, gestalten Ihren Tagesrhythmus aber selbst. Die Benutzung aller Einrichtungen des Hauses ist im Preis inbegriffen: Fitnessraum, Sauna, Schwimmbad ...«

Diese Informationen hatte Charlotte schon auf der Homepage der Residenz gelesen. Dennoch hörte sie geduldig zu, während sie sich unauffällig umschaute: cremefarbene Sitzecke, Sideboards und Schreibtisch aus hellem Eichenholz. Zwei weiße Orchideen in Glasgefäßen standen auf der Fensterbank, eine Bonsaischale mit einem Miniatur-Eichenbaum auf einem der niedrigen Schränke. An der Wand hinter dem Schreibtisch der Leiterin hing das einzige Gemälde. Halb verdeckt von hohen Bäumen erkannte Charlotte darauf ein Gebäude, das Ähnlichkeit mit der heutigen Residenz hatte.

»Wir haben eine Bibliothek, ein Kaminzimmer und einen Wintergarten. Das alles ist barrierefrei zu erreichen. In jedem Gebäudeteil gibt es zwei Fahrstühle.«

»Noch bin ich gut zu Fuß – aber ein Internetanschluss wäre schön.«

»Sie können im ganzen Haus WLAN nutzen. Der Zugangscode steht in Ihrem Vertrag.«

Charlotte nickte.

»Sie sagten vorhin, dass es in der Residenz über 100 Apartments gibt. Sind die alle bewohnt? Dann haben Sie wahrscheinlich eine lange Warteliste.«

»Außer den Gästeapartments haben wir zurzeit nur eine freie Wohnung. Zwei kommen demnächst hinzu.«

»Bei denen sind die Bewohner aber nicht ganz freiwillig ausgezogen.«

»Ja, das war tragisch«, sagte die Residenzleiterin mit bekümmerter Miene. »Und dann waren die Zeitungen auch noch voll davon – obwohl es sich um Unfälle handelte. Das ist gar nicht gut für unser Image.« Die Andeutung eines Lächelns huschte über ihr Gesicht. »Das ist auch der Grund, warum wir das Probewohnen vorübergehend fast zum Selbstkostenpreis ermöglichen. Davon profitieren nun auch Sie.« Damit erhob sie sich. »Ich zeige Ihnen jetzt Ihr Apartment.«

Die 30 Quadratmeter große Gästewohnung befand sich in der ersten Etage. Frau Fischer öffnete die Tür zu Charlottes neuem Reich und übergab ihr den Schlüssel. Durch eine schmale Diele ging es nach rechts in den hellen Wohnraum, der zweckmäßig, aber gemütlich möbliert war: graue Sitzpolster mit einem Couchtisch davor, eine Anrichte, ein zierlicher Schreibtisch, eine kleine Essecke. Gegenüber im winzigen Schlafzimmer standen nur ein Bett, ein Kleiderschrank und eine Nachtkonsole. Die Fußböden waren mit Parkett ausgelegt. Kitchenette und Bad waren klein, aber funktionell ausgestattet.

Die Leiterin sagte noch, dass sie bei Fragen jederzeit zur Verfügung stünde – dann ließ sie Charlotte allein.

Da fleißige Helfer ihr Gepäck schon heraufgebracht hatten, packte sie zuerst ihre Sachen aus, bevor sie die Balkontür öffnete und hinaustrat. Ihr Blick schweifte über den weitläufigen Park. Schatten spendende Eichen standen vereinzelt oder in Gruppen auf dem gesamten Gelände. Weiße Bänke luden zum Verweilen ein. Zwischen den von Blumenbeeten umsäumten Grünflächen waren zahlreiche Spazierwege angelegt. Sogar einen im Sonnenlicht glitzernden Teich konnte Charlotte erkennen. Jetzt um die Mittagszeit war der Park menschenleer. Wahrscheinlich ruhten die meisten Bewohner nach dem Essen. Das erinnerte Charlotte daran, dass ihre letzte Mahlzeit das Frühstücksbrötchen gewesen war. Sie brauchte dringend etwas in den Magen. Sollte sie sich im Restaurant der Residenz etwas Leckeres bestellen – oder besser gleich einkaufen gehen? Aus Kostengründen hatte sie sich für Selbstverpflegung entschieden und die Vollpension nicht mitgebucht. Deshalb musste sie sich einige Vorräte anlegen. Kurz entschlossen griff sie nach ihrer Handtasche, steckte den Wohnungsschlüssel ein und verließ ihr Apartment. Obwohl der von Frau Fischer empfohlene Supermarkt nicht weit entfernt lag, fuhr Charlotte mit dem Auto dorthin.

Der Einkaufswagen füllte sich rasch mit Brot, Butter, Käse und Marmelade. Frisches Obst, Tomaten und Radieschen, Eier, Kaffee und Milch kamen dazu. Ihre bevorzugte Teesorte für den Abend hatte sie von zu Hause mitgebracht. Zuletzt entschied sie sich für drei Fertiggerichte – zu denen sie manchmal griff, wenn es schnell gehen musste – und für eine Flasche Rotwein.

Als sie die Einkäufe im Kofferraum verstaute, stieg ein verlockender Duft in ihre Nase. Suchend schaute sie sich um und entdeckte einen Imbissstand am Ende des Supermarktparkplatzes. Wenige Minuten später ließ sie sich an einem der Stehtische eine gegrillte Bratwurst mit Pommes schmecken.

Gestärkt fuhr Charlotte zur Residenz zurück. Nachdem ihre Einkäufe in Kühl- und Küchenschrank eingeräumt waren, verließ sie ihr Apartment wieder, um sich in der neuen Umgebung umzuschauen.

Auf dem Flur begegnete ihr eine elegante alte Dame, die einen Rollator vor sich herschob.

»Entschuldigen Sie, haben Sie meinen Mann gesehen?«

»Ich weiß nicht«, sagte Charlotte freundlich. »Wie sieht er denn aus?«

Ein verträumter Ausdruck erschien auf dem zerfurchten Gesicht.

»Mein Hugo ist ein schöner Mann: groß und schlank mit schwarzen Locken.«

»Ich glaube, ich bin ihm noch nicht begegnet, aber wenn er mir über den Weg läuft, sage ich ihm, dass Sie ihn suchen.«

»Danke, junge Frau …«

Statt eines Fahrstuhls nahm Charlotte diesmal die Treppe. Bedächtig schritt sie die Stufen hinab, während sie sich den Sturz des zweiten Unfallopfers vorstellte. Die Treppe war breit, hatte einen Absatz und nur auf der linken Seite ein Geländer. Im Fallen war es wahrscheinlich nicht einfach, danach zu greifen, um Halt zu finden. Schon gar nicht für einen fast 80-Jährigen. Tödliche Kopfverletzungen waren die Folgen für den alten Mann gewesen.

Langsam durchquerte Charlotte an der Rezeption vorbei die Lobby. Mehrere Sitzgruppen aus schwarzem Leder, niedrige Tische und große Grünpflanzen pflegeleicht in Hydrokulturgefäßen erinnerten an eine moderne Hotelhalle. Einige Residenzbewohner saßen allein oder zu zweit im Eingangsbereich. Manche steckten die Köpfe zusammen und flüsterten miteinander, als Charlotte vorbeiging. Anscheinend wurde sie als Neue erkannt und weckte deshalb Interesse.

Unbeirrt schlenderte sie weiter. Vor den Flügeltüren des Wintergartens blieb sie stehen und schaute hinein. Durch die verglasten Wände flutete das Sonnenlicht den Raum. Weiße Rattanmöbel schufen zusätzlich eine helle Atmosphäre. Vier Bewohner saßen in der Nähe der Verandatür, die ins Freie führte. Ein hagerer Mann im Rollstuhl, der Charlotte an einen Aristokraten aus einem Edgar-Wallace-Film erinnerte, musterte sie mit unbewegter Miene.

»Reinkommen und hinsetzen!«

Das war keine Bitte, sondern ein aus dem Mundwinkel geknurrter Befehl. Teils amüsiert, teils erstaunt kam sie seiner Aufforderung nach und nahm neben einer Frau mit modischer grauer Kurzhaarfrisur Platz, die etwas nicht Identifizierbares strickte.

»Herrscht hier immer ein Ton wie auf einem Kasernenhof?«

»Volltreffer!«, erwiderte die Strickerin trocken. »Einmal Offizier, immer Offizier.«

»Papperlapapp!« Unter fragend erhobenen Brauen schaute der Rollstuhlfahrer Charlotte an. »Sie sind neu hier. Wie heißen Sie?«

»Seit wann stellt sich die Dame dem Herrn vor? Wo ich herkomme, macht man das umgekehrt.«

Verdutzt zogen sich seine buschigen Brauen zusammen. Er feuerte einen vernichtenden Blick auf die leise lachende Handarbeiterin ab, bevor er sich kerzengerade in seinem Rolli aufsetzte und die Augen auf die neue Bewohnerin richtete.

»General a. D. Albert Scheuermann.«

»Freut mich«, sagte sie mit unverbindlichem Lächeln. »Ich bin Charlotte Stern.«

»Conrad Lenz, Diplom-Meteorologe«, stellte sich ein rundlicher Mann mit Schnurrbart und weißem Haarkranz vor. »Sind Sie vom Himmel gefallen, Frau Stern?«

»Auf diesen Spruch habe ich schon gewartet.«

»Das hören Sie wohl öfter. Tut mir leid, das war nicht sehr originell.«

»Kein Problem.«

»Dafür ist er ein brauchbarer Wetterfrosch«, sagte die Frau, die neben Charlotte saß. »Willkommen in unserer Runde. Ich bin Anneliese Grothe. Man nennt mich auch Strick-Liesel.« Ohne ihre Handarbeit zu unterbrechen, erzählte sie, dass sie viele Jahre eine Einrichtung für schwererziehbare Kinder geleitet hatte. Unbefangen gab sie zu, dass der tägliche Umgang mit den Jugendlichen auch auf ihren Wortschatz abgefärbt hatte. »Und jetzt bin ich wieder in einem Heim gelandet – und vertreibe mir die Zeit mit ›Urban Knitting‹.«

»Liesel ist eine Guerilla-Strickerin«, erläuterte der Wettermann auf Charlottes fragenden Blick. »Vielleicht haben Sie die bunten Poller, Fahrradbügel oder Papierkörbe schon mal bemerkt, die seit einiger Zeit in allen Stadtteilen zu bewundern sind.«

»In der Südstadt stehen mehrere davon am Stephansplatz«, erinnerte sie sich. »Einer davon ist so ein lustiger rosa umstrickter Betonpfosten mit Gesicht und Bommelmütze.«

»Kinderkram«, warf der General ein. »Völlig nutzlos.«

»Sie sind ein alter Miesmacher«, tadelte ihn Anneliese. »Wir machen das graue Stadtbild bunter. Die Menschen freuen sich darüber. Das ist doch cool.«

Während sich die beiden ein Wortgefecht lieferten, schaute Charlotte zu einer Frau hinüber, die etwas abseits in einem Korbsessel neben einer großen Palme saß: eine zierliche, ganz in Grau gekleidete Gestalt. Ihre Hände ruhten in ihrem Schoß; die Augen waren teilnahmslos auf den gefliesten Boden gerichtet. Sie wirkte so verloren, dass sich Charlottes Mitgefühl regte.

»Das ist Frau Seegers«, erklärte Anneliese mit gedämpfter Stimme, bevor sie mit der Stricknadel zur weit offen stehenden Verandatür deutete. »Und da kommt unser Sonnyboy.«

Interessiert blickte Charlotte dem Mann entgegen, der mit langen Schritten aus dem Park kam.

Groß und schlank, helle Hose, weißes Hemd; ein gelber Pullover hing lässig um seine Schultern. Als er den Wintergarten erreichte, zog er die Sonnenbrille von der Nase. Sein leicht gebräuntes Gesicht verriet einen häufigen Aufenthalt im Freien. Das schneeweiße Haar war zerzaust und etwas zu lang. Wahrscheinlich der Residenz-Playboy.

»Da bin ich wieder«, sagte er und ließ sich in einen Sessel fallen. Sein Blick streifte die Anwesenden, blieb an Charlotte haften. »Ein neues Gesicht?«

»Nicht wirklich. Damit laufe ich schon seit Jahrzehnten rum.«

»Es passt zu Ihnen«, sagte er lächelnd, erhob sich und reichte ihr die Hand. »Verzeihen Sie, dass ich mich noch nicht vorgestellt habe: Philipp Thaler.«

»Charlotte Stern.«

»Sind Sie …«

»Nein, ich bin nicht vom Himmel gefallen«, unterbrach sie ihn und entzog ihm ihre Hand.

»Das habe ich auch nicht angenommen«, sagte er und setzte sich wieder. »Ich wollte fragen, ob Sie zum Probewohnen hier sind.«

»Gut geraten.«

»So viele Möglichkeiten gibt es ja nicht. Haben Sie schon alles gesehen, was dieses feudale Haus zu bieten hat?«

»Weiter als bis hierher bin ich noch nicht gekommen. Ich konnte der freundlichen Aufforderung des Generals nicht widerstehen, mich zu dieser netten Runde zu setzen.«

Sein tiefes Lachen erklang.

»Das kann ich mir lebhaft vorstellen. Mir ist es auch mal so ergangen. Inzwischen fühle ich mich in diesem kleinen Kreis richtig wohl. Wir sind eine eingeschworene Truppe geworden und unternehmen auch mal was zusammen.« Er sprach nicht weiter, als eine junge Frau aus dem Restaurant einen Servierwagen hereinschob. »Ich habe Kaffee und Kuchen geordert. Sie trinken doch eine Tasse mit, Frau Stern?«

»Danke, gern.«

Gleich darauf beobachtete sie, wie er den Kaffee einschenkte und jeden mit einer Tasse und einem Stück Torte versorgte. Auch die abwesend wirkende Frau Seegers vergaß er nicht. Mit leisen Worten sprach er auf sie ein, stellte Kaffee und Kuchen neben sie auf ein Tischchen und legte behutsam eine Serviette auf ihre Knie. Bevor er sich abwandte, nickte er der alten Dame aufmunternd zu und strich mit den Fingerspitzen über ihre faltige Wange.

Diese Geste bewirkte, dass Charlotte insgeheim den »Residenz-Playboy« zurücknahm.

In der nächsten Stunde hörte sie viel über das Leben in der Wohnanlage. Sie erfuhr auch, dass man sich in der Gruppe mit dem Vornamen anredete. Das kam ihr sehr entgegen und sie bat darum, Charlotte genannt zu werden. Sie wollte das Vertrauen ihrer Mitbewohner gewinnen, sonst würde sie kaum etwas in Erfahrung bringen. Dabei empfand sie es als angenehm, dass sie sich kaum verstellen musste. Dieser kleine Kreis war ihr sympathisch.

Auch die abwechslungsreichen Freizeitangebote kamen zur Sprache: Schwimmen, Ausflüge, Gymnastik- und Literaturgruppen, Theater-, Musik- oder Vortragsveranstaltungen.

»Langweilen werden Sie sich hier selten, Charlotte«, sagte die Strick-Liesel. »Immerhin wohnen hier ein paar tausend Jahre Lebenserfahrung. Da ist immer irgendwas los. Manch einer liegt sogar morgens tot in der Lobby.«

»Davon habe ich in der Zeitung gelesen. Tragisch, so ein Unfall.«

»Das stimmt schon, aber für mich wäre es keine Überraschung, wenn jemand den Mann abgemurkst hätte.«

»Anneliese!«

»Was?« Herausfordernd blickte sie Philipp an. »Das war ein alter Stinkstiefel – und ein Querulant. Der hat sich doch mit jedem angelegt.«

»Auch wenn er ein schwieriger Zeitgenosse war, ist das noch kein Grund, ihn umzubringen. Ich glaube kaum, dass einer von uns die Nerven für einen Mord hätte.«

»Wer weiß das schon?« Sie griff nach dem Korb zu ihren Füßen und legte das Strickzeug hinein. »Jeder Mensch ist dazu fähig – egal, wie alt er ist. Es kommt nur auf die Umstände an. Vielleicht haben wir einen ganz raffinierten Killer unter uns, der tagsüber den harmlosen Grufti gibt und nachts seine dunkle Seite auslebt. Am nächsten Morgen finden wir dann wieder ein ›Unfallopfer‹.« Triumphierend schaute sie in die Runde. »Dann wäre auch Herrn Kleibers Rutschpartie im Bad ein Mord gewesen.«

»Sie haben zu viel Fantasie«, schaltete sich der General in die Diskussion ein. »Ein Mörder im Eichengrund – lächerlich! Hier wohnen anständige Leute.«

KAPITEL 5 – MITTWOCH, 6. MAI

Nach dem Frühstück saß Charlotte noch bei einer Tasse Kaffee auf dem kleinen Balkon. Im Hausprospekt las sie, dass sich die Bewohner an einen Empfangsmitarbeiter wenden sollten, falls sie Hilfe benötigten. Ein freundlicher Angestellter sei rund um die Uhr für sie da. – Wie passte das mit dem unbemerkten Treppensturz von Herrn Uhland zusammen? Da man den Toten erst am nächsten Morgen gefunden hatte, konnte die Rezeption nicht die ganze Nacht besetzt gewesen sein.

Rasch trank Charlotte ihren Kaffee aus, nahm die Tasse mit hinein und stellte sie in die Spüle. Sie warf im Schlafzimmer noch einen kritischen Blick in den Spiegel, bevor sie das Apartment verließ. Auf dem Flur kam ihr die hochgewachsene Dame mit dem Rollator entgegen, die ihr schon an ihrem Einzugstag begegnet war.

»Entschuldigung, haben Sie meinen Mann gesehen?«

Irritiert blieb Charlotte stehen. Anscheinend ließ Hugo seine Frau öfter allein.

»Nein, ich glaube nicht.«

»Er ist ein schöner Mann: groß und schlank mit schwarzen Locken.«

»Das sagten Sie gestern schon. Haben Sie ihn seitdem nicht gefunden?«

»Hugo hat immer so viel zu tun«, murmelte sie und schob ihre Gehhilfe weiter.

Nachdenklich betrat Charlotte den Lift, der sich neben ihrer Unterkunft befand, und fuhr ins Foyer. Zielstrebig ging sie zur Rezeption hinüber. Dahinter beschäftigte sich ein junger Mann mit dem Sortieren der Post. Auf einem kleinen Schild an seiner Weste stand der Name: Michael Riedel.

»Guten Tag«, sagte er freundlich. »Kann ich etwas für Sie tun, Frau …?«

»Charlotte Stern – ich bin seit gestern zum Probewohnen hier und habe eine Frage: Angeblich kann man hier Tag und Nacht jemanden erreichen. Ist die Rezeption rund um die Uhr besetzt?«

»Von 6 Uhr morgens bis 23 Uhr abends ist jemand hier. Danach wird der Haupteingang geschlossen, und das Telefon wird ins Büro der Nachtwache umgestellt. Wenn Sie später nach Hause kommen, können Sie durch den Nebeneingang ins Haus. Ihr Apartmentschlüssel passt auch für diese Tür.«

»Gut zu wissen«, erwiderte Charlotte, wobei sie den zweiten Monitor bemerkte, der auf seinem Arbeitsplatz stand. Sie beugte sich etwas vor, um auf den Bildschirm sehen zu können. Er war in vier Bereiche unterteilt. »Sie haben Videoüberwachung?« Davon hatte nichts im Polizeibericht gestanden. Vielleicht gab es eine Aufzeichnung von Herrn Uhlands Treppensturz? »Dann steht man hier wohl unter ständiger Beobachtung?«

»Die Kameras sind für die Sicherheit der Bewohner wichtig, Frau Stern«, betonte der Rezeptionist. »Außer dem Eingangsbereich werden nur das Schwimmbad, der Fitnessraum und der Park überwacht. Falls es dort zu einem Unfall kommt, können wir schnellstmöglich Hilfe holen.«

»Das klingt einleuchtend«, erwiderte sie lächelnd, um nicht sein Misstrauen zu wecken. »Dann müssten Sie meine Ankunft gestern auch aufgezeichnet haben. Ich vermisse seitdem … meinen Terminkalender. Kann man anhand der Videoaufnahmen prüfen, ob ich ihn hier vergessen habe?«

»Tut mir leid, aber wir speichern die Aufnahmen nicht. Das wäre zu viel Aufwand. Ich schaue aber gern bei den Fundsachen nach Ihrem Kalender. Wie sieht er denn aus?«

»Er ist nicht sehr groß, aus dunkelrotem Leder«, beschrieb sie den Kalender, der oben in ihrem Apartment lag. Sie ließ sich ihre Enttäuschung darüber, keinen Schritt weitergekommen zu sein, nicht anmerken. »Falls sie ihn finden, legen Sie ihn bitte in mein Postfach.«

»Gern, Frau Stern.«

»Danke.«

Sie nahm sich einen Veranstaltungsplan aus dem Prospektständer und schlenderte einige Schritte weiter, während sie darin blätterte. Als sie aufblickte, sah sie den General, der mit seinem Elektrorollstuhl zielsicher auf die Residenzleiterin zusteuerte. Frau Fischer hatte das Haus gerade betreten und schaute sich nach einem Fluchtweg um. Sie wollte sich nach rechts wenden, aber der Rollstuhlfahrer schnitt ihr den Weg ab.

»Ich muss Sie sprechen, Frau Fischer.«

»Was gibt es denn, Herr Scheuermann?«, fragte sie und warf einen ungeduldigen Blick auf ihre Armbanduhr. »Ich habe wenig Zeit.«

»Ich muss mich bei Ihnen beschweren.«

»Schon wieder?«

»Ich will endlich anständigen Kaffee zum Frühstück.«

»Sie wissen doch, dass Ihr Hausarzt ...«

»Das ist mir egal. Diese dünne Brühe ist unter aller Kanone. Und das Mittagessen ist fade, weich und widerlich. Da wurde sogar in unserer Feldküche besser gekocht.«

»Wir halten uns bei Ihrem Speiseplan an die Ernährungsvorgaben von Dr. Wilke. Ihrer Gesundheit zuliebe sollten Sie ...«

»Will ich aber nicht! Noch kann ich selbst entscheiden.«

»Wie Sie meinen. Ich gebe Ihre Wünsche an die Küche weiter – auf Ihre Verantwortung.« Damit ließ sie ihn stehen und eilte auf die Rezeption zu.

»Sie haben es auch nicht immer leicht«, sprach Charlotte sie an, die jedes Wort mitgehört hatte.

»Da sagen Sie was. – Haben Sie sich inzwischen schon umgeschaut und erste Kontakte geknüpft?«

»Was ich bisher gesehen habe, gefällt mir sehr gut.«

»Das freut mich.« Abermals warf sie einen Blick zur Uhr. »Entschuldigen Sie, die Arbeit ruft.«

Am Nachmittag zog es Charlotte wieder zum Wintergarten. Ihr war klar, dass sie nur durch Gespräche mit den Bewohnern etwas Brauchbares herausfinden würde – wenn überhaupt.

»Kommen Sie, Charlotte«, sagte Anneliese, die ausnahmsweise mal nicht strickte, sondern Kaffee einschenkte. »Heute bin ich mit der Bewirtung dran. Es gibt Erdbeertorte mit Schlagsahne.«

»Aber ich kann doch nicht immer ...«

»Nun setzen Sie sich schon. Irgendwann sind Sie auch mal an der Reihe.«

Damit konnte sie leben. Sie nahm auf dem einzigen freien Platz in der Runde neben Philipp Thaler Platz. Auch jetzt waren alle anwesend, die sie schon gestern kennengelernt hatte. Frau Seegers saß wieder etwas abseits und starrte vor sich hin.

»Eigentlich müsste ich ja auf meine Linie achten«, sagte der Wetterfrosch Conrad Lenz und klopfte mit der Hand auf seinen Bauchansatz. »Aber das ist verdammt schwer.«

»Wie man sich füttert, so wiegt man«, bemerkte Charlotte. »Fünf Sekunden im Mund – fünf Jahre auf den Hüften. Vielleicht sollten Sie sich mehr bewegen.«

»Leider bin ich in sportlicher Hinsicht Legastheniker.«

»Treiben Sie Sport?«, wandte sich Philipp an Charlotte, wobei er eine Tasse Kaffee an sie weiterreichte. »Sie wirken ziemlich fit.«

»Ich gehe zweimal in der Woche ins Fitnessstudio. Dienstags trainiere ich an den Geräten und donnerstags wird getanzt. Früher war ich in der Jazzdance-Gruppe. Vor einiger Zeit habe ich in den Zumba-Kurs gewechselt. Das macht Spaß und hält jung.«

»Das sieht man Ihnen an«, brummte der General, den die Aussicht auf frischen Bohnenkaffee milde stimmte. »Ich bin früher oft mit meinen Soldaten gelaufen, aber das hat sich mit dem Rollstuhl erledigt.«

»Ein Bewegungsmuffel war ich eigentlich schon immer«, gab Conrad zu und häufte sich einen Berg Schlagsahne auf sein Tortenstück. »Sportler leben sowieso nicht länger. Sie sterben nur gesünder.«

»Das halte ich für ein Gerücht«, sagte Charlotte und schaute interessiert durch die große Glastür nach draußen. Auf einer Bank in der Nähe saß eine rauchende Frau in einem langen violetten Kleid; das silbergraue Haar sorgsam hochgesteckt.

In der Hand hielt sie eine Zigarettenspitze, die sie mit einer eleganten Geste an die Lippen führte. »Merkwürdig«, murmelte Charlotte. »Die Dame da draußen hat eine frappierende Ähnlichkeit mit Christa Bernhardt, der Opernsängerin.«

»Vielleicht ist sie es ja«, meinte Anneliese lächelnd, worauf Charlotte den Kopf schüttelte.

»Unmöglich. Die müsste jetzt mindestens 70 sein. Es ist bestimmt 20 Jahre her, als ich sie zuletzt in der Oper erlebt habe. Damals sah sie genauso aus wie die Frau auf der Bank.«

»Genau diesen Effekt wollte sie erzielen«, erwiderte Anneliese und griff nach ihrem Strickzeug. »Für die Entfaltung hat sie sich zweimal unters Messer gelegt.«

Nachdenklich nickte Charlotte. »Deshalb hat sie sich nicht verändert. Fragt sich nur, ob sie ohne die Patina des Lebens glücklicher ist. Ich würde mich jedenfalls nicht liften lassen.«

»Sie haben das auch nicht nötig«, sagte Philipp, wobei er sie aus ernsten Augen betrachtete. »So jung und frisch, wie Sie aussehen.«

»Die Trickkiste der Kosmetikindustrie unterstützt mich dabei nach Kräften.«

»Das glaube ich nicht.«

»Dann sollten Sie mich mal morgens nach dem Aufstehen sehen.«

»Das würde ich gern.«

Sie warf ihm einen spöttischen Blick zu.

»Ich möchte Sie nicht überfordern.«

»So schlimm kann das gar nicht sein. Außerdem haben Menschen, die morgens zerknittert aufwachen, tagsüber viele Entfaltungsmöglichkeiten.«

»Das muss ich mir merken«, sagte Conrad lachend, bevor er zum Servierwagen schielte. »Darf ich noch ein Stück Torte, Liesel?«

»Kommt gleich.«

»Und ich möchte noch eine Tasse Kaffee«, meldete sich der General zu Wort. »Ich habe ein Koffeindefizit.«

»Denken Sie an Ihren Blutdruck, Albert.«

Streng blickte er die Strick-Liesel an.

»Ich bin hier, um zu genießen – nicht, um länger zu leben.«

»Sie müssen es ja wissen«, meinte sie, legte ihre Handarbeit in den Korb und erhob sich, um den Herren das Gewünschte zu bringen.

Unterdessen sah Charlotte, dass die Opernsängerin draußen aufstand und auf ihren Stock gestützt langsam an der Fensterfront vorbeiging.

»Sie können es immer noch nicht so recht fassen«, kommentierte Anneliese. »Wir haben hier in der Residenz sogar eine echte Gräfin, aber die lebt im Gegensatz zu der Bernhardt sehr zurückgezogen. Unsere Starsopranistin ist eine exzentrische alte Diva, die immer Sonderwünsche hat. Die hält die Mitarbeiter ganz schön auf Trapp – aber die Bewohner lieben sie.« Sie setzte sich wieder und holte ihre Strickkunst hervor. »Übrigens wohnt sie auf Ihrer Etage. Wenn Sie sich schnell entscheiden, können Sie in die Wohnung neben ihr einziehen. Ihr Nachbar war nämlich der bedauernswerte Herr Uhland.«

Sie tat, als höre sie diesen Namen zum ersten Mal.

»Wer ist das?«

»Der war unser zweiter Todesfall in der Residenz«, erklärte Conrad. »Der arme Mann ist nachts die Treppe runtergefallen. Man soll ja nichts Schlechtes über Tote sagen, aber sehr beliebt war er nicht.«

»Ein ehemaliger Geschichtslehrer«, fügte Anneliese hinzu. »Und ein furchtbarer Besserwisser. Der musste überall seinen Senf dazugeben. Das hat manchmal ganz schön genervt.«

»Es fiel ihm schwer, die Rolle des Oberlehrers abzulegen«,

vermutete Philipp, wobei er dem General einen bedeutungsvollen Blick zuwarf. »Manche Menschen sind eben sehr mit ihrem Beruf verwachsen.«

»Und andere sind froh, wenn sie das Hamsterrad endlich verlassen dürfen«, meinte Conrad. »Sie verschwenden keinen Gedanken mehr an den Job, freuen sich auf den Ruhestand – und sterben, bevor sie ihn genießen können.«

»Oder sie wissen nicht, was sie mit der vielen freien Zeit anfangen sollen«, ergänzte Philipp. »Alt zu sein, ist gar nicht so leicht. – Goethe hat mal gesagt …«

»Goethe?«, warf Charlotte ein. »Wohnt der etwa auch hier?«

Die Strick-Liesel prustete los, die anderen stimmten in ihr Lachen ein. Sogar die Mundwinkel von Frau Seegers zuckten verdächtig.

»Sie sind echt 'ne coole Nummer«, brachte Anneliese immer noch glucksend hervor. »Ihren Humor können wir in unserer Rheumadeckenliga gut gebrauchen.«

»Ich werde daran denken, bevor ich mich entscheide, ob ich für immer hier einziehe«, erwiderte Charlotte, ehe sie Philipp anschaute. »Was hat der Geheimrat denn nun gesagt?«

»Keine Kunst ist's, alt zu werden. Es ist Kunst, es zu ertragen.«

»Da ist was Wahres dran«, sagte sie und erhob sich. »Ich brauche Bewegung, deshalb werde ich jetzt das Gelände erkunden. Danke für den Kaffee und den leckeren Kuchen.«

Sofort stand auch Philipp auf.

»Darf ich Sie in den Park begleiten? Ich brauche auch ein bisschen Auslauf.«

»Das klingt nach Gassi gehen.«

»Von Ihnen würde ich mich gern mal an die Leine legen lassen.«

»Flirten Sie etwa mit mir?«

»Ich?«, tat er entrüstet. »Nie und nimmer.«

»Okay, dann dürfen Sie mitkommen.«

Über die Veranda verließen sie den Wintergarten und traten ins helle Sonnenlicht. Das milde Frühlingswetter lud geradezu zu einem Spaziergang ein. Eine Weile schlenderten sie schweigend durch den weitläufigen Park. Bis auf den Gesang der Vögel und das leise Rauschen der Blätter in den alten Eichen war es still.

Plötzlich waren eilige Schritte zu hören. Auf einem Nebenweg lief eine junge Frau in Schwesterntracht vorbei. Ein kleiner, gebeugt gehender Mann folgte ihr auf einen Stock gestützt, so schnell er konnte.

»Warten Sie, Schwester!«, rief er ihr nach. »Wir machen es uns schön. Ich krieg ihn noch hoch.«

Amüsiert blickte Charlotte den beiden nach.

»Was war das denn?«

»Das war Josef Pippich«, erklärte Philipp schmunzelnd. »Trotz seiner 81 Jahre ist er hinter jeder jungen Frau her. Besonders die Schwestern drüben aus dem Pflegeheim haben es ihm angetan. Er würde so gern noch mal bei einer von ihnen seine Manneskraft beweisen.«

»Was für ein Teufelskerl«, sagte Charlotte mit gutmütigem Spott. »Wie Casanova sieht er ja nicht gerade aus. Er erinnert mich eher an …«

»Rumpelstilzchen?«

Lachend nickte sie.

»Woher wissen Sie das?«

»Daran habe ich auch gedacht, als ich ihn das erste Mal eine Schwester verfolgen sah.«

»Wo bin ich hier nur hingeraten?«

Er betrachtete sie von der Seite, während sie weitergingen,

sagte aber nichts. Sie spürte seinen intensiven Blick. Das verunsicherte sie etwas.

»Was?«, fragte sie schließlich, als sie den großen Teich erreichten, und schaute ihm in die Augen. »Nun fragen Sie schon. Sie wollen doch irgendwas wissen.«

»Stimmt«, gab er zu. »Ich frage mich die ganze Zeit, was Sie hier tun, Charlotte. Sie gehören doch gar nicht hierher.«

»Warum nicht?«

»Sie sind nicht der Typ für eine Seniorenresidenz. Dafür sind Sie zu jung und zu fit. Sie sind geistig voll auf der Höhe, treiben Sport und haben sicher viele Interessen und einen großen Freundeskreis.«

»Und was ist mit Ihnen? Sie wirken auch nicht gerade wie ein gebrechlicher Greis, der allein nicht mehr zurechtkommt.«

»Gut beobachtet.« Er deutete einladend auf eine Bank am Ufer. Als Charlotte Platz genommen hatte, setzte er sich neben sie.

»Ich wohne hier nur vorübergehend im Apartment meiner Tante. Sie sollte hier vor drei Wochen einziehen; es war schon alles vorbereitet: Die Miete war bezahlt, die Möbel waren aufgestellt – und dann erlitt die alte Dame einen Schwächeanfall. Drei Tage später ist sie in der Klinik friedlich eingeschlafen.«

»Das tut mir leid.«

»Nun ja, sie war 93 und hatte ein schönes Leben.«

»Und warum haben Sie ihr Apartment übernommen?«

»Als Tante Lenchen im Krankenhaus lag, bin ich fast rund um die Uhr bei ihr geblieben. Deshalb habe ich den Wasserrohrbruch in meinem Haus erst bemerkt, als es dort schon aussah wie Klein-Venedig. Jetzt muss erst mal alles trocknen, dann müssen die Handwerker ran. Marion … Frau Fischer hatte mir freundlicherweise angeboten, dass ich erst mal hier unterkommen kann. Sonst hätte ich in ein Hotel ziehen müssen.« Erwartungsvoll schaute er sie an. »Jetzt sind Sie dran.«

»Ich bin hier, um mich zu informieren, welche Möglichkeiten ich habe, wenn ich eines Tages nicht mehr in der Lage bin, alles allein zu bewältigen. Manchmal passiert etwas so plötzlich, dass man gar keine Zeit mehr hat, verschiedene Einrichtungen zu vergleichen.«

»Haben Sie denn niemanden, bei dem Sie wohnen könnten?«

Charlotte entschied sich, so weit wie möglich bei der Wahrheit zu bleiben.

»Mein Sohn lebt in München und meine Tochter wohnt mit ihrer Familie in Hamburg. Sie haben mich schon öfter gebeten, zu ihnen zu ziehen, aber das möchte ich nicht. Ich will ihnen nicht irgendwann zur Last fallen.«

»Das können sie aber nur schwer akzeptieren.«

»Anscheinend haben Sie die gleiche Erfahrung gemacht.«

»Meine Tochter möchte mich auch näher bei sich haben. Sie lebt mit Mann und Kindern in der Nähe von Stockholm. Aber was soll ich in Schweden? Meine Wurzeln sind hier. Ich habe schon erwogen, irgendwann eine Senioren-WG zu gründen. Könnten Sie sich vorstellen ...« Er unterbrach sich, als er Herrn Pippich aus einem Seitenweg auf sie zukommen sah. »Jetzt wird es interessant.«

Mit raschen Tippelschritten kam der alte Mann heran. Dabei wechselte sein Blick flink zwischen Charlotte und Philipp.

»Grüß Gott, Herr Professor«, sagte er, bevor er kurz mit seinem Stock auf Charlotte zeigte. »Ist das Ihre Freundin?«

»Leider nicht.«

»Fesch ist sie.«

»Das ist mir auch schon aufgefallen.«

Interessiert ging er einen Schritt auf Charlotte zu und musterte sie von Kopf bis Fuß.

Sie tat es ihm gleich und stellte fest, dass er durch die gebeugte Haltung kleiner wirkte, als er ursprünglich war. Sein schmales Gesicht wurde von einer langen, spitzen Nase dominiert; die Ohren standen vom fast kahlen Schädel ab.

»Wie wäre es mit uns beiden, Madame?«

»Ich passe nicht in Ihr Beuteschema. Sie bevorzugen doch junge Frauen.«

»Schöne Frauen«, korrigierte er sie. »Wir würden viel Spaß zusammen haben. Ich krieg ihn noch hoch.«

»Wirklich?«, tat sie überrascht. »Dann zeigen Sie doch mal.«

Seine Schweinsäugelein weiteten sich.

»Jetzt? Hier vor allen Leuten? Das geht doch nicht.«

»Warum nicht?«

»Weil … weil …« Vorwurfsvoll schaute er Philipp an. »Diese Frau ist schamlos!« Ohne eine Antwort abzuwarten, machte er auf dem Absatz kehrt und verschwand.

»Wieder eine Chance vertan«, sagte Charlotte mit übertriebenem Seufzer. »So wird das nie was.«

»Vielleicht sind Sie zu wählerisch. Aber es war schon beeindruckend, wie Sie ihn in die Flucht geschlagen haben.«

Nachdenklich schaute sie den Stockenten auf dem Teich zu, die friedlich nebeneinander herschwammen oder unermüdlich nach Nahrung suchten. Dabei tauchten sie blitzschnell den Kopf unter Wasser und gründelten mit senkrecht herausragenden Bürzeln.

»Sind Sie wirklich Professor?«

»Ja, aber seit zwei Monaten bin ich Emeritus.«

»Welche Fakultät? Ich tippe mal auf Literatur.«

»Weil ich Goethe zitiert habe? Auch ein Forensischer Psychologe weiß einen klugen Klassiker zu schätzen.«

Erstaunt wandte sie sich ihm zu. Professor Philipp Thaler! Sie kannte diesen Namen. Warum war ihr das nicht gleich bei ihrem Kennenlernen eingefallen? Als Forensischer Psychologe hatte er sich mit den geistigen, psychischen und sozialen Ursachen von Verbrechen beschäftigt, Täterprofile und Gerichtsgutachten erstellt. Sie hatte sogar zwei seiner Werke in ihrem Bücherschrank.

»›Die dunkle Seite unserer Seele‹ …«

»Sie verblüffen mich schon wieder, Charlotte. Woher kennen Sie eines meiner Bücher?«

»Wenn man gerne Krimis liest und sich auch für Täterprofile interessiert, kommt man kaum an Ihnen vorbei. Ich habe mir auch ›Gratwanderung‹ gekauft.«

»Ach, Sie waren das«, scherzte er. »Sie sind nicht zufällig vom Fach?«

»Nein, ich bin nur Laie. Bis zu meiner Pensionierung vor einem Jahr habe ich das Archiv einer Behörde geleitet.« Fragend hob sie die Brauen. »Arbeiten Sie trotzdem weiter in Ihrem Beruf oder genießen Sie den Ruhestand?«

»Ich betreue noch einige Studenten und erstelle Gutachten. Ansonsten möchte ich mich einem neuen Buchprojekt widmen. Diesmal soll es aber kein wissenschaftliches Werk werden, sondern ein Krimi.«

»Über einen Serienkiller?«

»Das liegt nahe, oder?«, erwiderte er lächelnd. »Mir schwebt ein Täter vor, dem es gelingt, Verbrechen zu begehen, die nicht als solche zu erkennen sind.«

Mit so einem könnte man es auch im Eichengrund zu tun haben, dachte Charlotte, sprach es aber nicht aus.

»Mit Ihrem Fachwissen wird das wahrscheinlich ein Bestseller«, sagte sie stattdessen. »Ich bin schon gespannt darauf.«

»Noch bin ich in der Planungsphase und recherchiere.« Rasch warf er einen Blick auf seine Armbanduhr. »Wollen wir zurückgehen? Ich habe gleich noch einen Termin mit Frau Fischer.«

»Dann lassen Sie sie nicht warten. Ich bleibe noch ein Weilchen sitzen.«

Er zögerte einen Moment, dann erhob er sich.

»Wir sehen uns.«

Am Abend saß Charlotte im Schneidersitz auf ihrem Bett; ihr kleines Notebook vor sich auf der Matratze. Auf der Nachtkonsole stand ein Glas Rotwein.

Obwohl sie erst seit zwei Tagen in der Residenz wohnte, wollte sie alles zusammentragen, was sie erfahren oder wahrgenommen hatte. Deshalb legte sie eine neue Datei auf dem Desktop an, die sie »Eichengrund« nannte. Dann öffnete sie Word und tippte die Namen der Personen, die sie bisher kennengelernt hatte, untereinander. Ihr erster Kontakt war die Leiterin der Seniorenanlage. Was wusste sie über diese Frau? Nach kurzem Überlegen schrieb sie stichwortartig auf, was ihr einfiel.

Marion Fischer – etwa Mitte 40, freundlich, zuvorkommend, kompetent, auf den Ruf der Residenz bedacht. Im Umgang mit etwas schwierigen Bewohnern – wie dem General – neigt sie zu Ungeduld.

Conrad Lenz – Ende 60, Diplom-Meteorologe, Genussmensch, eher unscheinbar, umgänglich, steht zu seinen Schwächen.

Anneliese Grothe – ca. Mitte 60, Strick-Liesel, Urban Knitting, Sozialpädagogin, sagt offen ihre Meinung, humorvoll, sehr sympathisch.

Albert Scheuermann – etwa Ende 70, Rollstuhlfahrer, General a. D., gewohnt, zu befehlen, oft grantig, unzufrieden.

Philipp Thaler – Professor, Forensische Psychologie, intelligent, humorvoll, angenehmer Gesprächspartner, lebt allein, arbeitet an Krimi, flirtet anscheinend gern.

Josef Pippich – 81, gebeugte Haltung, vermutlich Morbus Bechterew, verfolgt junge Frauen, triebhaft, chancenlos.

Frau Seegers – Mitte 70, sagt kein Wort, wirkt völlig passiv, starrt ins Leere, scheint aber mitzubekommen, was um sie herum vorgeht.

Hugos Frau – Name noch unbekannt, Mitte 70, Rollator, elegant, wirkt etwas verwirrt, ständig auf der Suche nach ihrem Mann.

Michael Riedel – Anfang 20, Rezeptionist, nett, hilfsbereit.

Sie beugte sich nach rechts, nahm das Glas vom Nachttisch und probierte den leicht gekühlten Chateaubriand Beaujolais. Er schmeckte erstaunlich frisch. Sie hob den Kopf, als sie den Aufzug hörte. Der Fahrstuhlschacht lag direkt neben ihrer Schlafzimmerwand, die anscheinend nicht genug gedämmt war, um sämtliche Geräusche zu schlucken. Nachdenklich schaute Charlotte wieder auf den Monitor. Sie sollte auch die Personen dazuschreiben, von denen sie gehört oder die jemand erwähnt hatte.

Christa Bernhardt – Anfang 70, Opernsängerin, Sopranistin, Raucherin, extravagant, geliftet, Staralüren, beschäftigt gern die Residenzmitarbeiter.

Gerhard Kleiber – Unfallopfer Nummer eins, Querulant, Sturz im Bad, Genickbruch, Exitus.

Ludger Uhland – Unfallopfer Nummer zwei, Geschichtslehrer, Besserwisser, Treppensturz, Exitus.

Noch einmal überflog sie ihre Notizen. Viel wusste sie noch nicht, aber sie hoffte, durch behutsames Fragen mehr herauszufinden. Fest stand bisher nur, dass die beiden Unfallopfer nicht beliebt gewesen waren. Gab es vielleicht einen Residenzbewohner, der seinen beschaulichen Lebensabend gefährdet sah und alle vermeintlichen Störenfriede kurzerhand aus dem Weg räumte?

Nachdem Charlotte das Licht gelöscht hatte, lag sie auch in

dieser Nacht noch eine Weile wach. Die fehlende Geräusch-
kulisse war für sie gewöhnungsbedürftig.

Spätestens nach Ende der Abendveranstaltung gegen
22 Uhr herrschte in der Residenz Grabesstille. Selbst bei geöff-
netem Fenster drang kein Laut von draußen herein. Es schien,
als sei sie ganz allein auf der Welt. Sie zwang sich, nicht mehr
über ein mögliches Mordmotiv zu grübeln, und dachte stattdessen an den letzten Urlaub mit der Familie ihrer Tochter an
der Nordsee. Ihre beiden Enkelkinder hatten ihr kaum eine
freie Minute gegönnt. Oma musste mit ihnen plantschen, im
Sand buddeln oder Ball spielen. Abends war sie todmüde ins
Bett gefallen. Trotzdem hatte sie jeden einzelnen Tag genossen. Über dieser Erinnerung schlief sie schließlich ein.

KAPITEL 6 – DONNERSTAG, 7. MAI

Da Charlotte ihr Training schon zweimal versäumt hatte, verließ sie schon früh am Morgen ihr Apartment. Sie trug eine
enge, bis knapp über die Knie reichende Fitnesshose und ein
weißes Shirt – außerdem Laufschuhe und ein Stirnband.

Als sie den Park betrat, sah sie Herrn Pippich in Richtung
des Nachbargrundstücks eilen. Anscheinend wollte er nach
der doppelten Pleite des Vortages sein Glück noch einmal
bei einer der Schwestern versuchen, die ungefähr um diese

Zeit zur Frühschicht kommen müssten. Charlotte steckte die Kopfhörerstöpsel in die Ohren und schaltete den iPod ein. Sie wählte einen anderen Weg als der erfolglose Frauenheld und lief langsam los. Dabei genoss sie die noch kühle Morgenluft. Kein Mensch war zu sehen. Nach einer Weile joggte sie in zügigem Tempo um den Teich herum. An einer Bank blieb sie schließlich stehen, stellte einen Fuß auf die Sitzfläche und machte einige Dehnungsübungen. Während sie sich weit hinunter über ihr ausgestrecktes Bein beugte, spürte sie einen Klaps auf dem Hinterteil. Sie federte so abrupt zurück, dass sie gegen einen Körper prallte. Empört schnellte sie herum. Vor ihr stand ein erschrocken wirkendes Rumpelstilzchen, das sich bemühte, sein Gleichgewicht zu halten. Instinktiv hob sie die Hand, brachte es aber dann doch nicht fertig, den alten Mann zu ohrfeigen. Stattdessen zog sie unwirsch ihre Ohrstöpsel heraus.

»Was fällt Ihnen ein?«, fuhr sie ihn dabei an, worauf er langsam zurückwich.

»Ich ... dachte, eine von den ... sexy Schwestern ... Ich wusste doch nicht, dass Sie das sind ...«

»Das Betatschen mit den Pfoten ist in jedem Fall verboten«, belehrte sie ihn. »Merken Sie sich das, Herr Pippich!«

»Tut ... tut mir ... leid«, stotterte er. »Sie sahen so ... Da konnte ich nicht widerstehen ...«

»In Ihrem Alter sollten Sie sich wirklich besser unter Kontrolle haben. Warum geben Sie nicht eine Bekanntschaftsanzeige auf, anstatt hier jedem Rock nachzujagen? Dann bekämen Sie vielleicht nicht nur was fürs Bett, sondern auch fürs Herz.«

»Ja ... vielleicht ... mach ich das ...«

Charlotte warf ihm noch einen vorwurfvollen Blick zu, bevor sie sich in Bewegung setzte und ihn stehen ließ. Sie lief nach diesem Zwischenfall noch eine knappe halbe Stunde durch den Park. Dabei verflog ihr Ärger.

Als sie die Lobby durchquerte, begegnete ihr Philipp Thaler.

»Guten Morgen, Charlotte«, sagte er und musterte sie ungeniert. »Sie sind aber früh unterwegs – und so sportlich.«

»Sie sind doch auch schon auf den Beinen.«

»Ich muss zum Friseur.« Ihr vielsagender Blick schien ihm nicht entgangen zu sein. »Ich weiß, das ist längst überfällig, aber ich habe noch keine Zeit dafür gefunden.«

»Ich habe doch gar nichts gesagt.«

»Aber gedacht.« Verschwörerisch zwinkerte er ihr zu. »Wir sehen uns später.«

Auch an ihrem dritten Nachmittag in der Residenz gesellte sich Charlotte zu der ihr bekannten Runde im Wintergarten. Frau Seegers saß wieder teilnahmslos in ihrem Korbsessel; draußen rauchte die Opernsängerin in einem roten Kleid auf einer Bank in der Sonne. Nur der Professor fehlte.

Conrad erzählte, dass er sich am Morgen aufgerafft hätte und eine halbe Stunde geschwommen sei. Deshalb regte sich sein Gewissen nicht, als er sich ein zweites Stück Sahnetorte gönnte.

»Sie müssen die im Schwimmbad verbrauchten Kalorien wohl gleich wieder auffüllen«, zog Anneliese ihn auf. »So wird das aber nichts mit der Traumfigur.«

»Immerhin habe ich mich als Einziger von uns heute sportlich betätigt.«

Lächelnd schüttelte Charlotte den Kopf.

»Ich bin heute Morgen schon gelaufen, als alle noch schliefen.«

»Außer Herrn Pippich«, sagte er. »Als ich meine Vorhänge aufzog, habe ich ihn bereits in den Park schleichen sehen.«

»Früher Vogel …«, zitierte Anneliese, »fängt den begehrten Wurm aber noch lange nicht.«

»Dafür hätte er sich fast eine Ohrfeige eingefangen.«

Aller Augen richteten sich auf Charlotte. Die Strick-Liesel schaute besorgt.

»Der alte Lüstling ist Ihnen doch nicht etwa auf die Pelle gerückt?«

»Er hat mich bei meinen Dehnübungen mit einer ›sexy Schwester‹ verwechselt und konnte seine Hände nicht bei sich behalten.«

»Sie hätten ihm eine verpassen sollen, sonst lernt er es nie.«

»Man könnte das aber auch als Kompliment auffassen«, überlegte Conrad. »Der ist ja sonst nur hinter jungen Dingern ... Es spricht doch für Charlotte ...« Er brach ab, als er die missbilligenden Blicke der Damen bemerkte, die ihn zu durchbohren schienen. »Ich glaube, ich rede mich gerade um Kopf und Kragen.«

»Typisch Mann«, sagte Anneliese. »Wenn eine Frau in unserem Alter plötzlich nicht mehr als geschlechtsloses Wesen betrachtet wird, soll sie sich darüber freuen? Warum sind wir ab 50 überhaupt erotisch uninteressant für Männer, während sie selbst ihren körperlichen Verfall ignorieren und sich eine viel Jüngere suchen? Je mehr Jahre der Mann auf dem Buckel hat, umso größer wird der Altersunterschied zu seinen Gespielinnen. Das ist doch idiotisch.«

»Jetzt übertreiben Sie aber«, meinte Conrad. »Nicht alle Männer brauchen jüngere Frauen – wie Sie an uns hier sehen können.«

»Sie und der General sind vielleicht eine Ausnahme – aber was ist mit unserem Sonnyboy? Ist heute nicht wieder diese langbeinige blonde Schönheit bei ihm?«

»Das ist bestimmt ganz harmlos.«

»Sicher«, spottete sie. »Sie kommt zweimal in der Woche in sein Apartment, weil sie von der Caritas ist. Deshalb wirkt er immer so entspannt, wenn sie da war.«

Interessiert verfolgte Charlotte das Gespräch. Der Professor hatte also eine junge Freundin. Eigentlich überraschte sie das nicht. Er sah blendend aus, war intelligent und gebildet, außerdem erfolgreich. Solchen Männern fiel es leicht, Frauenherzen zu erobern.

Lautes Hundegebell erregte nun die Aufmerksamkeit der Gruppe im Wintergarten. Durch die raumhohe Glasfront sahen sie einen schwarzen Labrador, der vor der Bank der Operndiva stand und unaufhörlich kläffte. Verängstigt zog die alte Dame die Beine auf die Bank und kauerte sich zusammen. Sie war unverkennbar in Panik.

Alarmiert stand Charlotte auf.

»Kommen Sie«, wandte sie sich an Conrad, doch der rührte sich nicht. »Wir müssen ihr helfen.«

»Ich kann nicht so gut mit Hunden.«

Charlotte warf ihm einen undefinierbaren Blick zu, nahm hastig ein Stück Marmorkuchen von der Tortenplatte und lief ins Freie. Bevor sie die Bank erreichte, verlangsamte sie ihre Schritte und trat behutsam näher.

»Ruhig«, sagte sie mit sanfter Stimme zu dem aufgeregten Hund. »Ganz ruhig.«

Tatsächlich verstummte das Tier, wandte sich ihr zu und musterte sie.

»Sitz!«

Ein bekannter Befehl, den der Labrador folgsam ausführte.

»So ist es brav«, lobte Charlotte und zeigte ihm das Kuchenstück. »Möchtest du das haben?« Sie holte aus und warf das Gebäck so weit wie möglich auf den Rasen hinter dem nahen Blumenbeet. »Hol es dir.«

Dieser Aufforderung hätte es nicht bedurft. Der Hund sprang auf, war mit einem Satz über dem Blumenbeet und suchte schnüffelnd nach dem Leckerbissen.

Unterdessen sprach Charlotte beruhigend auf die Operndiva ein.

»Kommen Sie, ich bringe Sie rein«, sagte sie schließlich und fasste Christa Bernhardt am Arm.

Hinter der Bank tauchte auf einmal Philipp auf und stützte die Opernsängerin unaufgefordert auf der anderen Seite. Zusammen brachten sie die alte Dame in den Wintergarten und setzten sie in einen Sessel.

Conrad erhob sich sofort und schloss vorsichtshalber die Verandatür. Anneliese holte ein Glas Wasser und reichte es der Sängerin, deren Hand so sehr zitterte, dass sie es fast verschüttete.

»Danke«, hauchte sie und trank einen Schluck.

Besorgt ging Charlotte vor ihr in die Hocke und nahm ihr das Glas ab.

»Geht es wieder?«

»Ich …« Das Atmen schien ihr schwerzufallen. Mit einer Hand griff sie sich an die Brust, mit der anderen zeigte sie aufgeregt mit den Fingern wedelnd in den Park. »Meine … Tasche.«

Philipp begriff, dass sie Medikamente brauchte, lief hinaus und kehrte mit der kleinen schwarzen Tasche der Sängerin zurück.

»Sie lag unter der Bank«, sagte er und gab sie an Charlotte weiter. Ohne zu zögern, zog sie den Reißverschluss auf und schaute hinein. Neben einem silbernen Zigarettenetui entdeckte sie eine kleine Spraydose. Ein kurzer Blick auf das Etikett genügte, um zu erkennen, dass es ein Nitrospray war, das man bei Herzkrankheiten anwendet. Sie zog die Kappe ab und hockte sich wieder vor die nach Luft ringende Frau. Christa Bernhardt öffnete den Mund, worauf Charlotte ihr einen Hub unter die Zunge sprühte.

Langsam entspannte sich die Sängerin. Ihr Atem wurde ruhiger.

»Danke«, brachte sie schließlich leise hervor. »Sie haben mir das Leben gerettet.«

»Das war wahrscheinlich wieder ein Angina-Pectoris-Anfall«, sagte die herbeigerufene Krankenschwester der Residenz. »Das hätte schlimm ausgehen können.« Sie schob den Rollstuhl, den sie mitgebracht hatte, neben den Opernstar. »Dr. Wilke ist gerade im Haus. Er wird gleich bei Ihnen sein, Frau Bernhardt.« Sie half ihr vom Korbsessel in den Rolli. »Ich bringe Sie in Ihre Wohnung.«

»Sie sind ganz schön mutig«, wandte sich Conrad an Charlotte, als sie wieder unter sich waren. »Ich habe zwar keine Hundephobie wie Frau Bernhardt, aber ich hätte mich nicht getraut, dieses Riesenvieh zu verjagen.«

»Ich bin mit Hunden aufgewachsen«, winkte sie ab. »Später hatten wir auch mal einen Labrador, der unser Haus bewachen sollte. Mozart war aber so verspielt, dass er Einbrechern wahrscheinlich seinen Ball gebracht hätte. Diese Rasse ist gutmütig und kinderlieb. Irgendwas muss den Hund draußen erschreckt haben.«

»Das rote Kleid«, vermutete der General. »Wie kann man in dem Alter so aufgedonnert rumlaufen? Kein Wunder, dass der Hund so aufgeregt war.«

»Wem der wohl gehört?«, sagte Anneliese, die sich mit stoischer Gelassenheit ihrer Strickerei widmete. Sie schien sich durch nichts aus der Ruhe bringen zu lassen. »Hier in der Residenz ist Hundehaltung jedenfalls verboten.«

»Streunende Hunde sollte man erschießen«, grummelte der General. »Die haben hier nichts zu suchen. Viel zu gefährlich.«

Kurz darauf kam Frau Fischer in den Wintergarten. Sie bedankte sich bei Charlotte für ihr umsichtiges Handeln. Dann erzählte sie, dass der Hund beim Gassi gehen ein Eichhörnchen gejagt hätte und über das Grundstück des Pflegeheims in den Park gelangt wäre. Sein Besitzer hätte ihn inzwischen eingefangen und an die Leine gelegt. Christa Bernhardt ginge es unterdessen besser. Der Arzt sei bei ihr.

»Mich wundert, dass Frau Bernhardt raucht«, sagte Charlotte, als die Residenzleiterin gegangen war. »Bei ihrer Herzkrankheit sollte sie vernünftiger sein.«

»Die macht doch immer, was sie will«, brummte der General. »Unverbesserlich, diese Komödianten.«

»Wenn Dr. Wilke im Haus ist, kann auch der Pillenexpress nicht weit sein«, meinte die Strick-Liesel. »Das ist die fahrende Apotheke«, fügte sie auf Charlottes fragenden Blick hinzu. »Da kann man alles bestellen, was man rezeptfrei einwerfen will.«

»Ich muss nachher meine Vitamintabletten abholen«, sagte Conrad, worauf Anneliese den Kopf schüttelte.

»Vitamine? In unserem Alter braucht man Konservierungsstoffe.«

Später verabredete sich die kleine Gruppe, gemeinsam die Abendveranstaltung im Rittersaal zu besuchen. Ein Vortrag mit dem Titel: »Das Geheimnis Mensch – harmlos oder gefährlich« war angekündigt – genau das passende Thema.

Es wurde ein interessanter Vortrag mit anschließender Diskussion, an der sich die Zuhörer rege beteiligten. So auch Philipp, der aus Sicht des Forensischen Psychologen wichtige Details zum Thema beitragen konnte. Sogar Christa Bernhardt war anwesend. Anscheinend hatte sie den Anfall gut überstanden.

Nach der Veranstaltung verschwanden die Bewohner in ihren Apartments, sodass pünktlich Ruhe in der Residenz einkehrte.

Weit nach Mitternacht schreckte Charlotte aus dem Schlaf. Benommen richtete sie sich etwas auf. Während sie überlegte, was sie geweckt haben könnte, hörte sie den Fahrstuhl. Unwillkürlich warf sie einen Blick auf die Leuchtziffern des kleinen Reiseweckers: 02.58 Uhr. Wer geisterte um diese Stunde durch die Flure? Ein Spätheimkehrer? Oder ein Mörder, der die Nacht nutzte, um einen Bewohner ins Jenseits zu befördern? Und am Morgen würde man dann wieder ein Unfallopfer finden?

Mit der rechten Hand tastete sie nach der Nachttischlampe und schaltete sie ein, schwang die Beine aus dem Bett und lief barfuß in die winzige Diele. Jedes Geräusch vermeidend, schaute sie durch den Türspion. Der Flur war nachts nur spärlich beleuchtet; kein Mensch war zu sehen. Vorsichtig drückte sie die Klinke herunter und öffnete die Apartmenttür. Zuerst nur einen Spalt breit, dann so weit, dass sie hinaustreten konnte. Sie blickte nach rechts und links, aber es hielt sich niemand auf den Gängen auf. Allerdings war das Gebäude hufeisenförmig angelegt, sodass sie nicht die gesamte Etage einsehen konnte. Achselzuckend ging sie wieder hinein und schloss die Tür.

KAPITEL 7 – FREITAG, 8. MAI

Charlotte war gerade mit dem Frühstück fertig, als sie Martinshörner vernahm. Waren die Einsatzwagen etwa auf dem Weg zur Residenz? Rasch stand sie auf. Alle Fenster ihres Apartments lagen zum Park hin. Deshalb schnappte sie sich

Schlüssel und Handy, verließ ihre Wohnung und trat an ein Fenster im Flur. Von dort aus sah sie einen Notarzt- und einen Streifenwagen, die mit Blaulicht und Sirene vor dem Haupteingang hielten. Die Besatzungen sprangen heraus und eilten in die Lobby. Wenig später öffneten sich die Fahrstuhltüren. Notarzt und Sanitäter kamen herausgelaufen, die Polizeibeamten folgten ihnen. An der Biegung des Flures tauchte Frau Fischer auf und winkte die Männer heran. Kurz darauf verschwanden sie aus Charlottes Blickfeld. Sie musste herausfinden, was passiert war, und folgte den Nothelfern. Als sie um die Ecke bog, sah sie schon einige Senioren, die sich vor einer offen stehenden Wohnungstür versammelt hatten. Charlotte stellte sich dazu und sprach einen ihr unbekannten Herrn im grauen Anzug an.

»Was ist denn hier los?«

»Wahrscheinlich hatte sie wieder eine Attacke.« Interessiert musterte er sie. »Sie logieren wohl noch nicht lange hier?«

»Erst seit ein paar Tagen.«

»Dann können Sie das natürlich nicht wissen. In diesem Apartment wohnt die Opernsängerin Christa Bernhardt. Die Dame ist herzkrank. Angeblich hatte sie gestern Nachmittag schon einen Anfall.«

»Die Schwester, die ihr bei der Morgentoilette hilft, soll sie gefunden haben«, sagte eine alte Dame mit grauen Löckchen. »Ich weiß aber nicht, ob Frau Bernhardt noch lebt.«

Wahrscheinlich nicht, dachte Charlotte. Sonst hätte es keinen Grund gegeben, gleich mit der Polizei anzurücken. Sie wäre gern hineingegangen, um nachzusehen, aber sie wusste, dass der im Türrahmen stehende Polizist sie daran hindern würde. Während sie auf weitere Informationen wartete, bemerkte sie Hugos Frau, die mit ihrem Rollator aus einer Wohnung am Ende des Flures trat. Im gleichen Moment kam der General aus dem Aufzug gegenüber. Anscheinend sprach die Frau ihn an, worauf er seinen Rolli abbremste und sie mit einem heftigen Wortschwall überschüttete. Zwar war er auf die Entfernung nicht zu verstehen, aber es war offensichtlich, dass es sich nicht um freundliche Konversation handelte.

»Der General kann ziemlich unsensibel sein«, sagte der Herr in Grau missbilligend. Es hatte den Anschein, als wolle er eingreifen, doch da verschwand die Frau mit ihrem Rollator bereits im Lift. »Das habe ich schon öfter erlebt.«

»Wer war das denn?«

»Das war Edith Ritter. Sie ist zeitweise verwirrt.«

»Lässt ihr Mann sie deshalb so oft allein?«

»Sie sind wohl auch schon von ihr gefragt worden, ob Sie ihn gesehen haben?« Und als Charlotte nickte: »Hugo Ritter ist seit mehr als drei Jahren tot.« Mit dem Zeigefinger deutete er nach unten. »Er hat sich im Wintergarten umgebracht.«

»Hier? Die Residenz wurde doch erst vor knapp zwei Jahren eröffnet.«

»Früher war das ein Hotel. Es war mehr als 100 Jahre im Besitz der Familie Ritter. Die wachsende Konkurrenz dieser vielen modernen Luxusherbergen konnte Eichengrund schwer verkraften. Aus diesem Grunde wollte Herr Ritter das Hotel zu einer exklusiven Seniorenresidenz umbauen. Er hatte sogar einen Investor gefunden, der aber wegen der hohen Kosten abgesprungen ist – und die Insolvenz war unvermeidbar. Es war für Herrn Ritter unerträglich, dass er das Familienunternehmen ruiniert hatte. Deshalb hat er sich erschossen. Seine Frau hat das nie verwunden.«

»Trotzdem wohnt sie hier?«

»Ein anderer Geldgeber hat das ganze Anwesen übernommen. Er hat den West- und Ostflügel ausgebaut und alles auf den neuesten Stand gebracht. Frau Ritter wurde damals ein lebenslanges Wohnrecht zugesichert. – Sie ist übrigens meine Mandantin.«

Charlotte schaute ihn interessiert an. Anscheinend hörte er sich gern reden. Sie ermunterte ihn, mehr zu erzählen.

»Ist es nicht erstaunlich, dass sich der Investor darauf einließ?«

»Es ist kein Geheimnis, dass er keine andere Wahl hatte. Die Zeitungen haben damals ausführlich darüber berichtet.« Während er sprach, behielt er die Wohnungstür im Auge. »Das Hotel gehörte zwar Herrn Ritter, aber das Grundstück hatte er seiner Frau überschrieben. Offiziell war sie seine Angestellte, deshalb flossen Grund und Boden nicht in die Konkursmasse. Allerdings hatte sie für einen Kredit ihres Mannes gebürgt und war dadurch gezwungen, zumindest einen Teil des Grundstücks zu verkaufen. Es wurde schließlich eine für alle Parteien akzeptable Lösung gefunden.«

»Und Sie sind auch hier eingezogen?«

Lächelnd schüttelte er den Kopf.

»Dem Alter nach würde ich wohl hierherpassen, aber solange es meine Haushälterin mit mir aushält, sehe ich keinen Umzugsbedarf.« Er zog eine Visitenkarte aus der Sakkotasche und reichte sie Charlotte. »Onno von Kleist, Rechtsanwalt und Notar. Sollten Sie einmal juristischen Beistand benötigen …«

»Wende ich mich an Sie«, vollendete sie. »Ich bin Charlotte Stern. Tut mir leid, dass ich Sie mit meiner Fragerei aufgehalten habe. Sie wollen sicher zu Frau Ritter.«

»Es war mir ein Vergnügen«, erwiderte er. »Ich wollte heute aber nicht zu Frau Ritter, sondern zu Frau Bernhardt. Sie zählt auch zu meiner Klientel. Gestern Abend hat sie mich angerufen und um einen Besuch gebeten. Wir waren für 9 Uhr verabredet. Leider hat mich die Polizei nicht zu ihr gelassen.«

Da sich nun zwei Männer in roten Jacken den Weg aus der Wohnung durch die Gruppe der Senioren bahnten, stellte sich der Rechtsanwalt ihnen in den Weg.

»Wie geht es meiner Mandantin? Kann ich zu ihr?«

Bedauernd schüttelte der Notarzt den Kopf.

»Wir konnten leider nichts mehr für sie tun. Da die Todesursache unklar ist, haben wir die Kripo informiert.«

Demnach würden wahrscheinlich gleich vertraute Gesichter auftauchen. Hannes und sein Team hatten auch die ersten Todesfälle in der Residenz untersucht. Charlotte beschloss, sich vorsichtshalber unsichtbar zu machen. Falls einer der ehemaligen Kollegen sie ansprechen sollte, würde ihre Tarnung auffliegen. Das wollte sie nicht riskieren. Sie nickte dem Rechtsanwalt knapp zu und drehte sich herum, um unauffällig zu verschwinden. Im gleichen Moment sah sie Dr. Fleischmann aus dem Fahrstuhl steigen. In seinen Augen leuchtete es erfreut auf, als er sie erkannte. Was sollte sie nun tun? Rasch wandte sie sich wieder um und spürte Sekunden später eine Hand an ihrer Schulter.

»Lassen Sie mich mal durch, junge Frau«, sagte der Rechtsmediziner in strengem Ton und schob sie etwas beiseite. Ohne sie weiter zu beachten, wandte er sich an den Polizisten vor der Tür. »Sie sollten für eine Absperrung sorgen«, raunzte er ihn an. »Schaulustige können wir nicht gebrauchen.« Er schob seine massige Figur durch den Türrahmen und verschwand im Inneren der Wohnung.

Erleichtert atmete Charlotte auf. Ihre Befürchtung, dass Horst Fleischmann sie auffliegen lassen könnte, war überflüssig gewesen. Er hatte sogar schauspielerisches Talent bewiesen. Insgeheim leistete sie bei ihm Abbitte. Um nicht auch noch Hannes in die Arme zu laufen, zog sie sich eilig in ihr Apartment zurück. Dort setzte sie sich an den kleinen Schreibtisch und dachte über die jüngsten Ereignisse nach. Vor ihr lag die Visitenkarte des Rechtsanwalts. War es Zufall, dass Frau Bernhardt ihn noch am Abend nach ihrem Anfall um einen Besuch gebeten hatte? Vielleicht hatte sie geahnt, dass sie nicht mehr lange leben würde, und wollte ihn wegen ihres Testaments sprechen?

Nachdenklich klappte sie ihren Laptop auf, um ihre Notizen zu aktualisieren. Sie tippte das Todesdatum von Christa Bernhardt ein und ergänzte die Liste mit dem Namen des Anwalts. Die Anmerkungen zu Hugos Frau Edith vervollständigte sie mit allen neuen Informationen.

Plötzlich hatte sie das Bild vor Augen, das im Büro der Residenzleiterin hing. Es zeigte offenbar das ursprüngliche Hotel vor dem Umbau zur Seniorenwohnanlage. Mit flinken Fingern öffnete Charlotte die Suchmaschine und gab die Begriffe »Hotel Eichengrund« und »Hannover« ein. Über 30.000 Ergebnisse! Da kam viel Arbeit auf sie zu. Sie klickte sich durch mehrere Seiten, erfuhr aber nichts, was sie weiterbrachte. Die Fotos des Hotels bestätigten allerdings ihre Annahme. Als Nächstes gab sie den Namen des Hotelbesitzers ein und stieß auf die Schlagzeile: »Mord oder Selbstmord?« War es möglich, dass ein Zusammenhang zwischen dem Tod des Hotelbesitzers und den jüngsten Todesfällen bestand? Konzentriert las sie verschiedene Berichte. In manchen hieß es, der Hotelier hätte sich wegen seiner finanziellen Lage das Leben genommen. In anderen wurden unklare Todesumstände erwähnt.

Charlotte wunderte sich darüber, dass sie sich überhaupt nicht an dieses pressewirksame Geschehen erinnerte – zumal das erst drei Jahre her war. Als sie das Todesdatum überprüfte, wurde ihr klar, dass es keinen Grund gab, an ihrem Gedächtnis zu zweifeln. Die Ereignisse fielen fast auf den Tag genau mit dem tödlichen Herzinfarkt ihres Mannes zusammen. Sie hatte sich damals beurlauben lassen und war nach der Beisetzung mit ihrem Sohn nach München gefahren, um etwas Abstand zu gewinnen. Nach ihrer Rückkehr war der Fall anscheinend abgeschlossen gewesen.

»Nichts ist so alt wie die Schlagzeile von gestern«, murmelte sie. Zwar hatte sie in der Zeitung nichts über diesen Fall gelesen, aber bei Zweifeln an den Todesumständen musste es eine Ermittlungsakte geben. Sollte sie ihre Kollegin im Kriminalarchiv danach fragen oder besser Hannes darum bitten?

Das Klingeln an der Tür unterbrach ihre Überlegungen. Sie klappte den Computer zu und ging in die Diele. Durch den Spion sah sie die Residenzleiterin draußen stehen und öffnete.

»Guten Tag, Frau Stern. Sie haben sicher schon gehört, dass Frau Bernhardt letzte Nacht von uns gegangen ist. Jetzt haben wir die Kripo im Haus. Die wollen Sie sprechen.«

»Mich? Ich kannte Frau Bernhardt doch kaum.«

»Irgendjemand hat denen wohl erzählt, was gestern passiert ist.« Die ganze Angelegenheit schien ihr unangenehm. »Der Kommissar möchte Sie dazu befragen.«

»Tja, dann …«

Sie nahm den Wohnungsschlüssel von der Ablage und folgte Frau Fischer zum Konferenzraum, den man der Polizei für die Vernehmungen zur Verfügung gestellt hatte.

Bei ihrem Eintreten stand Hannes am Fenster. Pia saß am Tisch und blätterte in ihren Notizen.

»Das ist Frau Stern«, stellte die Leiterin Charlotte vor. Keiner der beiden Polizeibeamten ließ sich ein Erkennen anmerken.

»Treten Sie näher, Frau Stern«, sagte Hannes, bevor er die Residenzchefin anschaute. »Danke, Frau Fischer.«

Damit war sie entlassen. Erst als sie die Tür hinter sich geschlossen hatte, kam Hannes näher und umarmte Charlotte kurz.

»Du bist noch nicht mal eine Woche hier – und schon haben wir eine neue Leiche.«

»Gibt es Anhaltspunkte, dass Frau Bernhardt nicht eines natürlichen Todes starb?«

»Horst wollte sich nicht festlegen. Nach der Obduktion wissen wir mehr. Aber das kann dauern.« Fragend hob er die Brauen. »Was war das gestern für ein Zwischenfall im Park?«

So ausführlich wie möglich berichtete sie davon.

»Uns wurde später gesagt, dass sie sich von dem Schrecken erholt hätte. Sogar die Abendveranstaltung hat sie besucht. Auf mich wirkte sie ganz munter. Deshalb habe ich mich auch gewundert, als ich heute Morgen von ihrem Tod hörte. Weiß man schon, wann sie gestorben ist?«

»Nach ersten Einschätzungen …«, begann Pia und blickte auf ihre Notizen, »zwischen 3 und 4 Uhr in der Nacht.«

»Ach«, erwiderte Charlotte gedehnt und lehnte sich gegen die Tischkante. »Ich bin mitten in der Nacht wach geworden … wahrscheinlich durch den Fahrstuhl, der sich direkt neben meiner Schlafzimmerwand befindet. Das war genau um 02.58 Uhr.«

»Du meinst, dass es einen Zusammenhang gibt?«

»Merkwürdig ist es allemal, wenn jemand nachts durch die Residenz schleicht. Es sei denn, er wurde zu einem Notfall gerufen. Das kann man sicher leicht nachprüfen.«

»Das sind doch alles Spekulationen«, wandte Pia ein. »Noch wissen wir nichts über die Todesursache von Frau Bernhardt. Wahrscheinlich war es das Herz. Es war doch nur eine Frage der Zeit, wann sie einen tödlichen Infarkt erleidet. Wieso hätte da jemand nachhelfen sollen, wo er doch ganz bequem abwarten konnte?«

»Warum seid ihr dann hier?«, forderte Charlotte sie heraus. »Habt ihr mit dem Eilenriede-Killer nicht genug zu tun? Ihr müsstet in diesem Fall doch erst ermitteln, wenn zweifelsfrei feststeht, dass die alte Dame ermordet wurde.«

»Wir dürfen uns keinen Fehler erlauben«, sagte Hannes. »Immerhin war Christa Bernhardt eine berühmte Opernsängerin. Die Presse wird sich für die Umstände ihres Todes interessieren. Wenn auch nur geringste Zweifel an einer natürlichen Ursache aufkommen, wimmelt es hier bald von Journalisten. Die werden ihr Leben in der Residenz genau unter die Lupe nehmen – und irgendwann auf dich und deine Rettungsaktion stoßen. Wenn sie tief genug graben, kommt auch ans Licht, was du hier machst.«

»Das hätte mir gerade noch gefehlt«, erwiderte Charlotte mit abwehrend erhobenen Händen, bevor sie ihn beschwörend anblickte. »Du musst meinen Namen raushalten, Hannes. Sonst kann ich gleich meine Sachen packen.«

»Hast du denn einen Anhaltspunkt für ein Verbrechen entdeckt?«

»Bislang habe ich Informationen zusammengetragen«, erklärte sie, bevor sie Einzelheiten erzählte. Sie ließ auch nicht aus, was sie am Morgen über den ehemaligen Hotelbesitzer erfahren und danach im Internet recherchiert hatte.

»Ich habe das Gefühl, dass es da einen Zusammenhang gibt, weiß aber noch nicht, was das sein könnte. Vielleicht würde es mir helfen, wenn ich die Ermittlungsakten von damals kennen würde.«

»Du glaubst immer noch, dass bei den ersten beiden Todesfällen jemand nachgeholfen hat?«

»Sonst wäre ich nicht mehr hier.«

»Okay, ich werde sehen, was ich für dich tun kann.« In seine Augen trat ein amüsiertes Funkeln. »Das Obduktionsergebnis möchtest du nicht zufällig auch so schnell wie möglich wissen?«

»Du hast ja meine Mailadresse.«

Als Charlotte die Lobby durchschritt, hielt der junge Mann vom Empfang sie auf.

»Frau Stern! Ich habe etwas für Sie.«

Erwartungsvoll trat sie an die Rezeption.

»Haben Sie etwa meinen Kalender gefunden, Herr ...« Sie warf einen kurzen Blick auf sein Namensschild. »Riedel?«

»Leider nicht«, bedauerte er und wandte sich zu den Postfächern um. Aus dem Fach, das zu ihrer Wohnung gehörte, nahm er ein Päckchen, das er ihr reichte. »Das wurde für Sie abgegeben.«

»Danke.«

Im Weitergehen betrachtete sie das in rotes Papier eingeschlagene Präsent, das eine üppige weiße Schleife zierte. Dem Format nach tippte sie auf Konfekt, fragte sich aber im nächsten Moment, wer ihr Pralinen schenken sollte.

»Sie haben wohl einen Verehrer«, sprach Anneliese sie an, wobei sie lächelnd auf das Päckchen deutete. »Das ging aber schnell.«

»Solange der Absender nicht Pippich heißt.«

»Der wirbt nicht um das Objekt seiner Begierde. Das ist eher der zupackende Typ.«

»Das habe ich gespürt.« Sie widerstand der Versuchung, über besagte Stelle zu streichen, und deutete stattdessen auf die Sitzgruppen. »Wollen wir uns einen Moment setzen – oder haben Sie es eilig?«

»Schon lange nicht mehr. Ich hatte noch nie so viel Zeit, um so wenig zu tun.«

Sie nahmen auf einem Ledersofa in Fensternähe Platz. Charlotte legte das Geschenk auf den niedrigen Tisch, ehe sie Anneliese fragend anschaute.

»Wir sind doch ungefähr im gleichen Alter. Wann haben Sie sich entschlossen, hier einzuziehen?«

»Vor einem Dreivierteljahr. Ich habe bis 66 gearbeitet. Mit dem Ruhestand musste ich aus meiner Dienstwohnung auf dem Gelände des Jugendheims raus. Da habe ich mir gedacht, dass es einfacher ist, mir gleich etwas Dauerhaftes zu suchen, anstatt nach ein paar Jahren aus einer kleinen Wohnung auszuziehen, weil ich dann vielleicht ohne Hilfe nicht mehr klarkomme.« Lächelnd zuckte sie die Schultern. »Hier lässt es sich ganz gut leben – auch wenn sich die Todesfälle in letzter Zeit häufen.«

»Ich hätte nicht damit gerechnet, dass das mit Frau Bernhardt so schnell gehen würde. Sie sah gestern bei dem Vortrag doch gar nicht mehr so mitgenommen aus.«

»Wer weiß schon, was in der Nacht passiert ist. Vielleicht hatte sie einen neuen Anfall oder …«

»Oder?«

»Wahrscheinlich lese ich zu viele Krimis«, lautete die ausweichende Antwort.

»Die Polizei wird schon rausfinden, wenn da was nicht stimmt.«

»Darauf würde ich mich nicht verlassen. Die haben die ersten beiden Todesfälle auch als Unfälle abgetan.«

Gespannt beugte sich Charlotte etwas zu ihr hinüber.

»Aber Sie sehen das anders?«

»Jedenfalls den Treppensturz von Herrn Uhland. Der Mann war geistig voll auf der Höhe. Der spaziert nicht mitten in der Nacht auf den Fluren rum und fällt dann einfach so die Treppe runter.«

»Etwas seltsam ist das schon«, formulierte Charlotte vorsichtig. »Andererseits verhalten sich alte Leute bisweilen merkwürdig. Aus manchen Menschen wird man einfach nicht schlau. Mir ergeht es zum Beispiel mit Frau Seegers so.«

»Die ist nicht merkwürdig, sondern konsequent«, widersprach die Strick-Liesel kopfschüttelnd. »Ihr Schwiegersohn hat sie nach ihrem Schlaganfall aus der Firma gekegelt und in der Residenz abgeladen. Angeblich hat die Reha gut angeschlagen, aber er hatte die Zeit genutzt und sie unter Betreuung gestellt. Seit sie hier ist, hat sie kein Wort gesprochen, wirkt abwesend und an nichts interessiert.«

»Sollte man nicht versuchen, ihr zu helfen? Ich habe heute Morgen einen Anwalt kennengelernt: Onno von Kleist. Vielleicht …«

»Der ist auch nicht ganz koscher und nur auf ein saftiges Honorar aus«, sagte Anneliese und erhob sich. »Mit der Zeit werden Sie die Leute hier besser einschätzen können. Die sind längst nicht alle so unbedarft, wie sie tun. – Sehen wir uns nachher im Wintergarten?«

»Ja, ich habe heute Kuchen-Dienst.«

Wieder in ihrem Apartment angekommen, setzte sich Charlotte in einen Sessel, zog die weiße Schleife auf und wickelte das Geschenk aus dem Papier. Zum Vorschein kam eine edle Pralinenmischung in einer reichverzierten Metalldose. Obenauf lag ein Briefumschlag, auf dem in geschwungenen Buchstaben ihr Name geschrieben stand. Gespannt öffnete sie das Kuvert, zog eine Karte heraus und las:

Herzlichen Dank für Ihre Hilfe.
Sie sind mutig –
aber Sie sollten vorsichtig sein.
Wenn Sie Eichengrund nicht verlassen,
kann das lebensgefährlich für Sie werden.
Vertrauen Sie niemandem!
C. B.

Charlotte war mehr als überrascht. Nicht nur darüber, dass Christa Bernhardt ihr vor ihrem Tod Konfekt hatte zukommen lassen. Die beiliegende Nachricht war eine Warnung. Aber wovor? Beunruhigt las sie die Zeilen noch einmal, bevor sie die Karte umdrehte. Erst jetzt erkannte sie, dass es sich um ein Foto handelte. Es zeigte die Opernsängerin in vertrauter Umarmung mit einem Mann. Zuerst hielt Charlotte es für eine

Szene aus einer Oper. Als sie sich den Mann im Frack jedoch genauer anschaute, hatte sie das Gefühl, ihn schon einmal gesehen zu haben. Das gewinnende Lächeln, die schwarzen Locken, der dunkle Schnurrbart ...

»Hugo ...«, murmelte sie, erhob sich und setzte sich an den Schreibtisch. Im Nu war der Laptop eingeschaltet. Sie hatte am Morgen einige Webseiten mit einem Lesezeichen markiert und fand den Bericht über den Tod des Hoteliers sofort. Das dazugehörige Bild zeigte den Mann, der Christa Bernhardt auf dem Foto in den Armen hielt. Die beiden hatten sich anscheinend nicht nur gekannt; alles deutete auf eine enge Beziehung hin – auf eine Liebesbeziehung? Aber warum war die Sängerin dann nach seinem Tod hier eingezogen? Dorthin, wo auch die Witwe des Hoteliers lebte? Musste es nicht für beide Frauen quälend sein, einander häufig zu begegnen? Oder hatte Frau Ritter nichts vom Verhältnis ihres Mannes mit der Operndiva gewusst?

In Gedanken ging Charlotte noch einmal alle Fakten durch und kam zu dem Ergebnis, dass sie mehr über Edith Ritter herausbekommen musste. Sie würde die alte Dame bei nächster Gelegenheit befragen. Vielleicht wussten ihre neuen Bekannten etwas über die Vorgeschichte der Residenz.

Im Wintergarten stand alles für die Kaffeerunde bereit, als dort nach und nach Anneliese, Philipp, Conrad, Frau Seegers und der General eintrafen.

»Das sieht aber lecker aus«, sagte Conrad beeindruckt. »Seit wann haben wir denn eine so reiche Auswahl?«

»Ich bin in die Stadt gefahren und habe den Kuchen von der Konditorei Kreipe besorgt«, erklärte Charlotte. »Den Kaffee auch. Die Damen hier im Residenzcafé waren so nett, ihn für mich zu kochen. Bitte greifen Sie zu.«

Während sie das taten, legte auch Charlotte ein Stück Kuchen auf einen Teller und schenkte eine Tasse Kaffee ein.

Damit trat sie zu Frau Seegers, die etwas abseits Platz genommen hatte. Die alte Dame nickte ihr zum Dank kurz zu, bevor sie den Blick wieder auf einen imaginären Punkt am Boden richtete.

Alle in der Runde genossen das Gebäck aus der Konditorei und lobten den köstlichen Geschmack.

»Für diesen hervorragenden Kaffee verdienen Sie einen Orden, Charlotte«, sagte der General sichtlich begeistert. »Kein Vergleich zu dem Spülwasser, das ich zum Frühstück hatte.«

»Dann mögen Sie bestimmt noch welchen«, erwiderte sie und schenkte ihm nach. Auch Conrad hielt ihr seine leere Tasse hin. Als Charlotte sie gefüllt hatte, warf er einen Blick in den Park.

»Es fehlt etwas, wenn sie nicht da draußen auf der Bank sitzt und ihre Zigarette raucht. Unfassbar, dass sie nicht mehr da ist.«

»Das war wohl für uns alle ein Schock«, sagte Anneliese und nahm ihre Strickkunst aus dem Korb. »Ich bin gespannt, was die Obduktion ergibt.«

»Es war das Herz«, sagte der General im Brustton der Überzeugung. »Was denn sonst?«

»Darauf wird es wohl hinauslaufen«, stimmte sie ihm zu. »Aber auch einen Angina-Pectoris-Anfall kann man provozieren. Das haben wir gestern Nachmittag alle miterlebt.«

Unter hochgezogenen Brauen schaute Philipp sie an.

»Wer sollte ein Interesse daran haben?«

»Dieselbe Person, die auch für die anderen Todesfälle verantwortlich ist.«

»Ich glaube, Sie lesen wirklich zu viele Krimis. Christa Bernhardt war doch im ganzen Haus beliebt.«

»Bei den Bewohnern, beim Personal weniger.«

»Nur weil sie ein bisschen anstrengend war, soll einer sie umgebracht haben? Ist das nicht zu weit hergeholt?«

»Als Forensischer Psychologe sind Sie doch mit den Abgründen der menschlichen Psyche vertraut. Sie wissen, wie Serienmörder ticken. Wollen Sie nicht sogar einen Thriller schreiben, in dem die Morde eines Killers gar nicht als solche erkannt werden? Dann halten Sie es doch für möglich, dass es so was auch im wahren Leben geben könnte.«

»Das ist richtig«, gab er zu. »Aber ein Serienmörder wählt seine Opfer nach bestimmten Kriterien aus. Im Moment sehe ich noch keinen Zusammenhang zwischen den drei Verstorbenen – außer, dass sie alle hier gelebt haben.«

»Vielleicht sollte man sich mal fragen, wer von ihrem Tod profitiert. Christa ist auf allen großen Bühnen rund um den Globus aufgetreten. Sie hat mit Pavarotti und Domingo gesungen. Dafür hat sie hohe Gagen kassiert. Ihre CDs verkaufen sich nach ihren Worten immer noch sehr gut. Da ist ein ganz schönes Vermögen zusammengekommen.«

Als Anneliese schwieg, schaute Charlotte sie nachdenklich an.

»Es gibt doch bestimmt Angehörige.«

»Von denen lebt wohl niemand mehr. Außerdem war sie Einzelkind und hatte sich für ihre Karriere entschieden.«

»Ich habe gelesen, dass Christa Bernhardt früher bei Gastspielen immer im Hotel Eichengrund abgestiegen ist. Vielleicht hat sie sich deshalb später für eine Wohnung in der Residenz entschieden?«

»Das hatte noch andere Gründe«, wusste Conrad. »Sie hat mal erzählt, dass sie in Hannover geboren und aufgewachsen ist. Auch ihr erstes Engagement hatte sie an der hannoverschen Oper. Trotz ihrer Weltkarriere ist sie immer gern hierher zurückgekommen.«

Sie sprachen noch eine Weile über die verstorbene Operndiva. Dabei erfuhr Charlotte aber nichts Neues.

KAPITEL 8 – SAMSTAG, 9. MAI

Am Morgen fand Charlotte eine Mail von Hannes im elektronischen Postfach, in der er ihr mitteilte, dass die Obduktion von Christa Bernhardts Leichnam keine Anzeichen von Fremdeinwirkung ergeben hätte. Die Obduktionsdiagnose lautete: peripheres Kreislaufversagen. Eine koronare Vorerkrankung hatte Dr. Fleischmann nicht feststellen können. Bei der inneren Leichenschau war er aber auf einen inoperablen Hirntumor gestoßen. Außerdem waren am Nachthemd der Leiche Hundehaare gefunden worden.

»Das kann doch nicht sein …«, murmelte Charlotte und öffnete den Anhang. Auf Seite 15 des Obduktionsprotokolls war ein menschliches Herz abgebildet. Alle möglichen Befunde, die aufgeführt wurden, waren als unauffällig markiert. Charlotte klickte zurück zu Seite 11. Dort war ein Gehirn dargestellt. Die bösartige Geschwulst war gut erkennbar eingezeichnet. Es handelte sich um einen primären, inoperablen Hirntumor, ein Glioblastom. Die Prognose des Rechtsmediziners grenzte die Lebenszeit, die verblieben wäre, auf wenige Wochen ein.

Verwundert schloss Charlotte den Anhang und las noch einmal die Mail, in der Hannes schrieb, dass es keine Veranlassung zu weiteren Ermittlungen gäbe. Nur aus diesem Grund hätte er ihr das Obduktionsprotokoll geschickt. Er riet ihr, die Residenz zu verlassen und ihren gewohnten Lebensrhythmus wiederaufzunehmen.

Das konnte er vergessen! Drei Todesfälle innerhalb von drei Wochen – das konnte nicht mit rechten Dingen zugehen. Auch wenn Christa Bernhardt nur noch wenige Wochen zu leben gehabt hätte, war ihr plötzlicher Tod durch Kreislaufversagen zumindest ungewöhnlich. Die Operndiva musste von ihrer Erkrankung gewusst haben – und auch, dass ihr nicht mehr viel Zeit bleiben würde. Warum aber sollten alle glauben, dass sie an Angina Pectoris litt? Große Auftritte war man von ihr gewohnt. Hatte sie ihren Abgang perfekt inszeniert? Anscheinend hatte sie niemandem etwas über ihre wahre Krankheit verraten, sodass auch ein möglicher Mörder nicht wissen konnte, dass sie bald abtreten würde. Wollte sie ihn zum Handeln provozieren? Das wiederum konnte nur eines bedeuten: Christa Bernhardt hatte gewusst, dass in der Residenz ein Killer umging – möglicherweise seine Identität gekannt. Deshalb ihre Warnung, dass es gefährlich werden könnte, im Eichengrund zu bleiben?

Leise seufzte Charlotte. Sie wollte nicht mehr in trüben Gewässern aus Vermutungen und Spekulationen fischen. Sie brauchte Klarheit. Inzwischen war sie davon überzeugt, dass die Bernhardt eine zentrale Rolle in diesem Stück spielte. Die einzige Person, von der sie wusste, dass sie die Opernsängerin von früher kannte, war Edith Ritter. Obwohl die alte Dame etwas verwirrt schien, konnte sie vielleicht zur Aufklärung beitragen.

Charlotte antwortete Hannes per Mail, dass sie noch einige Zeit in der Residenz bleiben würde. Immerhin hatte sie in der Nacht den Fahrstuhl gehört und vermutete, dass der Mörder ihn benutzt hatte. Möglicherweise war er davon ausgegangen, dass ein zweiter Anfall innerhalb weniger Stunden unverdächtig wäre. Vielleicht hatte er einen Hund dabeigehabt, um die alte Dame in Todesangst zu versetzen. Anscheinend wussten alle von ihrer Phobie. Das würde außerdem die Hundehaare am Nachthemd erklären. Es erschien ihr unwahrscheinlich, dass sie von dem roten Kleid übertragen worden waren.

Nach kurzem Überlegen recherchierte Charlotte im Internet über die Ursachen von Kreislaufversagen und stieß auf Schockzustände. Diese vermochten akutes Kreislaufversagen mit unzureichender Sauerstoffversorgung lebenswichtiger Organe auszulösen. Ohne ärztliche Hilfe konnte das schnell lebensbedrohliche Auswirkungen haben. Demnach wäre es möglich gewesen, den Tod der Opernsängerin zu provozieren, so wie es Anneliese schon vermutet hatte.

Gedankenverloren erhob sie sich und trat auf den Balkon hinaus. Sie steckte in einem klassischen Ermittlungsdilemma. Wenn sie einen Verdächtigen hätte, wäre es zwar schwer, eine Beweiskette aufzufädeln, die sie zum Täter führte, aber nicht unmöglich. Leider hatte sie nicht einmal ansatzweise einen Verdächtigen. Bislang gab es einfach keinen Anhaltspunkt.

Sie trat ans Geländer und blickte in den Park. Eine leichte Brise spielte mit den Blättern der Bäume. Zwischen den Grünflächen bewegte sich eine alte Dame mit einem Rollator langsam vorwärts. Sofort ging Charlotte hinein, griff nach dem Wohnungsschlüssel und steckte ihr Smartphone in die Hosentasche.

Im Freien orientierte sie sich kurz, bevor sie sich nach rechts wandte und zügig ausschritt. Als sie die Mitbewohnerin erreichte, passte sie sich der langsameren Gangart an.

»Hallo, Frau Ritter. Ist das nicht ein herrlicher Tag?«

Abrupt blieb die alte Dame stehen. In ihren Augen lag ein überraschter Ausdruck, als sei sie es nicht gewohnt, angesprochen zu werden.

»Haben Sie meinen Mann gesehen?«

»Leider nicht.« Sie deutete auf eine Bank in der Nähe. »Wollen wir nicht zusammen auf ihn warten?«

»Das ist eine gute Idee«, entgegnete die alte Dame und setzte sich wieder in Bewegung. Etwas schwerfällig ließ sie sich auf der Bank nieder. Charlotte nahm neben ihr Platz und schaute sie aufmerksam an. Trotz der vielen Fältchen war unverkennbar, dass sie einmal eine schöne Frau gewesen war.

»Erzählen Sie mir von Ihrem Mann, Frau Ritter? Wie haben Sie sich kennengelernt?«

»Das ist schon lange her …«

»Wahrscheinlich waren Sie noch sehr jung?«

Ediths Blick schweifte in die Ferne.

»Hugo war ein schöner junger Mann mit schwarzen Locken. Ich habe mich sofort in ihn verliebt.«

»Im Hotel?«

Lächelnd schüttelte Edith den Kopf.

»In Leipzig, auf der Messe.«

»Sie stammen aus Leipzig?«

»Nein, aus Brandenburg. Ich habe auf der Messe gearbeitet. Hugo war ein Besucher aus dem Westen.«

»Eine Beziehung zwischen Ost und West war damals doch sehr schwierig. Haben Sie einen Ausreiseantrag gestellt?«

Ohne auf die Frage einzugehen, stand die alte Dame auf und legte die faltigen Hände um die Haltegriffe des Rollators.

»Ich muss jetzt nachsehen, ob die Gärtner die Beete anständig geharkt haben. Das Personal ist manchmal so unzuverlässig. Als Hotelbesitzer muss man sich um alles kümmern.«

Rasch stand auch Charlotte auf.

»Es war nett, mit Ihnen zu plaudern. Vielleicht können wir das bald mal wiederholen.«

»Was?« Irritiert blickte die alte Dame sie an. »Ich muss jetzt meinen Mann suchen«, sagte sie noch, bevor sie sich langsam entfernte.

Charlotte setzte sich wieder und schaute ihr nach. Viel Neues hatte sie nicht erfahren. Anscheinend wechselten bei Edith Ritter klare und verwirrte Momente. Es würde nicht leicht werden, mehr aus ihr herauszubekommen, aber sie würde am Ball bleiben.

Den Nachmittag verbrachte Charlotte wieder in gewohnter Runde. Albert hatte für Kaffee und Kuchen gesorgt; Anneliese saß schon vor dem Eintreffen der anderen im Wintergarten. Nur Philipp war noch nicht gekommen.

»Sie sind ja in einem richtigen Wollrausch, Liesel«, sagte Conrad, als das Klappern der Nadeln nicht verstummte. »Was wird das denn? Das sieht anders als Ihre sonstigen Projekte aus.«

»Gut beobachtet«, lobte sie ihn. »Wir werden die weltweit größte Woll-Installation herstellen: Die Kuppel der Basilika St. Clemens bekommt eine Strickmütze aufgesetzt.«

»Das ist ja wohl ein Witz!«

»Von wegen, Albert, das ist eine Idee der katholischen Kirche. 90 Stricker werden insgesamt 400 Quadratmeter in den Farben des Bistums stricken, die dann in den Sommerferien zusammengefügt werden. Im September steigen Industriekletterer aufs Kirchendach und lassen die Maschen fallen.«

»So modern hätte ich die katholische Kirche gar nicht eingeschätzt«, sagte Charlotte. »Die ist doch sonst so konservativ.«

»Tja, die Zeiten ändern sich«, meinte Anneliese. »Stricken Sie eigentlich auch?«

»In den Wintermonaten habe ich die kalten Füße meiner Verwandtschaft mit Socken in allen Größen und Farben bestrickt. Das reicht mir für die nächsten Jahre. Außerdem unternehme ich bei diesem schönen Wetter lieber was an der frischen Luft.«

»Ab morgen ist der Himmel stark bewölkt und es fällt gebietsweise Regen«, bemerkte Conrad. »Auch der Wind nimmt zu – aus westlicher Richtung. Erst Anfang der Woche wird es wieder sonnig.«

»Bei Regenwetter komme ich besonders gut voran«, meinte die Strick-Liesel, worauf er lächelnd den Kopf schüttelte.

»Sie handarbeiten doch sowieso beinah rund um die Uhr.«

»Aber nur, weil ich Schlafstörungen habe. Ich wäre abends gern mal so müde wie morgens. Wahrscheinlich bin ich einfach nicht ausgelastet. Anstatt mich im Bett rumzuwälzen, schalte ich die Glotze ein und stricke vor dem Fernseher. Nachts gibt es übrigens die spannendsten Krimis.«

»Haben wir nicht schon genug Tote? Und nun auch noch unser Opernstar. Sie haben doch bestimmt die Presseleute vor dem Eingang gesehen. Nur gut, dass Frau Fischer den Reportern nicht erlaubt, die Residenz zu betreten. Sonst würden die überall rumschnüffeln.«

»Eine tote Berühmtheit lockt immer die Presse an«, meinte Charlotte. »Die Sensationsgier treibt sie her.«

»Sie können denen ja von Ihrer Heldentat erzählen.«

»Den Teufel werde ich tun«, erwiderte sie, wobei sie den General für seine Bemerkung vorwurfsvoll ansah. »Ich hoffe, dass alle, die von dem Vorfall wissen, diskret genug sind und den Mund halten. Es wäre mir sehr unangenehm, davon in der Zeitung zu lesen.«

»Von uns erfährt niemand was«, beruhigte Anneliese sie. »Wir sind doch keine Plaudertaschen.«

»Gut zu wissen.« Charlotte schaute an ihr vorbei in den Park. Sie sah Philipp und seine Freundin. Anscheinend hatten sie sich eben voneinander verabschiedet. Er ging auf die offen stehenden Flügeltüren des Wintergartens zu, während die junge Frau aus ihrem Blickfeld verschwand.

»Hallo, allerseits«, sagte Philipp beim Eintreten, schenkte sich am Tisch eine Tasse Kaffee ein, gab einen Schuss Milch dazu und setzte sich damit neben Anneliese. »Ich bin schon wieder zu spät. Habe ich was verpasst?«

»Von *uns* gibt es nichts Aufregendes zu berichten«, sagte die Strick-Liesel mehrdeutig, doch er ging nicht darauf ein. Stattdessen rührte er seelenruhig mit einem kleinen Löffel in seiner Kaffeetasse.

»Übrigens ist draußen wieder Ruhe eingekehrt. Die Reporter haben wohl eingesehen, dass sie keine Sensationsstory bekommen werden.«

»Wird auch Zeit, dass die verschwinden«, brummte der General und schielte zur Kaffeekanne hinüber. Charlotte bemerkte seinen sehnsüchtigen Blick, erhob sich, nahm ihm die leere Tasse aus der Hand, füllte sie und kehrte damit zu ihm zurück.

»Danke«, sagte er knapp, wobei die Andeutung eines Lächelns auf seinem hageren Gesicht erschien. Für seine Verhältnisse grenzte das schon fast an einen Gefühlsausbruch. Charlotte nickte ihm freundlich zu, bevor sie sich wieder setzte. Auch später, als sich die Runde auflöste, stieg sie in der Beliebtheitsskala des Generals. Da er für Kaffee und Kuchen gesorgt hatte, nahm sie ihm das lästige Geschirrabräumen ab. Philipp half ihr dabei. Während sie die Tassen und Teller zum Tisch brachte, stellte er alles auf den Servierwagen.

»So, das war's«, sagte sie und wandte sich zur Tür.

»Charlotte!«, hielt er sie auf, worauf sie sich herumdrehte. »Haben Sie heute Abend zufällig Durst?«

»Kann schon sein.«

»Dann möchte ich Sie gern einladen.«

»Ihre Freundin hat wohl keine Zeit?«

»Meine …« Irritiert brach er ab, aber dann verstand er. »Sie meinen Sandra? Sie ist meine Studentin, sonst nichts. Eine so hübsche, junge Frau interessiert sich bestimmt nicht für einen alten Knacker.«

»Sie sind doch erst 66.«

»Woher wissen Sie das?«

»Das kann man in Ihren Büchern unter der Rubrik ›Über den Autor‹ nachlesen«, sagte sie, obwohl sie die Infos über ihn der Einfachheit halber im Internet recherchiert hatte.

Er seufzte theatralisch.

»Wo sind die Zeiten geblieben, in denen man eine Frau noch überraschen konnte?« Jungenhaft zwinkerte er ihr zu. »Sie mögen bestimmt Volksmusik?«

»Ich glaube, ich habe heute Abend doch keinen Durst.«

Sein Lächeln sprang in die Fältchen seiner Augenwinkel.

»Das war ein Scherz. Ich habe zwei Karten für ein kleines, aber feines Konzert in einem angesagten Club. Sie spielen Jazz, Blues, Soul, Rockballaden und Ähnliches, also eher ruhige, emotionale Musik. Haben Sie Lust, mich zu begleiten?«

»Ich weiß nicht, ob ich das passende Outfit für so eine Veranstaltung hier habe.«

»Jeans und Shirt genügen vollkommen, Charlotte. Nun sagen Sie schon Ja.«

»Also gut«, stimmte sie nach kurzem Zögern zu. Möglicherweise konnte er ihr bei ihren Ermittlungen helfen. Außerdem mochte sie ihn. »Ich bin dabei.«

»Darf ich Sie um 19 Uhr abholen?«

»Wir treffen uns in der Lobby«, schlug sie vor und verließ den Wintergarten.

Beim Betreten ihrer Wohnung fiel ihr zum ersten Mal die Unordnung auf. Überall lag etwas herum. Sie war zwar nie die Ordentlichste gewesen und hatte in den letzten Tagen nur an ihre Ermittlungen gedacht, aber so konnte es nicht weitergehen. So sammelte sie herumliegende Kleidungsstücke ein und legte sie im Schlafzimmer in den Schrank. Auf dem Nachttisch stand ein leeres Wasserglas, im Wohnzimmer war noch das Frühstücksgeschirr auf dem Tisch. Charlotte brachte alles in die kleine Küche. In der Spüle stapelte sich schon der Abwasch. Zu Hause hatte sie eine Spülmaschine, die ihr die Arbeit abnahm. Welch ein Segen! Nun musste sie wohl oder übel per Hand spülen. Sie tat es mit wenig Begeisterung, aber es musste sein.

Nachdem alle Arbeit erledigt war, überprüfte sie ihre Garderobe. Die Jeans waren kein Problem, aber was sollte sie dazu anziehen? Um nicht aufzufallen, hatte sie überwiegend elegante Kleidung mit in die Residenz genommen. Ihr Laufshirt hatte sie mit anderen Kleidungsstücken in die Hauswäscherei gegeben. Was blieb da noch? Groß war die Auswahl nicht. Schließlich entschied sie sich für eine schlichte weiße Bluse und einen beigefarbenen Kurzblazer.

Nach dem Duschen und Ankleiden legte sie etwas Makeup auf. Dabei fragte sie sich, ob es in diesem Club etwas zu Essen geben würde. Nach dem gehaltvollen Apfelkuchen vom Blech, den der General geordert hatte, war es ihr fürs Abendessen zu früh. Sollte es in dem Laden nur Getränke geben, würde sie wenigstens etwas für ihre Figur tun. Bei dem ungewohnten täglichen Kuchenkonsum und dem ausgefallenen Fitnesstraining konnte Kaloriensparen nicht schaden.

Pünktlich verließ Charlotte ihr Apartment und lief die Treppe hinunter zur Lobby. Philipp erwartete sie im Eingangsbereich und kam lächelnd auf sie zu.

»Hallo, Charlotte«, begrüßte er sie und musterte sie von Kopf bis Fuß. »Sie sehen umwerfend aus.«

»Warum liegen Sie mir dann nicht zu Füßen?«

»Sie nehmen mich nicht ernst.«

»Doch, doch«, widersprach sie. »Wollen wir gehen?«

»Das Taxi wartet schon.«

»Wir hätten auch mit meinem Wagen fahren können.«

»Oder mit meinem«, sagte er und führte sie ins Freie. »Aber wenn wir ein Gläschen Wein trinken wollen, ist es besser, nicht selbst zu fahren.«

Der »Musikladen« war eine Mischung aus Pub und Club. Die lange Theke dominierte die rustikale Einrichtung. Hinter der Bar waren raumhohe Regale mit unzähligen verschiedenen

Spirituosenflaschen gefüllt; eine Kreidetafel mit den Namen der auftretenden Bands hing an einem Balken. Das Mobiliar aus dunklem Holz wirkte urig und gemütlich. Tischgruppen standen im Raum verteilt und in Nischen. Auf der kleinen Bühne an der hinteren Wand waren Musiker mit ihren Instrumenten beschäftigt. Das ganze Ambiente strahlte einen besonderen Charme aus.

Über den knarrenden Dielenboden führte Philipp seine Begleiterin zu einem der kleineren Tische, fragte, ob ihr Rotwein recht sei, und winkte dem Wirt. Wenig später brachte der Mann mit dem roten Haarschopf eine Flasche und zwei Gläser auf einem Tablett. Er schien genau zu wissen, welches Getränk sein Gast bevorzugte. Freundlich begrüßte er die Neuankömmlinge, rückte den Keramikbecher mit den Salzstangen etwas zur Seite und zündete die Kerze auf dem Tisch an.

»Zuerst habe ich mich gewundert, dass du nicht wie sonst nur eine Karte vorbestellt hast, Professor«, sagte er, wobei er dessen Begleiterin interessiert musterte. »Jetzt natürlich nicht mehr.«

»Das wiederum wundert mich nicht«, antwortete Philipp leise lachend, bevor er Charlotte anschaute. »Das ist Ron, der Laden gehört ihm.« Und an den Wirt gewandt: »Charlotte ist das erste Mal hier. Eigentlich wollte ich sie in den Musikantenstadl einladen, aber sie steht nicht auf alpenländische Klänge.«

»Das macht Sie noch sympathischer«, sagte er und strahlte sie an. »Sie werden es nicht bereuen, dass Sie mit ihm hergekommen sind – jedenfalls, was die Musik betrifft.«

Mit dem Kopf deutete sie zu ihrem Gegenüber.

»Ist das eine Warnung vor ihm?«

Ron grinste nur, zuckte die Schultern und wandte sich den Gästen am Nebentisch zu.

Mit stoischer Gelassenheit schenkte Philipp den Wein ein, reichte Charlotte ein Glas und trank ihr zu.

»Auf einen schönen Abend.«

»Ich lasse mich überraschen.«

Das Flaschenetikett verriet den portugiesischen Rotwein. Er war von einer leuchtenden, fast violetten Farbe und besaß eine feinfruchtige Note.

Kaum hatten sie die Gläser wieder abgestellt, kündigten die Musiker das erste Stück an: »*I may be wrong but I think you are wonderful*«.

Philipp warf Charlotte einen vielsagenden Blick zu, den sie geflissentlich ignorierte. Sie konzentrierte sich ganz auf die Musik und wippte bald mit dem Fuß im Takt. Es fiel ihr wie vielen Gästen schwer, ruhig sitzen zu bleiben.

Nachdem die Band mehrere Songs gespielt hatte, folgte eine kurze Pause für den Musikerwechsel.

Charlotte verspürte allmählich Hunger und griff nach einer Salzstange. Gedankenverloren betrachtete sie das Gebäckstäbchen. Unerwartet beugte sich Philipp etwas vor und biss ein Stück davon ab.

»Ich wusste, dass Sie mir eines Tages aus der Hand fressen würden«, kommentierte sie und ließ den Rest zwischen ihren Lippen verschwinden.

»Das war mir auch von Anfang an klar«, sagte er zu ihrem Erstaunen, ging aber nicht weiter darauf ein. »Sie waren eben so nachdenklich.«

»Ich musste gerade an Christa Bernhardt denken. Sie ist noch nicht unter der Erde, während wir uns hier amüsieren, als wäre nichts geschehen.«

»Sie hätte es nicht anders gewollt.« Er sagte das so überzeugt, dass Charlotte stutzte.

»Kannten Sie sie näher?«

»Nicht wirklich, aber sie war eine kluge Frau. Ihre Starallüren waren nur gespielt. Es hat sie amüsiert, dass niemand sie durchschaute.«

»Wissen Sie das von ihr?«

»Am Abend vor ihrem Tod hat sie mich um einen Besuch gebeten«, erzählte Philipp. »Nach der Veranstaltung war ich noch bei ihr.«

»Haben Sie das bei der Polizei ausgesagt?«

»Bisher nicht. Solange die Todesursache nicht feststand, gab es keinen Grund dafür. Und jetzt ist es nicht mehr wichtig, weil die Obduktion einen natürlichen Tod ergeben hat.«

Jede seiner Antworten überraschte Charlotte ein wenig mehr.

»Woher wissen Sie das nun wieder?«

»Diese Info habe ich aus erster Hand. Der Rechtsmediziner ist ein alter Bekannter von mir. Wir waren beide öfter als Gutachter bei Gerichtsprozessen bestellt. Er war für die Begutachtung der Opfer zuständig, ich für die der Täter.«

»Und da hat …« Beinah hätte sie »Horst« gesagt, besann sich aber im letzten Moment. »… der Rechtsmediziner Ihnen einfach so die Todesursache mitgeteilt?«

Lächelnd schüttelte Philipp den Kopf.

»Dr. Fleischmann hat sich bereit erklärt, mir als Berater bei meinem Krimi zur Seite zu stehen, damit auch die rechtsmedizinischen Fakten stimmen. Als ich ihn heute anrief, erwähnte ich, dass ich etwas beunruhigt bin, weil wir nun schon den dritten Todesfall im Eichengrund haben. Er beruhigte mich damit, dass Christa Bernhardt eines natürlichen Todes gestorben ist.«

»Aha«, sagte Charlotte nachdenklich und griff nach ihrem Glas. »Was wollte sie eigentlich von Ihnen?«

»Sie hat mich über Traumata ausgefragt, wollte alles darüber wissen. Beispielsweise, wie schwer ein Trauma ist, wenn man jahrelang zu Unrecht eingesperrt war und gefoltert wurde. Ob ein Trauma Depressionen auslösen kann – und ob ein stark traumatisierter Mensch fähig ist, ein Gewaltverbrechen zu begehen.«

»Warum hat sie sich dafür interessiert?«

»Daraus hat sie ein Geheimnis gemacht.« Seine Augen schweiften durch den Raum, kehrten zu Charlottes Gesicht zurück. »Seltsamerweise hat sie mich noch gefragt, ob ich bereit wäre, ein psychologisches Gutachten zu erstellen.«

»Wollte sie ihr Testament ändern und mit dem Gutachten sicherstellen, dass es nicht angefochten werden kann?«

»Auch das hat sie mir nicht verraten. Sie sagte nur, dass sie ihre Dinge neu geregelt hätte, damit ein schiefes Bild geradegerückt würde. Zur Sicherheit bräuchte sie dafür ein Gutachten. Irgendwie hatte ich den Eindruck, dass es dabei um jemand anderes ging. Allerdings hätte ich ihr jederzeit bescheinigt, dass sie im Vollbesitz ihrer geistigen Kräfte war.« Vage zuckte er die Schultern. »Jedenfalls wollte sie mit einem großen Knall von der irdischen Bühne abtreten.«

»Was meinte sie damit?«

Ratlos schüttelte er den Kopf

»Auch darüber ließ sie mich im Unklaren. Aber sie bat mich noch, auf jemanden aufzupassen.«

Gespannt beugte sich Charlotte etwas vor.

»Auf wen?«

»Auf Sie.«

»Auf mich?«, wiederholte sie verwundert. »Wieso das?«

»Ich hatte den Eindruck, dass Christa aus irgendeinem Grund um Sie besorgt war.«

»Wir kannten uns doch gar nicht«, sagte sie, während sie sich seine Worte durch den Kopf gehen ließ. Da nun aber die Musik wieder einsetzte, beschloss sie, später darüber nachzudenken.

Philipp bestellte im Laufe des Abends eine zweite Flasche Wein. Die Stimmung im Musikladen war ausgezeichnet. Die Gäste wippten im Takt, einige sangen bekannte Melodien mit, und zur Musik der letzten Band wiegten sich Paare selbstvergessen beim Tanz.

Weit nach Mitternacht stiegen Charlotte und Philipp in ein Taxi, das sie zum Eichengrund zurückbrachte. Da der Haupteingang längst verschlossen war, mussten sie den Seiteneingang benutzen.

»Psst«, mahnte Philipp, als er die Tür öffnete. »Wir müssen leise sein, sonst sind wir morgen Gesprächsthema Nummer eins.«

»Fürchten Sie um Ihren guten Ruf?«, fragte sie und kicherte leise. »Immerhin glauben hier alle, dass Sie eine fesche junge Freundin haben. Wenn Sie jetzt mitten in der Nacht mit einer alten Schachtel aufkreuzen …«

»Dann werden sie denken, dass sogar ein dröger Professor noch lernfähig ist«, vollendete er und schob sie in den Flur. Fast geräuschlos schloss er die Tür von innen. »Wie wäre es mit einem Absacker?«

»Lieber nicht. Ich bin schon ganz schön angeschickert. Mehr als zwei Gläser trinke ich sonst nie. – Und schon gar nicht auf nüchternen Magen.«

»Sie hatten doch leckere Salzstangen zum Abendessen.«

»Die aber als Grundlage für den schweren Rotwein völlig ungeeignet waren.«

»Das nächste Mal füttere ich Sie vorher beim besten Italiener der Stadt«, versprach er. »Was ist nun? Ich habe noch einen sehr guten Grappa anzubieten.«

»Keine Chance.«

»Sie kneifen?« Er zog sie in den offen stehenden Lift. »Das passt gar nicht zu Ihnen. Sie sind doch sonst so mutig.«

»Bin ich das?«

»Das wissen Sie selbst am besten. Schade, es wäre schön gewesen, diesen wunderbaren Abend bei einem letzten Glas ausklingen zu lassen.«

Mit einem Seufzer lehnte sie sich gegen die Fahrstuhlwand.

»Aber nur ein Glas. Dann gehe ich.«

Lächelnd nickte er.

»Versprochen.«

KAPITEL 9 – SONNTAG, 10. MAI

Im Halbschlaf spürte Charlotte etwas Schweres, das sie daran hinderte, sich herumzudrehen. Träge schlug sie die Augen auf. Im morgendlichen Dämmerlicht sah sie einen Schrank aus dunklem Wurzelholz. Irritiert wollte sie sich aufsetzen, als sie wieder das Gewicht auf ihrer Hüfte spürte. Sie hob den Kopf und erkannte einen behaarten Arm. Schlagartig war sie hellwach. Vorsichtig drehte sie sich auf den Rücken und sah zu ihrem Entsetzen, dass Philipp friedlich schlummernd neben ihr lag. Hatte sie etwa mit ihm …? Nein, das konnte nicht sein. Seit dem Tod ihres Mannes hatte sie nicht mehr … Sie wäre nie auf die Idee gekommen, plötzlich … Aber wieso war sie dann mit Philipp im Bett gelandet? Vorsichtig hob sie die leichte Decke etwas an und sah, dass sie nur einen Slip und ein dunkelblaues Pyjamaoberteil trug. Die dazu passende Hose hatte der schlafende Mann neben ihr an. Bedeutete das nicht …? Mit einer müden Geste strich sie sich über die schmerzende Stirn. Am liebsten hätte sie sich die Decke über den Kopf gezogen. Stattdessen rutschte sie behutsam aus dem Bett, sammelte rasch ihre Kleidungsstücke auf und ging barfuß in den Wohnraum hinüber. Dort griff sie nach ihrer Tasche und verließ das Apartment.

Um diese frühe Stunde lag die Residenz noch in tiefem Schlaf. Kein Geräusch war zu hören. Charlotte betrat den Lift und fuhr in die erste Etage hinunter. Als sich die Aufzugtüren öffneten, erkannte sie, dass es sich um den Fahrstuhl am Ende des Flures handelte. An der Wohnung der verstorbenen Operndiva vorbei schlich sie den Gang entlang. Gott sei Dank gab es nur im Erdgeschoss Videoüberwachung. Niemand würde von ihrem nächtlichen Ausrutscher erfahren. Kaum war sie jedoch um die Ecke gebogen, kam ihr Edith Ritter mit ihrem Rollator entgegen. Im Körbchen ihrer Gehhilfe lag eine Sonntagszeitung.

»Guten Morgen, Frau Ritter«, grüßte Charlotte sie verlegen und wollte an ihr vorbeigehen. Die alte Dame versperrte ihr jedoch den Weg und musterte sie missbilligend.

»Das ist ein anständiges Haus«, sagte sie vorwurfsvoll. »Wir sehen es nicht gern, wenn sich unsere Gäste morgens halbnackt in ihr Zimmer schleichen.«

»Das ist ein Missverständnis«, erwiderte Charlotte und drückte ihr Kleiderbündel an sich. Dabei fiel einer ihrer Schuhe zu Boden. Flink bückte sie sich und hob ihn wieder auf. »Entschuldigen Sie mich.« Ohne eine Antwort abzuwarten, lief sie weiter. Vor ihrer Wohnungstür kramte sie in der Handtasche nach dem Schlüssel. Die Kleidungsstücke rutschten dadurch aus ihrem Arm und landeten auf dem Teppichboden.

»Sch…«, flüsterte sie und öffnete die Apartmenttür. Mit dem rechten Fuß schubste sie ihre Sachen in die Wohnung. Bevor sie die Tür von innen schloss, sah sie, dass Edith Ritter immer noch in der Nähe stand und den Kopf schüttelte.

»Wie peinlich«, murmelte Charlotte, ging ins Wohnzimmer

hinüber und ließ sich in einen Sessel fallen. Dieser verfluchte Rotwein, schoss es ihr durch den Kopf. Warum hatte sie sich dazu verleiten lassen, ihren Prinzipien untreu zu werden? Sie erinnerte sich nur noch daran, dass Philipp sie zu einem Absacker in seinem Apartment überredet hatte. Dort hatte er sich für Tante Lenchens altmodisches Mobiliar entschuldigt und den Grappa geholt. Und dann? Es war ihr noch nie passiert, dass sie am Morgen nicht wusste, wie der Abend geendet hatte. Klar war jedenfalls, dass Philipp ihren Zustand ausgenutzt hatte. Eine leise Enttäuschung stieg in ihr hoch. Sie hatte auf ihre Menschenkenntnis vertraut und ihn für einen ehrenhaften Mann gehalten. So konnte man sich irren. Jetzt brauchte sie erst einmal eine heiße Dusche.

Später gönnte sie sich zum Frühstück nur Kaffee und eine Kopfschmerztablette. Appetit hatte sie nicht. Der war ihr gründlich vergangen, obwohl ihre letzte Mahlzeit aus Kuchen bestanden hatte. Während sie sich eine zweite Tasse einschenkte, wurde ihr klar, dass sie Philipp spätestens am Nachmittag im Wintergarten treffen würde. Das wollte sie unbedingt vermeiden. Deshalb beschloss sie, nach Hause zu fahren. Ihre zahlreichen Grünpflanzen würden sich über eine Wassergabe freuen. Außerdem konnte sie bei dieser Gelegenheit die eingegangene Post sichten.

Unbehelligt verließ Charlotte am späten Vormittag die Residenz. Unterwegs hielt sie an einer Dönerbude und ließ sich einen bunten Salat mit Fetawürfeln zum Mittagessen einpacken.

Erst am Abend kehrte sie im leichten Regen zum Eichengrund zurück. Als sie an der Rezeption vorbeiging, teilte man ihr mit, dass mehrere Bewohner nach ihr gefragt hätten. Wahrscheinlich hatte man sie am Nachmittag in der Runde vermisst. Sie beabsichtigte jedoch nicht, sich bei einem von ihnen zu melden. Sie würde den Abend nutzen, um alle Informationen und Fakten zu überdenken. Vielleicht hatte sie irgendetwas übersehen, das einen Ansatzpunkt für Ermittlungen bieten würde. Auch im Internet wollte sie noch einmal gründlich recherchieren. Es konnte sicher nicht schaden, so viel wie möglich über möglichst viele ihr in der Residenz bekannte Personen zu erfahren. Vor allem über das Verhältnis von Christa Bernhardt mit Hugo Ritter musste sie mehr wissen. Sie hatte das untrügliche Gefühl, dass dort der Schlüssel zu den Ereignissen zu finden war. Schon die Tatsache, dass die Operndiva und die betrogene Ehefrau unter einem Dach gelebt hatten, erschien ihr seltsam. Es musste einen Grund geben, warum beide Frauen diese Belastung auf sich genommen hatten. Sie erinnerte sich an den Menschenauflauf vor der Wohnung der Sängerin, nachdem man sie leblos aufgefunden hatte. Frau Ritters Interesse daran war gleich null gewesen. Ohne sich nach dem Grund für die Aufregung zu erkundigen, war sie nach dem kurzen Wortwechsel mit dem General im Lift verschwunden. Hatte sie womöglich schon vorher von Christa Bernhardts Tod gewusst?

In ihrem Apartment brühte sie sich zuerst eine Kanne Tee, bevor sie sich an den kleinen Schreibtisch setzte und den Laptop einschaltete. Zunächst schaute sie sich die Liste an, die sie erstellt hatte, und trug die Erkenntnisse der letzten Tage ein. Danach wechselte sie ins Internet. Conrad Lenz war der erste Name, den sie bei Google eingab. Über ihn erfuhr sie jedoch nur, dass er bis vor anderthalb Jahren ein meteorologisches Institut geleitet hatte. Dass er geschieden und kinderlos war, hatte er vor ein paar Tagen erwähnt. Über Anneliese Grothe gab es mehr Einträge, da die Zeitungen hin und wieder von ihrer Arbeit mit schwererziehbaren Kindern berichtet hatten. Charlotte las einige davon, bevor sie auf einen sechs Jahre alten Artikel der Hannoverschen Allgemeinen stieß, in dem über eine Spende für das Heim in Höhe von 12.000 Euro informiert wurde. Das abgebildete Foto zeigte eine festlich gekleidete Anneliese bei der symbolischen Übergabe eines überdimensionalen Schecks durch die Opernsängerin Christa Bernhardt.

»Da schau her«, murmelte Charlotte. Die beiden hatten sich also schon gekannt, bevor sie hier eingezogen waren. Mit großem Interesse las sie den Bericht, in dem das Geld als Gewinn aus einer Quizshow bezeichnet wurde. Prominente waren für einen guten Zweck gegeneinander angetreten und durften selbst bestimmen, an welche Einrichtung die erspielte Summe gehen sollte.

Das Klingeln des Telefons unterbrach Charlottes Recherche, aber sie ignorierte es, da der Anrufer möglicherweise Philipp war. Sie würde sich noch früh genug mit ihm auseinandersetzen müssen.

Sekundenlang überlegte sie ihren nächsten Schritt. Dann öffnete sie ein neues Browserfenster und gab den Namen »Christa Bernhardt« und »Quizshow« ins Suchfeld ein. Sie las mehrere Einträge und wechselte schließlich zur Darstellung der Bilder. Nacheinander öffnete sie verschiedene Fotos, die alle aus der Fernsehsendung stammten. Auf einem Bild war die Opernsängerin mit zwei weiteren Kandidaten zu sehen. Im Hintergrund saß das Publikum. Gleich in der ersten Sitzreihe entdeckte Charlotte einen Mann, der ihr bekannt vorkam. Sie speicherte das Bild und öffnete es erneut vom Desktop aus. Nun ließ es sich vergrößern und brachte dadurch Gewissheit, dass es sich bei dem Zuschauer schräg hinter Christa Bernhardt um den inzwischen ergrauten Hugo Ritter handelte. Anscheinend hatte er sie zu der Quizshow begleitet. Demnach waren die beiden schon vor sechs Jahren ein Paar gewesen. Allerdings war erstaunlich, dass sie sich anscheinend ungeniert zusammen in der Öffentlichkeit gezeigt hatten. Immerhin war er verheiratet gewesen. Oder hatte Edith Ritter das Verhältnis ihres Mannes toleriert?

Nachdenklich wechselte Charlotte wieder zu den Bildern im Internet und suchte nach Fotos, auf denen die Operndiva mit Anneliese Grothe zu sehen war. Es gab einige von der Scheckübergabe, die im Rahmen einer Feierstunde zu Ehren der Opernsängerin stattgefunden hatte. Gezielt forschte Charlotte auf den Bildern nach dem Gesicht des Hoteliers und wurde zweimal fündig. Nun bestand für sie kein Zweifel mehr an einem langen Verhältnis der beiden. Sie speicherte auch diese Fotos, kopierte einige Berichte und legte alles in der Datei mit dem Namen »Eichengrund« ab.

Darüber war es spät geworden. Sie schaltete den Laptop aus, ging ins Bad und machte sich bettfertig. Als sie unter der Decke lag, beschloss sie, am nächsten Morgen zum Kriminalarchiv zu fahren. Dort würde sie hoffentlich mehr über Hugo Ritters Tod erfahren, als in den Internetartikeln stand.

KAPITEL 10 – MONTAG, 11. MAI

Gleich nach dem Frühstück fuhr Charlotte in ihrem Auto zum Polizeipräsidium. Unterwegs hielt sie bei einem Bäcker und suchte belegte Brötchen aus. Bei ihrer früheren Dienststelle angekommen, war es für sie ein merkwürdiges Gefühl, die Räume nach so langer Zeit wieder zu betreten. Zwar hatte sie guten Kontakt zu den ehemaligen Kollegen, aber seit ihrer Pensionierung war sie nicht mehr dort gewesen. Von den Archivmitarbeitern wurde sie mit großem Hallo begrüßt. Sie hatten sich immer gut verstanden – auch weil Charlotte niemals die Vorgesetzte herausgekehrt hatte. Für sie waren sie alle ein Team gewesen, in dem sich einer auf den anderen verlassen konnte. Ihre Nachfolgerin Milena Król hingegen legte Wert darauf, als Vorgesetzte angesehen zu werden. Man begegnete ihr zwar mit Respekt, aber sie wurde nicht sonderlich gemocht.

Charlotte übergab einer jungen Kollegin die in einem großen Karton arrangierten Brötchen, versprach, in der Frühstückspause noch einmal wiederzukommen, und ging zielstrebig zu ihrem ehemaligen kleinen Büro, das nun von ihrer Nachfolgerin besetzt war. Die Tür stand wie früher weit offen, sodass Charlotte kurz gegen den Rahmen klopfte, während sie eintrat.

»Charly«, sagte die polnischstämmige Archivleiterin, ohne besonders überrascht zu wirken, und musterte die Besucherin mit einem schnellen Blick. »Du hast dich verändert. Das Alleinsein bekommt dir wohl nicht. Suchst du einen Mann, der dich heiratet? Da muss man in deinem Alter schon was tun.« Ihr unüberhörbarer polnischer Akzent, ließ ihre Worte arrogant klingen.

»Ach, Milena«, sagte Charlotte im Näherkommen. Sie hasste dieses Herumgezicke, das manche Frauen an den Tag legten. »Heiraten kommt für mich nicht mehr infrage. Dafür schätze ich meine Unabhängigkeit inzwischen zu sehr. Mir reicht ab und zu ein potenter Mann im Bett«, fügte sie hinzu, obwohl sie immer noch fassungslos darüber war, dass sie die Nacht mit einem praktisch Fremden verbracht hatte.

Mit offenem Mund starrte ihre Nachfolgerin sie an.

»Echt jetzt? Das hätte ich dir gar nicht zugetraut.«

»In meinem Alter hat man keine Zeit zu verlieren. Deshalb sollte man sich so viel Spaß wie möglich gönnen.« Sie sagte das so ernst, dass ihre Nachfolgerin die feine Ironie nicht bemerkte und ihr jedes Wort abnahm. »Ich bin aber nicht hier, um über mein Liebesleben zu plaudern. Hat Kommissar Bremer schon mit dir gesprochen?«

»Er hat was von einem Undercover-Einsatz gesagt, der sogar von der Staatsanwaltschaft abgesegnet ist.« Spöttisch blitzte es in ihren Augen auf. »Dass du dafür überhaupt Zeit findest.«

»Ich bin eben gut organisiert. Bekomme ich die Akte?«

»Klar doch. Ich habe Carla heute Morgen angewiesen, sie zu kopieren. Wenn sie nicht wieder getrödelt hat, müsste sie fertig sein.«

»Dann werde ich sie mal suchen«, erwiderte Charlotte und wandte sich zur Tür. »Mach's gut.«

»Du auch. Und treib es nicht zu wild.«

Darauf antwortete Charlotte nicht mehr. Die erwähnte Kollegin kam ihr schon mit der Akte entgegen.

»Milena hat gesagt, die ist für dich. Wozu brauchst du die denn?«

»Das ist eine lange Geschichte«, wich Charlotte aus. »Lass uns frühstücken gehen. Die anderen warten sicher schon auf uns.«

Später stattete sie Hannes und seinem Team einen kurzen Besuch ab, bevor sie zum Eichengrund zurückfuhr.

In der Lobby der Residenz kam der General mit überhöhter Geschwindigkeit aus dem Kaminzimmer. Kurz vor Charlottes Füßen vollführte er eine Vollbremsung.

»Wo waren Sie gestern?«, fragte er, ohne sich mit einer Begrüßung aufzuhalten.

»Unterwegs.«

Ihm war anzusehen, dass er nach den richtigen Worten suchte.

»Sie wurden vermisst.«

»Von wem?«

»Von allen«, erwiderte er knapp. »Sind Sie heute wieder dabei?«

»Wenn Sie mich so nett bitten, kann ich doch gar nicht anders.«

»Gut so.« Zufrieden fuhr er mit seinem Rolli ein Stück zurück, wendete und verschwand in Richtung der Bibliothek.

Lächelnd ging Charlotte an der Rezeption vorbei zum Lift. Kaum hatte sie ihn erreicht, öffneten sich die Fahrstuhltüren. Heraus trat der Rechtsanwalt Onno von Kleist. In der Hand hielt er einen üppigen Fliederstrauß.

»Da sind Sie ja«, begrüßte er Charlotte. »Ich habe eben bei Ihnen geläutet.« Mit einem Lächeln reichte er ihr den Strauß. »Aus meinem Garten. Ich hoffe, Sie mögen Flieder.«

»Ja, sehr«, erwiderte sie verdutzt und steckte die Nase in die duftenden violetten Blütendolden. »Wie komme ich denn zu dieser Ehre?«

»Ich habe gehört, dass Sie meiner verstorbenen Mandantin hilfreich zur Seite gestanden haben.« Mit der Rechten deutete er in die Lobby. »Wollen wir uns einen Moment setzen?«

Charlotte nickte nur und ließ sich von ihm zu einer Sitzgruppe führen. Dort legte sie den Strauß auf den Tisch und setzte sich in einen Sessel. Der Rechtsanwalt nahm ihr gegenüber Platz.

»Sie haben wohl häufig hier zu tun?«

»Es hat sich anscheinend herumgesprochen, dass ich meine Klienten gut vertrete«, sagte er, wobei er tat, als sei ihm das Eigenlob unangenehm. Allerdings hatte Anneliese behauptet, dass er auf Mandantenfang war. Deshalb blieb sie wachsam. »Ich hatte einen Termin bei Frau Fischer«, fügte er hinzu. »Nach dem Tod von Frau Bernhardt musste einiges besprochen werden.«

»Wegen der Testamentseröffnung?«

»Die wird laut ihrer Verfügung frühestens drei Tage nach der Beisetzung sein. Aber es muss sich ja jemand um die Bestattung kümmern. Frau Bernhardt hatte diesbezüglich genaue Vorstellungen.«

»Das wird sicher ein großes Medienereignis.«

»Genau das wollte sie nicht«, widersprach er. »Ihr Wunsch war ein stiller Abschied im engsten Kreis. Sie hat alles gründlich vorbereitet: den Ablauf, die Musik, sogar die Grabstelle hat sie vorher ausgesucht.«

»Es ist bestimmt nicht ganz einfach, sich mit dem eigenen Tod so detailliert auseinanderzusetzen«, sagte Charlotte. »Ich habe mich schon mit meiner Patientenverfügung und dem Testament schwergetan.« Nun hatte sie ihm klargemacht, dass mit ihr kein Geld zu verdienen war. »Deshalb käme ich auch nie auf die Idee, meine eigene Beerdigung zu planen.«

Ihm war nicht anzumerken, ob er enttäuscht darüber war, dass sich seine Hoffnung auf Mandantenzuwachs nicht erfüllte.

»Manchmal kann es nicht schaden, alles rechtzeitig in die Wege zu leiten. Frau Bernhardt war außerdem alleinstehend. Klugerweise hat sie alles Nötige geregelt.«

»Wann findet die Beisetzung denn statt?«

»Sowie ihre sterblichen Überreste von der Rechtsmedizin freigegeben sind. Zurzeit warten sie auf den toxikologischen Befund. Es kann noch ein paar Tage dauern, bis das Ergebnis vorliegt.«

Verstehend nickte sie. Die gleiche Auskunft hatte Hannes ihr vor einer Stunde gegeben.

»Werden ihre Fans nicht enttäuscht sein, dass sie nicht von ihr Abschied nehmen können?«

»Ich habe mit dem Intendanten des Staatstheaters gesprochen. Es wird eine öffentliche Trauerfeier im Opernhaus geben.« Damit erhob er sich. »Ich muss weiter«, sagte er in bedauerndem Ton. »Termine.«

»Danke für den Flieder«, erwiderte sie und stand ebenfalls auf. Unterwegs zum Fahrstuhl fielen ihr Philipps Worte ein, dass Christa ihn gebeten hatte, auf sie aufzupassen. Was mochte die Operndiva dazu veranlasst haben? War es möglich, dass sie genau gewusst hatte, was im Eichengrund vor sich ging?

In ihrem Apartment suchte sie nach einer großen Vase. So etwas gehörte aber anscheinend nicht zur Ausstattung einer Gästewohnung. Deshalb nahm sie den weißen Eimer aus dem Schrank unter der Spüle, füllte ihn zur Hälfte mit Wasser und stellte den Strauß hinein. Er bekam einen Platz vor dem Fenster neben der Balkontür und duftete herrlich.

Charlotte zog nun die umfangreiche Akte aus der Tasche und machte es sich damit auf dem Sofa bequem.

Mit gemischten Gefühlen betrat sie zur gewohnten Zeit den Wintergarten. Sie begrüßte die anderen kurz und setzte sich neben die stumme Frau Seegers.

»Wo waren Sie denn gestern, Charlotte?«, sprach Conrad sie an, während Anneliese sie mit Kaffee und Kuchen versorgte. »Sie haben in unserer Runde gefehlt.«

»Ich hatte eine Verabredung«, erwiderte sie der Einfachheit halber und vermied es tunlichst, Philipps forschendem Blick zu begegnen. »Gibt's was Neues?«

»Hier ist nichts Aufregendes passiert.«

»Sie sind wohl schon gespannt auf den nächsten Todesfall«,

zog die Strick-Liesel den Wetterfrosch auf, während sie ihre Handarbeit hervorholte. »Dabei sollten wir froh sein, wenn es nicht in diesem rasanten Tempo weitergeht, sonst wird es hier bald ziemlich einsam. Neue Bewohner würde die hohe Sterblichkeitsrate bei uns jedenfalls abschrecken.« Ihr Blick wechselte zu Philipp. »Wir sollten mal wieder was zusammen unternehmen. Wann gibt es denn das nächste Konzert in diesem Musikladen, von dem Sie uns erzählt haben?«

»In vier Wochen. Die letzte große Veranstaltung war am Samstagabend.«

»Waren Sie dort?«

»Wie immer.«

»Allein?«

»Nein, in Begleitung einer Dame.«

»Aber sicher nicht mit dem jungen Ding, das Sie hier so oft besucht«, vermutete Anneliese. »Junge Leute stehen doch auf ganz andere Mucke.« Sie hob den Blick nur kurz von ihrem Strickzeug. »Was war denn das für eine Dame?«

»Eine kluge, bezaubernde und sehr attraktive«, erwiderte er freundlich lächelnd. »Sie mochte das Ambiente, die Musik – und sogar mich. Sonst wäre sie kaum …«

Charlotte erhob sich so abrupt, dass er innehielt.

»Tut mir leid«, sagte sie und eilte auf die offen stehenden Flügeltüren zu. »Ich brauche frische Luft …«

»Was ist denn mit ihr?«, hörte sie Conrad fragen, als sie ins Freie trat. »Sie sieht ein bisschen blass aus. Vielleicht war ihre Verabredung gestern anstrengend.«

»Sie hat bestimmt einen Freund«, brummte der General. »Zu meiner Zeit waren solche Frauen heiß umkämpft, standen ständig unter Beschuss.«

Mehr konnte Charlotte nicht verstehen, da sie sich langsam entfernte und in den Park ging. Der Himmel war bedeckt, und der leichte Wind zupfte an den Blättern der hohen Bäume.

Das nahm sie jedoch nur unbewusst wahr. Sie fragte sich, was Philipp noch alles ausgeplaudert hätte, wäre sie ihm nicht ins Wort gefallen. Gehörte er etwa zu den Männern, die mit ihren Eroberungen prahlten? Dann wussten nun vielleicht alle aus der Runde, dass sie die Nacht mit ihm verbracht hatte. Obwohl sie sich weder für prüde noch für verklemmt hielt, war ihr das peinlich.

»Charlotte!«, hörte sie Philipp hinter sich rufen, ignorierte es aber und ging weiter. Dadurch entkam sie ihm jedoch nicht. Schnell hatte er sie eingeholt. »Charlotte, müssen wir uns von nun an aus dem Weg gehen?«

Sie blieb nicht stehen, schaute ihn auch nicht an.

»Das wäre wohl das Beste.«

Mühelos hielt er mit ihr Schritt.

»Warum? Wir haben uns im Musikladen prächtig verstanden, hatten gute Gespräche, tolle Musik … Es war ein wundervoller Abend.«

»Bis Sie mich zu einem letzten Glas überredet haben. Wäre ich nicht so dumm gewesen, Sie für einen Gentleman zu halten …«

»Moment«, unterbrach er sie. »Anscheinend glauben Sie, dass ich Sie zu einem Absacker eingeladen habe, um die Situation auszunutzen?« Das schien ihn zu kränken. »Wofür halten Sie mich? Bislang hatte ich es noch nicht nötig, eine Frau durch irgendwelche Tricks in meine Wohnung zu locken.«

»Warum haben Sie mich dann nach dem Grappa nicht wie versprochen gehen lassen?«

»Weil ich keine Gelegenheit dazu hatte. Sie haben mich nach dem Bad gefragt. Als Sie nicht wiederkamen, habe ich mir Vorwürfe gemacht. Ich dachte, dass Ihnen nach dem Grappa schlecht geworden ist, und beschloss, Sie gleich zu Ihrem Apartment zu bringen. Sie sind aber nicht wieder aufgetaucht.«

Charlotte blieb stehen und blickte ihn ungläubig an.

»Inzwischen war ich stocknüchtern und sehr besorgt. Ich wollte nachsehen, was mit Ihnen ist, aber Sie waren nicht mehr im Bad. Schließlich habe ich Sie nebenan im Schlafzimmer entdeckt.« In komischer Verzweiflung verdrehte er die Augen. »Wahrscheinlich bin ich ein Langweiler. Deshalb haben Sie es vorgezogen, zu schlafen.«

Entsetzt erwiderte sie seinen Blick.

»Ich habe mich in Ihr Bett gelegt?«

»Erinnern Sie sich nicht mehr daran?«

»Ich weiß nur noch von dem Grappa«, gestand sie verlegen. »Das ist mir noch nie passiert.«

»Und deshalb dachten Sie, ich hätte Sie unter Alkohol gesetzt, um Sie zu verführen? Sie trauen mir ja eine Menge zu.«

»Es tut mir leid, Philipp. Als ich morgens in Ihrem Schlafanzug neben Ihnen aufgewacht bin, war ich völlig durcheinander. Ich konnte mir das nicht erklären.«

»Ich muss mich bei Ihnen entschuldigen«, sagte er zu ihrer Überraschung. »Erinnern Sie sich, dass es in Tante Lenchens Wohnzimmer kein Sofa gibt, sondern nur die drei zierlichen Sessel? Ich habe versucht, da irgendwie zu schlafen, aber das war unmöglich. Mein Rücken ist auch nicht mehr das, was er mal war. Nur deshalb habe ich mich gegen Morgen zu Ihnen ins Bett gelegt. Ich dachte, es ist breit genug, dass Sie sich durch mich nicht belästigt fühlen.«

»Es tut mir leid«, wiederholte sie. »Mir hätte klar sein müssen, dass die Situation völlig harmlos war.«

»Ja, das war sie. Es ist absolut nichts passiert, was Ihnen unangenehm sein müsste.« Treuherzig schaute er ihr in die Augen. »Freunde?«

»Nur wenn Sie niemandem davon erzählen.«

»Das hätte ich sowieso nicht getan. Ich wollte die anderen vorhin nur ein bisschen auf die Folter spannen.« Ein jungenhaftes Lächeln erschien auf seinem Gesicht. »Außerdem habe ich einen Ruf zu verlieren. Was soll man denn von mir denken, wenn bekannt wird, dass sich eine tolle Frau wie Sie nur zum Schlafen in mein Bett legt?«

Hell lachte Charlotte auf.

»Das wäre wirklich eine Blamage.« Der auffrischende Wind ließ sie frösteln, sodass sie sich die Arme rieb. »Lassen Sie uns zurückgehen.«

Rasch schlüpfte er aus seiner leichten Leinenjacke und legte sie ihr um die Schultern. Seine Wärme hüllte sie ein wie eine flauschige Decke.

»Danke«, sagte sie, während sie auf den Wintergarten zusteuerten. »Sie sind ja doch ein Gentleman.«

»Haben Sie je daran gezweifelt?«

»Daran war nur der Rotwein schuld.«

»Aber der war gut – das müssen Sie zugeben.«

»So gut, dass ich die Wirkung erst an der frischen Luft gespürt habe.«

Durch die offenen Flügeltüren gesellten sie sich wieder zu den anderen. Während sie sich setzten, reichte Charlotte ihm seine Jacke.

»Wir haben eben noch mal über Christa gesprochen«, setzte Anneliese sie in Kenntnis. »Hier in der Residenz war wohl Herr Kleiber ihr größter Bewunderer. Er ist ständig um sie rumgeschlichen.«

»Stimmt«, bestätigte Conrad. »Auch wenn er andauernd was zu meckern hatte, war er ihr gegenüber immer aufmerksam und liebenswürdig. Ich habe ihn sogar mal aus ihrer Wohnung kommen sehen.«

»Der war verschossen in die alte Diva«, bemerkte der General. »Ich fand das lächerlich.«

»Warum?« Herausfordernd blickte die Strick-Liesel ihn an. »Darf man im Alter keine Gefühle mehr haben? Jeder

Mensch braucht doch ein bisschen Zuwendung. Oder sind Sie da eine Ausnahme?«

»Ich bin Realist«, erwiderte Albert nach kurzem Zögern. »Und ein körperliches Wrack. Wahrscheinlich hätte ich mir längst die Kugel geben sollen, aber ich bin es gewohnt, zu kämpfen. Der Preis dafür ist Einsamkeit.«

Es war das erste Mal, dass Charlotte mehr als nur ein paar mürrische Worte von ihm hörte. Ihr wurde klar, dass der General sich stets griesgrämig gab, um zu verbergen, wie es wirklich in ihm aussah.

»Versuchen Sie doch mal, positiver zu denken«, sagte sie und lächelte ihm aufmunternd zu. »Immerhin sitzen Sie hier jeden Tag mit Menschen zusammen, die Sie mögen, mit denen Sie reden und lachen können. Das ist viel mehr, als manch einer hat.«

Er warf ihr einen langen, forschenden Blick zu, dem sie standhielt.

»Sie meinen wirklich, dass man mich hier nicht nur duldet?«

Während Charlotte nickte, schaute Anneliese ihn vorwurfsvoll an.

»Glauben Sie, wir hätten uns nicht längst einen anderen Treffpunkt gesucht, wenn wir Sie nicht in unserer Mitte haben wollten? Wir sitzen doch alle im gleichen Boot. Nur weil Sie sich motorisiert fortbewegen, sind Sie noch lange keine Ausnahme.«

Beschämt blickte der General auf seine Hände.

»Verzeihung«, murmelte er. »Ich bin ein alter Trottel.«

»Fangen Sie bloß nicht an, sich zu entschuldigen«, sagte die Strick-Liesel in tadelndem Ton. »Das passt nicht zu einem alten Schlachtross.«

»Schon gut«, meinte er mit einem kleinen Lächeln. »Ich werde mich auch künftig bemühen, grantig zu sein.«

Während sich die Runde etwas später auflöste, half Charlotte der Strick-Liesel, das Kaffeegeschirr zusammenzuräumen. Als alles auf dem Servierwagen stand, schlug Anneliese vor, noch ein paar Schritte durch den Park zu gehen.

»Ich habe Sie heute Mittag mit dem Anwalt gesehen. Was wollte er denn von Ihnen?«

»Er hat sich dafür bedankt, dass ich Christa Bernhardt geholfen habe. Vielleicht hat er gehofft, dass ich ihn bei der Gelegenheit gleich engagiere.«

»Zutrauen würde ich ihm das. Er vertritt schon die halbe Residenz.«

»Sie haben vorhin Christas Freundschaft mit Herrn Kleiber erwähnt ...«

»Und jetzt sind beide tot.«

Forschend blickte sie die Strick-Liesel von der Seite an.

»Denken Sie, es gibt da einen Zusammenhang?«

Wortlos zuckte Anneliese mit den Schultern.

»Wie lange kannten Sie die Bernhardt eigentlich?«

»Eine ganze Weile ...«

»Ich glaube, dass Sie mehr wissen, als Sie verraten wollen.«

»Sie erzählen uns doch auch nicht alles.«

»Wie meinen Sie das?«

»Ihre Nummer mit dem Probewohnen ... Sie sind doch aus einem ganz anderen Grund hier.«

»Sagt wer?«

»Ach, Charlotte.« Sie steuerte die nächste Bank an und ließ sich darauf nieder. »Ohne Menschenkenntnis wäre ich in meinem Job die absolute Fehlbesetzung gewesen. So leicht kann mir keiner was vormachen.«

Charlotte setzte sich abwartend neben sie. Da sie nicht wusste, was Anneliese vermutete, schwieg sie vorerst.

»Bei unserem zweiten Treffen im Wintergarten hatte ich schon so ein Gefühl. Außerdem kamen Sie mir irgendwie bekannt vor. Ich war sicher, dass ich mal irgendwo ein Foto von Ihnen gesehen habe.« Triumphierend schaute sie Charlotte an. »Dann war es nur noch ein Kinderspiel, mehr über Sie zu erfahren.«

»Dann schießen Sie mal los.«

»Sie klingen schon wie der General«, meinte Anneliese lächelnd, wurde aber gleich wieder ernst. »Nachdem ich Christa von Ihnen und meiner Vermutung erzählt hatte, waren wir auf Spurensuche im Internet. Wir haben rausgefunden, wo Sie gearbeitet haben – und dass Sie vor Weihnachten erfolgreich auf Mörderjagd waren.«

»Das sind doch olle Kamellen«, winkte Charlotte ab. »Jetzt bin ich nur noch eine harmlose Ruheständlerin, die sich Gedanken um ihre Zukunft macht.«

»Und die der Polizei auf die Sprünge hilft, wenn die – warum auch immer – nicht weiterermittelt. Die haben Sie doch hier eingeschleust, weil Sie rausfinden sollen, ob die beiden Toten wirklich Unfallopfer waren.«

Charlotte wurde klar, dass sie Anneliese nicht länger an der Nase herumführen konnte. Deshalb entschloss sie sich zur Wahrheit.

»Ich bin auf eigene Initiative hier«, gestand sie und berichtete, was dazu geführt hatte. »Es lässt mir einfach keine Ruhe, wenn Verbrecher ungestraft davonkommen. Deshalb verbinde ich das Nützliche mit ein bisschen Schnüffelei.«

»Danke für Ihre Offenheit«, sagte Anneliese sichtlich beeindruckt. »Haben Sie schon einen Verdacht?«

»Bis jetzt bin ich nur auf eine Menge Ungereimtheiten gestoßen. Die vielen Puzzleteile ergeben noch kein Bild.«

»Was sagt Ihnen denn Ihre Spürnase?«

»Für mich deutet alles darauf hin, dass die Affäre von Christa Bernhardt und Hugo Ritter der richtige Ansatzpunkt ist.«

»Das könnte sein. Hugo war ihre große Liebe – und umgekehrt. Trotzdem konnten sie wie die zwei Königskinder nicht zusammenkommen.«

»Warum nicht?«

»Er brachte es nicht übers Herz, seine kranke Frau zu verlassen. Sie hätte sich womöglich was angetan. Und Christa wollte nicht dafür verantwortlich sein. Sie haben ihre Liebe jahrelang geheim gehalten.«

Nachdenklich nickte Charlotte.

»Anscheinend waren Sie gut mit Christa befreundet?«

»Aber sie wollte nicht, dass jemand davon weiß. Ich musste sie immer heimlich besuchen. Sie hatte Angst.«

»Wovor?«

»Das durfte ich nicht wissen. Sie meinte, das könnte sonst gefährlich für mich werden. Aber sie hat bis zuletzt immer alles aufgeschrieben«, fügte Anneliese nach kurzem Schweigen hinzu. »Können Sie durch ihre Freunde bei der Polizei nicht an ihre Tagebücher rankommen? Ich wette, da steht einiges drin, das uns weiterbringt.«

Amüsiert hob Charlotte die Brauen.

»Was soll das werden? Sherlock Holmes und Dr. Watson?«

»Das könnte mir gefallen«, erwiderte Anneliese lachend. »Leider muss ich mit meiner Strickarbeit vorankommen. Dabei hat man aber viel Zeit zum Nachdenken. Wenn mir noch was einfällt, sage ich Ihnen Bescheid.«

»Ich kann jede Unterstützung gebrauchen.« Damit erhob sie sich. »Vielleicht sollte man uns auch nicht zu oft zusammen sehen. Ich gehe besser am Teich vorbei zurück.«

Etwa 20 Minuten später betrat sie ihr Apartment, das von zartem Fliedergeruch erfüllt war. Sie mochte es, wenn Blumen in der Wohnung ihren Duft verströmten. Deshalb zählten auch Freesien, Maiglöckchen, Freilandrosen oder Hyazinthen zu ihren Lieblingsblumen. Zu Hause in ihrer Küche stand immer ein Topf Minze auf der Fensterbank.

Charlotte nahm die Ermittlungsakte über Hugo Ritters Tod vom Tisch und setzte sich damit in einen Sessel. Sie hatte die Berichte am Mittag nur überflogen. Nun las sie konzentriert, was Rechtsmedizin und Spurensicherung herausgefunden hatten. Hugo Ritter war an einem Kopfschuss gestorben. Schmauchspuren an seiner rechten Hand deuteten auf Suizid. Etwas ungewöhnlich war der Einschusswinkel. Das Projektil war mit leichter Neigung nach unten an der rechten Schläfe in den Schädel eingedrungen und hinter dem linken Ohr wieder ausgetreten. Bei der Waffe handelte es sich um eine PSM, eine russische Taschenpistole Kaliber 5,45x17,8 mm, für die der Hotelier eine Waffenbesitzkarte besaß. Mit dieser kleinen Pistole war der Schusswinkel immer noch ungewöhnlich, aber nicht unmöglich.

Sehr genau betrachtete Charlotte die aus verschiedenen Perspektiven aufgenommenen Fotos vom Auffinden der Leiche. Der Tote lag bäuchlings auf dem Boden; neben ihm ein umgestürzter Korbsessel. Daraus war zu schließen, dass die tödliche Kugel den Hotelier im Sitzen getroffen hatte und er dann mitsamt dem Sessel auf die Fliesen gestürzt war. Dem Bericht der Spurensicherung entnahm Charlotte, dass die Lage der Leiche und die Blutspritzer keinen Anlass zu Zweifeln an einem Selbstmord gaben. Nur für das an der Kleidung des Toten gefundene schwarze Haar gab es keine Erklärung. Es stammte weder vom grauhaarigen Hotelier noch von seiner weißblonden Frau. Allerdings hätte die Anhaftung jederzeit durch Zufall erfolgt sein können.

Auf dem Computer des Toten wurde ein Abschiedsbrief gefunden, in dem er schrieb, dass er es nicht ertragen könne, das Familienunternehmen in den Abgrund geführt zu haben. Das war zwar kein stichhaltiger Beweis, da der Brief auch von einer anderen Person hätte stammen können, aber die Abschiedsworte passten ins Bild. Abschließend kamen die Ermittler zu dem Ergebnis, dass es sich um einen Suizid aus wirtschaftlichen Gründen gehandelt hätte.

Nach allem, was sie bislang wusste, zweifelte Charlotte daran. Sie konnte sich nur einen schwerwiegenden Grund vorstellen, aus dem die Witwe des Hoteliers mit seiner Geliebten nach seinem Tod unter einem Dach gelebt hatte. Es musste eine unlösbare Verbindung zwischen den beiden Frauen bestanden haben. Aber welche?

KAPITEL 11 – DIENSTAG, 12. MAI

Bald nach dem Aufstehen zog Charlotte ihren Badeanzug an. Um ihr Bewegungsdefizit auszugleichen, hatte sie beschlossen, von nun an jeden Morgen zu schwimmen. Sie warf sich ihren weißen Frotteemantel über, griff nach einem Handtuch und verließ ihr Apartment. Mit dem Lift fuhr sie in die Lobby. Um von dort aus in die Schwimmhalle zu gelangen, musste sie entweder die Treppe und den Fahrstuhl neben der Bibliothek benutzen, weil nur dieser Aufzug bis ins Untergeschoss reichte. Da das Treppenhaus auf der anderen Seite des Gebäudes lag, entschied sie sich für den Lift.

Das Schwimmbad war in verschiedenen Blautönen gefliest

und durch Säulen und Bögen vom Saunabereich abgeteilt. Kübel mit Grünpflanzen und Ruheliegen standen in der Nähe der breiten Fensterfront, die einen Blick in den Park gewährte. Um diese frühe Stunde war noch kein Bewohner zu sehen. Charlotte legte Handtuch und Bademantel auf das Polster einer Liege und stieg über die breite, mit einem Edelstahlgeländer versehene Treppe ins türkisfarbene Wasser. Sie war erst wenige Bahnen geschwommen, als sie Gesellschaft bekam. In einen braunen Bademantel gekleidet, trat Conrad ein.

»Guten Morgen, Charlotte«, begrüßte er sie erstaunt. Er wirkte etwas verlegen, als er den Frotteemantel ablegte und sich in seinen Badeshorts präsentierte. Rasch zog er den Bund ein wenig höher über seinen runden Bauch und stieg eilig ins Wasser.

»Guten Morgen, Conrad«, erwiderte sie und schwamm auf ihn zu. »Sind Sie morgens öfter hier?«

»Seit ein paar Tagen regelmäßig. Ich muss was für meine Figur tun. Zwei Kilo habe ich schon runter – aber nur, weil ich das Abendessen weglasse, wenn ich dem leckeren Kuchen nicht widerstehen konnte.«

»Fällt es Ihnen nicht schwer, so konsequent zu sein?«

»Fragen Sie mich lieber nicht.« Damit kraulte er an ihr vorbei.

In der nächsten halben Stunde schwammen sie schweigend durch das Becken. Gemeinsam stiegen sie schließlich aus dem Wasser.

»Für jemanden, der keinen Sport treibt, haben Sie eine erstaunliche Kondition.«

»Man tut, was man kann.« Sie bemerkte den bewundernden Blick, mit dem er sie streifte. »Sie sehen wirklich beneidenswert gut aus«, sagte er schon wieder verlegen. »Eine Figur wie ein junges Mädchen.«

Mit stoischer Gelassenheit griff sie nach ihrem Handtuch.

»Na, na, was soll das denn werden?«

»Nein, ich … Ich will Sie nicht … Wie sagt man heute … anbaggern? Ich meine, Sie sind echt toll, aber …«

»Aber ich bin nicht diejenige, für die Sie auf Ihr Abendessen verzichten«, vollendete sie, trocknete sich flüchtig ab und schlüpfte in ihren Bademantel. »Warum sagen Sie Anneliese nicht einfach, was Sie für sie empfinden?«

Erschrocken zuckte er zusammen.

»Woher wissen Sie …?«

»Mir ist aufgefallen, wie Sie unsere Strick-Liesel manchmal anschauen. Sie mögen sie sehr, oder?«

»Schon«, gab er zu. »Aber sie hat bestimmt kein Interesse an mir. Sie ist klug und witzig und …« Resigniert zuckte er die Schultern. »Und ich bin … eben ich.«

»Sie sind ein sympathischer Wetterfrosch. Laden Sie Anneliese doch einfach mal ein – ins Kino oder zu einem Glas Wein. Sie hat doch gestern gesagt, dass sie gern mal wieder etwas unternehmen würde. Lassen Sie sich was einfallen.«

Umständlich zog er seinen Bademantel an.

»Meinen Sie wirklich? Ich weiß nicht, ob ich das kann.«

»Sie können das. Trauen Sie sich einfach.«

»Und wenn es schiefgeht?«

»Dann haben Sie es wenigstens versucht.«

»Okay, ich denke darüber nach«, sagte er und wandte sich Richtung Fahrstuhl.

»Wir Frühsportler nehmen selbstverständlich die Treppe«, erklärte Charlotte und gab ihm mit dem Kopf ein Zeichen, ihr zu folgen.

Da sie ihre Tageszeitung mit hinaufnehmen wollten, traten sie in der Lobby zusammen an die Rezeption. Ungefragt reichte der junge Mann vom Empfang beiden ihre Zeitung. Als sie sich umwandten, trat Philipp aus dem Büro der Leiterin. Anneliese kam ihnen mit einer Brötchentüte in der Hand vom Haupteingang entgegen.

»Waren Sie schon zusammen schwimmen?«, fragte Philipp nach der Begrüßung. Sein Blick glitt zu ihrem offen stehenden Bademantel und streifte das, was sich darunter befand. »Toll!«

»Das machen wir jetzt jeden Morgen«, erklärte Charlotte, wobei sie den Gürtel schloss. »Um diese Zeit haben wir das Schwimmbad ganz für uns allein.«

»Ich bin vor dem Frühstück noch im Energiesparmodus«, sagte Anneliese. »Bei mir dauert es immer eine Weile, bis ich in die Gänge komme.«

»Jeder hat eben einen anderen Rhythmus«, meinte Philipp. »Ich werde einen Morgenspaziergang durch den Park machen. – Und Sie sollten sich etwas anziehen, damit Sie sich nicht erkälten«, fügte er hinzu, während er sich schon abwandte.

»Dann werde ich seinen Rat mal befolgen«, sagte Charlotte. »Lassen Sie sich Ihr Frühstück schmecken«, wandte sie sich an Anneliese, deren Wohnung im Ostflügel lag. »Bis bald.«

Conrad begleitete sie zum Lift, da er zwei Etagen über den Gästeapartments wohnte.

Charlotte schaltete die Kaffeemaschine ein, legte ein Brötchen vom Vortag auf den Toaster und ging ins Bad, um zu duschen.

Beim Frühstück las sie in der Zeitung einen Bericht über die immer noch andauernde Suche nach den fehlenden Köpfen, die der Eilenriede-Killer anscheinend besonders gut versteckt hatte. Als sie weiterblätterte, erklang plötzlich ein schriller Alarmton, dem zwei weitere folgten, die dann immer im gleichen Abstand wieder ertönten. Charlotte sprang auf und lief barfuß in die Diele. Über der Wohnungstür befand sich ein kleiner Lautsprecher. Sie hatte im Hausprospekt gelesen, dass es in jedem Apartment und auf den Fluren Lautsprecher gab, um die Bewohner bei Gefahr zu warnen. Die Alarmordnung war an der Apartmenttür angebracht. Den Beschreibungen der Warntöne entnahm Charlotte, dass es sich um einen Feueralarm handelte. Rasch überflog sie die Verhaltenshinweise: Panik vermeiden, Fahrstühle nicht benutzen, über das Treppenhaus unverzüglich in den Park oder auf die Straße gehen.

Sie lief zurück in den Wohnraum, schnappte sich ihre große Handtasche und warf das Smartphone hinein. Ihr Blick fiel auf den Laptop. Mit einem Griff riss sie den Netzstecker aus der Steckdose und stopfte das Gerät in den Lederbeutel. Erst in der Diele bemerkte sie, dass sie barfuß war. Um keine Zeit zu verlieren, schlüpfte sie in die Badelatschen, nahm den Schlüssel von der Kommode und öffnete die Tür. Draußen stand Conrad mit einer Tasche über der Schulter, den Finger schon am Klingelknopf.

»Ich wollte Sie abholen, weil Sie so was ja noch nicht mitgemacht haben. Ich weiß nicht, ob das eine Evakuierungsübung ist – oder ob wirklich eine Gefahr besteht. Jedenfalls dürfen wir den Lift nicht benutzen.«

»Ich weiß.«

Bewohner eilten an ihnen vorbei zum Treppenhaus. Als sie dort ankamen, sahen sie Edith Ritter langsam ihren Rollator über den Flur schieben.

»Wir müssen sie mitnehmen, Conrad. Allein schafft sie das nicht.«

»Schon klar.«

Sie nahmen die alte Dame in ihre Mitte.

»Kommen Sie, Frau Ritter«, sagte Charlotte. »Wir helfen Ihnen nach draußen.«

»Aber ich will in meine Wohnung.«

»Hören Sie das nicht? Es ist Feueralarm. Wir müssen das Gebäude verlassen.«

»Feuer?«, wiederholte Edith entsetzt. Ihr Gesicht war kreidebleich geworden. »Unser Hotel darf nicht abbrennen.

Dann war alles umsonst. Hugos Tod – und die Sache mit Christa!«

»Vielleicht ist es ja nur eine Alarmübung«, versuchte Charlotte sie zu beruhigen. »Wir gehen runter und sehen nach. Ja?«

Zu keiner Antwort fähig, nickte die alte Dame und ließ sich bis zum Treppenaufgang führen. Dort hakten Charlotte und Conrad sie zu beiden Seiten unter und brachten sie Stufe für Stufe in Sicherheit.

Auf der Straße standen mehrere Feuerwehrwagen. Die Bewohner wurden von der Besatzung in Empfang genommen und hinter eine Absperrung gelotst. Die Nichtgehfähigen wurden auf eine niedrige Mauer gesetzt. So auch Edith Ritter, die sich kaum auf den Beinen halten konnte.

»Charlotte, da drüben ist Anneliese mit Frau Seegers«, machte Conrad sie aufmerksam und zog sie mit sich. Von der anderen Seite stieß Philipp zu ihnen. Gemeinsam erwogen sie, ob es sich um einen Probealarm handelte oder tatsächlich irgendwo in der Residenz brannte.

»Wo ist eigentlich der General?«, fragte Charlotte besorgt. »Hat ihn einer von Ihnen gesehen?«

Als die anderen verneinten, drückte sie Conrad ihre Tasche in die Hand, hob das rot-weiße Absperrband an und bückte sich darunter hindurch. Fragend blickte sie den Feuerwehrmann an, der sie aufhalten wollte.

»Was ist mit den Bewohnern, die im Rollstuhl sitzen? Wurden sie in Sicherheit gebracht?«

»Die wurden zuerst evakuiert«, bekam sie zur Antwort. »Es sind ja nur vier. Sie werden bei den Einsatzwagen versorgt. – Und nun gehen Sie bitte hinter die Absperrung.«

»Erst will ich sehen, ob es unserem Freund gut geht.«

Sie wirkte wohl so entschlossen, dass der Mann ergeben nickte.

»Dann kommen Sie in Gottes Namen.« Auf direktem Weg brachte er sie zum Sammelplatz der Rollstuhlfahrer.

»Danke, junger Mann«, sagte Charlotte und ging zu Albert hinüber. »Hier verstecken Sie sich also«, sprach sie ihn an. »Wir waren schon in Sorge, dass Sie sich Ihrer Rettung widersetzt haben könnten.«

»Ich bin doch ein braver Soldat.«

»Daran muss ich mich erst gewöhnen, Schwejk. Kommen Sie mit mir? Unsere Kompanie wartet hinter der Absperrung.«

Mit einem breiten Lächeln im Gesicht folgte er Charlotte in seinem Rolli zu den anderen. Dort blieben sie, bis es Entwarnung gab. Die Bewohner wurden darüber informiert, dass es sich um eine Alarmübung gehandelt hatte, und durften ins Gebäude zurückkehren.

In ihrem Apartment griff Charlotte zum Telefon, um von Hannes zu erfahren, ob der Bericht der KTU aus Christa Bernhardts Wohnung vorläge.

»Dabei ist was Interessantes rausgekommen«, berichtete er. »Im Zigarettenetui der Toten haben wir Marihuanazigaretten gefunden. Woher sie das Cannabis bezogen hat, wissen wir nicht. Horst meint, dass sie es wegen der Schmerzen geraucht hat. Und das angebliche Nitrospray war gewöhnliches Mundspray. Sie hatte das ursprüngliche Etikett ausgetauscht.«

»Weil sie den Eindruck erwecken wollte, dass sie herzkrank ist«, fügte Charlotte hinzu. »Aber warum? Habt ihr eigentlich ihre Tagebücher mitgenommen? Vielleicht ist der Grund darin zu finden.«

»Die Spusi hat vorläufig nur den Fundort der Leiche gesichert und die Handtasche mit den persönlichen Sachen mitgenommen. Es bestand ja kein Mordverdacht – und vermutlich zu Recht. Es gibt nach wie vor keine Anhaltspunkte dafür, dass jemand die alte Dame ins Jenseits befördert hat.«

»Das habe ich auch nicht erwartet. Trotzdem sind mir drei Leichen innerhalb von drei Wochen zu viel.«

»Allmählich kommt mir das auch seltsam vor, aber wir haben keine Handhabe für Ermittlungen.«

»Dafür habt ihr ja mich. Ein bisschen Unterstützung könnte ich aber gebrauchen. Ich würde gern im Apartment von Christa Bernhardt nach den Tagebüchern suchen, aber das habt ihr versiegelt.«

»Wir müssen sowieso noch mal in die Wohnung, um ihre Sachen zurückzubringen«, sagte der Kommissar nach kurzem Schweigen. »Ist es dir gleich heute Abend recht? Du musst nur aufpassen, dass dich niemand sieht, wenn du dazukommst.«

»Dann wäre es wohl während der Abendveranstaltung am günstigsten«, überlegte Charlotte. »Sagen wir halb neun? Um diese Zeit sitzen die meisten Bewohner vor dem Fernseher oder im Rittersaal.«

»Okay«, stimmte er zu und lachte leise. »Mach bis dahin keine Dummheiten.«

»Ich bin doch eine harmlose Seniorin. Danke, Hannes.«

Beim Nachmittagskaffee wurde im Wintergarten über den Probealarm diskutiert. Conrad erzählte von seinem Faible für alles, was mit Technik zu tun hat. Er kannte sich aus, sodass er kürzlich geholfen hatte, die Lautsprecheranlage in der Residenz nach einem Totalausfall neu einzurichten. Seitdem wurde er um Rat gefragt, wenn etwas nicht funktionierte. Erst wenn er nicht weiterwusste, wurde ein teurer Fachmann bestellt. Philipp gestand, von technischen Dingen keine Ahnung zu haben; die Damen zeigten sich beeindruckt von den Fähigkeiten ihres Mitbewohners. Anneliese kam bald auf die Abendveranstaltung zu sprechen. Es stand das Konzert eines altsprachlichen hannoverschen Gymnasiums auf dem Programm, das als »Potpourri aus Operette und Chansons« angekündigt wurde. Die Musik bot eine willkommene Abwechslung, die sie gemeinsam genießen wollten. Charlotte kam das sehr gelegen. Sie erklärte, dass sie für den Abend eine Verabredung hätte, und wünschte den anderen viel Vergnügen.

Wie erwartet war mit Beginn der Abendveranstaltung niemand auf den Fluren. Hannes schickte Charlotte eine Kurzmitteilung aufs Handy, als er Eichengrund betrat. Fünf Minuten später verließ sie ihre Wohnung und schlich zu Christa Bernhardts Apartment. Der Kommissar erwartete sie schon und deutete wortlos auf das beschädigte Siegel der Staatsanwaltschaft. Dann schloss er auf, ließ Charlotte den Vortritt und zog die Tür sofort hinter sich zu.

»Das aufgebrochene Siegel kann nur bedeuten, dass jemand in der Wohnung war«, sagte er mit gedämpfter Stimme. »Und er hat einen Schlüssel benutzt. – Wer könnte das gewesen sein?«

»Keine Ahnung. Wir wissen ja nicht, wer alles einen Schlüssel hat. Der Hausmeister, die Residenzleitung, der Pflegedienst, und auch Freunden könnte Christa Bernhardt einen anvertraut haben.«

»Wahrscheinlich hat der Hausmeister eine Schlüsselliste. Die werde ich anfordern.«

»Die hilft uns aber nicht weiter, wenn sie sich Ersatzschlüssel besorgt hat.«

Während sie zum Fenster ging, spürte sie die dicken Teppiche unter ihren Füßen. Sie schloss die schweren Samtvorhänge, damit kein Lichtschein nach draußen dringen konnte. Dann schaltete sie eine Tischlampe ein und schaute sich um. Die Einrichtung des Wohnzimmers bestand fast ausschließlich aus Antiquitäten: der Sekretär, über dem mehrere gerahmte goldene Schallplatten hingen, der Bücherschrank und der zierliche Couchtisch vor dem Barocksofa stammten schätzungsweise aus dem frühen 19. Jahrhundert und waren aus Mahagoniholz. An der Decke hing ein gigantischer Kronleuchter aus Messing. Einige Gemälde zierten die Wände. Nichts im Raum deutete darauf hin, dass jemand etwas gesucht haben könnte.

Im Schlafzimmer mit großem Kleiderschrank und reich bestücktem Frisiertisch waren keine Unterlagen zu finden. Auf dem Nachtschränkchen lagen nur einige Bücher und Zeitschriften, in denen die Diva zuletzt gelesen hatte. In der Schublade befanden sich Fotos, die Christa Bernhardt mit Hugo Ritter zeigten. Sonst war nichts Interessantes zu entdecken. Deshalb kehrten sie bald in den Wohnraum zurück.

»Dann wollen wir mal«, sagte Hannes. »Ich nehme mir den Sekretär vor und du den Schrank.«

Charlotte nickte nur und öffnete zuerst die obere Glastür, hinter der viele Bücher standen. Rasch überflog sie die Titel. Es handelte sich um Klassiker, Biografien und zeitgenössische Literatur, Bücher über Stimmbildung und Gesangstechnik. Im Schrankteil darunter lagerten Libretti von Opern. Daneben lag ein dickes Album mit Zeitungsausschnitten, die Auftritte der Opernsängerin dokumentierten. Charlotte legte es erst einmal beiseite und griff nach einem Stapel unscheinbarer Notizbücher. Auf dem ersten las sie die Jahreszahl 1964. Sie schlug es auf und erkannte sofort, dass es sich um ein Tagebuch handelte.

»Ich habe was gefunden«, sagte sie, worauf Hannes zu ihr trat.

»Sind das die Tagebücher?«

»Ja, aber«, sie legte die Bände auf den Tisch und sah sie durch, »das letzte ist von 2011. Anneliese hat gesagt, dass Christa bis zu ihrem Tod Tagebuch geführt hat.«

»Dann fehlen die Jahre 2012 bis 15«, überlegte er. »Wann hat sich der Hotelier umgebracht?«

»Im Mai 2012 …« Eindringlich blickte sie ihn an. »Das kann doch kein Zufall sein. Ich wette, Christa hat mehr über den angeblichen Selbstmord gewusst und alles ihrem Tagebuch anvertraut. Jemand muss davon erfahren haben und wollte verhindern, dass nach ihrem Tod alles ans Licht kommt. Deshalb ist er oder sie hier eingedrungen und hat die Tagebücher der letzten Jahre mitgenommen.«

»Möglich«, räumte er ein. »Das beweist aber noch gar nichts.«

»Aber es stützt meine Vermutung, dass mit Hugo Ritters Selbstmord etwas nicht stimmte. Ich glaube, der war das Schlüsselereignis. Die Todesfälle danach haben irgendwie damit zu tun. Ich weiß nur noch nicht, wie das alles zusammenhängt, aber ich werde es rausfinden.«

»Wenn du einmal Blut geleckt hast, gibst du so schnell nicht auf«, sagte er anerkennend. »Das hätte mir eigentlich klar sein müssen. Weißt du schon, was du als Nächstes tun wirst?«

»Ich möchte die Tagebücher lesen – und die Zeitungsartikel. Vielleicht finde ich darin einen Anhaltspunkt. Kann ich das alles mitnehmen?«

»Du bringst mich noch in Teufels Küche«, brummte er, doch dann nickte er zweimal, ging in die kleine Küche und kehrte mit einer bunten Tragetasche zurück. »Pass gut darauf auf«, bat er, während sie die Tagebücher und das Album einpackten. »Möglicherweise brauchen wir die Sachen irgendwann wirklich als Beweismittel.«

»Keine Sorge«, beruhigte sie ihn. »Hast du im Sekretär was Wichtiges gefunden?«

»Nur die Korrespondenz mit ihrem Musikverlag, Fanpost, Autogrammkarten … und Auszüge von einem Girokonto. Die sagen aber nichts über das wirkliche Vermögen aus.«

»Es wird wohl erst bei der Testamentseröffnung bekannt werden, wie reich sie wirklich war. Und die ist erst ein paar Tage nach ihrer Beisetzung.«

»Okay, dann sind wir hier fertig, Charly. Am besten, wir hinterlassen alles so, wie wir es vorgefunden haben.«

Während er noch einmal an den Sekretär trat, schloss Charlotte den Bücherschrank. Dann ging sie zum Fenster hinüber. Auf ihr Zeichen löschte Hannes das Licht, und sie zog die Vorhänge wieder auf. Geräuschlos öffnete er die Wohnungstür und spähte auf den Flur. Niemand war zu sehen.

»Melde dich, wenn's was Neues gibt«, flüsterte Hannes und schob Charlotte hinaus. Sie lächelte ihm zu und ging dann zügig in ihre Wohnung. Dort stellte sie die Tasche ins Schlafzimmer und warf einen Blick zur Uhr. Sie hatten nur eine knappe halbe Stunde für die Suche nach den Tagebüchern gebraucht. Etwa um diese Zeit gab es bei den Veranstaltungen immer eine kurze Pause. Wenn sie sich beeilte, konnte sie den zweiten Teil des Konzerts noch miterleben.

Als sie den Rittersaal betrat, wurde gerade die Beleuchtung gedämpft. Charlotte ging bis zur Sitzreihe, neben der Albert in seinem Rollstuhl saß, und entdeckte noch einen freien Platz. Um ihn zu erreichen, hätten ungefähr ein Dutzend Zuschauer aufstehen müssen. Deshalb blieb sie neben dem General stehen. Conrad sah sie jedoch und gab den anderen zu verstehen, einen Platz weiterzurücken. So wurde der Stuhl neben dem Rollifahrer rasch frei, und sie konnte sich zwischen ihn und Anneliese setzen.

Im zweiten Teil der Veranstaltung wurden von dem kleinen Orchester bekannte Operettenmelodien von Franz Lehár, Johann Strauß und Emmerich Kálmán gespielt. Die meisten Gäste schunkelten, summten oder sangen mit. Nachdem der letzte Ton von »Dein ist mein ganzes Herz« aus Lehárs »Land des Lächelns« und auch der Applaus verklungen war, betrat die Leiterin der Residenz die Bühne und bedankte sich bei der Dirigentin und dem Schulorchester, das so schön gespielt hatte.

»Lassen Sie mich zum Abschluss dieses Abends noch ein paar Worte zur heutigen Alarmübung sagen: Ich weiß, dass einige von Ihnen einen solchen Probealarm als lästig empfinden. Dennoch ist es zu unserer aller Sicherheit nötig, das Gebäude im Ernstfall so schnell wie möglich zu räumen. Die Feuerwehr hat sich sehr zufrieden über den reibungslosen Ablauf geäußert. Bei dieser Gelegenheit möchte ich mich bei Frau Charlotte Stern und Herrn Conrad Lenz für ihr umsichtiges Handeln bedanken. Sie haben tatkräftig geholfen, eine gehbehinderte Mitbewohnerin zu evakuieren.«

Der einsetzende Beifall war Charlotte unangenehm. Sie stand nicht gern im Mittelpunkt des Interesses.

»Das war nun schon das zweite Mal, dass Frau Stern einer Mitbewohnerin hilfreich zur Seite gestanden hat«, fuhr Marion Fischer fort. »Ich glaube, ich spreche im Namen vieler von uns, wenn ich sage, dass wir uns freuen würden, wenn sie sich hoffentlich dafür entscheidet, bald dauerhaft zu unserer Gemeinschaft zu zählen.«

Wieder applaudierten die Bewohner. Verlegen senkte Charlotte den Blick.

»Sie sind zu bescheiden«, flüsterte der General ihr zu. »Ehre, wem Ehre gebührt.«

Sie antwortete nicht darauf, war aber erleichtert, als Frau Fischer allen einen schönen Abend wünschte und die Veranstaltung damit beendete.

Charlotte blätterte in ihrer Wohnung nur noch in dem Album mit den Zeitungsartikeln aus aller Welt. Sie war zu müde, um noch alles zu lesen. Deshalb ging sie zu Bett und löschte bald das Licht.

KAPITEL 12 – MITTWOCH, 13. MAI

Am Morgen trafen Charlotte und Conrad wieder im Schwimmbad zusammen. Als sie nach einer halben Stunde aus dem Wasser stiegen, schaute er sie etwas befangen an.

»Haben Sie schon gehört, dass wir Gesprächsthema sind?«
Verwundert zog sie ihren Bademantel über.

»Nein, warum?«

»Man hat uns gestern wohl ein bisschen zu oft miteinander gesehen. Erst waren wir schwimmen, dann sind wir von der Lobby aus in den gleichen Lift gestiegen – und kurz danach haben wir beide Frau Ritter geholfen. Es wird gemunkelt, dass wir sogar gemeinsam gefrühstückt hätten und deshalb beim Alarm zusammen aus dem Gebäude kamen.«

»Aha«, sagte sie amüsiert. »Anscheinend wird immer gleich spekuliert, wer mit wem. Ist Ihnen das peinlich?«

»Ganz im Gegenteil«, erwiderte er sofort. »Mich hat nur verwirrt, dass mich Anneliese und Philipp ein paarmal so merkwürdig angeschaut haben, so als wollten sie rauskriegen, was da zwischen der netten Probebewohnerin und dem unscheinbaren Wetterfrosch abläuft. Wenn ich jetzt mit Anneliese ausgehen sollte, hält man mich am Ende noch für einen Casanova.«

»Sie werden es überleben.«

»Und Sie? Macht es Ihnen gar nichts aus, wenn alle denken, dass wir beide …?«

»Warum sollte es? Solange man mir keine Affäre mit Herrn Pippich andichtet, stört mich das Gerede nicht.«

Nach dem Frühstück nahm Charlotte das Album mit den Zeitungsartikeln mit auf den Balkon und las die Berichte über die

Auftritte der Opernsängerin. Auf die aus dem deutschsprachigen Raum folgten Artikel aus der ganzen Welt. Mit den englischen hatte Charlotte kein Problem, die aus französischen Zeitungen konnte sie dem Sinn nach verstehen, aber mit den spanischen war sie überfordert. Deshalb überblätterte sie diese Ausschnitte. Verwundert sah sie, dass am Ende des Albums die Zeitungsartikel gesammelt waren, die beide Todesfälle in der Residenz betrafen. Aus welchem Grund hatte Christa sie aufgehoben? Sie musste gewusst oder zumindest vermutet haben, dass es keine Unfälle waren. Aber wie war sie darauf gestoßen?

Nachdenklich blickte sie in den Park. Sie sah Edith Ritter mit ihrer Gehhilfe auf einem der Wege. Sogar aus der Entfernung war zu erkennen, dass sie die Blumenbeete inspizierte. Anscheinend glaubte sie immer noch, dass sie für den tadellosen Zustand des Anwesens verantwortlich war. Charlotte fiel wieder ein, was Frau Ritter bei der Alarmübung gesagt hatte. Rasch erhob sie sich, verließ ihr Apartment und ging zügig in den Park. Sie musste nicht lange suchen. Inzwischen saß die alte Dame auf einer Bank am Teich.

»Guten Morgen, Frau Ritter«, grüßte Charlotte und setzte sich zu ihr. »Wissen Sie noch, wer ich bin?«

»Ich bin doch nicht senil«, bekam sie zur Antwort. »Sie sind die spärlich bekleidete Frau mit den nackten Beinen. Sie haben mir gestern geholfen.«

»Erinnern Sie sich auch daran, dass Sie sehr erschrocken waren? Sie sagten, wenn das Hotel abbrennt, wäre alles umsonst gewesen: Hugos Tod und die Sache mit Christa. – Was meinten Sie damit?«

Wortlos zuckte Edith nur die Achseln.

»Kannten Sie Christa Bernhardt gut?«

»Sie war eine sehr schöne Frau – und so klug. Die ganze Welt lag ihr zu Füßen. Sie hatte viele Verehrer, konnte sich den Mann aussuchen.«

»Aber sie wollte Ihren Hugo, nicht wahr?«

Unruhig rutschte Edith auf der Bank herum.

»Das konnte ich doch nicht zulassen. Nach allem, was wir durchgemacht hatten. Sie hat ihn nicht so geliebt wie ich.«

»Hat er das zu schätzen gewusst? Oder wollte er die Scheidung?«

»Das darf ich nicht verraten.«

»Warum nicht?«

Verschwörerisch blickte sie Charlotte an.

»Geheimnis.«

»Oh«, sagte Charlotte gedehnt. »Geheimnisse sind etwas Besonderes. Sie können wunderbar sein, aber manchmal sind sie eine schwere Last. Ich habe auch eins.«

»Was denn für eins?«, fragte die alte Dame gespannt. »Darf davon auch keiner wissen?«

»Eigentlich nicht, aber ich würde es gern mit jemandem teilen. Manchmal muss man sich einfach alles von der Seele reden.« Behutsam legte sie die Hand auf den Arm der alten Dame. »Ergeht es Ihnen nicht auch so?«

Ein tiefer Seufzer löste sich von Ediths Lippen, ihr Blick schweifte in die Ferne.

»Ich wollte das alles nicht, aber das Böse ist stärker. Ich habe es zugelassen. Es gibt kein Zurück.« Sie brach ab, weil die Residenzleiterin mit einer Pflegerin näher kam.

»Da sind Sie ja, Frau Ritter«, sprach Marion Fischer sie an. »Wir haben Sie schon überall gesucht.«

»Kommen Sie«, fügte die Schwester hinzu und half ihr auf. »Ich bringe Sie zu Ihrer Therapie.«

Als sie sich entfernten, setzte sich Frau Fischer zu Charlotte.

»Sie drückt sich gern vor der Therapiestunde. Dabei ist es so wichtig, wenigstens etwas gegen ihre fortschreitende Demenz zu tun. Bei Frau Ritter ist die reduzierte geistige

Kapazität Folge einer schweren Depression. Mit einem Training der Hirnleistungsfähigkeit lässt sich die Krankheit zwar nicht heilen, aber aufhalten.« Interessiert schaute sie Charlotte an. »Haben Sie sich gut mit ihr unterhalten?«

»Ich wollte eigentlich nur wissen, wie sie die Alarmübung überstanden hat«, erwiderte sie vage. »Sie konnte sich aber nicht daran erinnern. Anscheinend glaubt sie, dass dies hier immer noch ihr Hotel ist, für das sie die Verantwortung trägt.«

»Leider hat sie den Verkauf nie akzeptiert. Andererseits hat sie etwas zu tun, wenn sie den Gärtnern auf die Finger schaut oder kontrolliert, ob die Putzkolonne bloß kein Staubkörnchen übersieht. Wir haben uns daran gewöhnt. Sie schadet ja niemandem damit.« Sie lehnte sich bequem zurück und schaute zufrieden in die Runde. »Ist unser Park nicht herrlich? Können Sie sich schon vorstellen, für immer hier zu wohnen?«

»Ich fühle mich hier sehr wohl«, wich sie einer direkten Antwort aus. »Die Nachmittagsrunde im Wintergarten hat mich wie eine alte Bekannte aufgenommen. Sie sind alle sehr nett zu mir. Wenn es Ihnen recht ist, teile ich Ihnen meine Entscheidung nach den vereinbarten drei Wochen Probewohnen mit. Ich muss erst noch mit meinen Kindern sprechen, die mich ständig überreden wollen, zu ihnen zu ziehen. Wenn ich sie hierher einlade, werden sie sehen, wie gut es mir im Eichengrund geht. Dann werden sich ihre Vorbehalte gegen eine Seniorenresidenz hoffentlich in Luft auflösen.«

»Nehmen Sie sich für Ihre Entscheidung so viel Zeit, wie Sie brauchen«, sagte Marion Fischer freundlich und erhob sich. »Ich muss wieder an die Arbeit. – Bis bald, Frau Stern.«

Charlotte blieb noch eine Weile sitzen und dachte über Ediths Worte nach. *Sie hatte das Böse zugelassen – nun gab es kein Zurück mehr.* Was bedeutete das? Hatte sie etwas mit dem Tod ihres Mannes zu tun? Musste er sterben, weil er sie wegen Christa verlassen wollte? War das ihr Geheimnis?

In ihrem Apartment nahm Charlotte die Tagebücher mit auf den Balkon. Das erste stammte aus dem Jahr 1964. Sekundenlang hielt sie es unschlüssig in der Hand. Es widerstrebte ihr, in den intimen Aufzeichnungen eines anderen zu schnüffeln, aber es musste sein. Also schlug sie das Buch auf und begann zu lesen. Die Eintragungen begannen mit dem ersten Auslandsengagement von Christa Bernhardt am Londoner Royal Opera House. Es folgten Auftritte in der Wiener Staatsoper, im Sydney Opera House und in der Mailänder Scala. Christa berichtete von den Inszenierungen, von Kollegen und Bekanntschaften berühmter Persönlichkeiten, die sie auf ihren Reisen gemacht hatte. Ihren größten Erfolg hatte sie in der New Yorker Metropolitan Opera – wie einst Maria Callas – in Bellinis »Norma«. Sie wurde so begeistert gefeiert, riss das Publikum zu stehenden Ovationen hin, dass die Met sie daraufhin sofort wieder verpflichtete. Danach ging es stetig bergauf. Christa verglich ihr Leben mit einem Märchen, in dem ein Mädchen aus einfachen Verhältnissen zum Weltstar geworden war. Vor allem ihr Piano in Belcantorollen, Partien von Verdi, Puccini, aber auch von Rossini wurde als eines der schönsten und zartesten gefeiert.

Oft schweiften ihre Gedanken zu ihren Anfängen zurück. Sie debütierte 1962 an der Niedersächsischen Staatsoper in Hannover, machte Station in Hamburg, Bremen und München. Von der Bayrischen Staatsoper aus wurde sie dann nach London berufen.

Ihr Privatleben hielt sie weitgehend aus der Öffentlichkeit heraus, war sehr diskret und gab der Klatschpresse nie Anlass für Sensationsstorys. Deshalb wurde überwiegend über ihre Auftritte berichtet. Manchmal erschien ein Artikel über ihr Engagement für das Kinderhilfswerk UNICEF oder für begabte mittellose Musiker.

Christa schrieb auch von ihren Verehrern, über Männer, die ihr nachreisten und sie mit Blumen und Komplimenten überhäuften. Ein hartnäckiger italienischer Industrieller, dem man Verbindungen zur Mafia nachsagte, hatte ihr symbolisch einen Stern am Himmel geschenkt, der auf ihren Namen getauft war. Ihr Herz konnte er dadurch allerdings nicht erobern. Nur hin und wieder ließ sie sich auf eine Affäre ein, aber es war nie die große Liebe. Die begegnete ihr erst im Alter von 57 Jahren, als sie sich eine Auszeit gönnte und in die Heimat zurückkehrte. Es zog sie in ihre Geburtsstadt Hannover, wo sie auch ihre ersten Bühnenerfahrungen gesammelt hatte. Sie wollte allerdings nicht in einem der großen Häuser in der Innenstadt absteigen und folgte der Empfehlung eines Sängerkollegen, sich am Stadtrand im idyllisch gelegenen Hotel Eichengrund einzumieten. Dort begegnete sie Hugo Ritter. Der Hotelier verhielt sich seinem berühmten Gast gegenüber zunächst freundlichdistanziert. Nach ein paar Tagen folgte er Christa in den Park und setzte sich zu ihr auf eine Bank am Teich. Sie sprachen plötzlich so unbefangen über Gott und die Welt, als würden sie einander schon seit Jahren kennen. Seine Ansichten und sein erfrischender Humor verfehlten ihre Wirkung auf die Opernsängerin nicht. Dazu war er ein gut aussehender Mann mit Charme und Esprit, der sie aus seinen dunklen Augen mit so viel Wärme anschaute, dass sie innerlich zitterte.

Ich darf mich nicht in ihn verlieben! Hugo ist verheiratet; seine Frau leidet unter Depressionen! Ich muss ihn vergessen. Deshalb fliege ich schon morgen nach N.Y. An drei Abenden singe ich in der Met. Danach muss ich nach Mailand. Hoffentlich hilft mir die Arbeit, ihn aus meinem Kopf und aus meinem Herzen zu verbannen.

Nachdenklich legte Charlotte das Tagebuch aus der Hand und nahm das Glas Wasser vom Tisch. In den letzten Stunden hatte sie so viel über Christa Bernhardt, über ihr Leben und ihre Gefühle gelesen, dass sie nachempfinden konnte, wie der Opernsängerin damals zumute gewesen war. Wahrscheinlich war sie zu diesem Zeitpunkt längst in Hugo verliebt, wollte es aber nicht wahrhaben, weil sie glaubte, dass es unrecht war, einen Mann zu lieben, der gebunden war – noch dazu an eine kranke Frau.

Bis zum Nachmittag las Charlotte in den Tagebüchern. Sie unterbrach ihre Lektüre nur, um sich einen kleinen Imbiss zum Mittagessen zuzubereiten. Trotzdem hatte sie bis zum Treffen im Wintergarten nur knapp drei Viertel der Aufzeichnungen geschafft.

Im Lift traf sie Conrad, der auch auf dem Weg zur Kaffeerunde war. Als sich die Fahrstuhltüren in der Lobby öffneten, zögerte Charlotte.

»Gehen Sie lieber vor, damit nicht wieder der Eindruck entsteht, dass wir beide ständig zusammenhocken.«

»So weit kommt es noch«, erwiderte er mit schelmischem Lächeln. »Eine schöne Frau an meiner Seite stärkt mein Selbstbewusstsein. Dann traue ich mich hoffentlich bald, Anneliese einzuladen.«

»Das ist fast wie früher, als meine Kinder in brenzligen Situationen an die Hand genommen werden wollten.«

Demonstrativ nahm er ihren Arm und führte sie an der Rezeption vorbei.

»Vielleicht sollte ich Sie ›Mama‹ nennen?«

»Unterstehen Sie sich! Da käme ich mir ja uralt vor.«

»Sie doch nicht. Sie würden das mit Humor nehmen – und vielleicht ein bisschen an mir rumerziehen.«

»Führen Sie mich nicht in Versuchung.«

Sie betraten den Wintergarten und setzten sich zu den anderen.

Anneliese verteilte für den General Kaffeetassen und Kuchenteller. Conrads Augen streiften den Servierwagen, bevor sie wieder zu Anneliese zurückkehrten.

»Oh, Käsekuchen esse ich am liebsten.«

»Zu Risiken und Nebenwirkungen schauen Sie in Ihre Kalorientabelle und kontaktieren Ihren Fitnesstrainer.«

»Liesel!«, tadelte er sie in gespielter Strenge. »Soll das etwa eine Anspielung auf mein Bäuchlein sein? Das schwindet mehr und mehr. Charlotte hat sogar schon meine gute Kondition gelobt.«

»Interessant«, bemerkte Philipp. Sein beiläufiger Ton passte nicht so recht zu dem intensiven Blick, den er Charlotte zuwarf. »Bei welcher Gelegenheit war das denn?«

»Wieso wollen Professoren eigentlich immer alles ganz genau wissen?«, sagte Conrad mit hintergründigem Lächeln, wobei er Charlotte zuzwinkerte. »Das bleibt trotzdem unser Geheimnis, nicht wahr?«

Sie schürzte die Lippen und spielte die Begriffsstutzige. Die erwartungsvollen Blicke, die auf ihr ruhten, ignorierte sie und nahm den Kuchenteller von Anneliese entgegen.

»Danke, ich kann eine Stärkung gebrauchen. Mein Mittagessen bestand nur aus einem Apfel und einer Handvoll Erdbeeren.«

»Ich möchte lieber nicht erfahren, warum«, sagte Philipp und rührte in seiner Kaffeetasse. »Bei mir ist das Mittagessen ganz ausgefallen, aber aus anderen Gründen. Ich musste zu Hause nach dem Rechten sehen.«

»Wie weit sind denn die Handwerker?«, fragte Anneliese, worauf er den Kopf schüttelte.

»Die haben noch gar nicht angefangen. Es stehen immer noch überall diese Heizplatten rum. Bis nicht alles restlos trocken ist, passiert nicht viel. Der Rohrbruch war ja oben im

Bad. Dadurch ist das Wasser fast durchs ganze Haus gelaufen.«

»Vielleicht sollten Sie für immer hier einziehen«, meinte der General. »Und Sie auch, Charlotte. Dann bleibt unsere Runde komplett. Das wäre doch ganz nett.«

»Jetzt fängt unser Haudegen auch noch an zu dichten«, meinte Philipp amüsiert. »Da haben die Damen ja was Schönes angestellt. Trotzdem werde ich wohl nicht hierbleiben. Ich hänge an meinem Elternhaus und finde die Idee immer noch gut, dort irgendwann eine Senioren-WG zu gründen. Sie können ja nach der Renovierung alle zu mir ziehen. Platz habe ich mehr als genug. Ursprünglich waren das mal zwei Doppelhaushälften, die nach dem Tod meiner Großeltern zusammengelegt wurden. Mein Vater wollte keine fremden Leute nebenan.« Gleichmütig zuckte er die Schultern. »Na ja, er konnte sich diesen Spleen leisten.«

»Er war Bauunternehmer«, erinnerte sich Anneliese. »Sie haben mal erzählt, dass Ihr Großvater die Firma gegründet hat.«

»Das war kurz nach dem Ersten Weltkrieg«, bestätigte er. »Mein Vater ist dann später in die Firma eingestiegen. Und von mir wurde dasselbe erwartet. Psychologie studieren; das ist damals nicht gerade auf Gegenliebe gestoßen, aber ich habe mich durchgesetzt.«

»Und was ist aus der Firma geworden?«, fragte Conrad. »Wurde sie verkauft?«

»Meine Schwester und mein Schwager haben sie vor Jahren übernommen. Ich bin nur noch stiller Teilhaber.«

»Auch nicht schlecht«, meinte Conrad und setzte seine Tasse an die Lippen. »Der Kaffee hat es heute übrigens in sich. Der gehört auf die Dopingliste.«

»Der ist genau richtig«, widersprach der General in barschem Ton. »Werfen Sie ein Aspirin rein, dann wird er dünner.« Seine Augen konzentrierten sich auf Philipp. »Wenn das mit Ihrer WG klappt und Sie wie der Rattenfänger von Hameln alle aus der Runde mitnehmen, muss ich mich wohl wieder mit einer dünnen Plörre zufriedengeben.«

»Warum? Halten Sie nichts von einer WG?«

»Ich bin ein Krüppel! Haben Sie das vergessen? Ihr schönes Doppelhaus wird kaum darauf eingerichtet sein.«

Sofort regte sich Charlottes Mitgefühl. Bevor sie jedoch etwas sagen konnte, ergriff wieder Philipp das Wort.

»In der einen Haushälfte gibt es sogar einen kleinen Lift. Mein Großvater konnte in seinen letzten Lebensjahren nicht mehr laufen. Er war auf einen Rollstuhl angewiesen.«

Sekundenlang schaute der General ihn ungläubig an.

»Bedeutet das …« Betrübt schüttelte er den Kopf. »In einer WG hat doch jeder Aufgaben. Ich bin völlig nutzlos, eine Belastung.«

»Sie könnten fürs Kaffeekochen zuständig sein«, warf Anneliese ein. »Aber nur, wenn Sie versprechen, dass das Gebräu nicht jeden Herzkranken sofort ins Jenseits befördert.«

»Danke«, sagte er sichtlich bewegt. »Es tut gut, zu wissen, dass ich wirklich dazugehöre, auch wenn nichts aus unserer Wohngemeinschaft werden sollte.«

Nachdem Charlotte am Abend in den Tagebüchern gelesen hatte, stand sie auf und trat ans Fenster. Sie sah, dass schräg gegenüber bei Anneliese noch Licht eingeschaltet war, und überlegte, ob sie ihr so spät noch einen Besuch zumuten konnte. Eigentlich sprach nichts dagegen. Immerhin hatte die Strick-Liesel von ihren Schlafstörungen erzählt.

Mit einer Flasche Rotwein unterm Arm klingelte Charlotte bald an ihrer Tür. Es dauerte einen Moment, bis geöffnet wurde. Überrascht hob Anneliese die Brauen, worauf Charlotte ihr die Flasche zeigte.

»Haben Sie vielleicht zwei Gläser?«

»Immer hereinspaziert«, forderte Anneliese sie auf und trat beiseite. »Gehen Sie einfach gerade durch; ich hole alles, was wir brauchen.«

Nach wenigen Schritten stand Charlotte im Wohnzimmer, das von leiser Musik erfüllt war. Die Einrichtung wirkte zusammengewürfelt aus Kommoden und Schränken verschiedener Hölzer, aber urgemütlich. Auf dem orangefarbenen Ecksofa lagen neben dem Strickzeug viele bunte Kissen, auf dem Tisch flackerte eine dicke Kerze; gegenüber der Sitzgarnitur stand ein großer Flachbildfernseher.

»Setzen Sie sich doch«, forderte Anneliese sie beim Eintreten auf und stellte zwei bauchige Weinkelche auf den Tisch. Aus einer Vitrine holte sie einen Korkenzieher. Dann trat sie ans Fenster und schloss die Vorhänge. »Es muss ja nicht gleich jeder wissen, dass Sie hier sind.« Sie nahm die Flasche, entkorkte sie geschickt und schenkte den Wein ein. »Haben Sie schon nach den Tagebüchern gesucht?«, fragte sie, während sie sich zu ihrem Gast setzte. »Oder kommen Sie an die trotz Ihrer Beziehungen zur Polizei nicht ran?«

»Wir haben sie gestern Abend aus Christas Wohnung geholt«, erwiderte Charlotte und erzählte, wann die Aufzeichnungen endeten. »Wissen Sie, wo die fehlenden Jahre geblieben sein könnten?«

Ratlos schüttelte Anneliese den Kopf.

»Ich weiß nur, dass Christa noch wenige Tage vor ihrem Tod Tagebuch geführt hat.« Sie griff nach ihrem Glas und nippte daran. »Ein guter Tropfen.«

»Der ist aus dem Supermarkt an der Ecke«, erklärte Charlotte und trank ihr zu. »Hatte sie eigentlich einen Computer, auf dem Aufzeichnungen sein könnten?«

»Ja, so ein kleines Notebook. Es stand immer auf dem Sekretär im Wohnzimmer.«

»Das ist auch verschwunden. Wir haben es jedenfalls nicht entdeckt. Ich glaube, derjenige, der in der Wohnung war, hat alles mitgenommen, was ihm gefährlich werden könnte. Wenn es wenigstens einen Hinweis auf diese Person gäbe. Irgendwas, wo ich ansetzen könnte.« Fragend hob sie die Brauen. »Hat Christa nicht mal beiläufig was erwähnt, das uns weiterhelfen könnte? Sie haben doch über die Todesfälle gesprochen.«

»Sie war davon überzeugt, dass das keine Unfälle waren.«

»Warum?«

»Na ja, Herr Kleiber ist dauernd um sie herumscharwenzelt. Er hat sie total verehrt, hat ihr immer wieder Rosen und Pralinen gebracht, aber sie hat ihn nicht ernst genommen. Im Scherz hat sie mich mal gefragt, was man von einem Mann halten soll, der auf Gammelfleisch steht.« Nachdenklich fixierte sie einen imaginären Punkt an der Wand. »Nach außen haben sie allerdings sehr vertraut gewirkt, weil er ständig in ihrer Nähe war.«

»Dann könnte jemand befürchtet haben, dass sie ihm was anvertraut hat, das ihm schaden würde.«

»Etwas Ähnliches hat Christa wohl auch vermutet.«

»Und Herr Uhland? War der auch an ihr interessiert?«

»Nicht so sehr, glaube ich. Der hat öfter mit Frau Ritter im Park gesessen. Ich hatte den Eindruck, dass er irgendwas aus ihr rausbekommen wollte. Bei ihr kann man ja nie sicher sein, wann sie einen klaren Moment hat.«

»Mehr wissen Sie nicht von ihm?«

»Nur, dass er aus der DDR stammte und Geschichte unterrichtet hat. Er war wohl ein zutiefst unzufriedener Mensch. Nach seinem Einzug hier erzählte er mal, dass er in der DDR im Widerstand war. Er wurde von der Stasi überwacht, kam ins Gefängnis und wurde später ausgebürgert.«

»Edith Ritter stammt doch auch aus dem Osten«, überlegte Charlotte. »Vielleicht gibt es aus DDR-Zeiten eine Verbindung zwischen den beiden – ähnlich wie die zwischen Christa und Frau Ritter.«

»Möglich wäre das.«

»Hat Christa Ihnen nie verraten, warum sie ausgerechnet Eichengrund als Altersruhesitz gewählt hat?«

»Sie sagte mal, dass sie keine andere Wahl gehabt hätte. Als ich dann pensioniert wurde, hat sie mich überredet, auch hier einzuziehen.«

»Waren Sie so eng befreundet?«, fragte Charlotte und schenkte nach. »Woher kannten Sie sich eigentlich?«

»Das ist eine lange Geschichte«, erwiderte Anneliese. Dann erzählte sie, dass sie zufällig die Quizshow gesehen hatte, in der die Gäste für die nächste Sendung angekündigt wurden. Sie wusste, dass Christa Bernhardt aus Hannover stammte, und hatte recherchiert, wo sie gerade engagiert war. Dann hatte sie ihr einen langen Brief mit der Bitte geschrieben, im Gewinnfall die erspielte Summe für ihr Heim zu spenden. Obwohl eine Antwort auf ihr Schreiben ausgeblieben war, hatte sie sich die nächste Sendung angeschaut, aber damit gerechnet, dass die Opernsängerin ihren Gewinn einer populären Einrichtung spenden würde. Zu ihrer Überraschung hatte Christa Bernhardt vor laufenden Kameras gesagt, dass sie ein Heim in ihrer Heimatstadt unterstützen wollte.

»Unser erstes Treffen war dann bei der Scheckübergabe«, schloss Anneliese. »Wir haben uns an diesem Abend lange unterhalten und festgestellt, dass wir uns auf Anhieb sympathisch fanden.«

»Deshalb sind Sie in Kontakt geblieben.«

»Zuerst wurde nur eine lockere Freundschaft daraus. Wenn Christa in der Gegend war, hat sie mich immer besucht. Sie war ja ständig unterwegs, da hat man wohl nicht viele Freunde.«

»Wenn ich das richtig beurteile, waren Sie zum Schluss aber ihre einzige Vertraute.«

»Von der niemand wissen durfte«, bestätigte Anneliese. »Mit Hugos Tod hatte sie sich verändert. Ich werde nie vergessen, wie sie an diesem Abend vor meiner Tür stand: in Tränen aufgelöst und völlig fertig. Es war kein vernünftiges Wort aus ihr rauszubekommen. Deshalb habe ich sie ins Bett gesteckt und ihr eine Schlaftablette gegeben. Christa schlief noch, als ich am nächsten Morgen von Hugos Selbstmord in der Zeitung las.«

»Hat sie nie daran gezweifelt, dass er sich umgebracht hat?«

»Sie hat immer gesagt, dass er ihretwegen tot ist.«

»Das könnte bedeuten, dass er sich ihretwegen erschossen hat – oder man hat ihn wegen seiner Beziehung zu ihr aus dem Weg geräumt.« Nachdenklich blickte Charlotte in das Weinglas in ihrer Hand. Es geisterte etwas durch ihre Gedanken, das sie nicht zu fassen bekam – wie ein Schmetterling, der sich im letzten Moment doch nicht fangen ließ.

»Ich glaube, das reicht für heute. Ich muss diese Infos erst mal sacken lassen und den Kopf freibekommen.«

»Da wüsste ich ein Mittel«, sagte Anneliese und warf einen Blick zur Uhr. »Sind Sie sehr müde, Charlotte?«

»Überhaupt nicht.«

»In zehn Minuten beginnt der Spätkrimi. Bleiben Sie.«

»Unter einer Bedingung.«

»Da bin ich aber gespannt.«

»Wir sollten uns duzen.«

»Die Idee hätte von mir sein können«, sagte Anneliese lächelnd und erhob sich. »Mach es dir so bequem wie zu Hause vor der Flimmerkiste. Ich bin gleich wieder da.«

Während sie hinausging, schlüpfte Charlotte aus den Pumps und zog die Beine unter sich. Da kehrte Anneliese auch schon mit einem großen Schokoladeneisbecher zurück, setzte sich zu ihr und reichte ihr einen kleinen Löffel.

»Hast du Lust, dir mit mir zusammen die Figur zu ruinieren?«

»Wie könnte ich da widerstehen?«

Anneliese hielt den Becher so, dass sie sich beide bequem daraus bedienen konnten.

»Köstlich«, sagte Charlotte und leckte genüsslich den Löffel ab. »Vorsichtshalber werde ich morgen ein paar Runden mehr schwimmen.«

»Darf ich dich mal was Persönliches fragen?« Und als Charlotte nickte: »Was ist eigentlich zwischen dir und Conrad? Liebst du ihn?«

»Wäre das so abwegig?«

»Wohl nicht, obwohl ich eher dachte, du und Philipp …«

»Wie kommst du denn darauf?«

»Der fährt schließlich voll auf dich ab. Das musst du doch auch bemerkt haben. – Oder magst du ihn nicht?«

»Ich kenne ihn doch kaum.«

»Und Conrad?«

»Ist ein netter Kerl, aber ich bin nicht interessiert«, formulierte Charlotte vorsichtig. Dennoch schien Anneliese erleichtert. »Jetzt mal was ganz anderes: Mir geht die stumme Frau Seegers nicht aus dem Kopf. Ich möchte sie gern aus der Reserve locken, damit sie endlich aufhört, sich wie auf Zehenspitzen durchs Leben zu bewegen.«

»Das haben vor dir schon andere vergeblich versucht.«

»Vielleicht hat meine Methode trotzdem Erfolg«, sagte Charlotte und tauchte ihren Löffel in den Eisbecher. Dann weihte sie Anneliese in ihren Plan ein.

KAPITEL 13 – DONNERSTAG, 14. MAI

Nach dem Frühstück entsorgte Charlotte den verwelkten Flieder und räumte auf. Danach beschäftigte sie sich wieder mit den Tagebüchern. Sie las, wie sehr sich Christa Bernhardt gegen ihre Gefühle für Hugo Ritter gesträubt hatte. Um ihn zu vergessen, war sie von einem Engagement zum nächsten gehetzt, aber er hatte anscheinend immer gewusst, in welcher Stadt sie auftrat. Er war ihr bald nach London nachgereist und hatte nicht aufgegeben, um sie zu werben. Dennoch war Christa standhaft geblieben. Erst als er einige Wochen später in ihrem Hotel in Wien auftauchte, kapitulierte sie. Der Preis dafür war ein permanent schlechtes Gewissen – obwohl Hugos Ehe nur noch auf dem Papier bestand. Eine Scheidung kam für ihn wegen der schweren Depressionen seiner Frau nicht infrage. Christa musste sich damit abfinden, dass sie und Hugo nie wie andere Paare würden zusammenleben können. Sie wollte ihr Glück auch nicht auf dem Unglück eines anderen Menschen aufbauen. So sehnte sie sich die meiste Zeit nach dem Mann, den sie liebte, und genoss die wenigen gestohlenen Stunden.

Anfang 2011 beschloss Christa, ihre Karriere zu beenden, und ging ein letztes Mal auf Welttournee. Sie war inzwischen 68 Jahre alt, hatte Millionen verdient und gehörte unumstritten zu den größten Sopranistinnen des 20. Jahrhunderts. Ihr Repertoire umfasste 90 Opernrollen und rund 800 Lieder. Sie wollte sich ins Privatleben zurückziehen, solange ihre Stimme noch den Ansprüchen ihres Publikums genügte.

An dieser Stelle endeten die Tagebuchaufzeichnungen der Sopranistin, die sich ihre Gefühle von der Seele geschrieben hatte. Charlotte resümierte, dass Christa Bernhardt trotz ihres

Erfolgs und ihres Reichtums kein glücklicher Mensch gewesen war.

Zur gewohnten Stunde durchquerte Charlotte am Nachmittag die Lobby, als sie Josef Pippichs Stimme hinter sich hörte.

»Frau Stern, warten Sie bitte!«

Notgedrungen blieb sie stehen und drehte sich herum. Abwartend schaute sie den alten Mann an.

»Ich habe es getan«, erklärte er stolz. »Und es hat auf Anhieb geklappt.«

Sie hoffte inständig, dass er nun nicht den Wunsch verspürte, ihr haarklein von seiner Erfolgsnummer zu erzählen. Seine Augen verrieten jedoch sein Mitteilungsbedürfnis.

»Wie schön für Sie, Herr Pippich. Haben Sie also doch noch eine Gespielin gefunden.«

»Noch nicht ganz, aber ich habe 13 Zuschriften auf meine Bekanntschaftsanzeige bekommen.«

»Ach«, sagte sie gedehnt und unterdrückte den Impuls, über ihren Irrtum zu lachen. »Dann wollen wir mal hoffen, dass das eine Glückszahl für Sie ist.«

»Mir reicht es schon, wenn eine Lady darunter ist, die so fesch ist wie Sie.« Erwartungsvoll musterte er sie. »Oder haben Sie es sich inzwischen anders überlegt? Immerhin bin ich jetzt ein gefragter Mann.«

»Auch wenn es mir schwerfällt, verzichte ich, um die interessierten Damen nicht zu enttäuschen.«

»War wohl nicht anders zu erwarten«, meinte er achselzuckend. »Trotzdem danke ich Ihnen für den guten Rat.«

Amüsiert nickte sie ihm zu, wandte sich um und ging in Richtung Wintergarten.

»Na endlich«, sagte Anneliese bei ihrem Eintreten. »Da kommt ja das Nesthäkchen unserer Runde.«

»Tut mir leid, dass ich zu spät bin, aber Herr Pippich hat mich aufgehalten.«

»Hat dich der Nervzwerg etwa wieder angebaggert?«

»Er hat meinen Rat befolgt und eine Bekanntschaftsanzeige aufgegeben. 13 Damen möchten ihn kennenlernen.«

»Hoffentlich überfordert das nicht seine viel gepriesene Manneskraft«, meinte Conrad trocken. »Versagen wäre ein harter Schlag für den armen Kerl.«

»Das wäre es für jeden Mann«, kommentierte die Strick-Liesel, die an diesem Nachmittag für die Bewirtung zuständig war. »Hilfst du mir, Charlotte?«

»Gern.« Auf dem Servierwagen stand alles bereit, was sie am Morgen bestellt hatte. So schenkte Anneliese den Kaffee ein; Charlotte reichte die Tassen zunächst an die Herren der Runde weiter. Die letzte Tasse füllte Anneliese nur mit wenigen Tropfen.

»Der Kaffee reicht nicht«, behauptete sie, worauf Charlotte sich gleichgültig gab.

»Kein Problem. Ich gieße für Frau Seegers einfach mehr Milch dazu. Sie wird sich ja nicht beschweren, weil sie sowieso kein Wort sagt.«

Während Philipp, Conrad und Albert verwundert über diese Bemerkung schienen, runzelte Frau Seegers nur die Stirn.

Charlotte drehte den Anwesenden den Rücken zu und gab von den anderen unbemerkt aus einer kleinen Flasche etwas Mineralwasser zu der Kaffeepfütze. Mit Unschuldsblick ging sie mit der Tasse auf die alte Dame zu. Kurz vor ihrem Korbsessel stolperte sie gekonnt und beförderte den Inhalt zielsicher auf Frau Seegers' Schoß.

»Können Sie nicht aufpassen?«, entfuhr es der Begossenen, wobei sie aufsprang. »Das haben Sie doch mit Absicht gemacht!«

»Stimmt«, gab Charlotte zu, wobei sie schelmisch lächelte. »Ich wollte endlich mal testen, ob Sie das Sprechen wirklich verlernt haben. Wie wir eben alle gehört haben, beherrschen Sie es aber noch perfekt. Deshalb sollten Sie sich ab jetzt an unseren Gesprächen beteiligen.«

Erstaunt blickte die alte Dame sie an, dann lächelte sie.

»Ich wusste von Anfang an, dass Sie eine ganz ausgeschlafene Person sind. Aber dass Sie zu so drastischen Mitteln greifen …«

»Was Besseres ist mir leider nicht eingefallen«, sagte Charlotte entschuldigend, während Anneliese in die Hocke ging und mit Servietten die Flüssigkeit vom Rock der Begossenen abtupfte. Als sie sich wieder aufrichtete, schaute sie ihre Verbündete triumphierend an und hob die Hand zum Abklatschen. Charlotte schlug leicht dagegen.

»Unsere Damen sind doch immer für eine Überraschung gut«, sagte Philipp anerkennend und schob den Korbstuhl von Frau Seegers näher zu den anderen in der Runde.

Wenig später waren sie alle mit Kaffee und Kuchen versorgt. Charlotte saß neben Frau Seegers, die noch nicht wieder gesprochen hatte.

»Ist es so nicht besser, als immer abseits zu sitzen? Oder fühlen Sie sich so dicht bei uns nicht wohl?«

»Doch, aber das ändert leider nichts an meiner ausweglosen Situation. Meine Familie hat mich wie ein ausgedientes Möbelstück entsorgt. Ich sitze hier in einem goldenen Käfig und es fehlt mir an nichts. Ich werde mit allem Nötigen am Leben gehalten.« Traurig schüttelte sie den Kopf. »Aber was ist mit meiner Würde?«, fügte sie leise hinzu. »Sie haben mich unter Betreuung gestellt, mir alles genommen. Mein Schwiegersohn bestimmt jetzt über mich.«

»Dagegen kann man doch was tun«, überlegte Charlotte und schaute Philipp an. »Können Sie Frau Seegers nicht begutachten? Wenn sich dabei rausstellt, dass sie geistig völlig gesund ist, müsste das Gericht doch die Betreuung aufheben, oder nicht?«

»Das dürfte problemlos funktionieren. Frau Seegers braucht dann nur noch einen Anwalt, der ihre Interessen vor Gericht vertritt.«

»Das klingt zu schön, um wahr zu sein«, sagte die alte Dame. »Aber ich habe kein Geld, um das alles zu bezahlen.«

»Das brauchen Sie auch nicht«, sagte Philipp. »Mein Gutachten ist für Sie selbstverständlich kostenlos.«

»Das ist lieb von Ihnen«, erwiderte sie sichtlich gerührt. »Aber der Anwalt, Herr von Kleist nimmt bestimmt ein hohes Honorar.«

»Diesen Winkeladvokaten sollten wir nicht bemühen«, meinte der General. »Ein alter Freund von mir ist Rechtsanwalt. Der schuldet mir noch einen Gefallen.«

Tränen traten ihr in die Augen.

»Ich weiß gar nicht, was ich sagen soll. Sie sind alle so nett zu mir, haben mich immer an der Kaffeestunde teilnehmen lassen, obwohl ich mich nie revanchieren konnte. Wie ein Schmarotzer habe ich mich manchmal gefühlt.«

»Machen Sie sich darüber keine Gedanken«, sagte Conrad. »Wir haben Sie gern bei uns. Wenn Sie erst wieder zu Hause sind ...«

»Da will ich gar nicht mehr hin«, unterbrach sie ihn. »Wenn ich wirklich wieder selbst entscheiden kann, verkaufe ich die Firma und das Haus. Meine Tochter bekommt ihren Pflichtteil. Damit ist die Sache dann für mich erledigt.«

»Wollen Sie wirklich hierbleiben?«, vergewisserte sich Anneliese, worauf Frau Seegers entschlossen nickte.

»Hier bin ich wenigstens nicht allein.« Ein zaghaftes Lächeln huschte über ihr schmales Gesicht. »Und wenn der Herr Professor tatsächlich irgendwann eine Senioren-WG gründet, frage ich ihn, ob er ein Zimmer für mich frei hat.«

»Bald kann ich mich vor Interessenten nicht mehr retten«, scherzte Philipp. »Als Mitbewohner kommen für mich sowieso nur Herrschaften aus dieser Runde infrage, Frau Seegers.«

»Ich heiße Elisabeth, aber ich wurde schon als Kind Elli genannt.«

»Klingt gut«, meinte Conrad. »Mich haben sie früher immer Conny gerufen.«

»Und mich Liesel.« In gespielter Verzweiflung verdrehte Anneliese die Augen. »Oder Lieschen – das fand ich ätzend.« Fragend schaute sie Charlotte an. »Und du?«

»Meine Freunde nennen mich Charly. Das ist für mich okay. Aber wehe, es sagt jemand Lotte zu mir. Das kann ich überhaupt nicht leiden.«

»Meine Tante rief mich immer Berti«, gestand Albert. »Ich hätte sie dafür erwürgen können.«

»Gut, dass Sie es nicht getan haben«, sagte Philipp. »Aus mir haben Kommilitonen zu Studentenzeiten Phil gemacht, aber das hat sich wieder gegeben.« Seine Augen richteten sich auf Charlotte. »Sie und Liesel sind uns anscheinend ein Stück voraus, seit Sie sich duzen. Dürfen wir uns anschließen?«

Sie gab die Frage durch einen Blick an Anneliese weiter.

»Wer könnte diesem Mann etwas abschlagen?«, sagte die Strick-Liesel prompt. »Dann müssen wir aber auch – wie es sich gehört – mit Franzosenbrause anstoßen.«

»Das machen wir morgen auf dem Frühlingsfest«, schlug Philipp vor und warf einen Blick nach draußen auf den grauen Himmel. »Hoffentlich spielt das Wetter mit.«

Das war Conrads Stichwort.

»Morgens ist es noch bewölkt, aber gegen Mittag klart es auf, und die Sonne setzt sich durch. Wir bekommen Temperaturen bis 24 Grad.«

»Was ist denn das für ein Fest?«, erkundigte sich Charlotte.

»Im Veranstaltungskalender stand nur der Termin, aber nicht, was geboten wird.«

»Musik, Tanz, Leckereien vom Grill«, zählte Philipp auf.

»Das Fest findet im Park statt. Ich habe schon für uns alle Armbändchen besorgt.«

»Für jeden, der so ein Ding am Handgelenk trägt, ist alles inklusive«, erklärte der General auf Charlottes fragenden Blick und kramte seine Geldbörse aus der Innentasche seiner Jacke hervor. »Ich habe nicht gerne Schulden.«

»Betrachtet euch bitte als eingeladen«, wehrte Philipp ab. »Und jetzt möchte ich noch eine Tasse Kaffee.«

Als sich die Runde später auflöste, ging Charlotte noch ein paar Schritte durch den Park. Sie steuerte schließlich die Bank am Teich an und schaute den Enten zu. Es dauerte nicht lange, bis Anneliese sich zu ihr setzte.

»Mir ist noch was eingefallen«, sagte sie mit bedeutungsvoller Miene. »Christa hatte ein Bankschließfach. Vielleicht hat sie die wichtigen Tagebücher dort in Sicherheit gebracht.«

»Möglich«, stimmte Charlotte ihr zu. »Weißt du, wo sie den Schlüssel aufbewahrt hat?«

»Der steckte immer in einem Seitenfach ihrer Handtasche.«

»Ich glaube, den haben meine Kollegen nicht gefunden, aber ich rufe Hannes an und frage nach.« Ihr Blick konzentrierte sich auf Annelieses Gesicht. »Hat Christa dir verraten, bei welcher Bank das Schließfach ist?«

»Leider nicht. Ich weiß nur, dass sie immer im Taxi hingefahren ist. Das letzte Mal am Tag vor ihrem Tod.«

Sekundenlang überlegte Charlotte.

»Wenn es der Polizei gelingt, den Taxifahrer ausfindig zu machen.« Von ihren Lippen löste sich ein Seufzer. »Es wird nicht einfach werden, Hannes zu überreden, bei allen Taxiunternehmen nachzufragen.«

»Du machst das schon«, sagte Anneliese zuversichtlich. »Deine Kollegen wissen doch bestimmt, was sie an dir haben.«

»Ganz sicher bin ich mir da nicht. Seit ich den Kindermörder überführt habe, nehmen sie mich zwar ernst, aber ich glaube, sie halten mich auch für ein bisschen verrückt. Immerhin bin ich nur hier, weil ich auf mein Bauchgefühl gehört habe. Gefunden habe ich auch noch nichts, was eindeutig für einen Mord spricht.«

»Es gibt nun mal keinen Beweismittelfachhandel, bei dem man sich aussuchen kann, was man braucht, um einen Fall zu lösen. Ich vertraue jedenfalls auf deine Intuition.«

In ihrem Apartment dachte Charlotte darüber nach, was Anneliese ihr erzählt hatte. Ein Bankschließfach war tatsächlich der sicherste Aufbewahrungsort für die fehlenden Tagebücher. Da Christa wahrscheinlich von einem begründeten Verdacht ausgegangen war, musste sie damit rechnen, dass der Täter nach ihrem Tod versuchen würde, in den Besitz der Aufzeichnungen zu gelangen. Für diese Theorie sprach das aufgebrochene Siegel an ihrer Wohnungstür.

Sie musste Hannes anrufen!

Vorsichtshalber tat sie das von ihrem Handy aus.

»Hallo, Miss Marple«, meldete er sich anscheinend bester Stimmung. »Was macht die Mörderjagd?«

»Du sitzt wohl schon beim ersten Feierabendbier.«

»Viel besser.« Seine Stimme verriet, dass er lächelte. »Es ist Freitagabend: Der Tag geht – Johnnie Walker kommt.«

»Bist du noch aufnahmefähig?«

»Ich bin erst seit zehn Minuten zu Hause.« Es klang empört. »Hoffentlich hast du inzwischen keine Beweise für ein Verbrechen entdeckt. Das ist mein erstes freies Wochenende seit Langem.«

»Das will ich dir auch nicht verderben. Ich wüsste gern, ob der toxikologische Befund von Christa Bernhardt schon vorliegt.«

»Damit können wir erst Anfang der Woche rechnen.«

»Habt ihr in ihrer Handtasche einen Schlüssel für ein Bankschließfach gefunden? Angeblich soll sie ihn immer in einem Seitenfach aufbewahrt haben.«

»Auf der Liste der KTU waren nur die Rauchutensilien, eine Geldbörse, Lippenstift und Taschenspiegel aufgeführt«, zählte er nach kurzer Pause auf. »An einen Schließfachschlüssel würde ich mich erinnern. Da war keiner.«

»Schade«, sagte Charlotte enttäuscht. »Wenn jemand in ihrer Todesnacht bei ihr gewesen ist, könnte der den Schlüssel mitgenommen haben. – Erst recht, wenn er die fehlenden Tagebücher nicht gefunden hat. Dann hat er vielleicht genau wie ich gedacht, dass sie im Bankschließfach liegen.«

»Ohne Durchsuchungsbeschluss …«

»Ich weiß«, unterbrach sie ihn. »Außerdem glaube ich, dass Christa vorsichtig genug war, das Schließfach nicht bei ihrer Hausbank zu mieten. Aus zuverlässiger Quelle weiß ich, dass sie einen Tag vor ihrem Tod mit einem Taxi dorthin gefahren ist.«

»Und wir sollen jetzt die Taxiunternehmen abklappern, um den Fahrer zu finden, der sie zur Bank gebracht hat.«

»Hannes, du bist ein Schatz! Ich hätte mich gar nicht getraut, dich darum zu bitten.«

»Weil du ja so furchtbar schüchtern bist«, fügte er hinzu. »Übrigens hat mich die Staatsanwältin heute nach der Dienstbesprechung auf deine besondere Art der Freizeitgestaltung angesprochen. Sie wollte wissen, ob du schon was rausgefunden hast, das die Wiederaufnahme der Ermittlungen rechtfertigt. Ich habe ihr von deinen Vermutungen erzählt, und sie hofft, dass du bald etwas findest, das eindeutig für ein Verbrechen spricht. Frau Dr. Pauli hält große Stücke auf dich. Wir sollen dich – wenn auch inoffiziell – unterstützen, falls du Hilfe brauchst.«

»Das höre ich gern«, sagte Charlotte erfreut. »Dann kümmert euch doch bitte um den Taxifahrer. Wenn wir wissen, bei welcher Bank Christa das Schließfach hatte, müssen wir nur noch den Schlüssel finden. Vielleicht hat sie ihn in ihrer Wohnung versteckt. Ich würde mich dort gern noch mal umsehen.«

»Eins nach dem anderen«, bremste Hannes sie. »Wir werden am Montag bei den Taxiunternehmen nachfragen. Dann sehen wir weiter.«

Charlotte hatte keine andere Wahl, als abzuwarten. Geduld zählte nicht gerade zu ihren herausragenden Eigenschaften. Sie wollte vorankommen, konnte aber nichts tun, als die Informationen, die sie zusammengetragen hatte, noch einmal durchzugehen. Das half ihr jedoch nicht weiter. Sie stellte sich immer dieselben Fragen: Wer könnte einen Grund gehabt haben, die beiden alten Herren und vielleicht auch Christa Bernhardt aus dem Weg zu räumen? Oder hingen die Todesfälle gar nicht zusammen? Zumindest zwischen Christa und Kleiber gab es eine Verbindung. Dessen war sie sich sicher. Sie versuchte sich in einen möglichen Täter hineinzuversetzen, um Antworten zu finden – und gab schließlich auf. Frustriert holte sie die Pralinen aus dem Schrank. Das Konfekt der Opernsängerin würde ihr jetzt guttun. Nachdenklich nahm sie die beiliegende Karte zur Hand. Warum hatte Christa ihren Dank ausgerechnet auf die Rückseite dieses Fotos geschrieben? Noch einmal las sie die Zeilen:

Herzlichen Dank für Ihre Hilfe.
Sie sind mutig –
aber Sie sollten vorsichtig sein.
Wenn Sie Eichengrund nicht verlassen,

kann das lebensgefährlich für Sie werden.
Vertrauen Sie niemandem!
C. B.

Anneliese hatte gesagt, dass sie und Christa ihre Mission durchschaut hätten. Trotz der eindringlich formulierten Warnung schien Christa gehofft zu haben, dass sie ihre Ermittlungen fortsetzte. Das Foto sollte anscheinend als Hinweis dienen, dass die Ereignisse mit der Liebe der beiden Königskinder zusammenhingen.

Gedankenverloren öffnete Charlotte die Metallschachtel und probierte von dem köstlichen Konfekt.

KAPITEL 14 – FREITAG, 15. MAI

Conrads Wettervorhersage erwies sich als sehr genau. Wie von ihm prophezeit, war es am Morgen noch bedeckt, aber gegen Mittag riss die Wolkendecke auf und die Sonne schien.

Von ihrem Balkon aus sah Charlotte, dass die Vorbereitungen für das Fest gediehen. Im Park wurden Tischgruppen aufgebaut, eine kleine Bühne entstand am Rande der Terrasse.

In einem luftigen weißen Sommerkleid verließ Charlotte am Nachmittag ihre Wohnung. Als sie in der Lobby aus dem

Lift trat, begegnete ihr Josef Pippich. Er trug einen hellen Anzug und hielt sich erstaunlich gerade.

»Grüß Gott, Frau Stern«, sprach er sie an und musterte sie von Kopf bis Fuß. »Sie sehen heute besonders lecker aus.«

»Fangen Sie schon wieder damit an?«

»Keine Sorge, heute bin ich vergeben. Ich habe die Dame zum Frühlingsfest eingeladen. Am Telefon klang sie sehr nett. Wir werden ein bisschen feiern, und dann zeige ich ihr mein Apartment. Wenn ich Glück habe, bleibt sie über Nacht.«

»Übernehmen Sie sich nur nicht, Herr Pippich. Sie sind auch nicht mehr der Jüngste.«

»Trotzdem krieg ich ihn noch …«

»Davon wissen inzwischen fast alle hier«, unterbrach sie ihn rasch. »Hoffentlich blamieren Sie sich nicht.«

»Bestimmt nicht. Ich habe immer noch ein Ass im Ärmel.« Siegessicher lächelte er ihr zu. »Ich wünsche Ihnen viel Spaß auf dem Fest.«

»Danke, gleichfalls«, erwiderte sie und setzte ihren Weg fort.

Auf der Terrasse blickte sie sich kurz um, da kam ihr Conrad entgegen.

»Wir sitzen dort drüben«, sagte er und zeigte zu den anderen. »Der Professor hat einen Tisch für uns reserviert.«

Charlotte nickte nur und ließ sich von ihm dorthin führen. Nach der Begrüßung nahm Philipp ihre Hand und streifte ein gummiertes hellgrünes Armband darüber. In großen Buchstaben stand »Eichengrund« darauf.

»Danke.«

Er hielt immer noch ihre Rechte. Charlottes fragender Blick suchte seine Augen, worauf er zart mit dem Daumen über ihre Haut strich und sie dann freigab.

Conrad erkundigte sich, was sie trinken wollte, und deutete auf die verschiedenen Flaschen auf dem Tisch. Sie entschied sich für Mineralwasser; schließlich war es erst später Nachmittag.

»Jetzt kannst du noch Arbeitersekt trinken, aber nachher stoßen wir mit Monetensprudel an«, sagte Anneliese und griff nach ihrem Glas Apfelschorle. »Du hast die Ansprache von Frau Fischer verpasst.« Sie blickte an Charlotte vorbei. »Da kommt sie.«

Mit einem Lächeln trat die Residenzleiterin an den Tisch.

»Ich brauche jemanden, der mit mir den Tanz eröffnet.« Ihr Blick blieb auf dem Mann neben der Probebewohnerin haften. »Philipp?«

»Mit dem größten Vergnügen«, erwiderte er und erhob sich. Alle schauten den beiden nach, die sich gleich darauf zum Rhythmus der Musik bewegten.

»Ein schönes Paar«, meinte Conrad. »Ob die was miteinander haben?«

»Anzunehmen«, sagte der General. »So oft, wie die zwei zusammenstecken.«

»Zwischen den beiden ist nichts«, sagte Elisabeth überzeugt. »Frau Fischer würde schon gern mit ihm, aber er hat sich in eine andere verguckt.«

»Wie kannst du das so genau wissen?«

»Als ich noch stumm war, dachten wahrscheinlich alle, dass ich nicht viel mitbekomme. Dabei war ich eine stille Beobachterin. Ich habe recht schnell bemerkt, an wen Philipp sein Herz verloren hat. Er ist ein kluger Mann mit gesundem Selbstbewusstsein und viel Einfühlungsvermögen. Trotzdem traut er sich nicht, der Dame seine Gefühle zu offenbaren.« Wie zufällig schaute sie Charlotte an. »Sie macht es ihm auch nicht gerade leicht.«

Natürlich hatte Charlotte die Anspielung verstanden, aber sie glaubte, dass Elli sich irrte. Ein Mann, der eine 20 Jahre jüngere Frau haben konnte, würde sich nicht ausgerechnet für eine Ruheständlerin interessieren. Klar, er flirtete gern, war immer freundlich und zuvorkommend. Aber das war es auch schon. Er hatte weder am Abend im Musikclub noch in der gemeinsamen Nacht den geringsten Annährungsversuch unternommen. Und das war auch gut so. Sie hatte noch nie einen Gedanken daran verschwendet, noch einmal eine Beziehung einzugehen, wollte auch gar nicht darüber nachdenken.

Deshalb war sie erleichtert, als Onno von Kleist an den Tisch trat. In seinem hellen Anzug und mit offenem Hemdkragen wirkte er nicht mehr so distinguiert. Er begrüßte die Runde mit einem freundlichen Kopfnicken.

»So ein Fest ist ein guter Anlass, ein wenig mit meinen Klienten zu plaudern«, wandte er sich an Charlotte. »Noch größer war allerdings der Reiz, Sie wiederzusehen, Frau Stern. Darf ich mir erlauben, Sie um einen Tanz zu bitten?«

War das etwa noch ein Interessent? Das konnte ja heiter werden! Vielleicht sollte sie sich künftig kühl und distanziert verhalten. Leider entsprach das überhaupt nicht ihrem Wesen. Aus diesem Grund gab sie dem Anwalt keinen Korb. Sie erhob sich und ließ sich von ihm zu den Tanzenden führen.

Während sie sich zu den Klängen eines alten Schlagers im Takt bewegten, fing sie Philipps erstaunten Blick auf, den er ihr über die Schulter seiner Partnerin zuwarf. Marion Fischer tanzte eng an ihn geschmiegt und bemerkte nicht, dass er unwillig die Stirn runzelte. Charlotte wusste, dass er dem Juristen nicht traute. Das war aber nicht ihr Problem. Sie konnte tanzen, mit wem sie wollte. Und er war ein guter Tänzer. Daran bestand kein Zweifel. Es machte ihr sogar Spaß, sich später von ihm beim Rock 'n' Roll herumwirbeln zu lassen.

Erst nach dem vierten Musikstück brachte der Rechtsanwalt seine Tanzpartnerin an ihren Tisch zurück.

»Darf ich es später noch einmal wagen?«, fragte er, worauf sie lächelnd nickte. Sichtlich erfreut griff er nach ihrer Hand und hob sie formvollendet an seine Lippen. »Ich kann es kaum erwarten, Frau Stern. – Bis später.«

Während er sich entfernte, setzte sich Charlotte zu den anderen.

»Den scheinst du ja tief beeindruckt zu haben«, bemerkte Anneliese mit leisem Spott. »Unseren beiden Freunden erging es aber genauso.«

»Schöne Frauenbeine verfehlen ihre Wirkung selten«, fügte Elli hinzu. »Wahrscheinlich wirst du dich nun vor Angeboten kaum retten können.«

Charlotte ahnte, dass der luftige Stoff ihres Kleides beim Tanz mehr enthüllt hatte, als ihr lieb war. Hoffentlich war die Farbe ihres Slips nicht schon Gesprächsthema. Obwohl sie nicht prüde war, wäre ihr das doch unangenehm. Wie hätte sie auch wissen können, dass in einer Seniorenresidenz so flotte Tänze angesagt waren? Sie hatte eher mit Walzer oder Foxtrott gerechnet, aber ganz sicher nicht mit Rock 'n' Roll.

»Wollten wir nicht anstoßen?«, wechselte sie das Thema und erhob sich. »Ich werde mich schnell etwas frischmachen. Inzwischen könnt ihr schon mal den Sekt besorgen.«

Auf dem Weg zur Terrasse passierte sie auch den Tisch von Josef Pippich. Ihm gegenüber saß eine mollige Frau in den Siebzigern, die sich für ihr erstes Rendezvous anscheinend sorgfältig zurechtgemacht hatte. Das zart violett schimmernde Haar war in akkurate Löckchen gelegt und sah frisch gefärbt aus. Die Wangen leuchteten fast im gleichen Rot wie ihr Lippenstift.

Charlotte zweifelte daran, dass die Dame Ambitionen hatte, Pippichs Liebhaberqualitäten schon am Tag ihres Kennenlernens zu testen. Dennoch nickte sie ihm im Vorbeigehen lächelnd zu und betrat das Gebäude. Sie widerstand der Versuchung, in ihr Apartment zu gehen und sich umzuziehen. Das würde nur zu neuem Gerede führen. Deshalb suchte sie die sanitäre Einrichtung im Erdgeschoss auf. Als sie den Waschraum in der Lobby verließ, begegnete ihr die Residenzleiterin.

»Einen Moment, Frau Stern«, bat sie, worauf Charlotte stehen blieb. »Sie haben in der kurzen Zeit Ihres Hierseins schon so viel Gutes bewirkt. Wie ich hörte, ist es Ihnen zu verdanken, dass Frau Seegers wieder spricht. Der Kontakt zu den Mitbewohnern ist sehr wichtig für sie, besonders heute. Ihre Familie hält es ja nicht mal für nötig, sie an ihrem 75. Geburtstag zu besuchen.«

Verwundert schüttelte Charlotte den Kopf.

»Sie hat mit keinem Wort erwähnt, dass sie heute Geburtstag hat.«

»Das dachte ich mir.«

»Dann müssen wir ihr eben einen schönen Tag bereiten«, beschloss Charlotte. »Das Frühlingsfest ist schon mal ein passender Rahmen dafür. Fehlt nur noch …« Nachdenklich schaute sie sich um. »Die vielen Luftballons … haben Sie davon noch welche?«

»Leider nicht …« Frau Fischers Blick fiel auf die Rezeption, an der ein Gebinde bunter, gasgefüllter Ballons befestigt war. »Wir könnten die Deko in der Lobby plündern. Kommen Sie.« Im Nu hatte sie das Bukett vom Haken gelöst und übergab es Charlotte. »Ich muss mich jetzt wieder um die Organisation kümmern«, entschuldigte sie sich dann. »Viel Spaß noch.«

Die bunten Ballons schienen über Charlotte zu schweben, während sie im Freien zu ihrem Tisch zurückkehrte. Unter den erstaunten Blicken der Runde drückte sie den an einem Band befestigten Luftballonstrauß Elisabeth Seegers in die Hand. Wortlos setzte sie sich der Jubilarin gegenüber.

»Zum Geburtstag viel Glück …«, begann sie leise zu singen und nickte dabei den anderen auffordernd zu, einzustimmen.

»… liebe Elli …«, sangen sie im Chor. »… zum Geburtstag viel Glück!«

Gerührt schaute die alte Dame Charlotte an.

»Woher weißt du, dass ich heute Geburtstag habe?«

»Ich habe einen VHS-Kurs besucht: Hellseherei für Anfänger.« Ohne weiter darauf einzugehen, griff sie nach ihrem Glas. »Können wir nun endlich anstoßen? Ich bin am Verdursten.«

In den nächsten Stunden redeten und lachten sie viel, genossen die Köstlichkeiten von Grill und Buffet. Auch tranken sie so manches Glas zusammen. Als es dunkel wurde, tauchten Lichterketten und bunte Lampions den Park in warmes Licht.

Wie von Elli prophezeit, wurde Charlotte immer wieder zum Tanz geholt.

»Das ist ja fast so anstrengend wie mein Fitnesstraining«, sagte sie, als sie zwischendurch an den Tisch zurückkehrte. »Ich dachte immer, die Bewohner einer Seniorenresidenz sind ruhebedürftig.«

»Wehe, wenn sie losgelassen«, kommentierte Philipp. »Du scheinst bei den alten Knaben hoch im Kurs zu stehen.«

»Erstaunlich, oder?«, entgegnete sie mit leisem Spott. »Ich bin weder reich noch schön – und meine besten Jahre liegen hinter mir.«

»Da muss ich aber energisch widersprechen«, ließ Conrad verlauten. »Deine finanzielle Situation kann ich zwar nicht beurteilen, aber meine Augen funktionieren noch ausgezeichnet. Etwas so Attraktives bekommen sie hier selten zu sehen.«

»Warum hast du dann noch nicht mit Charlotte getanzt?«, wandte sich Anneliese an ihn. »Traust du dich bei so viel Konkurrenz nicht?«

Während er nach einer passenden Antwort suchte, stieß Charlotte ihn unter dem Tisch mit dem Fuß an.

»Okay«, murmelte er. Dann schaute er Anneliese fest in die Augen. »Wahrscheinlich ist Charlotte froh, wenn sie ein paar Minuten Ruhe hat. Aber wir beide könnten doch mal zusammen tanzen.«

»Ich bin nicht so gut in der Rolle der zweiten Wahl. Warte lieber, bis …«

»So war das nicht gemeint«, fiel er ihr ins Wort. »Ich will doch gar nicht mit ihr … Also, Charlotte ist wirklich klasse, aber …« Leise aufstöhnend brach er ab. »Ich habe nun mal keine Übung, meine Gefühle auszudrücken.«

»Dann lass es doch einfach«, sagte Anneliese mit unbewegter Miene. »Das gehört sowieso nicht in die Öffentlichkeit.«

»Aber ich wollte doch …« Resigniert schüttelte er den Kopf. »Ich wusste, dass ich es vermasseln würde.«

»Heiliges Kanonenrohr!«, rief der General vorwurfsvoll aus. »Ihr benehmt euch wie Rekruten bei der ersten Wehrübung!« Streng blickte er die beiden an. »Ihr zwei geht jetzt sofort tanzen! Das ist ein Befehl!«, fügte er unerbittlich hinzu. »Dabei könnt ihr das Missverständnis klären.«

»Nun macht schon!«, schloss Charlotte sich Alberts Worten an, worauf Conrad sich tatsächlich erhob und Anneliese die Hand entgegenstreckte.

»Wir sollten lieber tun, was sie sagen.«

»Wenn es denn sein muss«, erwiderte sie mit einem leisen Seufzer, ergriff seine Hand und ließ sich von ihm hochhelfen.

Als sie in Richtung Tanzfläche gingen, rückte Philipp etwas näher an Charlotte heran.

»Und was ist mit uns, Sternchen?«, fragte er lächelnd. »Wir beide haben auch noch nicht zusammen getanzt. Machst du mir die Freude – oder schwächelst du schon?«

»Ich laufe doch gerade erst zur Hochform auf.«

»Dann muss ich ja nicht befürchten, dass du mir einen Korb gibst«, sagte er und stand hastig auf. Anscheinend wollte er dadurch verhindern, dass sie es sich sonst anders überlegen könnte, dachte sie, ignorierte Ellis Lächeln und entschwand mit Philipp aufs Parkett. Dort zog er sie behutsam an sich. Schon nach wenigen Tanzschritten stellte sie verwundert fest, dass dieses Fremdheitsgefühl, das sie bei ihren anderen Tanzpartnern verspürt hatte, plötzlich nicht mehr vorhanden war. Woran lag das? Immerhin tanzte sie auch mit Philipp das erste Mal. Warum fühlte es sich dann so vertraut an? Obwohl sie den Grund ahnte, wehrte sie sich dagegen. Das Letzte, was sie jetzt brauchte, war eine Ablenkung von ihrer Mission. Sie hatte nur noch zwei Wochen Zeit, einem Mordmotiv und dem dazu passenden Täter auf die Spur zu kommen. Sie wollte Eichengrund nicht verlassen, ohne einen Beweis für ein Verbrechen. Und wenn sie sich irrte? Wenn ihre Intuition sie getäuscht und niemand bei den drei Todesfällen nachgeholfen hatte? Unbewusst blieb sie stehen und schüttelte den Kopf.

»Alles in Ordnung?«, fragte Philipp, worauf sie den Rhythmus wieder aufnahm.

»Tut mir leid, ich war in Gedanken.«

»Bin ich wenigstens darin vorgekommen? – Nein, sag es besser nicht«, fügte er hinzu, als sie bedauernd lächelte. »Erzähl mir lieber, woher du wirklich wusstest, dass Elli heute Geburtstag hat.«

»Deine Freun… Frau Fischer hat es mir verraten. Sie war sogar so nett, mir die Luftballons zu überlassen.«

»Sie ist immer hilfsbereit und zuvorkommend«, befand er. »Wer sagt eigentlich, dass Marion meine Freundin ist?«

»Als sie mit dir den Tanz eröffnete, haben die anderen davon gesprochen.«

Ernst schaute er ihr in die Augen.

»Und du? Was meinst du dazu?«

»Das geht mich nichts an. Es interessiert mich nicht, wer mit wem.«

»Schade. In diesem besonderen Fall wäre es schön, wenn …«

Er unterbrach sich, als ihm jemand auf die Schulter tippte.

»Partnerwechsel«, sagte Onno von Kleist, schob sich zwischen Philipp und Charlotte, fasste nach ihrer Taille und tanzte mit ihr davon.

Normalerweise würde sie gern gefragt werden, mit wem sie tanzen wollte. Allerdings war er genau im richtigen Moment aufgetaucht.

»Sie sind ganz schön forsch, Herr Anwalt.«

»In meinem Alter muss man etwas riskieren, wenn man gewinnen will.«

»Und wenn es gar nichts zu gewinnen gibt, weil nur Nieten im Topf sind?«

»*Einen* Hauptgewinn gibt es ganz sicher.« Es klang überzeugt, aber Charlotte sagte nichts dazu. Sie sah Philipp im Schein der Lampions zu ihrem Tisch zurückkehren. Kurz darauf entdeckte sie ihn wieder auf der Tanzfläche – mit Marion Fischer im Arm. Anscheinend hatte er mühelos eine neue Tanzpartnerin gefunden. Auch Anneliese und Conrad drehten sich immer noch auf dem Tanzboden. Sie schauten sich unverwandt in die Augen, waren ganz ineinander versunken, was nur bedeuten konnte, dass sie sich tatsächlich ausgesprochen hatten. Das freute Charlotte. Sie mochte beide und gönnte ihnen ein spätes Glück.

Als der Rechtsanwalt sie an den Tisch zurückführte, war der General schon verschwunden. Elli verabschiedete sich mit den Worten, dass sie ins Bett müsse. Die Strick-Liesel und der Wetterfrosch entschieden sich für ein letztes Glas, worauf Philipp noch einmal aus der Rotweinflasche nachschenkte.

»Für mich wird es auch Zeit«, sagte Onno von Kleist, ergriff Charlottes Hand und hob sie galant an die Lippen. »Danke für den wundervollen Abend. Ich freue mich darauf, dass wir uns am Mittwoch wiedersehen.« Er nickte den anderen kurz zu und entfernte sich.

»Du hast also ein Date mit dem Rechtsverdreher«, bemerkte Anneliese mit vorwurfsvollem Lächeln. »Hoffentlich ist dir klar, auf was du dich da einlässt.«

»Das weiß man doch nie so genau, aber das macht es auch spannend, oder?«

»Dazu sage ich lieber nichts«, erwiderte Anneliese und griff nach ihrem Glas. Auch Philipp kommentierte Charlottes Antwort nicht. Erst als sie verkündete, dass sie sich nun zurückziehen würde, beendete er seine schweigsame Phase.

»Darf ich dich nach Hause bringen?«

»Das ist nicht nötig«, sagte sie und erhob sich. »Ich habe es ja nicht weit.«

»Trotzdem.« Rasch stand auch er auf. »Immerhin habe ich jemandem versprochen, auf dich aufzupassen. Ich stehe immer zu meinem Wort.«

Um eine weitere Diskussion zu vermeiden, nickte sie nur. Sie verabschiedeten sich von Anneliese und Conrad. Während sie sich einen Weg an den nur noch spärlich besetzten Tischen vorbei bahnten, bemerkte Charlotte, dass einige Meter vor ihnen Josef Pippich mit seiner Begleiterin die Residenz betrat. Kurz darauf sah sie die beiden vor dem Lift stehen und entschied sich deshalb für die Treppe.

An ihrer Apartmenttür blieb Charlotte stehen und zog den Schlüssel hervor.

»Gute Nacht, Philipp.«

Er hob die Hand und strich sanft mit den Fingerspitzen über ihren Arm.

»Schlaf gut.«

Schon wandte er sich ab.

Diese zärtliche Geste brachte sie für einen Sekundenbruchteil aus dem Konzept. Überrascht schaute sie ihm nach.

Als hätte er ihren erstaunten Blick bemerkt, drehte er sich noch einmal herum und überbrückte die Distanz mit wenigen Schritten. Dicht blieb er vor ihr stehen und hauchte einen Kuss auf ihre Wange.

»Es ist, was es ist«, sagte er leise, bevor er endgültig ging.

Verwirrt betrat Charlotte das Apartment, schloss die Tür und schaltete das Licht ein.

Nachdenklich betrat sie den Wohnraum – und blieb abrupt stehen. Irgendetwas irritierte sie. Aber was? Sie hatte das Gefühl, dass jemand während ihrer Abwesenheit in der Wohnung gewesen war, und blickte sich misstrauisch um. Alles schien jedoch unverändert. Ratlos schüttelte sie den Kopf und trat an den zierlichen Schreibtisch. Hatte das Notebook schon am Nachmittag in dieser etwas schrägen Position gestanden? Mit einer Hand nahm sie es hoch und strich mit der anderen über die Unterseite. Wäre das Gerät vor Kurzem eingeschaltet gewesen, müsste es noch warm sein – war es aber nicht. Außerdem war es passwortgeschützt, sodass es nur einem Fachmann gelingen konnte, in ihren Dateien herumzuschnüffeln.

»Wahrscheinlich sehe ich schon Gespenster«, murmelte sie, stellte den Computer zurück und setzte sich auf den Stuhl. Noch einmal ließ sie den Blick durch den Raum schweifen, konnte aber keine Veränderung entdecken. Philipps Abschiedsworte kamen ihr in den Sinn.

Es ist, was es ist? Nicht – wie es ist? War das ein Versprecher? Unwahrscheinlich, da er seine Worte stets mit Bedacht wählte.

Während sie darüber nachdachte, ging sie ins Bad, um sich bettfertig zu machen. Beim Zähneputzen fiel ihr plötzlich ein, woher sie diese Formulierung kannte. Stammte sie nicht aus einem Gedicht? Sie hatte als junge Frau häufiger Lyrik gelesen – erinnerte sich aber nicht mehr an den genauen Wortlaut. Sie glaubte jedoch, dass es sich um ein Liebesgedicht von ihrem damaligen Lieblingslyriker Erich Fried handelte.

»Es ist Unsinn, sagt die Vernunft«, murmelte sie. »Es ist aussichtslos, sagt die Einsicht. Es ist, was es ist, sagt die Liebe.«

KAPITEL 15 – SAMSTAG, 16. MAI

Lustlos saß Charlotte vor ihrem Frühstück. Sie hatte in der Nacht lange wach gelegen und sich einzureden versucht, dass Philipp seine Worte nur zufällig gewählt hatte. Wäre es Absicht gewesen, hätte er wissen müssen, dass sie das Gedicht kannte. Nur dann machte es Sinn, durch das Zitat eine versteckte Botschaft zu vermitteln. Außerdem wurde allgemein angenommen, dass er eine Affäre mit Marion Fischer hatte. Als sie beim Tanz darüber sprachen, hatte er das nicht abgestritten. Wahrscheinlich machte es ihm Spaß, trotz seiner Beziehung zur Residenzleiterin mit anderen Frauen zu flirten. Auf diese Weise hatte er auch Elli auf eine falsche Fährte gelockt.

Verärgert darüber, dass sie sich durch Philipps Verhalten so sehr ablenken ließ, räumte sie den Tisch ab. Erst als sie die Balkontür öffnete, hörte sie die Sirene eines Einsatzfahrzeugs.

»Nicht schon wieder«, flüsterte Charlotte, ließ alles stehen und liegen, griff nach ihrer Handtasche und eilte aus dem Apartment. Über die Treppe gelangte sie in die Lobby. Dort waren noch keine Bewohner zu sehen. Die meisten waren viel später als gewöhnlich ins Bett gekommen und schliefen wahrscheinlich länger. Durch die großen Glastüren konnte Charlotte erkennen, dass Sanitäter eine Fahrtrage zu einem roten Notarztwagen rollten. Sofort lief sie ins Freie. Es gelang ihr jedoch nicht, einen Blick auf das Gesicht des Patienten zu werfen. Fragend wandte sie sich an Frau Fischer, die mit besorgter Miene neben dem Rettungsfahrzeug stand.

»Was ist passiert?«

»Herr Pippich hatte einen Zusammenbruch. Die Pflegerin hat ihn vorhin bewusstlos gefunden. Wahrscheinlich ist es das Herz.« Sie zögerte einen Moment, bevor sie Charlotte eindringlich anschaute. »Tun Sie mir einen Gefallen, Frau Stern? Fahren Sie mit in die Klinik. Ich kann hier nicht weg, weil ich in einer halben Stunde einen wichtigen Termin habe.«

»Aber ich kenne ihn doch kaum.«

»Es ist sonst niemand da, den ich darum bitten könnte. Herr Pippich hat keine Verwandtschaft. Niemand sollte in so einer Situation allein sein. Es wäre bestimmt beruhigend für ihn, ein bekanntes Gesicht zu sehen, wenn er zu sich kommt.«

»Also gut«, stimmte Charlotte widerstrebend zu. Nach einem kurzen Wortwechsel mit dem Notarzt, stieg sie in den Rettungswagen, in dem Josef Pippich gerade an das EKG angeschlossen wurde. Kaum hatte sie sich auf den ihr zugewiesenen Platz gesetzt und den Sicherheitsgurt angelegt, klappten die Türen zu. Mit Blaulicht und Sirene raste der Wagen los. Charlotte verhielt sich ganz still. Sie beobachtete die Erstversorgung des Patienten auf engstem Raum. Obwohl ihr verstorbener Mann Arzt gewesen war, beeindruckten sie die schnellen routinierten Handgriffe des Notarztes immer noch.

Nach der Ankunft in der Klinik ging alles ganz schnell. Das Rettungsteam verschwand mit der Fahrtrage in der Notaufnahme. Charlotte wurde gebeten, im Wartebereich Platz zu nehmen. Auch ohne die Wegbeschreibung der freundlichen Schwester hätte sie dorthin gefunden. In diesem Krankenhaus hatte ihr Mann gearbeitet. Hier hatte er den Herzinfarkt erlitten, hier war er gestorben. Sie hatte die Klinik seitdem nie wieder betreten. Plötzlich erschien es ihr, als sei es gestern gewesen, dass sein Kollege sie angerufen hatte. Sie war sofort losgefahren, hatte fast alle Verkehrsregeln missachtet, aber schon beim Betreten der Intensivstation gewusst, dass sie zu spät gekommen war. Mit einem Schlag war ihr gewohntes Leben vorbei gewesen. Nichts war mehr wie vorher.

Charlotte drängte die aufsteigenden Tränen zurück, öffnete das Fenster im Warteraum und atmete tief durch.

In den nächsten zwei Stunden blätterte sie bei einem Plastikbecher bitterer Automatenflüssigkeit, die als Kaffee angepriesen wurde, in verschiedenen zerlesenen Magazinen. In einer Frauenzeitschrift stieß sie auf ein Interview, das eine Redakteurin vor mehr als zwei Jahren mit Christa Bernhardt geführt hatte. Anlässlich ihres Todes war es noch einmal abgedruckt worden. Damals hatte die Operndiva bekannt gegeben, dass sie ihre Karriere endgültig beenden und sich in Hannover niederzulassen gedachte. In diesem Gespräch gab sie zum ersten Mal etwas über ihr Privatleben preis. Sie wurde darauf angesprochen, dass sie 2011 schon einmal angekündigt hatte, sich in den Ruhestand zurückzuziehen. So erzählte sie von einem schweren Schicksalsschlag, nach dem sie Zuflucht in ihrer Arbeit gesucht und gefunden hatte. Auf Nachfrage sagte sie nur, sie hätte die Liebe ihres Lebens auf tragische Weise verloren. Nun hätte sie sich in einer Seniorenresidenz eingekauft, um dort ihren Lebensabend zu verbringen.

Nachdenklich ließ Charlotte die Zeitung sinken. Wenn Christa sich nicht ungeschickt ausgedrückt hatte, musste das bedeuten, dass sie Anteile am Eichengrund erworben hatte. Möglicherweise war sie sogar Haupteignerin der Residenz geworden, um das Lebenswerk des geliebten Mannes zu retten!? – Charlotte musste unbedingt etwas über die Eigentümer vom Eichengrund herausbekommen!

Nach einem Blick zur Uhr steckte sie das Magazin in ihre große Umhängetasche, verließ den Warteraum und ging in die Lobby. Dort betrat sie den Klinikkiosk und kaufte eine aktuelle Zeitschrift, einen Müsliriegel sowie eine Dose Cola light. Damit setzte sie sich wieder in den Warteraum. Sie schob den halb vollen Kaffeebecher beiseite, öffnete die Coladose und trank einen langen Schluck. Die Zeitschrift legte sie zu den anderen auf den Tisch. Dabei fragte sie sich, warum das so lange dauerte. Sie wartete nun schon seit fast vier Stunden. Die Schwester hatte vorhin gesagt, ein Arzt würde mit ihr sprechen, sowie sich der Zustand des Patienten stabilisiert hätte. Was war da los? War es doch nicht das Herz, wie Frau Fischer vermutet hatte? Möglicherweise war auch Herr Pippich das Opfer eines Mordanschlags geworden? Seine Auffindungssituation stimmte fast mit der von Christa Bernhardt überein. Auch sie war morgens leblos von einer Pflegerin in ihrem Apartment gefunden worden. Auch bei ihr war man zunächst von einer Herzkrankheit ausgegangen. Wenn diese beiden Vorfälle zusammenhingen, musste es eine Verbindung zwischen dem Opernstar und dem alten Schwerenöter geben. Aber welche? In den vielen Gesprächen, die sie in den letzten Tagen über Christa Bernhardt geführt hatte, war der Name Pippich nie gefallen.

Während sie den Müsliriegel aß und darüber nachdachte, was die beiden verbunden haben könnte, vernahm sie näher kom-

mende Schritte und schaute zur Tür. Der ganz in Weiß gekleidete Arzt blieb plötzlich stehen, wobei Erkennen in seinen
Augen lag.

»Das glaube ich jetzt nicht – Charlotte?«

Lächelnd erhob sie sich.

»Grüß dich, Rainer.«

Spontan umarmte er sie, dann musterte er sie eingehend.

»Ich hätte nicht gedacht, dass wir uns ausgerechnet hier
wiederbegegnen.«

»Ich auch nicht.« Das letzte Mal hatte sie den Kollegen
ihres Mannes auf dem Friedhof gesehen und seitdem nur hin
und wieder mit ihm telefoniert.

»Gut siehst du aus. Noch besser als früher.« Er deutete auf
die bequemen Stühle, worauf sie sich nebeneinandersetzten.
»Mir wurde gesagt, dass eine Dame aus dem Eichengrund
Herrn Pippich hierher begleitet hat«, fuhr er fort und rückte
seine randlose Brille zurecht. »Verzeih, aber es fällt mir schwer,
mir dich in einem Altersheim vorzustellen.«

»Das ist eine vornehme Seniorenresidenz.«

»Wie auch immer. Was machst *du* dort? Du siehst aus wie
das blühende Leben. Du passt da doch gar nicht hin.«

»Ich bin da nur zu Gast«, erwiderte sie amüsiert. »Aber
das ist eine andere Geschichte.« Aufmerksam blickte sie ihn
an. »Wie geht es Herrn Pippich?«

»Er hat das Schlimmste überstanden und mir gestattet, dir
von seinem Missgeschick zu berichten.«

»Da bin ich aber gespannt.«

»Er hatte gestern auf dem Fest zu viel Wein getrunken und
dadurch Einschränkungen seiner Männlichkeit befürchtet.«

Unwillkürlich musste Charlotte lachen.

»Wie ich ihn kenne, hat er ganz offen gesagt, dass er Angst
hatte, ihn nicht mehr hochzukriegen.«

»Stimmt«, bestätigte Dr. Rainer Kramke verwundert.

»Dann warst du die Dame, der er sein Apartment in der Hoffnung auf eine Liebesnacht gezeigt hat?«

»Davor bewahre mich der Himmel!«, rief sie in gespieltem Entsetzen aus. »Herr Pippich nimmt im Hinblick auf seine Manneskraft kein Blatt vor den Mund. Da liegt es nahe, wie er sich ausgedrückt hat.«

»Ach so.« Er schien erleichtert. »Jedenfalls hat er heimlich Viagra eingeworfen, um die Dame nicht zu enttäuschen. Dummerweise hat sie sich aber nur sein Domizil angesehen – und sich dann verabschiedet.«

Als sie sich das vorstellte, musste Charlotte wieder lachen. »Da stand er nun – in jeder Hinsicht.«

»Das ist gar nicht komisch«, tadelte Rainer sie schmunzelnd. »Für den armen Mann war diese Dauererektion sehr unangenehm. Schließlich wollte er der Standfestigkeit durch ein Beruhigungsmittel den Garaus machen. Als das nichts half, hat er zusätzlich eine Schlaftablette geschluckt.«

»Dieser Mix aus Alkohol und Tabletten hat ihn also mattgesetzt«, resümierte sie, worauf er nickte.

»Nicht nur für einen alten Mann ist das eine gefährliche Mischung. Wir werden Herrn Pippich ein paar Tage zur Beobachtung hierbehalten.« Er unterbrach sich, als das Signal des kleinen Rufgeräts in der Brusttasche seines Arztmantels ertönte. Rasch warf er einen Blick darauf, schaltete es ab und erhob sich. »Wenn du willst, kannst du zu ihm. Ich muss wieder in die Notaufnahme.« Auf dem Flur bat er eine Schwester, Charlotte zu dem Patienten zu bringen. Mit einer herzlichen Umarmung und dem Versprechen, sich bald zu melden, verabschiedete er sich.

Josef Pippich war inzwischen in einem Dreibettzimmer untergebracht worden. Als Charlotte den Raum betrat, verstummte das lebhafte Gespräch der Patienten. Sie wünschte einen guten Tag und trat an das Bett des verhinderten Liebhabers.

»Na, Herr Pippich, Sie scheinen ja schon wieder ganz munter zu sein.«

»Frau Stern«, brachte er überrascht hervor. »Ich dachte, dass Frau Fischer …« Unbehaglich wich er ihrem Blick aus. »Das ist mir jetzt aber doch peinlich.«

»Da haben Sie wohl übers Ziel hinausgeschossen«, sagte sie und setzte sich auf die Bettkante. »Das hätte ziemlich ins Auge gehen können.«

»Ich weiß. Der Doktor hat mir schon die Leviten gelesen.« Umständlich richtete er sich etwas auf. »Ich hatte ja keine Erfahrung mit dem Zeug. Normalerweise krieg ich ihn …«

»… noch hoch«, vollendete sein etwa gleichaltriger Bettnachbar mit wegwerfender Geste. »Das hast du uns in der letzten halben Stunde ungefähr hundertmal versichert.« Sein Blick wechselte zu Charlotte. Ungeniert musterte er sie von Kopf bis Fuß. »Wenn du wegen ihr Angst hattest zu versagen, kann ich das allerdings verstehen. So was Appetitliches kommt unsereins gewöhnlich nicht mehr unter.«

Amüsiert schüttelte Charlotte den Kopf und erhob sich.

»Sie scheinen sich hier in bester Gesellschaft zu befinden, Herr Pippich. Deshalb verschwinde ich lieber.«

»Warten Sie«, bat er. »Sie sind doch die Dame, die meinen Transport in die Klinik begleitet hat, oder? Warum haben Sie das getan?«

»Weil Frau Fischer sagte, dass Sie niemanden haben.«

Erwartungsvoll blinzelte er ihr zu.

»Dann mögen Sie mich doch ein wenig?«

»Wir wollen es doch nicht übertreiben«, erwiderte sie in strengem Ton. »Jetzt erholen Sie sich erst mal von dem Schrecken.«

»Danke. Und warnen Sie die anderen vor diesem Teufelszeug.«

»Ich werde einen Aushang am Schwarzen Brett anbringen«,

bemerkte sie trocken und wandte sich zum Gehen. »Auf Wiedersehen, meine Herren.«

»Habt ihr ihre Beine gesehen?«, hörte sie im Hinausgehen die Stimme von Pippichs Bettnachbarn und schloss rasch die Tür von außen.

Beim Verlassen der Klinik wurde Charlotte bewusst, dass sie für die Rückkehr zum Eichengrund keine Mitfahrgelegenheit hatte. So blieb ihr keine andere Wahl, als zur nahe gelegenen U-Bahnhaltestelle zu laufen. Nach kurzer Wartezeit stieg sie in den hinteren grünen Waggon und setzte sich auf einen Fensterplatz. Am Aegidientorplatz musste sie in den Regiobus umsteigen. Während der Fahrt erinnerte ihr Magen sie geräuschvoll daran, wie lange die letzte Nahrungszufuhr zurücklag. Ein Blick auf die Armbanduhr verriet, dass sich in einer Stunde die Kaffeerunde treffen würde – und sie war heute für die Bewirtung zuständig! Das hatte sie völlig vergessen! Daran war nur Pippich mit seinem Viagra-Experiment schuld. Noch bevor die Haltestelle in der Nähe der Seniorenresidenz aufgerufen wurde, stand Charlotte ungeduldig an der Tür. Vielleicht hatte der Bäcker noch geöffnet. Diese Hoffnung erwies sich jedoch als falsch. Wer wollte schon an einem Samstagnachmittag im Laden stehen? Unschlüssig schaute sie sich um. Das italienische Restaurant auf der anderen Straßenseite mit den Bistrotischen davor zog sie magisch an.

Eine Viertelstunde später strebte sie mit einer grauen Styroporkiste in den Händen dem Eingang der Residenz zu. In der Lobby traf sie auf Frau Fischer, erstattete ihr kurz Bericht und eilte zum Wintergarten.

»Da bist du ja«, wurde sie von Anneliese begrüßt. »Die Jungs haben schon befürchtet, dass du nach deinem unermüdlichen Einsatz gestern völlig ausgepowert bist.«

»Von dem bisschen Tanzen?« Sie sah die Tassen und die Warmhaltekannen auf dem Beistelltisch. »Hast du schon für Kaffee gesorgt?«

»Aber nur, weil unser General aus Vorfreude auf das Koffein ganz kribbelig wurde.«

»Danke, du hast was gut bei mir.« Sie stellte die graue Box auf den Tisch, bevor sie in die Runde blickte. »Leider hatte ich heute keine Zeit, Kuchen zu besorgen.«

Gespannt beugte sich Conrad etwas vor.

»Und was ist da drin?«

»Mafiatorten«, erklärte sie und holte drei Pizzakartons hervor. »Salami, Funghi und vier Jahreszeiten – alle schon in Stücke geschnitten.« Anneliese half ihr mit den Tellern und fragte jeden nach seinen Wünschen. Bald saßen sie in gewohnter Runde und aßen die gut belegten Teigstücke entweder mit der Kuchengabel oder gleich aus der Hand.

»Das war doch mal eine gute Idee«, sagte Philipp, als nur noch ein kleines Stück Pizza übrig war. »Kann es sein, dass diese Mahlzeit auch gleichzeitig dein Mittagessen war, Charlotte?«

»Wie hast du das erraten?«

»Normalerweise bist du nachmittags immer sehr zurückhaltend mit dem Kuchen.«

»Anscheinend hattest du heute den Eindruck, dass ich verfressen bin.«

Ihre Antwort zauberte Grübchen auf seine Wangen; seine Augen funkelten belustigt.

»Ganz so drastisch würde ich es nicht formulieren.«

»Trotzdem hast du recht; ich musste nach dem Frühstück plötzlich weg und habe seitdem nur einen Müsliriegel gegessen.«

»Dann hast du was verpasst«, ergriff Elisabeth das Wort. »Herr Pippich wurde heute Morgen mit der Ambulanz abgeholt.«

»Frau Fischer wollte die Bewohner bestimmt nur beruhigen, als sie sagte, dass er wahrscheinlich eine Herzattacke hatte«, fügte die Strick-Liesel hinzu, worauf Conrad lächelnd den Kopf schüttelte.

»Witterst du wieder ein Verbrechen, meine Liebe?«

»Es war doch bei ihm fast genauso wie an dem Morgen, als Christa tot aufgefunden wurde. Ich glaube immer noch, dass bei ihr jemand nachgeholfen hat. Wer weiß, ob Pippich nicht schon zerschnippelt im Leichenschauhaus liegt.«

»Der Sensenmann wollte ihn noch nicht.«

Fünf erstaunt blickende Augenpaare richteten sich auf Charlotte. Daraufhin erzählte sie, dass sie auf Frau Fischers Wunsch mit in die Klinik gefahren war. Sie verschwieg die traurigen Erinnerungen und das beklemmende Gefühl, das sie im Krankenhaus verspürt hatte. Stattdessen berichtete sie von der langen Wartezeit, den zerlesenen Zeitschriften und dem kaffeeartigen Gebräu, das beim General vermutlich einen Tobsuchtsanfall ausgelöst hätte. Mit vollkommen ernster Miene sprach sie schließlich von der gefährlichen Mischung, die Pippich fast das Leben gekostet hätte.

»Zuerst hat er Vollgas gegeben und dann abrupt die Notbremse gezogen«, schloss sie, während die anderen amüsiert schienen. »Das war ein bisschen zu viel des Guten.«

»So was kann auch nur Pippich passieren«, meinte Anneliese glucksend. »Viagra – dieses Mittel löst also eine ganz besondere Art der Leichenstarre aus.«

»Herr Pippich hat mir aufgetragen, alle vor dem Teufelszeug zu warnen«, sagte Charlotte in das Lachen der Gruppe hinein. »Was ich hiermit getan habe, meine Herren.«

»Also ich hatte bislang keinen Bedarf an irgendwelchen Hilfsmitteln«, bemerkte Conrad, wobei er einen verstohlenen Blick mit Anneliese wechselte. Ihr hintergründiges Lächeln verriet Charlotte, dass die beiden offenbar keine Zeit verloren hatten.

»Eigentlich sind wir doch schon fast in einem Alter, in dem ein Mann dankbar sein sollte, wenn eine Frau mal *Nein* sagt«, fügte Philipp hinzu. »Die wilden Jahre sind vorbei. Sex nimmt einen anderen Stellenwert als in jungen Jahren ein.«

»Dafür fängt man an, ständig über seine Krankheiten zu sprechen«, sagte der General. »Wenn ihr wählen müsstet, wofür würdet ihr euch entscheiden: Parkinson oder Alzheimer?«

»Ich möchte weder an dem einen noch an dem anderen leiden.«

»Ich auch nicht, Elli«, erwiderte er. »Aber ich würde Parkinson vorziehen. Es ist doch besser, ein bisschen Wein zu verschütten, als zu vergessen, wo die Flasche steht.«

KAPITEL 16 – SONNTAG, 17. MAI

Charlotte war schon eine Weile im Wasser, als Conrad sich zu ihr ins Schwimmbecken gesellte.

»Ich habe heute gar nicht mehr mit dir gerechnet«, sagte sie nach der Begrüßung, während sie Seite an Seite schwammen.

»Warum nicht?«

»Weil sich deine Hoffnung erfüllt hat.«

»Eben deshalb kann ich mich doch jetzt nicht gehen lassen. Für Anneliese möchte ich gesund und fit bleiben.«

»Ein guter Vorsatz«, lobte sie und schwamm auf den Beckenrand zu. Bevor sie sich dort abstoßen konnte, versperrte Conrad ihr den Weg.

»Ich möchte mich endlich bei dir bedanken. Hättest du mich nicht aufgebaut und mir Mut gemacht, würde ich Liesel immer noch heimlich anschmachten.«

»Eigentlich habe ich dir nur ein bisschen auf die Sprünge geholfen«, winkte sie ab. »Danach war das ein Selbstläufer.« Sie wich etwas zur Seite und stieß sich kraftvoll mit den Füßen von den Fliesen ab. »Sind wir zum Plaudern hier oder um in Form zu bleiben?«

In ihrem Apartment duschte Charlotte, schlang ein großes Handtuch um ihren Körper und betrat das Schlafzimmer. Vor dem geöffneten Kleiderschrank blieb sie stehen, nahm Unterwäsche und ein T-Shirt heraus. Dabei fiel ihr Blick auf die dunkelblaue Pyjamajacke, die Philipp gehörte. Sie hätte sie ihm längst zurückgeben sollen. Aber bei welcher Gelegenheit? Sie konnte ihm das gute Stück ja schlecht im Wintergarten bei der Kaffeerunde überreichen. Ihn in seinem Apartment aufzusuchen, kam auch nicht infrage. Andererseits war das Teil ein nettes Souvenir, dachte sie, das sie vorläufig behalten würde.

Beim Frühstück las Charlotte in der Zeitung von einem grausigen Fund. Die Grünanlage am Rande der Eilenriede auf der Alten Bult diente Hundebesitzern als Auslauffläche für ihre Vierbeiner. Auch Spaziergänger und Radler waren hier unterwegs. Eine Gruppe Jugendlicher hatte sich spätnachmittags am Waldrand niedergelassen und gefeiert. Da blieb es nicht aus, dass sich einer von ihnen zum Austreten in die Büsche schlug. Dort entdeckte er ein rundes, in dicke Handwerkerfolie gewickeltes Paket. Die helle Plane war an einer Seite zusammengefasst und mit einem Kabelbinder verschlossen, sodass sie sich nicht öffnen ließ. Kurzentschlossen nahm der Junge das fußballgroße Ding mit und kickte es zu den anderen. Eine Weile trieben sie den Ball über die Wiese, bis einige Hundebesitzer sie ermahnten, dass dies kein Fußballplatz sei, und mit der Polizei drohten. Die jungen Leute ließen sich wieder ins Gras fallen, tranken ihr Bier und hörten Musik. Das Paket war schon fast vergessen, als eine Boxerhündin laut kläffend herangesaust kam und davor stehen blieb. Ein älterer Herr kam etwas atemlos dazu und versuchte, den Hund zu beruhigen. Als das nicht gelang, fragte er die jungen Leute, was in dem Paket sei – und erntete nur Achselzucken. Daraufhin zog der Mann ein Taschenmesser hervor und zerschnitt den Kabelbinder. Neugierig geworden, half ihm einer der jungen Leute, mehrere Lagen Folie zu entfernen. Bevor die letzte Schicht durchtrennt war, zuckte der Hundehalter zurück, als sein Blick auf einen blutigen Klumpen fiel. Wie die Polizei später bekannt gab, hatten sie einen passenden Kopf zu den in den vergangenen Wochen entdeckten Leichenteilen gefunden.

Sosehr dieser Fall Charlotte auch interessierte, sie musste sich auf ihre eigenen Ermittlungen konzentrieren. Deshalb räumte sie nur das Frühstücksgeschirr in die Spüle und setzte sich an ihren Laptop. Wie so oft in den letzten Tagen ging sie noch einmal ihre Notizen durch und vervollständigte sie durch Christa Bernhardts Worte aus dem Zeitschrifteninterview. Danach öffnete sie die Suchmaschine und informierte sich darüber, was sie tun musste, um Einsicht ins Grundbuch zu erhalten. Sie las, dass die Einsichtnahme in öffentliche Register allgemein zulässig sei. Wegen der für jedermann sichtbaren Vermögensverhältnisse gab es beim Grundbuch jedoch Einschränkungen. Man musste ein berechtigtes Interesse nachweisen, das unbefugte Zwecke oder bloße Neugier ausschloss.

Es folgten Paragrafen und Verordnungen, aus denen Charlotte schloss, dass sie aufgrund ihrer Ermittlungen keine Grundbucheinsicht erhalten würde. Eine Ausnahme galt für die Presse, wenn ein öffentliches Interesse bestand. Berechtigtes Interesse hätten allerdings auch uneingeschränkt Behörden, Gerichte und Notare wegen der Pflicht zur Amtshilfe.

Charlotte nahm das Smartphone vom Tisch und rief Hannes Bremer an.

»Hallo, Charly«, meldete er sich nach mehrmaligem Läuten. »Gibt es was Neues bei dir?«

»Nicht so viel wie bei dir. Ich habe in der Zeitung von dem makabren Fund am Rande der Eilenriede gelesen. Hat euch das bei der Identifizierung einer der Leichen geholfen?«

»Bislang leider nicht. Hätten die jungen Leute das Paket nicht als Fußball zweckentfremdet, wäre das wahrscheinlich leichter. Außerdem hat Horst festgestellt, dass schon vor dem Tod des Opfers erhebliche Gewalt gegen den Kopf ausgeübt wurde. Wir hoffen, dass uns der Zahnstatus weiterbringt.«

»Dann laufen eure Anfragen sicher landesweit bei sämtlichen Zahnärzten. Wenn das Opfer allerdings aus dem Ausland stammt, möglicherweise aus dem Ostblock …«

»Wie kommst du darauf?«

»Soweit ich mich erinnere, gab es keine Übereinstimmung mit den Vermisstenmeldungen.«

»Richtig«, räumte er ein. »Vielleicht sollten wir die Suche tatsächlich über die Landesgrenzen ausdehnen.«

»Einen Versuch wäre es wert. Ich weiß, ihr habt eine Menge zu tun, Hannes. Darf ich dich trotzdem um einen Gefallen bitten?«

»Der toxikologische Befund der alten Dame hat leider nichts Auffälliges ergeben. Und die Anfrage bei den Taxiunternehmen ist auch raus. Martin hat sich darum gekümmert.

Ich rechne bald mit einer Rückmeldung. Christa Bernhardt war ja nicht nur stadtbekannt, sondern auch eine auffällige Erscheinung.«

Charlotte stimmte ihm zu und berichtete mit wenigen Worten von dem Zeitungsinterview und ihrer Recherche über Grundbucheinsicht.

»Martin kann sich beim Grundbuchamt erkundigen. Der ist sowieso frustriert, weil wir mit unserem Fall so schleppend vorankommen. Die Ablenkung wird ihm guttun.«

»Danke, Hannes. Grüß bitte dein Team von mir.«

»Mach ich. Wir melden uns, wenn es Neuigkeiten gibt.«

Charlotte wurde auf dem Weg zur Kaffeerunde an der Rezeption aufgehalten und gefragt, ob sie ihre Post mitnehmen wolle. Erstaunt nahm sie zwei Briefumschläge entgegen. Sie plauderte noch etwas mit dem freundlichen Rezeptionisten und betrat dann den Wintergarten. Dort setzte sie sich zwischen Anneliese und Philipp.

»Tut mir leid, dass ich wieder die Letzte bin. Ich war schon an der Tür, da hat das Telefon geklingelt.«

»Dein hartnäckiger Verehrer?«, vermutete Anneliese, worauf sie abwesend nickte, da sich ihr Blick auf die Umschläge in ihren Händen konzentrierte. Auf beiden stand nur ihr Name – kein Absender.

»Merkwürdig«, murmelte sie und legte die Briefe in ihren Schoß, um die Kaffeetasse von Conrad entgegennehmen zu können. »Danke.«

»Was ist denn?«, fragte der General. »Stimmt was nicht?«

»Irgendwer hat die Briefe für mich abgegeben, obwohl kaum jemand weiß, dass ich zum Probewohnen hier bin.«

»Vielleicht hast du seit dem Fest auch in der Residenz einen Verehrer«, meinte Anneliese und griff nach ihrem Strickzeug. »Schau doch einfach mal nach.«

Sie stellte die Tasse ab und griff nach dem kleinen Kaffee-löffel. Mit dem Stiel schlitzte sie den ersten Umschlag auf und entnahm eine Karte. Rasch überflog sie die handgeschriebe-nen Zeilen, bevor sie mit dem zweiten Brief auf die gleiche Weise verfuhr. Als sie wieder aufsah, blickte sie in erwartungs-volle Gesichter.

»Eine Einladung zum Abendessen und eine ins Konzert.«

»Wusste ich es doch! Da wird sich dein Rechtsverdreher aber was Besonderes einfallen lassen müssen. Wo und wann trefft ihr euch denn am Mittwoch?«

»Um 11 Uhr in der Oper – und ihr kommt alle mit.«

»Traust du dich nicht allein?«, witzelte Conrad. »In aller Öffentlichkeit wird er schon nicht über dich herfallen.«

Völlig ernst blickte sie einen nach dem anderen an.

»Das ist kein romantisches Date, sondern die Gedenkfeier für Christa Bernhardt.«

»Dazu ist doch sicher nur die Prominenz aus dem In- und Ausland geladen«, war die Strick-Liesel überzeugt. »Uns Gruf-tis aus dem Seniorenheim lassen die da bestimmt nicht rein.«

»Ein Bote bringt mir morgen die Einladungen.«

»Wie hast du das geschafft?«, wollte Philipp mit leisem Spott in der Stimme wissen. »Der Kleist macht das doch nicht umsonst. Was hast du ihm denn dafür versprochen?«

»Mach dir bloß keine Sorgen um meine Tugend«, gab sie im gleichen Tonfall zurück. »Er hat mich gefragt, ob ich ihn zur Gedenkfeier begleite – und ich habe geantwortet, dass ich nur mitkomme, wenn die wenigen Menschen, mit denen Christa hier Kontakt hatte, auch dabei sein dürfen.«

Gerührt schaute Anneliese sie an. Charlotte nickte ihr kurz zu und beugte sich dann etwas vor.

»Also was sagt ihr? Kommt ihr mit?«

Alle nickten, nur der General schüttelte bedauernd den Kopf.

»Auf mich müsst ihr leider verzichten. Wie soll ich mit meinem Rollstuhl irgendwohin kommen?«

»Ich frage Marion … Frau Fischer, ob sie uns den Wagen der Residenz leiht«, sagte Philipp nach kurzem Schweigen. »Wozu haben wir einen Behindertentransporter?« Einen Moment lang überlegte er. »Das wäre eine gute Gelegenheit, um …« Fragend blickte er in die Runde. »Habt ihr mal über unsere Senioren-WG nachgedacht? Seit heute Morgen sind die Maler im Haus. Noch könnten eure Wünsche berücksichtigt werden.«

»Wie stellst du dir das denn genau vor?«, erkundigte sich Albert. »Ein paar Infos brauche ich schon – auch über das Finanzielle.«

»Über die Raumverteilung können wir vor Ort entscheiden. Von Mietverträgen halte ich allerdings nicht viel. Ich möchte kein Geld verdienen, sondern wieder Leben im Haus haben. Mir genügt es, wenn wir uns die Nebenkosten teilen.«

»Das geht doch nicht«, meinte Anneliese. »Wenn man bedenkt, was für einen Haufen Kohle sie uns hier abnehmen.«

»Na und?«, erwiderte er achselzuckend. »Es gibt doch viele schöne Dinge, die man mit dem eingesparten Geld machen könnte: zusammen was unternehmen, Theater, Konzerte, Reisen.«

»Und wenn einer von uns mal pflegebedürftig wird?«, warf Conrad ein. »Was machen wir dann?«

»Wir helfen uns gegenseitig«, sagte Philipp, der sich anscheinend alles genau überlegt hatte. »Wenn wir das nicht mehr bewältigen können, engagieren wir eine nette Pflegerin. Vielleicht erst stundenweise, und wenn wir alt und klapprig sind, rund um die Uhr. Wir haben doch alle eine Pflegeversicherung. Das schaffen wir spielend.«

»Das klingt wirklich verlockend«, befand Elisabeth. »Ich habe vorhin mit dem Anwalt gesprochen, den Albert mir empfohlen hat. Er ist überzeugt davon, dass meine Betreuung in den nächsten Tagen aufgehoben wird. Mit Philipps Gutachten ist es angeblich ein Kinderspiel, im Eilverfahren einen Gerichtsbeschluss zu bekommen.«

»Das sind ermutigende Neuigkeiten«, freute sich Charlotte mit ihr. »Dann steht deinem Einzug in eure WG nichts mehr im Wege.«

»Und was ist mit dir?«

»Für mich stand das nie zur Debatte«, erwiderte sie, wobei sie Philipps ernüchterten Blick auffing. »Ich fühle mich in meiner kleinen Eigentumswohnung sehr wohl. Ihr wisst doch, dass ich nur hier bin, um für den Ernstfall gewappnet zu sein«, fügte sie hinzu, als sie die enttäuschten Gesichter sah. »Außerdem brauche ich meine Privatsphäre.«

»Das würden wir selbstverständlich respektieren«, versuchte Albert, sie umzustimmen. »Warum willst du allein in deiner Wohnung sitzen? Du gehörtest doch vom ersten Tag an zu uns.«

»Ich werde euch oft besuchen.«

»Das ist doch nicht dasselbe. Wenn du …«

»Lass es gut sein!«, fiel Philipp ihm hart ins Wort. »Du hast doch gehört, dass sie nicht will. Wahrscheinlich ist das auch besser so.«

»Dann will ich nicht länger stören«, sagte Charlotte und stand auf. Im Vorbeigehen legte sie kurz die Hand auf Conrads Schulter. »Danke für den Kaffee.«

Sie ging durch eine der offenen Glastüren ins Freie. Obwohl sie ahnte, weshalb Philipp so heftig reagiert hatte, wollte sie sich nicht damit auseinandersetzen. Flott schritt sie durch den Park. Auf der anderen Seite des kleinen Sees erkannte sie eine Frau mit einem Rollator, die auf eine Bank zusteuerte. Deshalb beschleunigte sie ihre Schritte und trat bald von der anderen Seite zu der alten Dame.

»Guten Tag, Frau Ritter. Darf ich mich einen Moment zu Ihnen setzen?«

Abwesend nickte sie. Kaum hatte Charlotte sich gesetzt, beugte sich Edith Ritter zu ihr hinüber.

»Haben Sie meinen Mann gesehen?«

Einen Moment zögerte Charlotte. Mit Freundlichkeit war sie bislang nicht weitergekommen. Sie musste es mit klarer Konfrontation versuchen.

»Ihr Mann ist tot. Er hat sich im Wintergarten erschossen.«

Empört zuckte die Ältere zurück.

»Das ist nicht wahr. Mein Hugo hat das Leben geliebt.«

»Trotzdem ist er schon mehr als drei Jahre tot.«

»Daran ist nur diese Frau schuld! Wäre sie doch nie bei uns abgestiegen. Sie wollte mir meinen Hugo wegnehmen.«

»Musste er deshalb sterben?« Eindringlich blickte sie der alten Dame in die Augen. »Wer hat ihn erschossen, Frau Ritter? Sagen Sie es mir.«

»Sie ... Er ...«, stammelte sie. »Ich wollte das nicht, aber meine ... nur weil er ...« Abrupt brach sie ab; ihr Blick schweifte ins Leere. Plötzlich straffte sie die Schultern und stand auf. »Die Beete«, murmelte sie. »Ich muss die Beete kontrollieren.«

Kopfschüttelnd blickte Charlotte ihr nach. Es war wohl sinnlos, weiterhin zu versuchen, handfeste Informationen aus Edith Ritter herauszubekommen. Andererseits konnte es nicht schaden, sie immer wieder auf Hugos Tod anzusprechen. Vielleicht würde sie in einem klaren Moment doch noch etwas Brauchbares sagen.

Rasch zog sie ihr Smartphone aus der Tasche, als das Signal einer neuen Nachricht ertönte. Das Display zeigte eine unbekannte Nummer. Dennoch öffnete sie die SMS.

›Es tut mir leid – Philipp‹

Seine Entschuldigung erstaunte sie nicht so sehr wie die Tatsache, dass er ihre Handynummer kannte. Die hatte sie nur auf dem Anmeldebogen der Residenz angegeben und später Anneliese mitgeteilt. Wahrscheinlich hatte Philipp die Nummer von ihr.

KAPITEL 17 – MONTAG, 18. MAI

Ungeduldig wartete Charlotte auf eine Nachricht aus dem Präsidium. Mit Rücksicht auf die aufreibenden Ermittlungen im Falle des Eilenriedekillers unterließ sie es jedoch, selbst nachzufragen. Hannes würde sich bei ihr melden, sowie es etwas Wissenswertes gab. Darauf konnte sie sich verlassen.

Nach dem Frühstück ging sie noch einmal alle Fakten durch, fand aber nichts, wo sie ansetzen könnte, um die Wartezeit zu überbrücken. Seit zwei Wochen war sie nun hier. Obwohl es Zeit gekostet hatte, das Vertrauen der Bewohner zu gewinnen, war sie unzufrieden mit dem, was sie bislang herausgefunden hatte. Diese vielen bunten Puzzleteile aus Nebensächlichkeiten würden erst zusammen mit einem hieb- und stichfesten Beweis für ein Verbrechen ein Bild ergeben.

Schließlich steckte sie ihr Smartphone in ihre große Tasche, griff nach dem Schlüssel und verließ das Apartment. Sie brauchte dringend frische Luft. Außerdem wollte sie später noch einkaufen.

Eine Weile spazierte sie nachdenklich durch den Park. In der Nähe des Teichs sah sie Anneliese, die ihr von einem Nebenpfad aus zuwinkte.

»Guten Morgen, Charlotte«, sagte die Strick-Liesel, als sie sich an der Wegkreuzung trafen. Rasch zog sie zwei Umschläge hervor und reichte sie ihr. »Die hast du gestern im Wintergarten vergessen.«

»Danke.« Achtlos ließ sie die Briefe in der Tasche verschwinden. »Hast du Philipp meine Telefonnummer gegeben?«

»Er war so frustriert, weil er dich vertrieben hatte. Zuerst wollte er dir nachlaufen, aber dann meinte er, das hätte wohl keinen Sinn. Albert schlug vor, dir eine Kurzmitteilung zu schreiben. Na ja, da habe ich Philipp deine Nummer geben. Tut mir leid, ich hätte ihn die Nachricht von meinem Handy schreiben lassen sollen.«

»Schon gut«, winkte Charlotte ab. »Gehen wir ein Stück zusammen, oder wirst du von deinem neuen ständigen Begleiter erwartet?«

»Der ist beim Augenarzt«, erwiderte Anneliese und passte sich ihrem Schritt an. »Conrad hat einen Kontrolltermin.«

»Warum hast du mir eigentlich nicht gesagt, was du für ihn empfindest?«

»Weil mir das erst klar wurde, als die Gerüchte über euch die Runde machten«, erklärte die Strick-Liesel offen. »Meine letzte Beziehung endete ungefähr ein halbes Jahr vor meiner Pensionierung. Damit war das Thema für mich erledigt. Ich hätte nicht im Traum daran gedacht, dass mir ein Mann noch mal Herzklopfen bereiten könnte. – Und schon gar nicht, dass sich einer in mich alte Schachtel vergucken könnte.«

»Du bist eine attraktive Frau in den besten Jahren – und sehr beliebt. Ich möchte nicht wissen, wie viele Verehrerbriefe du hier schon in deinem Postfach hattest.«

»Das kann ich dir auch gar nicht genau sagen. Ich habe den Überblick verloren. Die meisten unserer alleinstehenden Mitbewohner halten doch ständig Ausschau nach einer passenden Frau. Deshalb habe ich den Briefchen nie viel Beachtung geschenkt.«

»Welch ein Glück für Conrad«, meinte Charlotte lächelnd. »Ich finde, ihr passt gut zusammen.«

»Und du? Dir ist doch sicher klar, dass Elli mit ihrer Vermutung recht hatte? Sehnst du dich nicht auch manchmal nach jemandem, der zu dir gehört?«

»Ich bin nicht auf der Suche nach einem Mann, sondern nach einem möglichen Täter«, wich sie aus. »Viel Zeit habe ich nicht mehr.«

»Konnten dir deine Freunde bei der Polizei nicht weiterhelfen?«

»Bisher nicht. Ich will sie auch nicht ständig nerven. Durch die Eilenriedekiller-Ermittlungen stehen sie unter enormem Druck.«

Während sie durch den Park schlenderten, erzählte sie Anneliese, was sie sich von der Aussage des Taxifahrers und der Grundbucheintragung erhoffte. Schließlich nahmen sie auf einer Bank in der warmen Frühlingssonne Platz.

»Ich glaube, dass ich Christa durch ihre Tagebücher ganz gut kennengelernt habe. Sie hat sich nicht aus einer Laune heraus entschlossen, mit ihrer ehemaligen Rivalin unter einem Dach zu leben. Da steckt viel mehr dahinter. Deshalb muss ich so viel wie möglich über ihre letzten drei Jahre rausfinden. Wenn ich ihr Geheimnis enträtseln kann, lassen sich wahrscheinlich auch die anderen beiden Todesfälle klären. Ich bin ziemlich sicher, dass die irgendwie alle zusammenhängen.«

»Das ist gut möglich. Hat die Polizei nicht irgendwelche Hinweise in den Wohnungen der beiden toten Männer gefunden?«

»Es bestand leider kein Grund für eine Durchsuchung. Man ist ja von Unfällen ausgegangen. Ich habe auch schon darüber nachgedacht, ob man da nicht was finden würde, aber ohne Durchsuchungsbeschluss …«

»Den brauchst du vielleicht gar nicht«, überlegte Anneliese. »Als ich dich vorhin im Park sah, wollte ich dir eigentlich nur die Briefe bringen. In der Lobby begrüßte Frau Fischer aber gerade Frau Uhland. Deshalb bin ich erst mal an der Rezeption stehen geblieben.«

Ein gespielt vorwurfsvoller Ausdruck erschien auf Charlottes Gesicht.

»Du hast sie doch nicht etwa belauscht?«

»So was würde ich nie machen«, tat sie entrüstet. »Dummerweise stand ich so nah, dass ich zwangsläufig mitangehört habe, dass sie die Nichte vom alten Uhland ist. Sie hatten kaum Kontakt, weil er sich mehr für das Leben fremder Leute interessierte, besonders, wenn sie aus der ehemaligen DDR stammten und Ärger mit der Stasi hatten. Er war ja Historiker und wollte wohl ein Buch darüber schreiben.«

Anstatt etwas dazu zu sagen, fixierte Charlotte einen alten Herrn, der langsam mit seinem Rollator den Weg zwischen den Rosenbeeten entlangging.

»Charlotte?«

Sie schreckte aus ihren Gedanken und schaltete wieder in den Empfangsmodus.

»Entschuldige, ich habe gerade darüber nachgedacht, dass Edith Ritter auch von dort stammt. Hat Uhland nicht öfter im Park mit ihr gesessen? Vielleicht hat er irgendwas aus ihrer Vergangenheit rausgefunden. Christa Bernhardt könnte ihn auf sie angesetzt haben.« Fragend hob sie die Brauen. »Oder klingt das sehr verrückt?«

»Überhaupt nicht«, erwiderte Anneliese mit leichtem Kopf-schütteln. »Frau Uhland will aber heute mit der Wohnungsauf-lösung anfangen. An seinen Unterlagen hat sie wahrscheinlich kein Interesse. Wenn das alles erst auf dem Müll landet …«

»Das müssen wir verhindern!«, fiel Charlotte ihr ins Wort und stand auf. »Komm!«

»Wie willst du das denn anstellen?«

»Da fällt mir schon was ein.«

Daran zweifelte Anneliese nicht. Allerdings hatte sie Mühe, mit Charlotte Schritt zu halten, die anscheinend nicht schnell genug ins Haus zurückkommen konnte. Als sie die Lobby betraten, übernahm Anneliese die Führung. Sie wusste, wo das Apartment lag, in dem der alte Mann gelebt hatte.

Zuerst war Charlotte überrascht, doch dann fiel ihr ein, dass Christa Bernhardt und Uhland Nachbarn gewesen waren. Anneliese hatte es an einem ihrer ersten Tage im Wintergarten erwähnt. Demnach hätte er die Operndiva unbemerkt besu-chen und sich mit ihr absprechen können.

Vor der Apartmenttür blieben sie stehen. Charlotte fing den erwartungsvollen Blick ihrer Mitstreiterin auf, nickte ihr kurz zu und drückte den Klingelknopf. Nach wenigen Augenbli-cken wurde die Tür geöffnet. Eine junge Frau, die das dunkle Haar zu einem Pferdeschwanz gebunden hatte, schaute die Besucherinnen neugierig an.

»Ja?«

»Guten Tag, Frau Uhland«, sagte Charlotte. »Wir haben gehört, dass Sie den Haushalt Ihres Onkels …«

»Großonkels. Er war der Bruder meines Großvaters …«

»Ihres Großonkels auflösen. Wir …«

»Sie wohnen auch hier und glauben, dass Sie was von sei-nen Sachen gebrauchen können?«

Charlotte hasste es, ständig unterbrochen zu werden, zwang sich aber zur Ruhe.

»Wir waren sozusagen Nachbarn und hatten Ihrem Groß-
onkel einige Unterlagen für seine Nachforschungen zur Verfügung gestellt, die …«

»Und die wollen Sie jetzt wiederhaben«, sagte Frau
Uhland verstehend und trat beiseite. »Kommen Sie rein.
Danach suchen müssen Sie allerdings selbst. Ich wühle mich
gerade durch seine Aktenordner. Onkel Ludger hat wirklich jedes noch so unbedeutende Stück Papier abgeheftet –
und die wichtigen Sachen irgendwo dazwischen.« Mit einer
Geste zeigte sie zum Ende des Flurs. »Sein Schlafzimmer
war auch sein Arbeitszimmer. Da liegen die Unterlagen über
seine Recherchen überall rum.« Schon wandte sie sich ab.
»Ich muss weitermachen. Sagen Sie mir Bescheid, wenn Sie
alles gefunden haben.« Damit verschwand sie im Wohnzimmer.

»Danke«, sagte Charlotte und wechselte einen kurzen
Blick mit Anneliese, bevor sie den Schlafraum betraten.

»Ach, du dicker Vater«, flüsterte die Strick-Liesel beim
Anblick der Aktenstapel, die jeden verfügbaren freien Platz
bedeckten. An der einen Wand stand ein Bett neben einem
Kleiderschrank. Gegenüber thronte ein mächtiger Schreibtisch. Darauf und daneben türmten sich die Akten. In der
Nähe des Bettes waren sie in Kartons untergebracht. »Da
weiß man ja nicht, wo man anfangen soll.«

»Du rechts, ich links«, schlug Charlotte vor und nahm eine
Akte vom Schreibtisch. »Auf den Aktendeckeln sind Namen«,
fügte sie leise hinzu und schlug sie auf. Flüchtig blätterte sie
darin. »Anscheinend betreffen die Unterlagen immer die Person, die vorn draufsteht. Demnach müssen wir nur nach ›Ritter‹ suchen.«

»Nur«, stöhnte Anneliese, setzte sich auf die Bettkante und
nahm sich die erste Kiste vor. Charlotte widmete sich zuerst
den Akten, die auf dem Schreibtisch lagen. Danach hockte sie

sich auf den Parkettboden, um schließlich im Schneidersitz einen Stapel nach dem anderen abzuarbeiten.

Fast zwei Stunden lang sichteten sie die Unterlagen, sprachen dabei kaum ein Wort.

»Ich glaube, ich habe hier was«, sagte Anneliese plötzlich, die von Kisten umgeben auf dem Bettvorleger kniete. Mit zwei prallgefüllten Aktendeckeln in der Hand stand sie auf, trat zu Charlotte und hockte sich zu ihr. »Schau mal.«

Charlotte nahm die Unterlagen entgegen und las den Namen, der in schwarzen Buchstaben darauf geschrieben stand.

»Edith Aschenbach.« Sie blickte die Freundin an und sah den Triumph in deren Augen. Rasch klappte sie die obere Akte auf. Den handschriftlichen Notizen der ersten Seite zufolge, war Aschenbach der Mädchenname von Edith Ritter.

»Bingo!«, rief Charlotte leise aus. »Anneliese, du bist unbezahlbar!«

»Hast du je daran gezweifelt?« Mit einem leisen Ächzen kam sie auf die Beine. »Komm, lass uns von hier verschwinden.«

»Warte«, hielt Charlotte sie mit gedämpfter Stimme zurück und stand ebenfalls auf. Sie überlegte einen Moment lang, dann stopfte sie die Akten in ihre große Tasche und hängte sie sich über die Schulter. »Für den Fall, dass Frau Uhland jemandem von unserem Besuch erzählt«, kommentierte sie und trat an den Schreibtisch. Nach kurzem Suchen fand sie die beiden Broschüren, die sie zu Beginn ihrer Aktion entdeckt hatte, unter einem Stapel loser Blätter. Mit dem Kopf gab sie Anneliese ein Zeichen, ihr nach draußen zu folgen.

»Frau Uhland!?«, rief sie in der Diele, worauf die junge Frau aus dem Wohnzimmer kam. »Wir haben sie gefunden.« Sie zeigte der Großnichte die beiden Heftchen. »Danke, dass

wir danach suchen durften. Wir hatten dieses Propagandama-
terial von einem Bekannten geliehen, deshalb ...«

»Dann können Sie ihm das ja jetzt zurückgeben.« Sie begleitete die Besucherinnen zur Tür.

»So eine Wohnungsauflösung ist eine Menge Arbeit«, sagte
Charlotte. »Haben Sie niemanden, der Ihnen dabei hilft?«

»Meine Eltern leben nicht mehr, deshalb bleibt alles an mir
hängen. Dabei kannte ich Onkel Ludger kaum.« Achselzuckend öffnete sie die Tür. »Das landet sowieso fast alles auf
dem Sperrmüll.«

Es war niemand zu sehen, als sie den Flur entlang zu Charlottes Wohnung gingen.

»Ich lasse dich jetzt allein«, beschloss Anneliese. »Conrad
ist wahrscheinlich schon zurück.«

»Hast du ihm eigentlich von meinen Nachforschungen
erzählt?«

»Natürlich nicht. Die bleiben unser Geheimnis.«

»Danke – auch für deine Hilfe.«

»Wir sehen uns im Wintergarten.«

In ihrem Wohnzimmer zog Charlotte die Akten aus der
Tasche. Alles drängte sie, sofort mit dem Lesen zu beginnen,
aber sie musste zuerst einkaufen. Der Kühlschrank war so leer
wie ein Schwalbennest am Nordpol. Auch hatte sie weder Brot
noch Obst im Haus, geschweige denn etwas zum Mittagessen.

Unschlüssig wog sie die Akten in den Händen. Es könnte
ein Fehler sein, die Unterlagen offen herumliegen zu lassen.
Sie hatte schon einmal das Gefühl gehabt, jemand sei in ihrem
Apartment gewesen. Aber wohin damit? Ihr Blick schweifte
durch den Raum. Im Wohnzimmer gab es kein geeignetes Versteck – ebenso wenig in der kleinen Schlafkammer. Schließlich
sah sie sich in der winzigen Küche um und öffnete die Back-

ofentür. Sie zog das Blech heraus, legte die Akten nebeneinander auf dem Ofenboden ganz nach hinten und schob das Blech in die Schiene darüber. Dann richtete sie sich auf und schloss den Backofen, um ihn gleich wieder zu öffnen. Von den Akten war nichts zu sehen. Auch als sie in die Hocke ging, blieben die Unterlagen unsichtbar.

Minuten später verließ Charlotte die Wohnung und fuhr zum nahe gelegenen Supermarkt.

Obwohl sie normalerweise auf eine gesunde Ernährung achtete, ließ sie sich nach dem Einkauf vom Duft des nahen Imbisswagens anlocken. Sie gönnte sich ein gegrilltes Nackensteak mit Pommes und Krautsalat. Beim Essen rechtfertigte sie die üppige Kalorienzufuhr insgeheim mit Zeitersparnis.

Gut gesättigt und mit zwei prallgefüllten Tragetaschen kehrte sie in ihr Apartment zurück. Dort packte sie die Lebensmittel aus und schaltete den Wasserkocher ein. Im Wohnzimmer schob sie die Zeitungen, die auf dem Couchtisch lagen, beiseite und fischte als krönenden Abschluss ihres Mittagsmahls eine Praline aus der Geschenkdose der Operndiva. Einen Becher Tee und die Akten aus dem Backofen vor sich, setzte sie sich schließlich aufs Sofa. Sie war gespannt, was sie gleich erfahren würde. Dennoch zögerte sie einen Moment. Es fühlte sich ähnlich an wie vor dem Lesen der fremden Tagebücher. Eigentlich ging der Inhalt dieser Stasi-Akte nur Edith Ritter etwas an. Aber sie konnte die alte Dame schlecht um Erlaubnis bitten. Außerdem dienten ihre Nachforschungen der Wahrheitsfindung, redete sie sich ein und schlug den hellgrünen Aktendeckel auf. Um sich einen Überblick zu verschaffen, sichtete sie die erste Blattsammlung zunächst oberflächlich. Dabei stellte sie fest, dass es sich überwiegend um Fotokopien alter Unterlagen handelte. Dazwischen waren immer wieder Seiten mit handschriftlichen Notizen, die offenbar von Herrn Uhland stammten.

»Also dann«, murmelte sie und studierte das erste Blatt. Hierauf hatte der Historiker die persönlichen Daten von Edith Ritter notiert. Name, Geburtsdatum und -ort, Beruf: Dolmetscherin für Ungarisch und Russisch.

Frau Ritter hatte ihr in einem klaren Moment erzählt, dass sie ihren Hugo auf der Leipziger Messe kennengelernt hätte. Anscheinend war sie beruflich dort gewesen. Bei der nächsten Seite handelte es sich um eine von Edith Ritter unterschriebene Vollmacht, die Ludger Uhland zum Empfang ihrer Stasiakte berechtigte.

Auf jedem folgenden Blatt entdeckte Charlotte einen Stempel in roter Farbe: »Kopie BStU«. Rasch holte sie ihren Laptop auf den Tisch und googelte die Bedeutung: »Bundesbeauftragte für die Unterlagen des Staatssicherheitsdienstes der ehemaligen Deutschen Demokratischen Republik«. Auch viele Eintragungen der Stasimitarbeiter bestanden aus Abkürzungen, die sie in die Suchmaschine eingab, um sich ein ungefähres Bild machen zu können. Dabei stieß sie auf ein Verzeichnis mit mehr als 60 verschiedenen Abkürzungen, die vom Ministerium für Staatssicherheit (MfS) verwendet worden waren.

In den nächsten Stunden arbeitete sich Charlotte durch die Unterlagen, las von Bespitzelungen, denen Edith Ritter schon während ihrer Tätigkeit als freiberufliche Dolmetscherin für Intertext, den Fremdsprachendienst der DDR, ausgesetzt gewesen war. Es gab Kopien von Karteikarten mit Decknamen, verschiedenen Ziffernfolgen, Registrier- und Archivnummern, die Charlotte nicht auf Anhieb zuordnen konnte. Ihr wurde klar, dass sie vermutlich Tage oder Wochen brauchen würde, um sich in die Materie einzuarbeiten. Ihr Tatendrang ließ etwas nach, sodass sie die nächsten Seiten nach kurzer Sichtung überblätterte, bis sie am Ende der zweiten Akte auf ein Resümee des Historikers stieß. Anscheinend hatte Herr Uhland die wichtigsten Ereignisse für sein geplantes

Buch zusammengefasst. Vorweg hatte er angemerkt, dass er sich dabei auf die Stasi-Unterlagen und Auskünfte von Frau Ritter bezog.

Demnach hatte Edith 1965 auf der Leipziger Frühjahrsmesse beim Besuch der Delegation aus der UdSSR als Dolmetscherin gearbeitet. Nach Dienstschluss war sie zum Abendessen in »Auerbachs Keller« eingekehrt. Dort hatte sie Hugo Ritter kennengelernt, der einen befreundeten Fabrikanten nach Leipzig begleitet hatte. Für die junge Frau und den Hotelierssohn aus dem Westen war es Liebe auf den ersten Blick. Während der Messetage trafen sie sich mit großer Vorsicht heimlich, da Edith ahnte, dass sie von der Stasi beobachtet wurde. Nach seiner Abreise schrieben sie sich über einen ungarischen Freund. Es war ein offenes Geheimnis, dass die Stasi Briefe der DDR-Bürger las und Telefongespräche abhörte. Deshalb stand in den Briefen nur Unverfängliches. Zweimal trafen sich Edith und Hugo in Ost-Berlin. Sie wollten zusammenbleiben und heiraten. Dafür hätten sie jedoch eine staatliche Genehmigung gebraucht, die nur erfolgt wäre, wenn Hugo seinen ständigen Wohnsitz in die DDR verlegt hätte. Das kam jedoch nicht infrage, da sie in der BRD leben wollten. Das Paar musste nach einer anderen Möglichkeit suchen, um zusammen sein zu können. Schon wenige Wochen nach Hugos Abreise hatte Edith festgestellt, dass sie schwanger war.

Überrascht blickte Charlotte auf. Edith und Hugo hatten ein Kind? Warum war es bisher nie erwähnt worden? Auch in Christa Bernhardts Tagebüchern hatte kein Wort von einem Nachkommen gestanden. Bei diesem Kind müsste es sich doch um den Erben oder die Erbin vom Eichengrund handeln. Sogar Anneliese schien nichts davon zu wissen, sonst hätte sie nicht gesagt, dass Edith keine Angehörigen hätte.

Gespannt beugte sich Charlotte wieder über die Ausführungen von Uhland. Sie las, dass Edith ein Visum für eine

Urlaubsreise nach Ungarn beantragt hatte, das genehmigt worden war. Sie und Hugo hatten sich in Budapest getroffen und waren weiter nach Veszprém gereist. Ihr dortiger Freund hatte alles für eine verbotene Hochzeit vorbereitet. Nach der Trauung verlebte das Paar noch einige Tage am Balaton. Dann musste Hugo in den Westen und Edith in die DDR zurückkehren. Die junge Frau plante, einen Antrag auf Familienzusammenführung zu stellen, und hoffte, schon bald wieder mit ihrem Mann zusammen zu sein. Ein Trugschluss. Der Antrag wurde ohne Begründung abgelehnt. Umgehend formulierte sie ein Übersiedelungsersuchen, obwohl sie wusste, dass das ungesetzlich war und sie dadurch als negativ-feindliches Element kriminalisiert werden würde. Es folgte die zermürbende Prozedur des Genehmigungsverfahrens. Über Hugo, der seiner Frau beistehen wollte, wurde ein Einreiseverbot verhängt. Edith war im fünften Monat schwanger, verlor ihre Arbeit, bekam keine Aufträge mehr. Stattdessen wurde sie immer wieder bedrängt, den Antrag zurückzuziehen. Doch sie blieb standhaft, versicherte, dass ihr Entschluss unumstößlich sei, aber niemals von staatsfeindlichen Gedanken geprägt war. Es folgten Hausdurchsuchungen, Befragungen, Schikanen, aber sie hielt durch. Eines Tages stand die Stasi vor der Tür. Edith wurde verhaftet. Man brachte sie in das Untersuchungsgefängnis der Staatssicherheit nach Berlin-Hohenschönhausen. Wie von jedem Verhafteten wurde von ihr ein psychologisches Individualprofil erstellt, beständig verfeinert und zum »Aufbrechen der Persönlichkeit« genutzt. Nach wochenlangen Verhören wurde Edith wegen ungesetzlicher und staatsfeindlicher Verbindungsaufnahme und unrechtmäßiger Eheschließung angeklagt und nach drei Prozesstagen zu viereinhalb Jahren Zuchthaus verurteilt. Die im achten Monat Schwangere wurde in das gefürchtete Frauenzuchthaus Hoheneck bei Stollberg im Erzgebirge überführt. Dort brachte sie fünf

Wochen später im Revierlazarett ein Mädchen zur Welt, das sie Sabine nannte. Kaum hatte sich Edith von der Geburt erholt, wurde sie bedrängt, eine Einwilligung zur Annahme an Kindes statt zu unterschreiben. Als sie sich weigerte, bekam sie die ganze Härte der Stasi zu spüren: stundenlange Vernehmungen, Schläge, Schlafentzug, Isolationshaft. Sie protestierte und rebellierte. Über das karge Essen wurden ihr daraufhin hohe Dosen starker Psychopharmaka verabreicht. Außerdem musste sie doppelte Zwangsarbeit verrichten. Acht Stunden nähte sie im Akkord Bettwäsche, nach dieser Schicht folgten acht Stunden, in denen sie Damenstrümpfe produzierte. Die Einwilligung zur Adoption wurde schließlich durch Urteil ersetzt. Edith sah ihre Tochter nie wieder.

An dieser Stelle unterbrach Charlotte die Lektüre. Sie erhob sich und trat auf den Balkon hinaus. Tief atmete sie durch. Nach der Wende hatte sie öfter von bestialischen Stasimethoden gehört. Nun aber detailliert zu lesen, was einer Betroffenen angetan worden war, überstieg bei Weitem, was sie sich darunter vorgestellt hatte. Sie empfand tiefes Mitgefühl für die Frau, der so viel Leid zugefügt worden war, nur weil sie mit dem geliebten Mann zusammen sein wollte.

Nach einer Weile ging Charlotte wieder hinein und las von Hugo Ritters vergeblichen Bemühungen, seine Frau aus Hoheneck freizubekommen. Erst nach vier Jahren im Zuchthaus wurde Edith in die Abschiebehaft der Stasi nach Karl-Marx-Stadt gefahren. Eine Woche später begleiteten zwei Stasi-Offiziere sie und fünf weitere Häftlinge zum Bahnhof und setzten sie in einen Zug. Sie war von der BRD freigekauft worden und musste einige Tage im Notaufnahmelager Gießen verbringen. Dort holte ihr Mann sie ab und brachte sie nach Hannover in sein Hotel. Sie stellten zahlreiche Anträge auf Familienzusammenführung und forderten immer wieder die Ausreise ihrer kleinen Tochter. Vergeblich. Gleich nach der Wende versuchten sie, den Aufenthaltsort der inzwischen 23-jährigen Sabine herauszufinden, aber alle Unterlagen über die Zwangsadoption waren kurz vor dem Ende der DDR vernichtet worden.

Nach einem Blick zur Uhr schob Charlotte die Unterlagen zusammen und versteckte sie erneut im Backofen. Als sie sich aufrichtete, verspürte sie einen dumpfen Schmerz hinter der Stirn. Dennoch wollte sie an der Kaffeerunde teilnehmen.

An der Tür zum Wintergarten traf sie auf Anneliese, die sie fragend anschaute.

»Hast du in den Akten was Interessantes entdeckt?«

»Überwiegend Entsetzliches«, gab Charlotte ebenso leise zurück. »Ich erzähle dir später davon.«

Sie setzten sich zu den anderen, während der Professor Kaffee und Gebäck vorbereitete.

»Liebesknochen«, sagte Conrad erfreut. »Hast du die aus einem besonderen Grund ausgesucht?«

»Mir war heute so danach«, bekam er von Philipp zur Antwort, der Charlotte einen Teller reichte.

»Danke.«

Sie stellte ihn auf das kleine Tischchen und probierte zuerst von dem Kaffee. Sie hoffte, das Gebräu würde ihre Kopfschmerzen vertreiben. Leider half weder der Kaffee noch das süße Gebäck. Mehrmals legte sie die Hand in den Nacken und ließ den Kopf kreisen.

»Schmerzen?«, fragte Albert mitfühlend, worauf sie nickte.

»Das passiert mir oft, wenn ich stundenlang gelesen oder am Computer gesessen habe. Dann verspannen sich die Nackenmuskeln – und Kopfschmerzen lassen nicht lange auf sich warten.«

Während sie erzählte, dass sie auch aus diesem Grunde zwei Jahre früher in den Ruhestand getreten war, erhob sich Philipp und ging hinaus. Minuten später kehrte er mit einem kleinen Fläschchen zurück.

»Diese Kräutermixtur hilft gegen deine Beschwerden, Charlotte.«

Skeptisch hob sie die Brauen.

»Ist das zum Einnehmen?«

»Zum Massieren«, erklärte er und trat hinter sie. »Darf ich?«

»Verstehst du denn was davon?«

»Meine Tochter hatte während des Studiums ähnliche Beschwerden, wenn sie stundenlang über ihren Büchern gesessen hatte. Dann waren Vaters Fähigkeiten gefragt, die ihr sofort Linderung verschafften.«

Charlotte bemerkte die erwartungsvollen Blicke, die auf sie gerichtet waren. Wenn sie nicht als feige oder verklemmt gelten wollte, blieb ihr keine Wahl.

»Dann mach mal – Papa.«

»Sehr gerne«, antwortete er mit einem Lächeln in der Stimme. »Könntest du bitte zwei Knöpfe deiner Bluse öffnen, damit ich Platz zum Arbeiten habe?«

Kommentarlos tat sie, worum er sie gebeten hatte. Daraufhin schob er den Kragen der weißen Bluse etwas nach hinten und streifte die spitzenbesetzten Träger des BHs über ihre Schultern.

»Und nun schließe deine Augen.«

Sie spürte, wie seine Finger über ihre Nackenpartie tasteten.

»Völlig verkrampft«, murmelte er und zog die Hände zurück. »Du musst lockerer werden. Konzentrier dich mal ganz auf meine Stimme. Dein rechter Arm wird schwer ... dein linker Arm wird schwer ...«

Abrupt wandte sich Charlotte in ihrem Korbsessel zu ihm um.

»Was soll das werden? Willst du mich hypnotisieren?«

»Das ist lediglich eine Entspannungsübung«, beruhigte er sie. »Vertrau mir.«

Obwohl ihr das nicht ganz geheuer war, setzte sie sich wieder gerade hin.

»Ihr könnt alle mitmachen«, hörte sie Philipp sagen. »Entspannung hat noch niemandem geschadet.« Noch einmal gab er seine Anweisungen: »Augen schließen ... Der rechte Arm wird schwer ... Der linke Arm wird schwer ... Die Atmung wird ruhig und gleichmäßig ... Der Kopf wird frei und leicht ...«

Plötzlich spürte Charlotte seine Hände auf ihren Schultern, gleichzeitig nahm sie einen leichten Duft von Mandeln und Lavendel wahr. Zunächst glitten seine Finger sanft, beinah streichelnd über ihre Nackenmuskeln, verstärkten den Druck dann langsam und behutsam.

Seit dem Tod ihres Mannes hatte sie niemandem gestattet, ihr so nah zu kommen. Nun genoss sie die Berührungen.

»Ah, tut das gut.«

Wohlige Laute entschlüpften ihr. Sie konnte fast spüren, wie sich jeder einzelne Muskel lockerte. Als Philipp schließlich die Hände zurückzog, verspürte sie leises Bedauern. Wie selbstverständlich schob er die BH-Träger wieder hoch und den Blusenkragen an seinen Platz.

Charlotte schlug die Augen auf und sah, dass Philipp sich wieder neben sie setzte.

»Besser?«

Sie bewegte die Schultern und versuchte dem Kopfschmerz nachzuspüren, doch er war verschwunden. Ihr ganzer Körper schien tiefenentspannt zu sein.

»Ich fühle mich wie neugeboren«, erwiderte sie lächelnd und schloss die Blusenknöpfe. »Danke, Philipp. Du scheinst magische Hände zu haben.«

»Wenn man sich ein bisschen auskennt, ist das gar nicht so schwer. Du kannst dich gern jederzeit an mich wenden – mit oder ohne Beschwerden.«

»Ich werde es mir merken«, gab sie unverbindlich zurück, ehe sie fragend in die Runde schaute. »Wir können morgen mit meinem Auto zur Trauerfeier fahren. Treffen wir uns um 10 Uhr vor dem Haupteingang?« Als alle zustimmten, schaute sie Philipp an. »Bekommst du den Wagen der Residenz?«

»Ich kann mir den Schlüssel heute Abend bei Marion abholen.« Sein Blick schweifte zum General. »Wir fahren dann um die gleiche Zeit ab.«

KAPITEL 18 – DIENSTAG, 19. MAI

Charlotte legte gerade ihren Bademantel ab, als Anneliese am nächsten Morgen kurz nach ihr das Schwimmbad betrat. Verwundert blickte sie der Freundin entgegen.

»Wir haben heute mal getauscht«, erklärte die Strick-Liesel im Näherkommen. »Conrad holt Brötchen und deckt den Frühstückstisch – und ich leiste dir im Wasser Gesellschaft.«

»Da schau her. Sonst kommst du doch morgens nur schwer in die Gänge.«

»Das war, bevor meine Hormone reaktiviert wurden.« Während sie den Bademantel auszog, streifte ihr Blick Charlottes Gestalt. »Wenn ich dich so sehe, sollte ich auch öfter mal in den Pool springen.«

»Du hast doch eine gute Figur.«

»Die hier und da eine Straffung gebrauchen könnte. Aber ich bin einfach zu faul, dauernd Sport zu treiben.«

»Ich gehe auch nicht zweimal in der Woche ins Fitness-studio, weil ich ohne nicht leben kann«, gestand Charlotte. »Bewegung kann ich mir auch anderswo verschaffen, aber es tut mir gut, mich ab und zu richtig auszupowern.«

»Als Ersatz wofür?«

»Für was wohl?«

»Ich dachte, du bist zufrieden mit deinem Leben, wie es ist.«

»Eigentlich schon«, entgegnete sie vage. »Manchmal aller-dings …«

Sie zuckte mit den Schultern und stieg über die Treppe ins Schwimmbecken. Anneliese folgte ihr. Eine Weile schwam-men sie schweigend. Als sie nach einigen Runden den Becken-rand erreichten, verschnauften sie einen Moment.

»Was hast du denn gestern so Schreckliches in den Akten entdeckt?«

»Dinge, die ich nie für möglich gehalten hätte.« In gro-ben Zügen unterrichtete sie Anneliese über den Inhalt der Stasi-Akten. »Nach allem, was Edith Ritter durchgemacht hat, wundert es mich nicht, dass sie depressiv wurde. Mit jedem abscheulichen Detail ist mein Mitgefühl für sie gewachsen.«

»Es ist unvorstellbar, dass Menschen anderen Menschen so grausame Dinge antun können«, sagte Anneliese erschau-dernd. »Bisher wusste ich nicht viel über Stasimethoden. Von Bespitzelungen und Urteilen wegen versuchter Republik-flucht habe ich natürlich gehört, aber sonst …«

»Hoheneck war das härteste Frauengefängnis der DDR. Ich habe gestern Abend noch im Internet recherchiert, um mehr darüber rauszufinden, was Uhland nur mit Abkürzungen erwähnt hat. Demnach wurde Frau Ritter mehrmals wegen geringer Verstöße gegen die Knastregeln im Kellergewölbe in der sogenannten Wasserzelle eingesperrt.«

»Was wurde da mit ihr gemacht?«

»Sie musste stundenlang nackt im eisigen, mit Fäkalien durchsetzten Wasser stehen, wurde immer wieder eiskalt abgeduscht. Zweimal erlitt sie dadurch starke Nierenkoliken, die unglaublich schmerzhaft gewesen sein müssen. Zu der physischen kam dann noch die psychische Folter.«

»Das alles wurde ihr aus dem unschuldigsten Grund der Welt angetan: weil sie geliebt hat. – Und dann hat man ihr auch noch das Baby weggenommen.« Nachdenklich schüttelte sie den Kopf. »Ich glaube, hier hat niemand geahnt, dass die beiden ein Kind hatten. Ob Christa davon wusste? Jedenfalls hat sie das nie erwähnt.«

»In ihren Tagebüchern stand auch kein Wort darüber. Tatsache ist aber, dass Edith am 20. Mai 1966 ein Mädchen, die kleine Sabine geboren hat.«

»Zwangsadoption – das muss man sich mal vorstellen. Es grenzt schon an ein Wunder, dass Edith nicht völlig daran zerbrochen ist.«

»Wahrscheinlich ist das auch ihrem Mann zu verdanken. Hugo hat trotz aller Widrigkeiten zu ihr gehalten.«

»Er muss ein enormes Verantwortungsbewusstsein gehabt haben. Obwohl Edith bestimmt nicht mehr die Frau war, in die er sich einst verliebt hatte, stand er zu ihr.«

»Hugo war ein Mann mit Format«, stimmte Charlotte ihr zu. »Eine Trennung kam für ihn auch nicht infrage, als er sich in Christa verliebte. Erst kurz vor seinem Tod scheint er entschlossen gewesen zu sein, reinen Tisch zu machen. Er wollte seine letzten Jahre mit der Frau verbringen, die er liebte.«

»Deshalb gab es keinen Grund für ihn, sich umzubringen«, vollendete Anneliese. »Daran hätte auch die Pleite seines Hotels nichts geändert. Schließlich hatte Christa genug Geld für einen schönen Lebensabend zu zweit.«

»So beurteile ich das auch. Irgendjemand wollte aber verhindern, dass Hugo seine Frau verlässt. Nur beweisen kann ich das leider nicht.«

Pünktlich um 10 Uhr traf Charlotte ihre Mitstreiter vor dem Haupteingang der Residenz, um zur Trauerfeier zu fahren. Während Philipp den General mithilfe einer elektrisch betriebenen Plattform in den Behindertentransporter verfrachtete, stiegen Elisabeth, Anneliese und Conrad in Charlottes Wagen. Sie hatten verabredet, die Tiefgarage der Oper zu nutzen, da Parkplätze in der Innenstadt rar waren.

Ein Fahrstuhl brachte die sechs Residenzbewohner wieder ans Tageslicht. Trotz der Ankündigung in der HAZ, dass die Trauerfeier nach außen übertragen würde, waren sie erstaunt über die überwältigende Menschenansammlung auf dem Opernplatz. Auf einer großen Leinwand würden die Fans der Verstorbenen die Gedenkfeier miterleben können.

Philipp begleitete Albert zum Rollstuhlaufzug an der rechten Seite der Oper. Im Foyer trafen sie wieder zusammen. Dort wurden sie von Onno von Kleist begrüßt, der die Gruppe im Parkett nach rechts führte, da es dort extra Logenplätze für Rollstuhlfahrer gab.

Der Rechtsanwalt bot Charlotte an, bei ihm in der ersten Reihe zu sitzen, aber sie zog es vor, bei ihren Freunden zu bleiben. So nahm sie zwischen Anneliese und Elisabeth Platz und schaute sich interessiert um.

Die Bühne war in weiches, fast goldenes Licht getaucht. In der Mitte stand der Sarg, der über und über mit weißen Blumen und zartem Grün geschmückt war und ihn dadurch fast vollständig bedeckte. Zu beiden Seiten und am Bühnenrand brannten unzählige Kerzen. Im Hintergrund waren mehrere

Blumenkränze aufgestellt. Während sich links ein Rednerpult befand, war es rechts eine Staffelei mit einem großen Foto der Verstorbenen, auf dem sie nachdenklich in die Kamera blickte.

Nun füllte sich der Theatersaal rasch mit prominenten Gästen und Weggefährten aus dem In- und Ausland. Darunter der Oberbürgermeister, viele Künstler, aber auch Politiker.

Plötzlich wurde das Licht gedämpft. Ein etwa zehnjähriger Chorknabe betrat die Bühne und sang ohne Orchesterbegleitung »Amazing Grace«. Die klare Stimme verursachte bei Charlotte eine Gänsehaut. Mit dem Ende des Liedes verneigte sich der Junge vor dem Sarg und verließ die Bühne.

Nun trat der Intendant des niedersächsischen Staatstheaters an das Pult.

»Wir haben uns hier versammelt, um einer wunderbaren Frau zu gedenken und um sie zu trauern, was sehr schmerzhaft für uns ist.« Er schilderte die Verstorbene als einen Menschen, der immer auch Respekt für diejenigen gezeigt habe, die hinter der Bühne arbeiteten, der für jeden ein paar freundliche Worte gehabt hatte.

In den Trauerreden wurde Christa Bernhardt als charakterfest, vertrauenswürdig und verlässlich beschrieben. Andere sprachen von ihrer Bescheidenheit und ihrem großen Herzen. Ihre einzigartige Stimme, aber auch ihren unvergleichbaren Humor erwähnten alle. Ihr Engagement als deutsche UNICEF-Botschafterin kam ebenso zur Sprache wie ihre sechs Patenkinder in der Dritten Welt. Die musikalischen Beiträge vereinigten sowohl die Unfassbarkeit von Tod, Trauer und Verzweiflung als auch von Hoffnung in sich. Das letzte Lied trug eine amerikanische Opernsängerin vor: »Tears in Heaven«.

Nach der Gedenkfeier versammelten sich zahlreiche Gäste im Foyer. Die Gruppe aus der Seniorenresidenz verließ jedoch das Opernhaus. Anneliese war sichtlich bewegt, als sie Charlotte im Freien umarmte.

»Ich weiß, dass du unsere Teilnahme nur meinetwegen möglich gemacht hast. Danke, das bedeutet mir sehr viel.«

»Du musstest unbedingt dabei sein«, gab Charlotte ebenso leise zurück. »Immerhin warst du doch der einzige Mensch, den sie wirklich hatte.« Freundschaftlich legte sie den Arm um Annelieses Schultern und trat mit ihr zu Elisabeth und Conrad, die in der Nähe warteten.

»Ich habe drüben im Steakhaus einen Tisch reserviert«, sagte Philipp, der mit Albert vom Behindertenfahrstuhl aus zu ihnen stieß. »Nach dem Essen fahren wir dann zu meinem Haus.« Sein Blick konzentrierte sich auf Charlotte. »Kommst du mit – oder bist du noch mit dem Rechtsverdreher verabredet?«

»Dem habe ich schweren Herzens einen Korb gegeben, weil Conrad meinte, dass ich von euch noch als Transportmöglichkeit gebraucht werde.«

»Sehr gut«, antwortete er merklich erfreut. »Als Belohnung bekommst du ein gigantisches Steak.«

»Für den Verzicht auf juristische Gesellschaft oder für den Fahrdienst?«

»Du weißt schon«, sagte er nur und setzte sich in Bewegung.

Um das Restaurant zu erreichen, mussten sie nur die Georgstraße überqueren. Auch während des Essens tauschten sie ihre Eindrücke von der Gedenkfeier aus. Philipp beglich schließlich die Rechnung.

Auf dem Weg zu seinem Haus, das am südlichen Stadtrand von Hannover lag, übernahm er mit dem Transporter die Führung. Charlotte fuhr ihm mit ihrem Wagen bis zu einem großen offen stehenden Flügeltor hinterher.

»Wow«, bemerkte Anneliese, die neben Conrad auf der Rückbank saß. »Schaut euch das an«, fügte sie hinzu, als Charlotte dem Behindertenfahrzeug auf das Anwesen folgte. »Das ist ja fast schon ein kleiner Park.«

»Und das da sieht beinah aus wie ein Herrenhaus aus einem Pilcher-Film«, meinte Elisabeth, wobei sie durch die Windschutzscheibe auf das imposante Gebäude deutete. Von hinten legte Anneliese die Hand auf ihre Schulter.

»Sag bloß, du stehst auf diese Liebesschnulzen?«

»Manchmal brauche ich was fürs Herz, auch wenn es noch so kitschig ist.«

»Ich verstehe, was du meinst – obwohl ich lieber Krimis gucke.«

Sie sahen, dass Philipp den Transporter neben einem Lieferwagen abstellte, auf dem in großen Buchstaben ein Werbeslogan stand. »Fehlt dir Farbe an der Wand, ruf nach Malermeister Brandt«, las Conrad vor. »Nicht schlecht, das prägt sich ein.«

Charlotte parkte neben dem zweiten, etwas kleineren Auto der Malerfirma. Während Philipp seinem Fahrgast aus dem Wagen half, stiegen die anderen aus und schauten sich um. Die Haustür war von der einen Seite durch mehrere Granitstufen, von der anderen über eine Rollstuhlrampe zu erreichen. Philipp öffnete die Tür, worauf die Freunde eintraten – bis auf Charlotte, die an ihrem Wagen lehnte. Das irritierte den Hausherrn.

»Willst du nicht mit reinkommen?«

»Das ist eure Besichtigung. Ich bin nur der Fahrdienst.«

»Deshalb musst du aber nicht draußen bleiben«, sagte er und beschrieb eine einladende Geste. »Leiste uns bitte Gesellschaft.«

Nach kurzem Zögern folgte sie seiner Aufforderung und betrat durch eine kleine Diele eine Art Wohnhalle, die offenbar die Hausteile miteinander verband. Die Möbel waren durch dünne Plastikfolien abgedeckt, ebenso die Stufen der Treppen, die zu beiden Seiten in die Obergeschosse führten. In einer Ecke standen mehrere Farbeimer und Malerutensilien.

Ein Mann in einem weißen Overall kam aus dem linken Gebäudeteil. Sein verblüffter Gesichtsausdruck entspannte sich, als er den Professor erkannte. Philipp ging auf ihn zu und wechselte ein paar Worte mit ihm. Dann zog er einen Geldschein aus der Tasche, den er dem Maler zusammengefaltet reichte. Der Handwerker grinste, tippte sich an eine imaginäre Mütze und pfiff einmal auf den Fingern.

»Mittagspause, Jungs!«, rief er laut, worauf seine drei Kollegen aus verschiedenen Richtungen auftauchten. Kurz darauf war Philipp mit seinen Gästen allein.

»Jetzt sind wir ein Stündchen ungestört«, sagte er und deutete nach links. »Das ist die Haushälfte meiner Großeltern. Hier im Parterre sind zwei Zimmer, Küche, Bad und der kleine Lift. In den beiden Etagen darüber gibt es jeweils zwei große Räume und ein Badezimmer. Wenn ihr euch für unsere WG entscheidet, müsst ihr euch einigen, wer wo einziehen möchte. Dabei sollte Albert aus verständlichen Gründen ein Vorrecht auf die Räume im Erdgeschoss erhalten.« Da keine Einwände erhoben wurden, bat er die Gruppe, sich auf eigene Faust alles in Ruhe anzuschauen, um sich unbeeinflusst ein Urteil zu bilden.

Während die WG-Interessenten nun das Erdgeschoss inspizierten, wandte sich Philipp an Charlotte.

»Hier ist es ziemlich ungemütlich. Lass uns rüber in mein Wohnzimmer gehen.«

Charlotte folgte ihm und war erstaunt, dass in diesem Raum anscheinend keine Renovierungsarbeiten nötig waren. Weder die Teppiche noch die helle Ledergarnitur schienen durch den Rohrbruch Schaden genommen zu haben.

»Hier ist das Wasser wohl nicht reingelaufen?«

»Die Räume auf dieser Seite liegen etwas höher«, erklärte Philipp und bedeutete ihr durch eine Geste, Platz zu nehmen. »Deshalb sind sie trocken geblieben.«

»Dann hättest du doch gar nicht in die Residenz einziehen müssen.«

»Das Wasser ist zwar nur durch die linke Haushälfte gelaufen«, erklärte er und setzte sich ihr gegenüber. »Es waren aber ständig Handwerker hier, dazu die Wärmeplatten zum Trocknen, die das ganze Gebäude aufgeheizt haben. Außerdem wurden Geräte zur Entfeuchtung eingesetzt, die einen Höllenlärm machten. Deshalb habe ich die ruhige Umgebung im Eichengrund vorgezogen.« Lächelnd beugte er sich etwas vor. »Was hätte ich alles versäumt, wenn ich das Gästezimmerangebot meiner Schwester angenommen hätte.«

Ihr war klar, worauf er hinauswollte, ging aber nicht darauf ein.

»Versteht ihr euch nicht gut?«

»Sehr gut sogar. Allerdings neigt sie dazu, ihren großen Bruder zu bemuttern. Besonders, seit sie es aufgegeben hat, mich zu verkuppeln. Ein paar Tage lasse ich mir ihre Fürsorge gern gefallen. Aber mehrere Wochen? Das ist mir dann doch ein bisschen viel.«

Da nun das Handy in ihrer Jackentasche vibrierte, wurde Charlotte einer Antwort enthoben. Sie hatte das Gerät vor der Gedenkfeier auf stumm geschaltet, sodass es nun nur leise brummte. Rasch zog sie es hervor und warf einen Blick auf das Display.

»Entschuldige«, bat sie und erhob sich. »Da muss ich rangehen.« Sie entfernte sich bis zum Fenster, um das Gespräch anzunehmen. »Hallo, Hannes.«

»Ich habe Neuigkeiten für dich, Charly. Du hattest wieder mal den richtigen Riecher: Im Grundbuch ist Christa Bernhardt als Eigentümerin der Seniorenresidenz eingetragen –

bis auf Wohnung Nummer 46, die gehört Edith Ritter. Das Grundstück gehört beiden zu gleichen Teilen.«

»Das überrascht mich nicht. Wie steht es denn mit meiner zweiten Bitte?«, formulierte sie vorsichtig, da Philipp ihre Worte mitanhören konnte. »Gibt es da auch was Neues?«

»Leider noch nicht, aber wir sind dran. Was wirst du denn mit der Info anfangen, dass der Laden der alten Dame gehörte? Bringt dich das weiter?«

»Das erzähle ich dir später. Ich kann im Moment nicht.«

»Du bist anscheinend nicht allein«, schlussfolgerte er. »Diese Senioren scheinen dich ja ganz schön in Beschlag zu nehmen. Am Ende wirst du mir noch untreu.«

»Keine Sorge«, erwiderte sie amüsiert. »Ohne dich kann ich doch gar nicht auskommen.«

»Aber nur, weil ich dich bei deiner verrückten Aktion unterstütze. Das kostet dich beim nächsten Stammtisch mindestens eine Runde.«

»Alles, was du willst, Hannes. Ich melde mich. Ciao!«

Lässig versenkte sie das Telefon in der Jackentasche, bevor sie sich wieder zu Philipp setzte.

»Sorry, das war wichtig.«

»Dein Sohn?«

»Hannes?« Lachend schüttelte sie den Kopf. »Dafür ist er nun doch nicht mehr jung genug. Er gehört zwar einer anderen Generation an, aber wir verstehen uns trotzdem großartig.«

»Wie alt ist er denn?«

»Anfang 50.« Mit leisem Spott schaute sie ihn an. »Jetzt fragst du dich wohl, was er ausgerechnet von einem Auslaufmodell wie mir will.«

»Ganz sicher nicht«, widersprach er, ohne eine Miene zu verziehen. »Du bist sehr attraktiv, klug, humorvoll und …«

»Nun lass es mal gut sein«, winkte sie ab. »Hannes ist ein Freund – mehr nicht.«

Er ließ sich immer noch nicht anmerken, was er dachte oder fühlte. Stattdessen erhob er sich.

»Ich möchte dir gern etwas zeigen.«

»Was denn?«

»Komm einfach mit«, bat er und führte sie zur Treppe.

In der ersten Etage sah sie, dass beide Hausteile durch eine Galerie miteinander verbunden waren.

Philipp öffnete eine Tür und ließ Charlotte den Vortritt. In dem großen, hellen Raum war alles in Weiß gehalten: die Tapeten, die langen Vorhänge sowie die vereinzelten Möbelstücke. Eine breite Schiebetür führte in ein etwas kleineres Zimmer, in dem außer einem Metallbett nur eine weiße Kommode stand. Die Räume wirkten, als wäre jemand ausgezogen und hätte ein paar Möbel zurückgelassen.

»Das waren die Zimmer meiner Tochter«, erklärte Philipp, zog die Vorhänge zurück und öffnete die Glastür. »Auf dem Balkon hat sie besonders gern gesessen.«

»Das kann ich gut nachempfinden.« Der Blick in den weitläufigen Park war traumhaft. »Seit ich aus unserem Haus in eine kleine Wohnung gezogen bin, vermisse ich meinen Garten. Trotzdem war es eine vernünftige Entscheidung, weil das für mich allein viel zu groß war.« Aufmerksam schaute sie ihn von der Seite an. »Warum zeigst du mir das alles?«

»Für den Fall, dass du irgendwann genug vom Alleinsein hast. Dann könntest du sofort hier einziehen.«

»Rechne besser nicht mit mir. Du findest bestimmt jemanden, der deine Einladung mit Freuden annimmt.«

Mit ernster Miene schüttelte er den Kopf.

»Dieses Angebot gilt nur für dich.«

»Hast du vergessen, dass ich meine Wohnung nicht aufgeben möchte?«

»Daran erinnere ich mich nur zu gut.« Sein Blick war wie ein Streicheln. »Du sollst einfach nur wissen, dass du hier jederzeit willkommen bist.«

»Das ist lieb von dir.« Sie trat etwas näher, legte behutsam die Hand auf seine Brust und hauchte einen Kuss auf seine Wange.

»Danke, Philipp.«

Er schaute sie so freudig überrascht an, dass sie instinktiv zur Seite wich.

»Gibt es noch mehr Zimmer?«

»Auf dieser Etage ist nur noch ein Bad«, überging er ihren Rückzieher. »Oben ist das Gästezimmer, ein Duschbad und mein Schlafzimmer.« Erwartungsvoll hob er die Brauen. »Möchtest du das auch sehen?«

»So neugierig bin ich nicht. Bis die Truppe ihren Rundgang beendet hat, könntest du mir dein anderes Arbeitszimmer zeigen. Du hast mal deine Sammlung alter Bücher erwähnt.«

»Alte Bücher sind anscheinend interessanter als alte Männer«, murmelte er und führte sie ins Erdgeschoss zurück. In seinem Arbeitszimmer deutete er auf die Bücherregale, die fast alle Wände bedeckten. In Fensternähe stand ein großer Schreibtisch, auf dem zahlreiche Unterlagen gestapelt waren.

»Rechts findest du Fachbücher, in der Mitte moderne Literatur, dann Klassiker – und hier auf der linken Seite Erstausgaben und sehr alte Bücher.«

Charlotte schaute sich die zuletzt genannten Werke an. Die Buchrücken waren teilweise kunstvoll mit Goldschrift versehen. Sie entdeckte auch mehrere alte Bibeln und Gesangbücher. Spontan streckte sie die Hand nach einer Ausgabe aus, warf dann aber einen Blick über ihre Schulter.

»Darf ich?«

Er nickte nur, lehnte sich gegen die Schreibtischkante und schaute zu, wie sie das Buch herauszog. Es lag relativ schwer in der Hand; der dunkelbraune Ledereinband war mit einer schmalen Messingleiste eingefasst. Vorsichtig öffnete Charlotte die Messingschließen und schlug die Bibel auf. Sie las die Jahreszahl 1690 und blätterte ehrfürchtig und behutsam in den Seiten, die vereinzelt mit Kupferstichen versehen waren.

»Eine wundervolle Ausgabe«, sagte sie an Philipp gewandt. »Du hast mehrere Bibeln in deiner Sammlung. Bist du gläubig?«

»Gläubig, aber nicht religiös«, erwiderte er offen. »Müssen wir nicht alle an etwas Übergeordnetes glauben? Wer glaubt, hofft – und wer hofft, vertraut. Das muss nicht unbedingt etwas mit Kirche oder Religion zu tun haben. Menschen glauben an eine höhere Macht, weil sie auf der Suche nach dem Sinn des Lebens Sicherheit, Zuversicht und Geborgenheit brauchen.« Als sie die Bibel kommentarlos zurückstellte, trat er näher. »Bist du anderer Meinung? An was glaubst du?«

»Ich sehe das ähnlich«, antwortete sie nachdenklich. »Der Glaube an etwas Höheres ist wie ein Netz, das die Menschen zusammenhält, aber auch vor dem Absturz ins Nichts bewahrt.« Während sie sprach, zog sie ein anderes Buch aus dem Regal. »Mit der Kirche habe ich es nicht so. Wenn man bedenkt, wie viele Verbrechen seit Jahrhunderten in ihrem Namen oder dem der Religion verübt werden. Inquisition, Hexenverbrennungen, Kreuzzüge bis hin zu den heutigen Gotteskriegern.«

»Kein Glaube an einen Gott – egal welcher Religion – kann einen Krieg oder Terroranschläge rechtfertigen.«

»Und doch passiert das heutzutage ständig irgendwo auf der Welt. Einen dauerhaften Weltfrieden werden wir beide wohl nicht mehr erleben.«

»Wahrscheinlich nicht«, gab er ihr recht und lauschte einen Moment auf die näher kommenden Stimmen der Freunde. »Aber wir könnten andere schöne Dinge miteinander erleben«, fügte er hinzu und wandte sich zur Tür. Rasch stellte Charlotte das Buch zurück und folgte Philipp ins Wohnzimmer. Dort bot er allen Platz an und schaute erwartungsvoll in die Runde.

»Was sagt ihr? Könnt ihr euch vorstellen, hier mit mir zu leben?«

»Das Haus ist sehr schön«, begann Anneliese mit ernster Miene.

»Und die Zimmer sind hell und geräumig«, fügte Conrad hinzu.

»Auch der Garten ist herrlich«, übernahm Elisabeth.

»Mit dem Rollstuhl käme ich hier gut zurecht«, grummelte der General.

»Aber?«, fragte Philipp, dem es nicht gelang, seine Enttäuschung restlos zu verbergen. »Ihr habt euch trotzdem gegen unsere WG entschieden. Darf ich den Grund erfahren?«

Sekundenlang war es still.

»Es gibt keinen«, sagte Anneliese schließlich schelmisch lächelnd. »Wenn du hier wirklich die Fossilien der Gesellschaft aufnehmen willst, ziehen wir gerne bei dir ein.«

»Echt jetzt?« Die Freude stand ihm deutlich ins Gesicht geschrieben. »Cool!«

»Du klingst wie meine Heimkinder«, meinte die Strick-Liesel amüsiert. »Wir haben sogar schon beschlossen, dass Albert das Erdgeschoss bezieht. Elisabeth richtet sich in der ersten Etage ein – und wir zwei Hübschen«, vollendete sie mit einem Blick auf Conrad, »nehmen die Räume ganz oben.«

»Darauf müssen wir anstoßen«, sagte Philipp im Aufstehen und eilte in die Küche. Mit einer Flasche Champagner kehrte er zurück. »Die habe ich vorsichtshalber kalt gestellt«, kommentierte er und nahm Gläser aus einer Vitrine.

Nachdem sie angestoßen hatten, holte er vorbereitete Verträge aus seinem Arbeitszimmer. Darin war ein lebenslanges Wohnrecht festgelegt, ebenso der Verzicht auf eine Mietzahlung und die Beschränkung auf die Energiekosten.

Nachdem jeder seinen Vertrag gelesen hatte, schaute der General Philipp fragend an.

»Warum lebenslang? Hast du Angst, dass wir es mit dir nicht lange aushalten?«

»Da ich mich für einen umgänglichen Menschen halte, steht das eher nicht zu befürchten. Es gibt aber keine Garantie, dass ich euch alle überlebe. Ihr sollt euer Zuhause nicht verlieren, wenn ich eines Tages abberufen werde. Ich habe das alles mit meinem Anwalt besprochen, damit die Verträge wasserdicht sind. Auch meine Tochter, die das Haus irgendwann erben wird, weiß Bescheid. Sie findet die Idee einer WG übrigens großartig.«

Charlotte war beeindruckt, dass Philipp sogar daran gedacht hatte. Er wollte nicht nur Mitbewohner. Er sorgte sich auch um ihre Zukunft. Das imponierte ihr.

KAPITEL 19 – MITTWOCH, 20. MAI

An diesem Morgen war es wieder Conrad, der Charlotte im Schwimmbecken Gesellschaft leistete. Während sie ihre Bahnen durch das Wasser zogen, erzählte er, dass Anneliese am Abend am Computer ein Kündigungsschreiben verfasst hätte. Aus praktischen Gründen hätte sie für jeden künftigen WG-Bewohner ein Exemplar ausgedruckt, das sie heute im Laufe des Tages unabhängig voneinander bei der Residenzleitung abgeben wollten. Gleich nach Abschluss der Renovierungsarbeiten würden sie bei Philipp einziehen.

Nach dem Frühstück dachte Charlotte über Hannes' Anruf nach. Die Seniorenresidenz hatte also tatsächlich Christa Bernhardt gehört. Demnach müsste sie damit einverstanden gewesen sein, dass Edith Ritter eine der Wohnungen überschrieben worden war. Zu diesem Zeitpunkt hatte die Opernsängerin wahrscheinlich schon geplant, nach dem Ende ihrer Karriere auch dort einzuziehen. Es war demzufolge ihre Entscheidung gewesen, mit der Frau, die ihrer Liebe im Wege gestanden hatte, unter einem Dach zu leben. Warum aber hatte sie tägliche Begegnungen mit ihrer Konkurrentin in Kauf genommen? Ihre finanzielle Situation hätte es ihr erlaubt, sich problemlos ein Haus oder eine Eigentumswohnung inklusive jeder Art von Betreuung zu leisten. Stattdessen war sie in ein verhältnismäßig kleines Apartment der Residenz gezogen. Das hatte sie bestimmt nicht getan, um Kosten zu sparen. Was könnte sie dazu veranlasst haben? Diese Frage hatte sich Charlotte in den letzten Tagen immer wieder gestellt. Sie ahnte, dass die Antwort entscheidend zur Auflösung der Ungereimtheiten beitragen würde.

Für sie war Intuition ein feinfühliges Instrument, das ihr logisches Denken unterstützte. Schon so manche Situation hatte sie auf diese Weise gemeistert. Als sie trotz intensiven Nachdenkens keine Erklärung fand, versuchte sie sich in die Operndiva hineinzuversetzen. Wie würde sie in einer vergleichbaren Situation handeln?

»Ich habe es satt, durch die Welt zu tingeln«, murmelte sie, erhob sich und begann auf und ab zu gehen. »Ich will ganz nah bei meiner großen Liebe sein. Bei meiner Ankunft in Hannover ist Hugo tot. Es scheint Selbstmord gewesen zu sein. Trotzdem kann ich nicht glauben, dass er sich umgebracht hat. Aber ich muss mich mit seinem Tod abfinden. Um meinen Kummer zu betäuben, stürze ich mich in meine Arbeit. Das hilft aber nur zeitweise. Mich quält immer wieder die Frage, warum Hugo sterben musste. Mit fast 70 beende ich meine Karriere und brauche einen Altersruhesitz.« Einen Moment hielt Charlotte inne. »Ich muss rausbekommen, was damals passiert ist, sonst finde ich für den Rest meines Lebens keine Ruhe.« Abrupt blieb sie stehen. »Das ist es!« Christa war in die Residenz eingezogen, weil sie wusste, dass sie nur hier am Ort des Geschehens etwas über die wahren Todesumstände ihres Geliebten herausfinden konnte. Edith Ritter war der einzige Mensch, der vielleicht Auskunft darüber geben konnte. Plötzlich ergab auch das einen Sinn, was Philipp ihr im Musikladen erzählt hatte. Christa Bernhardt wollte von ihm alles über Auswirkungen schwerer Traumata erfahren. Wahrscheinlich hatte sie kurz zuvor die Stasiakte von Hugos Witwe gelesen. Lag es da nicht nahe, dass für sie Edith Ritter die Mörderin ihres Mannes gewesen sein musste? War sie die Person, die Philipp begutachten sollte? Wollte Christa wissen, ob die Hotelierswitwe überhaupt schuldfähig war?

Charlotte war fast sicher, dass Christa dies alles ihrem Tagebuch anvertraut hatte. Nicht ohne Grund fehlten die Aufzeichnungen der letzten drei Jahre.

Als sie an die Tagebücher dachte, fielen ihr auch die anderen Unterlagen ein, die sie hier in ihrem Apartment aufbewahrte: die Akte über den Todesfall Hugo Ritter und die Stasiakten seiner Frau. Wäre es nicht besser, sie an einen sicheren Ort zu bringen?

Kurz entschlossen steckte sie die Akten in ihre große Umhängetasche und die Tagebücher in einen Leinenbeutel. Minuten später verließ sie die Wohnung und fuhr nach Hause. Dort ging sie zuerst in ihr kleines Gästezimmer, das sie als Arbeitszimmer nutzte, wenn es nicht bewohnt war. Am Schreibtisch fuhr sie den Computer hoch und schaltete den Scanner ein. Zumindest den Obduktionsbericht von Hugo Ritter und die Zusammenfassung der Stasiakte seiner Frau wollte sie in digitaler Form haben, um in der Residenz eventuell noch etwas nachprüfen zu können. Sie speicherte alles auf einem USB-Stick, ehe sie die Unterlagen in einem Schrank verschloss. Anschließend sah sie die eingegangene Post durch, versorgte ihre Grünpflanzen mit Wasser und griff dann zum Telefon.

Zuerst rief sie bei ihrer Tochter in Hamburg an. Lisa war Anfang 40, verheiratet und eine begabte Innenarchitektin. Vor der Hochzeit hatten sie und ihr Mann Ole jahrelang zusammengelebt, aber erst geheiratet, als das erste Kind unterwegs war. Dadurch waren Charlottes Enkel mit acht und sechs Jahren relativ jung. Die beiden liebten ihre Oma und sie genoss es, mit ihnen herumzutoben. So tauschte sie mit ihrer Tochter Neuigkeiten aus und sprach auch eine Weile mit ihren Enkelkindern.

Danach telefonierte sie mit ihrem Sohn Benjamin, einem Musiker, der in München in einem Sinfonieorchester die Trompete spielte. Als Ausgleich zur klassischen Musik war er in seiner Freizeit Mitglied in einer Jazzband. Er hatte immer mal eine Freundin, aber die Richtige war bisher nicht dabei.

Obwohl Charlotte ihre Beziehung zu ihren Kindern als ausgezeichnet beschreiben würde, erzählte sie ihnen nichts von ihrem Undercover-Einsatz. Um ein kleines Mädchen zu retten, wäre sie im letzten Jahr dem Mörder beinah selbst zum Opfer gefallen. Sie hatte ihren Kindern versprechen müssen, sich nie wieder in eine solche Gefahr zu begeben. Zwar waren ihre derzeitigen Ermittlungen völlig anders gelagert, aber sie wollte die beiden nicht beunruhigen.

Aus Vorräten ihrer Tiefkühltruhe stellte sie sich schließlich eine schmackhafte Mahlzeit zusammen.

Zurück in der Seniorenresidenz unternahm sie einen Spaziergang im Park. Die Äste der alten Eichen formten einen Baldachin über dem Weg; das Sonnenlicht schien wie durch ein Sieb zu rieseln. Auf einer Bank im Schatten erkannte sie den Möchtegern-Casanova.

»Na, Herr Pippich«, sprach sie ihn an und setzte sich zu ihm. »Hat man Sie wieder auf die Menschheit losgelassen?«

»Ich durfte nur nach Hause, weil ich Dr. Kramke gesagt habe, dass ich Sehnsucht nach Ihnen habe, Frau Stern.«

»Dann hätte er Sie in die Psychiatrie eingewiesen«, erwiderte sie amüsiert und blickte auf die Apothekenzeitung auf seinem Schoß. »Sie lesen die Rentner-Bravo?« Auf dem Titelbild war ein älteres Paar abgebildet. Daneben stand in großen Lettern: »Sex im Alter«. »Haben Sie schon ein paar brauchbare Ratschläge darin entdeckt?«

»In dem Bericht geht es um Leute, bei denen es nicht mehr klappt. Bei mir ist es doch umgekehrt.«

»Sie sind wirklich zu bedauern, aber Sie haben ja noch die Wahl aus den anderen zwölf Zuschriften. Oder Sie bleiben bei der Dame vom Frühlingsfest am Ball.« Scherzhaft hob sie den Zeigefinger. »Aber diesmal sollten Sie es entspannt angehen und nicht wieder voreilig Hilfsmittel schlucken. Ein Härtetest genügt völlig.«

»Das passiert mir bestimmt nicht noch mal.«

»Gut zu wissen. Ich möchte Sie nämlich nicht noch mal ins Krankenhaus begleiten.«

»Das war doch ganz nett. Keiner meiner Zimmergenossen

hatte so attraktiven Besuch.« Fragend blickte er sie an. »Früher waren Sie da anscheinend öfter. Die Stationsschwester hat Sie erkannt und uns verraten, dass Ihr Mann in der Klinik gearbeitet hat. Der war auch so ein engagierter Arzt wie Dr. Kramke, oder?«

Mit ernster Miene nickte Charlotte nur. Sein unermüdlicher Einsatz für seine Patienten hatte ihrem Mann letztlich das Leben gekostet.

»Ich muss weiter«, sagte sie und erhob sich. »Bis bald, Herr Pippich.«

Durch den Park schlenderte sie zurück. Als sie die Lobby über die Terrasse betrat, sah sie Philipp mit einem üppigen Strauß lachsfarbener Rosen im Büro der Residenzleiterin verschwinden. Dadurch schien ihre Vermutung bestätigt, dass dieser Mann nichts anbrennen ließ. Anscheinend hatte er immer mehrere Eisen im Feuer. Oder war er einfach einsam? Sehnte er sich nur nach weiblicher Nähe? Oder fürchtete er sich auch vor dem Alleinsein – jetzt, da er emeritiert war? Wollte er deshalb die WG gründen?

Kaum hatte sich die Nachmittagsrunde im Wintergarten versammelt, schob eine junge Frau einen Servierwagen herein, auf dem Kaffeegedecke, Warmhaltekannen und zwei Platten mit verschiedenen Kuchensorten arrangiert waren.

»Da hat sich unser neuer Vermieter aber viel Mühe gegeben«, sagte Conrad, da Philipp mit der Verköstigung an der Reihe war. »Eine so reiche Auswahl hatten wir lange nicht.«

»Das ist leider nicht mein Verdienst«, erklärte der Professor und schenkte den Kaffee ein. »Marion … Fischer hat heute Geburtstag. Ihr verdanken wir das Verwöhnprogramm. Deshalb kümmere ich mich erst morgen wieder um unser leibliches Wohl.« Er reichte die Tassen weiter und bat darum, dass sich jeder den Kuchen selbst auswählen möge.

Als alle versorgt waren, schaute er erwartungsvoll in die Runde.

»Habt ihr eure Kündigung schon abgegeben?«

»Meine lag der Verwaltung am späten Vormittag vor«, sagte der General. »Den Kündigungsgrund habe ich allerdings verschwiegen.«

»Ich habe mein Schreiben mittags ins Sekretariat gebracht«, erzählte Elisabeth. »Ich wollte erst den Anruf meines Rechtsanwalts abwarten.«

»Und?«, fragte Anneliese gespannt. »Bist du endlich von jeder Fremdbestimmung befreit?«

»Das Gericht hat zu meinen Gunsten entschieden«, bestätigte sie mit strahlendem Lächeln. »Jetzt kann ich wieder selbst entscheiden.« Von allen Seiten wurde ihr gratuliert. »Danke«, wandte sie sich an Philipp. »Ohne dein Gutachten …«

»Ich habe der Gerechtigkeit gern zum Sieg verholfen«, winkte er ab. »Wahrscheinlich hättest du gar nicht kündigen müssen, da dein Schwiegersohn den Mietvertrag unterschrieben hat. So gesehen können Sie auch keine Einhaltung einer Kündigungsfrist von dir verlangen.«

»Ich warte erst mal ab, was die Residenzleitung dazu sagt, dass ich ausziehen will.«

»Wir haben unsere Kündigung vorhin der Sekretärin von Frau Fischer in die Hand gedrückt«, erzählte Conrad. »Hoffentlich bist du dir im Klaren darüber, auf was du dich mit uns einlässt, Philipp.«

»Und ob er das weiß«, antwortete Anneliese an seiner Stelle. »Der Herr Professor hat uns alle doch längst analysiert.«

»Habe ich das?«

»Du musstest doch sicher sein, dass keiner von uns eine ausgeprägte Macke hat, die den Hausfrieden gefährden könnte.«

»Vielleicht habe ich einfach nur auf mein Gefühl gehört.«

Wie zufällig schweifte sein Blick zu Charlotte, blieb auf ihr haften. »Das hat mich bislang immer gut beraten.«

Um sich nicht dazu äußern zu müssen, setzte Charlotte die Kaffeetasse an die Lippen.

Nun drehte sich das Gespräch hauptsächlich um die WG, die Renovierungsarbeiten und den Umzug.

»Vermissen werde ich die Residenz nicht«, vermutete Conrad. »Nur das morgendliche Schwimmen mit Charlotte wird mir fehlen. – Obwohl das sowieso schon bald wegfällt, wenn die Zeit des Probewohnens vorbei ist.« Behutsam legte er die Hand auf ihren Arm. »Bis dahin musst du mich jeden Morgen motivieren, damit meine sportlichen Ambitionen noch eine Weile vorhalten.«

»Das mache ich gern, obwohl du dir vielleicht jetzt schon eine andere Sportart suchen solltest. Wie wäre es mit Laufen oder Radfahren?«

»Darüber muss ich erst mal nachdenken.«

»Wir könnten für alle Fahrräder anschaffen«, schlug Philipp vor. »Mein alter Drahtesel steht im Keller. Früher bin ich damit im Sommer immer zur Uni geradelt.«

»Gute Idee«, meinte Anneliese und nahm ihr Strickzeug aus dem Korb zu ihren Füßen. »Wir könnten kleine Ausflüge machen. Während wir uns abstrampeln, kann Albert mit seinem Rolli bequem die Führung übernehmen.«

»Als Spitze der Kompanie«, sagte er dankbar. »Es tut gut, mit einbezogen zu werden.«

»Mitgehangen, mitgefangen«, erwiderte Conrad. »Im Radfahren bin ich völlig ungeübt. Dafür schwimme ich inzwischen schon wie ein alter Seebär. Ab morgen trainiere ich noch härter. Ich hoffe, du unterstützt mich dabei, Charlotte.«

»Morgen musst du dich leider allein durchs Wasser kämpfen. Ich habe eine Einladung zum Frühstück.«

»Der Paragrafenheini scheint ganz schön hartnäckig zu sein.«

»Und?« Herausfordernd schaute sie Philipp an. »Es ist allein meine Sache, mit wem ich mich treffe. Halt dich da bitte raus!«

Abwehrend hob er die Hände.

»Schon gut. – Anschiss angekommen.«

Um die Situation zu entspannen, legte Anneliese ihr Strickzeug in den Korb und stand auf.

»Wer möchte noch eine Tasse Kaffee?« Da alle Bedarf bekundeten, nahm sie die Kanne vom Tisch und füllte jedem die Tasse. »Wollen wir heute Abend zusammen das Jazzkonzert besuchen? Es steht unter dem schönen Motto: Zwischen Fantasie und Wirklichkeit.«

Während die anderen zustimmten, schüttelte Philipp bedauernd den Kopf.

»Ich habe leider was vor, das ich so kurzfristig nicht absagen kann. Nächstes Mal bin ich gern dabei.«

Charlotte vermutete, dass er mit Marion Fischer verabredet war, um mit ihr ihren Geburtstag zu feiern – wahrscheinlich in trauter Zweisamkeit. Wie kam er dann dazu, ihre Frühstückseinladung zu kritisieren?

KAPITEL 20 – DONNERSTAG, 21. MAI

Charlotte gestand sich ein, dass sie die Einladung zum Frühstück nicht deshalb angenommen hatte, weil Onno von Kleist unwiderstehlich auf sie wirkte, sondern weil sie sich Informationen von ihm erhoffte. Immerhin war er Christa Bernhardts Rechtsanwalt und zugleich der von Edith Ritter. Er wusste sicher etwas über beide Frauen, das über den Klatsch in der Seniorenresidenz hinausging.

Während sie ihre Haut nach dem Duschen mit einer duftenden Lotion verwöhnte, regte sich ihr Gewissen. Seit dem Frühlingsfest war es kein Geheimnis, dass der Rechtsanwalt sich zu ihr hingezogen fühlte. Zwar mochte sie ihn auch, aber mehr auch nicht. Nun war sie im Begriff, seine Sympathie auszunutzen. Normalerweise käme so etwas für sie nie infrage. Sie verabscheute Unaufrichtigkeit. Normalerweise. Um der Wahrheit auf die Spur zu kommen, musste sie manchmal gegen ihre Prinzipien handeln, sonst würde sie mit ihren Ermittlungen nicht weiterkommen. Ihr blieben nur noch fünf Tage. Wenn sie bis dahin keinen Beweis für den Mord an Hugo Ritter oder den anderen beiden Bewohnern finden würde, wäre alles umsonst gewesen. Fast alles jedenfalls. Sie hatte das Leben in einer Seniorenwohnanlage kennengelernt und neue Freundschaften geschlossen. Andererseits würde sie bei Polizei und Staatsanwaltschaft unten durch sein. Man würde sie und ihren Instinkt nicht so bald wieder ernst nehmen. Damit könnte sie notgedrungen leben. Am meisten würde ihr jedoch zusetzen, wenn ein Mörder ungeschoren davonkäme.

Sie öffnete den Kleiderschrank und blickte unschlüssig auf die nicht gerade üppige Auswahl. Was sollte sie anziehen?

Schlicht musste es sein. So entschied sie sich für eine helle weite Leinenhose und ein türkisfarbenes Shirt. Die passende Jacke hing im Wohnzimmer über einem Stuhl.

Mit ihrer Tasche über der Schulter durchquerte Charlotte die Lobby. Die Glastüren öffneten sich automatisch, noch bevor sie ins Freie trat. Im Eingangsbereich stand Anneliese mit Philipp zusammen. Sie hielt eine Brötchentüte in der Hand; unter seinem Arm klemmte eine Zeitung.

»Moin«, sagte Charlotte knapp und ging eilig an ihnen vorbei, um zu verhindern, dass Philipp wieder eine seiner spöttischen Bemerkungen losließ. Sie sah den Rechtsanwalt, der neben einer am Straßenrand geparkten schwarzen Limousine stand. Als sie näher trat, drehte er sich rasch herum und nahm eine langstielige rote Rose vom Autodach.

»Guten Morgen, Frau Stern«, begrüßte er sie lächelnd und reichte ihr die Blume. »Sie sehen bezaubernd aus.«

»Danke.«

Galant öffnete er die Fahrzeugtür und ließ Charlotte einsteigen. Während er um den Wagen herumging, sah sie durch die Seitenscheibe Philipps versteinerte Miene. Abrupt wandte er sich ab und verschwand mit langen Schritten in der Residenz. Anneliese warf Charlotte einen Blick zu, zuckte die Schultern und folgte dem Professor in die Lobby.

Unterdessen reihte sich der Rechtsanwalt in den fließenden Verkehr ein.

»Wohin fahren wir denn?«

»Lassen Sie sich bitte überraschen.«

»Sie machen es aber spannend«, erwiderte sie nur und lehnte sich bequem zurück. Während der Fahrt unterhielten sie sich über Alltägliches, das Wetter und den Straßenverkehr. Schließlich lenkte Onno den Wagen durch eine Einfahrt auf ein weitläufiges Grundstück. Neben dem weiß verklinkerten Bungalow stellte er die Limousine vor der Garage ab.

»Kann es sein, dass Sie hier wohnen?«

»Hier ist nicht so viel Trubel wie in einem Bistro, wo man sich nicht in Ruhe unterhalten kann.« Treuherzig schaute er sie an. »Kommen Sie bitte. Es ist alles vorbereitet.«

Das konnte ja heiter werden, dachte Charlotte und stieg aus. Onno ging voraus. Durch eine kleine Diele führte er sie direkt in den großen offenen Wohnraum, der durch ein Panoramafenster lichtdurchflutet war. Die helle Möblierung wirkte leicht und ansprechend. Nicht ohne Stolz deutete der Hausherr auf den vorbereiteten Frühstückstisch.

»Bitte nehmen Sie Platz, Frau Stern – oder darf ich Sie beim Vornamen nennen?«

»Sie dürfen«, gestattete sie großzügig und setzte sich. Ihr Blick schweifte über den Tisch: ein Korb mit verschiedenen Brötchensorten, Käse- und Wurstplatten sowie eine Auswahl an Marmeladen. In der Mitte stand eine Vase mit einem Frühlingsstrauß. Sogar ein schmales, wassergefülltes Gefäß für die Rose war vorhanden. Charlotte stellte die Blume hinein und blickte ihren Gastgeber anerkennend an.

»Ihre Haushälterin scheint eine Perle zu sein.«

»Die heute ihren freien Tag hat. Ich wollte gern selbst für alles sorgen, obwohl ich das schon lange nicht mehr getan habe. Hoffentlich habe ich nichts vergessen.«

»Es sieht perfekt aus.«

»Danke.« Er wandte sich zu einem gläsernen Servierwagen, auf dem eine chromblitzende Maschine stand. »Kaffee? Cappuccino? Latte macchiato?«

»Kaffee, bitte.«

»Mit Milchschaum?«

»Gern.«

»So trinke ich ihn auch am liebsten«, sagte er und drückte

auf einen Knopf. Die Bohnen wurden frisch gemahlen; kurz darauf lief der Kaffee mit leisem Blubbern in die bereitstehenden Tassen.

Beim Essen kamen sie auch auf die Gedenkfeier zu sprechen. Charlotte lobte die gute Organisation und die Auswahl der Musik.

»Dem Freundeskreis aus der Residenz hat es viel bedeutet, dabei zu sein.«

»Ich bin froh, dass Sie mich daran erinnert haben, die Leute einzuladen. In der ganzen Hektik hätte ich das bestimmt vergessen.«

»Kannten Sie Christa Bernhardt eigentlich schon lange?«

»Seit einigen Jahren.«

»Seit dem Tod von Hugo Ritter?«

Erstaunt hob er die Brauen.

»Woher wissen Sie das?«

»Sie haben mal erzählt, dass Sie mit dem neuen Eigentümer vom Eichengrund ein lebenslanges Wohnrecht für Edith Ritter ausgehandelt haben«, erinnerte sie ihn. »Die Residenz gehörte doch Christa Bernhardt, oder nicht?«

Nun wirkte er noch verblüffter.

»Wie kommen Sie darauf?«

»Beantworten Sie jede Frage mit einer Gegenfrage?«

»Pardon«, entschuldigte er sich sofort. »Ich bin nicht befugt, über die Angelegenheiten meiner Mandanten zu sprechen.«

»Verstehe«, sagte sie nur und widmete sich ihrem Brötchen.

Ihr plötzliches Schweigen schien dem Anwalt unangenehm zu sein.

»Warum interessieren Sie sich eigentlich so sehr für Christa Bernhardt?«

»Ich habe sie schon immer bewundert«, behauptete Charlotte. »Ihre herrliche Stimme, ihr Engagement für bedürftige Kinder … Dann durfte ich sie in der Residenz kennenlernen, mit ihr sprechen, ihr sogar helfen. Außerdem verdanken wir es im Grunde ihr, dass wir uns begegnet sind, Onno.« Mit einem entschuldigenden Lächeln schaute sie ihn an. »So was verbindet irgendwie.«

»Verstehe«, sagte nun er. »Christa war ein faszinierender Mensch. Im Moment kann ich Ihnen leider nichts über sie erzählen. Vielleicht können wir uns nach der Testamentseröffnung noch mal zusammensetzen.«

»Mit Vergnügen«, erwiderte sie notgedrungen. »Haben Sie schon einen Termin festgelegt?«

»Anfang nächster Woche. Zuerst steht aber morgen die Urnenbeisetzung an. Möchten Sie nicht dabei sein?« Als sie zögerte, beugte er sich etwas vor. »Das gilt selbstverständlich auch für ihre Wegbegleiter aus der Residenz.«

»Das kann ich nur für mich entscheiden. Ich könnte die anderen beim Nachmittagskaffee fragen. Genügt es, wenn ich Ihnen heute Abend Bescheid sage?«

»Gewiss«, bestätigte er mit einem Nicken. »Wenn es für die anderen Herrschaften zu kurzfristig ist, können Sie gern mit mir fahren.«

»Wo findet die Beisetzung denn statt?«

»In einem Ruheforst. Davon gibt es zwei im Deister. Christa hat sich für den höher gelegenen entschieden. Waren Sie schon mal dort?«

»Bisher habe ich von Waldbestattungen nur gehört, aber noch keine miterlebt. Lange gibt es die ja noch nicht.«

»In Deutschland sind Baumbestattungen erst seit etwas mehr als zehn Jahren möglich«, erklärte er. »Obwohl es im Grunde die älteste und ursprünglichste Art der Beisetzung ist. Die Möglichkeit, in der natürlichen Umgebung des Waldes beigesetzt zu werden, ist für viele Menschen eine würdevolle Art des Abschieds. Christa hat sie auch gewählt, weil sie nicht wollte, dass Fremde womöglich in Scharen ihr Grab auf einem Friedhof besuchen. Für sie war die Vorstellung schöner, wenn jemand bei einem Waldspaziergang an sie denkt.«

An diesem Donnerstagnachmittag war Philipp an der Reihe, die Runde im Wintergarten zu beköstigen. Nachdem alle mit Kaffee und Obstkuchen versorgt waren, wandte sich Conrad an Charlotte.

»Wie war denn dein Frühstück mit dem Advokaten?«

»Sehr lecker – und mit einer Auswahl, die nichts zu wünschen übrig ließ.«

»Klingt gut. Wo seid ihr denn gewesen? Vielleicht wäre das auch mal was für uns?«

»Ich bezweifle, dass man dich dort ohne Weiteres reinlassen würde.«

Er schaute sie verwundert an, bevor sein Blick an sich hinabglitt.

»Stimmt etwas nicht mit mir? Bin ich nicht gesellschaftsfähig?«

»Mit dir kann man sich überall sehen lassen. Aber wir haben in Onnos Bungalow gefrühstückt. Er hatte alles selbst vorbereitet, weil seine Haushälterin heute ihren freien Tag hat.«

»Wollte er dir nur imponieren?«, fragte Philipp in leicht spöttischem Ton. »Oder wollte er dich auch verführen?«

»Vielleicht beides.«

Er verzog keine Miene.

»Und? Ist es ihm gelungen?«

»So fragt man Leute aus.«

»Es ist kein Geheimnis, dass du spätestens seit dem Frühlingsfest Anwalts Liebling bist«, übernahm wieder Conrad. »Jetzt hat er doch bestimmt mit allem, was er hat, mächtig angegeben, um dich zu ködern.«

»Überhaupt nicht. Er hat gesagt, dass er seit 14 Jahren geschieden ist und sich wieder nach einer Partnerin sehnt.

Seine finanzielle Situation hat er mit keinem Wort erwähnt. Damit bin ich sowieso nicht zu beeindrucken.«

»Weil du das angenehme Leben gewohnt bist? Als Arztgattin hast du wahrscheinlich ein großes Haus geführt und …«

»Moment«, fiel sie ihm noch relativ gelassen ins Wort. »Was willst du damit andeuten, Conrad? Dass ich verwöhnt bin und nur an meinen finanziellen Vorteil denke?«

Abwehrend hob er die Hände.

»So war das nicht gemeint. Ich dachte nur …«

»Dann hast du falsch gedacht«, unterbrach sie ihn abermals und zwang sich zur Ruhe. »Als ich Max damals kennengelernt habe, war er ein mittelloser junger Mann, der mit seinem Medizinstudium nur langsam vorankam, weil er nebenbei arbeiten musste. Nach einem halben Jahr sind wir zusammen in eine winzige Wohnung gezogen. Ich habe mein Studium unterbrochen und mir einen Job gesucht, damit Max sich ganz auf die Uni konzentrieren konnte.«

»Hast du dein Studium wieder aufgenommen, als dein Mann fertiger Arzt war?«

»Dazu ist es nicht mehr gekommen«, beantwortete sie Elisabeths Frage. »Wir wünschten uns Kinder, ich wurde schwanger, und unsere Tochter Lisa wurde geboren. Zwei Jahre später kam Ben zur Welt.«

»Hast du deine Entscheidung jemals bereut?«
Lächelnd schüttelte sie den Kopf.

»Max war mit Leib und Seele Arzt. Das war auch gut so. Außerdem brauchten die Kinder mich. Erst als der Kleine in den Kindergarten kam, habe ich wieder gearbeitet und sogar eine Ausbildung gemacht. Zuerst hatte ich eine Dreiviertelstelle, und als die beiden Jahre später aus dem Haus waren, wurde eine Vollzeitstelle daraus. Und da bin ich bis zu meiner Pensionierung hängen geblieben.«

»Tut mir leid«, sagte Conrad zerknirscht. »Ich wollte dir bestimmt nicht unterstellen …«

»Schon gut«, winkte sie ab. Sie war selbst etwas überrascht von ihrer Reaktion und wie offen sie über ihre damalige Situation gesprochen hatte. »Es gibt vermutlich viele Frauen, die sich nichts mehr wünschen als ein großes Haus, einen Mann mit einem angesehenen Beruf und ein komfortables Leben. Ich hatte das alles schon. Es war schön, weil wir uns das zusammen aufgebaut hatten, weil wir eine glückliche Familie waren.« Aufmerksam blickte sie einen nach dem anderen an. »Wollt ihr noch mehr wissen?«

Da alle schwiegen, erhob sich Philipp.

»Möchte noch jemand Kaffee?« Bedächtig schenkte er den Freunden aus der Warmhaltekanne nach und reichte das Milchkännchen herum. »Gibt es sonst was Neues?«

»Morgen findet die Beisetzung der Urne von Christa Bernhardt statt«, sagte Charlotte und wiederholte, was der Rechtsanwalt ihr über den Ruheforst im Deister erzählt hatte.

»Über allen Gipfeln ist Ruh«, zitierte Philipp. »In allen Wipfeln spürest du kaum einen Hauch. Die Vöglein schweigen im Walde. Warte nur, balde ruhest auch du.«

»Das hat der alte Goethe treffend formuliert«, meinte Anneliese. »Irgendwann sind auch wir Urgesteine an der Reihe.«

»Das dauert hoffentlich noch ein paar Jahre«, erwiderte er. »Wie war eigentlich das Jazzkonzert gestern?«

»Sehr gut. Du hast echt was verpasst.«

»Wäre ich nicht mit meiner Schwester und meinem Schwager verabredet gewesen, hätte ich gern daran teilgenommen.«

»Na so was«, sagte sie mit der ihr eigenen Offenheit. »Ich dachte, du hast mit Frau Fischer Geburtstag gefeiert.«

»Um das zu vermeiden, habe ich das Treffen mit den beiden genau auf diesen Abend gelegt.«

»Muss ich das jetzt verstehen?«, fragte sie und nahm ihre Stickerei aus dem Korb. »Du wolltest dich wirklich drücken?«

»Das trifft es auf den Punkt«, bestätigte er mit einem Seufzer. »Mir war klar, wie das enden würde, aber ich kann ihre Erwartungen nicht erfüllen. So ist das eben.«

Charlotte war genauso überrascht wie die anderen. Anscheinend hatten sie seine Verbindung zur Residenzleiterin falsch eingeschätzt. Nur Elisabeth nicht, die wieder einmal richtig kombiniert hatte.

»Wie sieht es denn bei dir aus?«, wandte sich Charlotte an sie. »Hast du deine Familienangelegenheit zu deiner Zufriedenheit geregelt?«

»Es ist alles zwischen uns gesagt«, bestätigte sie. »Den Rest erledigt mein Anwalt. Er kümmert sich auch um den Verkauf der Firma und des Hauses. Das war es dann.«

»Das ist dir sicher nicht leichtgefallen, schon wegen deiner Tochter.«

»Trotzdem ziehe ich das jetzt durch. Andrea hat immer getan, was ihr Mann von ihr verlangt hat – obwohl die Ehe nie besonders glücklich war. Vielleicht schwimmt sie sich irgendwann von ihm frei. Dann ist sie mir jederzeit willkommen.«

»Du hast nie erzählt, ob du Enkel hast.«

»Basti«, sagte sie mit weichem Lächeln. »Der Junge ist für ein Studienjahr in Australien. Wenn er wüsste, was zu Hause los ist. Er hätte das alles gar nicht zugelassen. Wir haben ein sehr inniges Verhältnis. Deshalb wird er mich eines Tages beerben.«

»Womit wir wieder beim Tod wären«, sagte Charlotte. »Kommt ihr morgen mit zur Urnenbeisetzung? Onno hat euch ausdrücklich mit eingeladen.«

Anneliese und Conrad sagten sofort zu. Ebenso Elisabeth und Philipp. Nur der General bat um Verständnis, dass er diesmal in der Residenz bleiben würde, da ein Gelände im

Wald für einen Rollstuhl kein geeigneter Parcours war. So verabredeten sie, am nächsten Vormittag gemeinsam in zwei Wagen dort hinzufahren.

Nach dem Abendessen setzte sich Charlotte an den Laptop, ging ihre Notizen durch und vervollständigte sie mit den wenigen neuen Informationen. Sie stöpselte den USB-Stick ein und übernahm die gescannten Dateien in ihren Ermittlungsordner. Dort legte sie auch den Obduktionsbericht von Christa Bernhardt ab. Seit Hannes ihn per Mail geschickt hatte, ruhte er auf dem Desktop. Nachdem sie ihn verschoben hatte, öffnete sie den Bericht und las ihn noch einmal. Dabei drängte sich ihr wieder die Frage auf, warum Christa eine Herzkrankheit simuliert hatte.

Rasch wechselte sie zu ihren Notizen: Hirntumor – Kreislaufversagen – Angina-Pectoris – Anfall – Hundephobie – Täter zum Handeln provozieren – in Todesangst versetzen.

Charlotte konnte sich nur einen Grund vorstellen, aus dem Christa als herzkrank hatte gelten wollen: Sie musste davon ausgegangen sein, dass jemand ihren Tod wollte. Aber wer hätte einen Vorteil davon? Sie hatte keine Angehörigen. Wahrscheinlich waren in ihrem Testament einige gemeinnützige Institutionen als Erben eingesetzt. Gab es sonst noch jemanden, von dem niemand wusste? Außer Anneliese fiel ihr niemand ein, und die war über jeden Verdacht erhaben. Allerdings hatte sie einmal erwähnt, dass Christa Angst gehabt hatte. Vor dem Tod? Oder vor jemandem, der ihr nach dem Leben trachtete? Warum war sie dann nicht zur Polizei gegangen? Vielleicht hatte sie aber auch gedacht, dass es sich dabei um die gleiche Person handelte, die Hugo Ritter auf dem Gewissen hatte – und gehofft, dass dem Täter beim Mord an ihr ein Fehler unterlaufen könnte, der ihn überführen würde? Setzte man dafür sein Leben aufs Spiel? Andererseits wäre ihr nicht mehr viel Zeit verblieben. Und ein Ende durch Kreislaufversagen wäre kaum so qualvoll wie der Tod durch einen Hirntumor. Wollte sie ihren Abgang tatsächlich selbst inszenieren? Charlotte gestand sich ein, dass ihre Überlegungen ziemlich verrückt klangen. Am einfachsten wäre es, die Testamentseröffnung abzuwarten, um zu erfahren, ob es einen Begünstigten gab, der vor Mord nicht zurückschrecken würde. Aber sollte sie bis dahin die Hände in den Schoß legen? Ihr blieb kaum noch Zeit. Sie dachte darüber nach, wie man in einem »normalen« Mordfall vorging: Man versuchte, die letzten Tage im Leben des Opfers zu rekonstruieren. Das brachte meist Klarheit. Vielleicht sollte sie das auch tun? Spontan entschied sie sich, zuerst aus dem Gedächtnis aufzuschreiben, woran sie sich erinnerte. Das konnte sie später mit ihren Computereintragungen abgleichen.

Sie klappte den Laptop zu und griff zu Notizblock und Kugelschreiber. Damit setzte sie sich aufs Sofa und mobilisierte ihr Erinnerungsvermögen.

Am Tag vor ihrem Tod war Christa bei der Bank, notierte sie. – Wahrscheinlich hatte sie die fehlenden Tagebücher ins Schließfach gelegt. Das könnte bedeuten, dass sie wusste, was passieren würde. Ihr war klar, dass sie zu einem späteren Zeitpunkt nicht mehr in der Lage sein würde, die Tagebücher in Sicherheit zu bringen.

Das Klingeln an der Wohnungstür ließ sie aus ihren Gedanken aufschrecken. Verwundert erhob sie sich und öffnete. Draußen stand Anneliese.

»Komm rein«, sagte sie leise, trat beiseite und schloss die Tür sofort wieder, als die Freundin im Flur stand. »Ich habe gar nicht mit Besuch gerechnet«, fügte sie hinzu und ging voraus. Rasch sammelte sie ein paar herumliegende Kleidungsstücke ein und hängte sie über einen Stuhl. »Setz dich – oder erwartet dich Conrad gleich zurück?«

»Der spielt mit Albert Schach.« Umständlich zog sie aus den Tiefen der Taschen ihrer grauen Strickjacke zwei kleine Bierflaschen heraus. »Wein hatte ich leider nicht.« Sie deutete auf die kleine Teekanne, die auf einem Stövchen stand. »Oder bleibst du lieber dabei?«

»Normalerweise trinke ich keinen Alkohol, wenn ich am nächsten Tag eine längere Autofahrt vor mir habe, aber ein Bier kann wohl nicht schaden. Ich hole Gläser.«

»Nicht nötig«, erwiderte Anneliese und setzte sich aufs Sofa. »Aus der Flasche schmeckt es doch am besten.«

»Auch wieder wahr.« Sie setzte sich zu ihrem Gast und schob die Weinflasche etwas beiseite, in die sie die Rose des Anwalts gestellt hatte, weil es in der Gästewohnung keine Vase gab. Die Blüte ähnelte dunkelrotem Samt.

»Der Kleist scheint bei dir wirklich alle Register zu ziehen. Philipp hat es heute Morgen ganz schön zugesetzt, als der Typ dich mit dieser überlangen Rose begrüßt hat. Ich glaube, die sind beide in dich verliebt.«

»Wenn schon.« Achselzuckend griff sie nach einer der überraschend kalten Bierflaschen und ließ den Bügelverschluss aufschnappen. »Für so was habe ich keine Zeit. Am nächsten Dienstag muss ich hier raus. Und was habe ich erreicht?« Verdrossen stellte sie die Flasche auf den Tisch zurück. »Nichts!«

»Auf alle Fälle hast du einen Haufen Informationen gesammelt«, wandte Anneliese ein. »Wenn man die alle zusammenfasst, muss man doch davon ausgehen, dass bei jedem Todesfall nachgeholfen wurde.«

»Das sind aber nur Vermutungen. Unausgegorene Spekulationen. Beweisen kann ich absolut nichts. Ich komme mir total bescheuert vor, weil ich mir eingebildet habe, dass ich unbedingt ein Verbrechen aufklären muss, das es wahrscheinlich gar nicht gegeben hat.«

»Aus dir spricht der Frust. Du darfst jetzt nicht an deinem

Instinkt zweifeln. Außerdem bin auch ich davon ausgegangen, dass die Unfälle keine waren.« Sie griff nach ihrer Bierflasche und öffnete sie. Aufmunternd stieß sie damit leicht gegen die andere Buddel auf dem Tisch. »Wir schaffen das schon.«

»Deinen Optimismus möchte ich haben«, erwiderte Charlotte, nahm aber die Flasche vom Tisch und trank der Freundin zu. »Vorhin habe ich damit angefangen, Christas letzte Tage zu rekonstruieren.« Sie erzählte Anneliese, wie sie darauf gekommen war. »Kannst du dir vorstellen, dass sie den Täter provozieren wollte? Vielleicht wusste sie, wer es ist, und hat ihm gegenüber Andeutungen gemacht, um ihn zum Handeln zu veranlassen.«

»Zutrauen würde ich ihr das.«

»Du hast mal erwähnt, dass sie Angst hatte. Weißt du, wovor oder vor wem?«

»Einen Namen hat sie nie genannt«, überlegte Anneliese. »Ich glaube auch nicht, dass sie Angst um ihr Leben hatte. Sie hat eher befürchtet, dass mir etwas passieren könnte, wenn unsere Freundschaft bekannt würde. Als ich sie mal nach dem Grund gefragt habe, meinte sie, jemand wäre überzeugt davon, er hätte sie in der Hand. Sie hätte aber Vorsorge getroffen.«

»Damit ein schiefes Bild wieder geradegerückt würde«, vollendete Charlotte spontan. »Das hat sie am Abend vor ihrem Tod zu Philipp gesagt«, fügte sie erklärend hinzu. »Du wusstest, dass sie nicht herzkrank war, oder?«

»Wie kommst du darauf?«

»Nach dem Zwischenfall im Park bist du erstaunlich ruhig geblieben.«

»Gut beobachtet, Miss Marple. Nach ihrem ersten Anfall in der Öffentlichkeit war ich sehr besorgt. Christa hat mir unter dem Siegel der Verschwiegenheit anvertraut, dass ihr Herz völlig in Ordnung sei. Dann erzählte sie mir von ihrem inoperablen Hirntumor und ihrer begrenzten Lebenszeit. Auf keinen Fall sollte bekannt werden, dass sie todkrank war. Sie hat die Angina Pectoris erfunden, um zu erwartende Unpässlichkeiten zu begründen. So ganz verstanden habe ich das nie, aber Christa hat mir immer nur so viel darüber gesagt, wie ich unbedingt wissen musste.«

»Das macht nur Sinn, wenn sie verhindern wollte, dass der Täter in Ruhe abwartet, bis sie stirbt. Mit einer Herzerkrankung kann man bei entsprechender Medikation jahrelang leben. Demnach wollte sie sich entweder einen qualvollen Tod ersparen oder den Täter herausfordern, sie aus dem Weg zu räumen, weil sie zu viel wusste. Oder beides.«

Ratlos zuckte Anneliese die Schultern.

»Keine Ahnung, aber möglich wäre das. Ich hatte immer den Verdacht, dass Christa eine Strategie verfolgte, die darauf abzielte, Hugos Mörder zu überführen. An einen Selbstmord hat sie schließlich nie geglaubt.«

Nachdenklich zog Charlotte den Notizblock zu sich heran.

»Wann hast du eigentlich das letzte Mal mit Christa gesprochen?«

»Am Nachmittag vor ihrem Tod. Ich habe sie nach der Kaffeerunde angerufen, weil ich doch beunruhigt war. Ihre Anfälle waren zwar immer gespielt, aber diesmal war es anders – durch den Hund, der sie in Panik versetzt hatte. Christa hat gelacht und gesagt, es ginge ihr gut. Es sei alles so, wie es sein sollte.«

»Am Abend hat sie sich den Vortrag im Rittersaal angehört und anschließend Philipp um ein Gespräch gebeten«, fügte Charlotte hinzu. »Gegen 3 Uhr in der Nacht hat mich der Fahrstuhl geweckt. Gehen wir mal davon aus, dass jemand mit einem Nachschlüssel in Christas Wohnung geschlichen ist«, sponn sie den Faden weiter. »Da Hundehaare an ihrem Nachthemd sichergestellt wurden, könnte der Eindringling einen Hund bei sich gehabt haben, wahrscheinlich einen großen, abgerichtet und furchteinflößend. Christa hat geschlafen.«

»Sie wird unsanft aus dem Schlaf gerissen, ist benommen, sieht die zähnefletschende Bestie, die an ihrem Bett steht, und gerät in Panik.«

»Ihr Puls beschleunigt sich, Organe und Gehirn werden nicht mehr ausreichend durchblutet, Bewusstlosigkeit, Multiorganversagen, Exitus.«

KAPITEL 21 – FREITAG, 22. MAI

Beim morgendlichen Treffen vor der Residenz stellte sich heraus, dass Marion Fischer den Professor gebeten hatte, sie zur Urnenbeisetzung mitzunehmen. Sie saß sogar schon in seinem Mercedes auf dem Beifahrersitz. Anneliese und Conrad wollten mit Charlotte fahren; Elisabeth schloss sich ihnen an.

Charlotte programmierte ihr Navi, dann starteten sie in südwestlicher Richtung. Die Fahrt über die Bundesstraße dauerte eine knappe Stunde. Anneliese erzählte unterwegs Anekdoten von Ausflügen und Wanderungen, die sie früher oft mit ihren Heimkindern durch den Deister unternommen hatte. Conrad trug etwas zum Klima bei, das er als gemäßigt, submontan bis kollin beschrieb, womit keine der Damen etwas anfangen konnte. So erklärte er, dass es sich dabei um Höhenstufen handelte, und fügte auch gleich den entsprechenden Baumwuchs der verschiedenen Gebirgsstufen hinzu.

Sogar mit dem mittleren Jahresniederschlag und Temperaturen konnte er aufwarten.

Mit Erreichen des Mittelgebirgszugs ging es stetig bergauf, bis sie den Parkplatz einer Waldgaststätte erreichten. Den Rest des Weges zum Ruheforst legten sie zu Fuß zurück. Am Eingang, der nur aus einer Holztafel bestand, wartete eine kleine Gruppe Trauergäste. Unter ihnen Onno von Kleist, der nach kurzer Begrüßung mit dem Pastor zum Versammlungsplatz auf einer Lichtung vorausging. Nahe dem schlichten, großen Holzkreuz stand die Urne auf einem niedrigen Felsstein, daneben eine weiße Laterne. Bänke aus halbierten Baumstämmen waren halbkreisförmig darum aufgestellt. Bis auf den Gesang der Vögel war es still.

Der Pastor trat vor das Kreuz und faltete die Hände.

»Da ist ein Land der Lebenden und ein Land der Toten; dazwischen ist als Brücke unsere Liebe.« Er sprach vom Leben der Verstorbenen, von ihrer menschlichen Größe und ihrem Bedürfnis, anderen zu helfen. Es folgte ein Gebet, nach dem sich eine schwarz gekleidete, junge Frau erhob und das »Ave Maria« sang. Die klare Stimme und das Sonnenlicht, das durch die Baumwipfel fiel, untermalten die friedliche Atmosphäre.

Gemeinsam gingen die Trauergäste zu einer alten Buche, an deren Fuß die Urne in das vorbereitete Ruhebiotop versenkt wurde. Aus einem Körbchen streuten die Anwesenden Rosenblütenblätter darüber, dann wurde die Ruhestätte verschlossen. Eine kleine, am Baum befestigte Namenstafel ersetzte den Grabstein.

Schweigend kehrte die Trauergemeinschaft zum Parkplatz zurück. Eine Gruppe setzte sich in die Waldgaststätte, während die Runde aus der Seniorenresidenz gleich nach einem Gang zur Toilette nach Hause fahren wollte. Da Conrad noch nicht zurück war, warteten sie am Wagen auf ihn.

»Frau Fischer fährt nachher mit dem Anwalt«, teilte Philipp den Freunden mit. »Hast du Lust, dich von mir chauffieren zu lassen, Elli? Dann muss ich nicht allein fahren.« Als sie lächelnd nickte, öffnete er die Beifahrertür und ließ Elisabeth einsteigen. »Sollen wir noch mit euch warten?«

»Nicht nötig«, meinte Anneliese. »Wir kommen gleich nach.«

Kurz nachdem Philipp abgefahren war, stieg Conrad zu Charlotte und Anneliese in den Wagen. Während der Fahrt auf der Bundesstraße sprachen sie über die Beisetzung.

»Was ist eigentlich mit der Urne?«, fragte Conrad, der auf der Rückbank saß. »Es dauert doch sicher ewig, bis sie Teil des Waldes wird.«

»Onno hat mir erzählt, dass nur Bio-Urnen verwendet werden dürfen. Die sind aus Buchenholz und werden mit Fischleim verklebt. Der löst sich innerhalb weniger Tage auf und gibt die Asche frei.«

»Erde zu Erde, Asche zu Asche, Staub zu Staub«, resümierte er. »So ein schattiges Plätzchen im Wald würde mir auch gefallen. Man hört nur das Rauschen der Bäume und den Gesang der Vögel.«

»Ich fürchte, dass du gar nichts mehr hörst, wenn es mal so weit ist«, meinte Anneliese und griff in ihre Manteltasche, aus der Louis Armstrongs Stimme »What a wonderful world« sang. Sie zog ihr Smartphone hervor und las den Namen des Anrufers vom Display ab.

»Der Herr Professor«, murmelte sie erstaunt und nahm das Gespräch an. »Was gibt es, Philipp? Habt ihr schon Sehnsucht nach uns?«

»Ich bin es«, hörte sie Elisabeths aufgeregte Stimme. »Unsere Bremsen funktionieren nicht!«

»Ach, du Sch…«, entfuhr es ihr, doch sie fing sich rasch wieder. »Stell das Telefon auf Lautsprecher, damit Philipp mithören kann.« Sie selbst tat das Gleiche. »Philipp? Was ist mit den Bremsen?«

»Totalausfall! Auch die Handbremse funktioniert nicht!«

Rasch wechselte sie einen besorgten Blick mit Charlotte.

»Wie ist das passiert?«

»Keine Ahnung. Man darf bei Bremsversagen auf keinen Fall den Motor ausstellen oder den Zündschlüssel abziehen. Runtergeschaltet habe ich auch schon, aber wir werden trotzdem immer schneller, weil es bergab geht!«

»Wo seid ihr jetzt?«, fragte Charlotte.

»Wir sind eben an einem großen Findling vorbeigefahren«, sagte Elisabeth, worauf Anneliese nickte.

»Den kenne ich von unseren Ausflügen.« Sie warf einen Blick durch die Seitenscheibe. »Wir sind nicht mehr weit davon entfernt.«

»Könnt ihr uns nicht irgendwie helfen? Ich habe Angst.«

Angestrengt dachte Anneliese nach.

»Da wüsste ich was. Ich habe mal eine ähnliche Situation in einem Film gesehen.« Ihr Blick konzentrierte sich auf Charlottes Profil. »Da hat sich einer mit seinem Auto vor den Wagen mit den defekten Bremsen gesetzt und ihn langsam ausgebremst.«

»Das ist nicht dein Ernst!« Rasch warf sie Anneliese einen Seitenblick zu, bevor sie sich wieder auf die Straße konzentrierte. »Ich bin doch nicht James Bond.«

»Bald kommt die nächste Ortschaft. Wenn Philipp da ungebremst reinrast, gibt es sicher eine Katastrophe.«

»Kannst du es nicht wenigstens versuchen?«, vernahmen sie Philipps Stimme aus dem Lautsprecher. »Bitte, Charlotte! Wenn schon nicht meinetwegen, dann tu es für Elli. Ich habe sie überredet, mit mir zu fahren.«

Von hinten legte Conrad die Hand auf ihre Schulter.

»Du schaffst das, Charlotte. Du bist doch eine sichere Fahrerin.«

»Ihr seid ja alle verrückt«, kommentierte sie, wobei sie schon den Blinker setzte, dem ein kurzer Blick in Rück- und Seitenspiegel folgte. Da die Gegenfahrbahn frei war, scherte sie nach links aus und überholte die nächsten beiden Fahrzeuge. Entgegen ihrer sonstigen Gewohnheit missachtete sie danach die Geschwindigkeitsbegrenzungsschilder und fuhr mit überhöhtem Tempo weiter. Das nächste Überholmanöver war etwas gewagt, sodass Conrad auf der Rückbank nach Luft schnappte und den Haltegriff am Dachhimmel umklammerte.

Auch Anneliese atmete hörbar aus und reckte den Kopf. Durch die Frontscheibe sah sie zwei Wagen vor ihnen Philipps silberfarbenen Mercedes, bei dem die Warnblinkanlage eingeschaltet war. »Da vorn sind sie.« Rasch hob sie das Smartphone in Mundhöhe. »Elisabeth, hört ihr uns noch?«

»Laut und deutlich.«

»Wir sind gleich bei euch.«

»Das dauert noch«, sagte Charlotte mit Blick auf den Gegenverkehr. »Ich kann nicht überholen.« Ungeduldig trommelte sie mit den Fingerspitzen auf den Lenkradrand, als sie an einem Schild vorbeifuhren, das auf die nächste Ortschaft hinwies. Noch zwei Kilometer. Hinter einer Kurve wurde die Fahrbahn plötzlich frei. Rasch überzeugte sie sich, dass kein anderes Fahrzeug zum Überholen ansetzte, blinkte und zog auf die Gegenfahrbahn. Als sie den Mercedes passiert hatte, lenkte sie ihren Golf zügig davor, bremste leicht und schaltete ebenfalls die Warnblinker ein. Direkt vor ihr befanden sich zu ihrer Erleichterung keine Fahrzeuge.

»Was jetzt, Anneliese?«

»Du musst die Geschwindigkeit langsam drosseln.« Sie hatte die Filmszene genau vor Augen. »Philipp, du musst dann versuchen, dich an unsere Stoßstange zu hängen – im wahrsten Sinne des Wortes.«

»Okay.«

»Beide Wagen müssen möglichst eine Linie bilden. Du musst jede Bewegung von uns mitmachen.«

»Verstanden.«

»Halt dich gut fest«, wandte sie sich an Conrad, der hinten saß. »Los geht's.«

Der Tacho zeigte jetzt 60 km/h an. Nach kurzem Blickkontakt mit Anneliese bremste Charlotte etwas ab – 50 km/h. Im Rückspiegel sah sie, dass sich der Abstand zu Philipp verringerte. Obwohl die Straße nicht mehr so abschüssig war wie zuvor, wurde die Distanz zu seinem Wagen wie von selbst kürzer. Das bedeutete, dass der Mercedes mindestens mit der gleichen Geschwindigkeit folgte. Wieder bremste Charlotte etwas und schaltete in den vierten Gang hinunter. Im Rückspiegel konnte sie nun Philipps angespannte Gesichtszüge erkennen, konzentrierte sich aber sogleich auf den nächsten Schritt. Den linken Fuß auf der Kupplung; der rechte übte leichten Druck auf das Bremspedal aus – 35 km/h. Im nächsten Moment krachte es auch schon. Ein starker Ruck erfasste den Wagen; die Insassen wurden beim Aufprall gegen die Lehnen und Kopfstützen gedrückt. Instinktiv nahm Charlotte den Fuß vom Bremspedal.

»Alles okay bei dir, Conrad?«

»Ja, ja.« Er schaute über seine Schulter durch die Heckscheibe. »Scheint geklappt zu haben.«

»Bei dir auch alles in Ordnung, Anneliese?«

»Ich bin zäh«, erwiderte sie und hob das Smartphone wieder in Mundhöhe. »Philipp, wie sieht es bei euch aus?«

»Alles gut überstanden.«

»Okay, dann müssen wir nur noch anhalten. Da vorn ist schon das Ortsschild.«

»Also dann«, murmelte Charlotte, bremste wieder und schaltete einen Gang zurück. Von nun an ließ sie den Fuß auf der Bremse. Sie hatte schnell ein Gefühl für den Schub des hinteren Wagens, sodass es ihr gelang, ihn immer mehr auszubremsen.

»Da vorn, der große Parkplatz vom Sportverein«, sagte Anneliese, als sie das Ortsschild passierten. »Der ist doch ideal.«

Charlotte sah, dass er zur Straße hin offen war, aber etwas tiefer lag. Es standen nur vereinzelt Fahrzeuge darauf. Deshalb nickte sie nur und setzte den Blinker.

»Philipp, ich fahre schräg auf den Parkplatz, dann kannst du leichter an uns dranbleiben.«

»Alles klar!«

»Jetzt!«, gab sie Anweisung und lenkte etwas nach rechts. Im Rückspiegel sah sie, dass Philipp das Manöver fast zeitgleich ausgeführt hatte. Dicht hintereinander rollten sie auf die fast freie Fläche. Jetzt mussten die Wagen nur noch zum Halten kommen. Durch immer stärkeres Abbremsen blieben die Autos schließlich knapp vor einer großen Hecke stehen. Während Conrad auf dem Rücksitz hörbar ausatmete, legte Charlotte den ersten Gang ein und zog die Handbremse an.

Anneliese und Conrad stiegen gleichzeitig aus. Während er stehen blieb, lief sie sofort nach hinten zum Mercedes und öffnete die Beifahrertür.

»Habt ihr alles gut überstanden?«

»Wir sind am Leben und unverletzt.« Elisabeth ließ sich von Anneliese aus dem Auto helfen. »Ohne euch wären wir sicher nicht so glimpflich davongekommen. Ich habe uns schon an einem Baum kleben sehen.«

Charlotte brauchte einen Moment der Besinnung, bevor sie aus dem Wagen stieg. Auch Philipp hatte sein Auto inzwischen verlassen. Ihre Blicke trafen sich, während sie die wenigen Schritte aufeinander zugingen. Stumm umarmten sie sich, hielten einander fest.

»Danke, Sternchen«, sagte er schließlich leise, worauf sie sich von ihm löste.

»Bedank dich bei Anneliese. Es war ihre Idee. Ich bin nur gefahren.«

»Du bist großartig«, erwiderte er und wandte sich zu Anneliese um, die mit den anderen zu ihnen getreten war. »Danke, Liesel.«

»Bedank dich bei Charlotte. Sie ist wie ein Profi gefahren. Von mir stammte nur die Idee.«

»Ihr seid beide unbezahlbar«, behauptete er, wobei er zuerst das beschädigte Heck des Golfs betrachtete und dann Charlotte anschaute. »Nun habe ich bei dir doch noch den einen oder anderen Eindruck hinterlassen.«

»Ich wusste, dass ich aus der Nummer nicht ohne ein paar Beulen rauskomme«, winkte sie ab. »Hoffentlich bist du gut versichert.«

»Ich werde auf jeden Fall für deine Reparaturkosten aufkommen.« Erst jetzt sah er sich den Schaden an seinem Wagen genauer an. Das rechte Scheinwerferglas war gesprungen, das linke teilweise herausgebrochen. Dazu kamen einige Dellen am Nummernschild. Der vordere Stoßfänger war eingedrückt und verschrammt.

»Der Wagen muss abgeschleppt werden«, sagte Conrad. »Was haltet ihr davon, gleich hier in die Sportgaststätte zu gehen? Wir müssen sowieso auf den Abschleppdienst warten.«

Kurz darauf saßen sie im mit zahlreichen Wimpeln geschmückten Schankraum an einem Fenstertisch. Eine freundliche Kellnerin erkundigte sich nach ihren Wünschen. Anneliese und Elisabeth entschieden sich für ein Glas Wein, die Männer für Mineralwasser und Charlotte für ein alkoholfreies Bier.

»Bist du in einem Automobilclub?«, wandte sich Conrad an Philipp. »Dann kannst du deinen Wagen kostenlos abschleppen lassen – am besten gleich in eine Mercedeswerkstatt.«

»An mein Auto lasse ich nur Wasser und den Mechaniker

meines Vertrauens.« Er zog sein Smartphone heraus und blätterte in der Kontaktliste. Während er jemandem mit Namen Alex schilderte, was passiert war, beschäftigte sich auch Charlotte mit ihrem Telefon.

»Alex holt den Wagen ab«, sagte Philipp nach dem Gespräch. »Er kann aber frühestens in zwei Stunden hier sein.« Mit ernster Miene schaute er in die Runde. »Ihr müsst nicht mit mir warten. Ich habe euch auch so schon genug zugemutet.«

»Wir bringen das zusammen zu Ende«, schlug Charlotte vor, worauf die anderen zustimmten. »Philipp, hattest du eigentlich auf der Hinfahrt schon Probleme mit den Bremsen?«

»Da haben sie einwandfrei funktioniert. Der Wagen war erst vor drei Wochen zur Inspektion. Ich kann mir diesen Totalausfall beim besten Willen nicht erklären.«

»Ich habe das eben mal gegoogelt. Ein Ausfall beider Bremsen kommt so gut wie nie vor. Hältst du es für möglich, dass jemand sie manipuliert hat? – Jetzt guck mich nicht so an, als hätte ich nicht mehr alle Sternchen in der Nudelsuppe. Ich meine das ernst.«

Philipp schien ein Schmunzeln nur mühsam unterdrücken zu können.

»Fragst du mich als Nächstes, ob ich Feinde habe?«

»Hast du?«

»Du glaubst doch nicht wirklich, dass ich jetzt auch … auf der Todesliste stehe?«

»Vielleicht möchte jemand verhindern, dass du ein paar reife Früchte aus dem Eichengrund für deine WG einsammelst.«

»Das kann ich mir beim besten Willen nicht vorstellen. Es ergibt gar keinen Sinn. Die haben dort eine lange Warteliste.«

»Nach den Todesfällen könnten die Interessenten abgesprungen sein.«

»Das halte ich für unwahrscheinlich. Außerdem müsste derjenige gewusst haben, wohin ich heute fahre und wo ich den Wagen abstelle.«

»Dafür müsste uns nur jemand gefolgt sein«, warf Anneliese ein. »Während wir im Ruheforst waren, hatte er genug Zeit, auf dem Parkplatz an den Bremsen rumzufummeln.«

»Könnte es nicht auch jemand gewesen sein, der sich für ein Gutachten an Philipp rächen wollte, das nicht wie erhofft ausgefallen ist?«, überlegte Conrad. »Der dadurch voll schuldfähig gesprochen wurde?«

Während Philipp den Kopf schüttelte, malte sich Entsetzen auf Elisabeths Gesicht.

»Und wenn der Anschlag gar nicht Philipp gegolten hat, sondern mir?«

»Das ist ja nun wirklich absurd«, meinte Conrad, aber Charlotte war nicht so sicher. Sie ahnte, woran Elisabeth dachte.

»Traust du deinem Schwiegersohn so etwas zu?«

Hilflos zuckte die alte Dame die Schultern.

»Allen Grund dazu hätte er«, warf Anneliese ein. »Immerhin hatte er keine Skrupel, dich unter Betreuung stellen zu lassen. Der ist bestimmt nicht begeistert, dass er nun alles verliert.«

»Er hatte einen Tobsuchtsanfall, als er erfuhr, dass ich alles verkaufe. Allerdings habe ich mein Testament noch nicht geändert. Wäre ich heute ums Leben gekommen, hätten meine Tochter und er alles geerbt.«

»Nicht umsonst verbirgt sich im Wort ›sterben‹ das Wörtchen ›erben‹«, bemerkte Charlotte. »Andererseits konnte niemand wissen, dass Elisabeth auf der Rückfahrt in Philipps Auto sitzt.«

»Aber vielleicht hat jemand damit gerechnet, dass Frau Fischer ihm auch auf dem Heimweg Gesellschaft leistet«, meinte Anneliese. »Dann hätte der Anschlag ihr gegolten.«

»Das glaube ich nicht«, sagte Conrad. »Frau Fischer ist doch immer so freundlich und hilfsbereit. Wer sollte ihr nach dem Leben trachten?«

»Wir müssen erst mal abwarten, was die Untersuchung des Wagens ergibt«, beendete Charlotte die Diskussion. »Sollte er manipuliert worden sein, muss Philipp Anzeige erstatten. Die Polizei wird schon rausfinden, wer dafür verantwortlich ist.«

Als die Kellnerin fragte, ob sie noch einen Wunsch hätten, ließen sie sich die Speisekarte bringen, auf der XXL-Schnitzel in allen Variationen aufgeführt waren. Vom mageren Ladyschnitzel über das pfeffrige Madagaskarschnitzel bis hin zum sahnigen Rahmschnitzel konnte der Gast unter 23 verschiedenen Gerichten wählen. Die knusprig panierten Fleischscheiben waren dann tatsächlich so groß, dass sie fast über den Tellerrand hingen.

Gut gesättigt blieb die Gruppe noch sitzen und wartete auf den Automechaniker. Als Alex eintraf, sprach er kurz mit Philipp und ließ sich Schlüssel und Wagenpapiere aushändigen. Zum möglichen Grund des Bremsausfalls wollte der Mann sich nicht äußern. Ähnlich wie ein Rechtsmediziner verwies er auf das Ergebnis der Autopsie. Er fragte noch, ob Philipp mit ihm fahren wolle, aber die Gruppe überredete ihn zu einer gemeinsamen Rückfahrt.

Diesmal bestand Conrad darauf, die Zeche zu begleichen. Später nahm er neben Charlotte auf dem Beifahrersitz Platz, während die schmale Elisabeth zwischen Philipp und Anneliese auf der Rückbank saß. Nach einstündiger Fahrt waren sie wieder beim Eichengrund.

KAPITEL 22 – SAMSTAG, 23. MAI

Auch am Samstagmorgen zog es Charlotte wieder ins Schwimmbad. Obwohl sie sich um ihre Figur nicht zu sorgen brauchte, fehlte ihr etwas, wenn sie sich nicht täglich ausgiebig bewegte. Normalerweise fuhr sie fast alle Wege mit dem Rad und besuchte zweimal wöchentlich das Fitnesscenter. Das beschauliche Leben in der Residenz und die gemütlichen Kaffeerunden hatten ihren Tagesablauf verändert. Stundenlanges Sitzen lag ihr nicht. Sie wollte nicht einrosten, sondern so lange wie möglich fit und beweglich bleiben. Der Zeitpunkt des Umdenkens würde noch früh genug kommen – wenn sie allein nicht mehr zurechtkäme.

Conrad war schon im Wasser, als Charlotte ins Schwimmbecken stieg.

»Du bist spät heute«, begrüßte er sie und schwamm auf sie zu. »Hast du nicht gut geschlafen?«

»Wenig«, gestand sie. »Mir ging so vieles durch den Kopf. Deshalb bin ich erst gegen Morgen eingeschlafen.«

»Probleme?«

»Diese ganze Aktion gestern hat mich beschäftigt. Wenn man bedenkt, was alles hätte passieren können.«

»Du hast die Situation bravourös gemeistert.«

»Vor allem war das Glück. Die Sache hätte furchtbar schiefgehen können.«

»Anneliese hätte das bestimmt nicht vorgeschlagen, wenn sie nicht überzeugt gewesen wäre, dass das machbar ist – und du das hinkriegst. Oder denkst du, das war leichtsinnig?«

»Es war wahrscheinlich unsere einzige Chance.«

»So sehe ich das auch.«

In der nächsten halben Stunde schwammen sie Seite an Seite und stiegen dann aus dem Wasser.

Zusammen betraten sie die Lobby. Dort stand Anneliese mit einer Brötchentüte in der einen und einem Briefbogen in der anderen Hand an der Rezeption. Sie wirkte fassungslos.

»Guten Morgen«, grüßte Charlotte und blieb neben ihr stehen. »Du siehst aus, als wäre dir ein Geist erschienen.«

»Ich habe Post von einem Anwalt.«

Kommentarlos nahm Charlotte die Tageszeitung entgegen, die der junge Rezeptionist ihr reichte.

»Hier ist ein Brief für Sie, Frau Stern«, sagte er und übergab ihr den Umschlag.

»Danke, Herr Riedel.« Behutsam fasste sie Anneliese am Arm, wobei sie mit dem Kopf zu einer ledernen Sitzgruppe deutete.

Conrad nahm der Strick-Liesel die Brötchentüte aus der Hand und sagte, dass er schon nach oben gehen würde, um zu duschen und den Frühstückstisch zu decken.

Die Damen nahmen nebeneinander sichtgeschützt hinter hohen Kübelpflanzen Platz. Die Zeitung und den Umschlag legte Charlotte auf den Tisch.

»Du sollst bestimmt zur Testamentseröffnung kommen«, sagte sie mit gedämpfter Stimme. »Das war doch zu erwarten.«

»Nur weil ich mit Christa befreundet war? Mir wäre nicht im Traum eingefallen, dass ich in ihrem Testament erwähnt werde.« Kopfschüttelnd betrachtete sie den Briefbogen. »Was glaubst du, warum die Einladung von einem anderen Anwalt kommt, obwohl die Testamentseröffnung in der Kanzlei deines Verehrers stattfindet?«

»Vielleicht hatte Christa mehrere Anwälte.«

»Davon hat sie nie was gesagt. Der Kleist hat doch all ihre Angelegenheiten geregelt.« Ihr Blick fiel auf den Tisch, worauf sich Erstaunen auf ihr Gesicht malte. »Dein Brief sieht genauso aus wie meiner.«

»Das kann nicht sein.« Charlotte griff danach und schaute sich den Absender an. »Kanzlei Dr. Thomas Bergmann und Partner.« Mit wenigen Handgriffen öffnete sie die Verklebung des Kuverts und zog einen Bogen heraus. Verwundert las sie den Brief, bevor sie ihn an Anneliese weiterreichte. »Das verstehe ich nicht. Christa hat ihr Testament bestimmt schon lange vor ihrem Tod gemacht. Da kannte sie mich noch gar nicht. Wieso soll ich dann auch zu dem Termin kommen?«

»Möglicherweise hat sie kurz vor ihrem Tod eine Änderung vorgenommen. Das sähe ihr jedenfalls ähnlich.«

Ratlos hob Charlotte die Schultern.

»Das werden wir wohl erst am Montag erfahren.«

»Dann muss ich da wenigstens nicht allein hingehen.«

»Fürchtest du dich davor?«

»Mir ist das alles ein bisschen unheimlich«, antwortete sie, gab ihr den Brief zurück und erhob sich. »Du musst dir was Trockenes anziehen. Wir sehen uns nachher im Wintergarten.«

Auch Charlotte stand auf und nahm ihre Wochenendzeitung vom Tisch. Sie fühlte sich in ihrem weißen Bademantel plötzlich fehl am Platze und eilte zum Lift.

In ihrem Apartment schaltete sie wie jeden Morgen vor dem Duschen die Kaffeemaschine ein. Beim Frühstück blätterte sie in der HAZ, konnte sich aber nicht auf die Lektüre konzentrieren. Ihr blieben nur noch 72 Stunden für Recherchen vor Ort. Wenn sie erst wieder zu Hause wäre, würde es weitaus schwieriger, etwas Beweiskräftiges herauszufinden.

Sie stand auf und stellte das Frühstücksgeschirr in die Spüle. Dabei ging sie in Gedanken auf und ab. Mit dem Ergebnis, dass sie zum wiederholten Mal alle Notizen und Berichte durchgehen sollte. Möglicherweise hatte sie etwas übersehen?

In den nächsten Stunden beschäftigte sie sich mit ihren Notizen, stellte Vermutungen an, verwarf sie wieder. Schließlich nahm sie sich noch einmal das Obduktionsprotokoll von Christa Bernhardt vor. Angefangen von der Obduktionsnummer, den Patientendaten und dem Namen des Obduzenten über die histologischen Befunde bis hin zur Obduktionsdiagnose las sie alles, was angeführt worden war. Es wunderte sie nicht, dass in dieser Hinsicht keine Fragen offen blieben. Der Rechtsmediziner Horst Fleischmann arbeitete stets gründlich und gewissenhaft. Dennoch schaute sie sich auch den Obduktionsbericht von Hugo Ritter noch einmal ganz genau an. Als Erstes fiel ihr auf, dass die Autopsie von einem Dr. Gravenstein durchgeführt worden war. Sie erinnerte sich an den Mann, der nur wenige Monate bei Horst im Institut angestellt gewesen war und dann in eine Pathologische Gemeinschaftspraxis gewechselt hatte. Konzentriert las sie weiter, betrachtete die Zeichnungen und Fotos vom Tatort, vertiefte sich in den Bericht der kriminaltechnischen Untersuchung. Irgendetwas störte sie, aber sie bekam es nicht zu fassen. Stattdessen verspürte sie ein leichtes Kribbeln im Nacken, das sie daran erinnerte, wie lange sie schon in angespannter Haltung am niedrigen Couchtisch saß. Bei dieser einseitigen Belastung waren Kopfschmerzen wieder einmal vorprogrammiert.

»Verflixt noch mal«, murmelte sie, griff in die Pralinendose, die auf der anderen Seite des Tisches stand, und fischte ein Marzipanherz heraus. Während sie es in den Mund steckte, erhob sie sich und schenkte in der Küche ein Glas Mineralwasser ein. Sekundenlang ließ sie den Kopf kreisen. Sie nahm das Glas mit in den Wohnraum, stellte es auf den Tisch und trat ans Fenster.

Die am Morgen noch lockere Bewölkung hatte sich inzwischen verdichtet. Hinter dem Westflügel der Residenz wirkte der Himmel wie eine dunkelgraue Wand. Es würde bald

Regen, vielleicht sogar ein Gewitter geben. Schon im nächsten Moment prallten vereinzelte Tropfen gegen die Scheibe, hinterließen kleine schräge Wasserspuren, die wie schraffiert schienen.

Das war es! Flink kehrte Charlotte an den Laptop zurück. Sie scrollte durch den Bericht der Spurensicherung bis zur Seite, auf der eine gezeichnete Hand zu sehen war. Die an der rechten Hand des Toten sichergestellten Schmauchspuren waren schraffiert dargestellt. Demnach waren sie ausschließlich an Daumen und Zeigefinger vorhanden gewesen. Das war nicht nur ungewöhnlich, sondern unmöglich! Hätte sich Hugo Ritter selbst in den Kopf geschossen, müssten Schmauchspuren an der gesamten Hand nachweisbar gewesen sein. Oder nicht? Sie führte sich vor Augen, was sie darüber wusste. Ihre grauen Zellen gaben Vollgas.

»Jede Schussabgabe setzt eine Wolke mikroskopischer Partikel frei, die sich in der Umgebung niederschlägt, auch auf den Schützen und das Ziel«, murmelte sie und blickte wieder auf den Monitor. Die Schmauchspuren auf dem rechten Schläfenbein des Toten hatten einen Schuss aus einer Entfernung von nicht mehr als einem Zentimeter nachgewiesen, was für Suizid sprach. Hugo Ritter war Rechtshänder gewesen. Das passte also zusammen. Allerdings war die geringe Schmauchmenge nicht schusshandtypisch. Es gab nur eine Erklärung dafür, aber sie brauchte eine Profimeinung. Rasch öffnete sie ihr Mailpostfach. Mit wenigen Klicks versendete sie eine Nachricht. Dann erhob sie sich und holte ihr Smartphone, das auf dem kleinen Schreibtisch lag. Damit setzte sie sich wieder und wählte die Nummer des Hauptkommissars aus ihrer Kontaktliste.

»Was gibt es, Charly?«, meldete sich Hannes. »Willst du beichten, dass du aufgegeben hast?«

»Du solltest mich besser kennen, mein Lieber. Bist du in der Nähe eines Computers?«

»Ich sitze im Büro. Wochenenddienst.«

»Ich habe dir gerade eine Mail geschickt. Schau dir bitte mal den Anhang an.«

»Moment«, bat er. »Ich lege dich kurz aus der Hand.«

Sie hörte das leise Klappern der Tastatur, dann ein paar unverständliche Worte.

»Okay, ich bin wieder dran.«

»Was siehst du?«

»Eine Hand mit eingezeichneten Schmauchspuren, wahrscheinlich aus einem KTU-Bericht.«

»Kannst du erklären, warum die Spuren nach einer Schussabgabe nur an Daumen und Zeigefinger anhaften?«

»Keine Ahnung.«

»Denk nach«, drängte sie ihn. »Aus welchem Grund konnten die Schmauchpartikel nicht auf der ganzen Hand nachgewiesen werden?«

»Weil sie teilweise abgedeckt war?«

»Sehr gut«, lobte sie ihn. »Aus dir wird mal ein guter Bulle.«

»Herzlichen Dank«, ging Hannes darauf ein. »Jetzt verrate mir mal, was das soll. Um welchen Fall geht es hierbei?«

»Um den Tod von Hugo Ritter.«

Vernehmlich stöhnte er.

»Charlotte, das ist …«

»… kein Suizid gewesen«, vollendete sie rasch. »Der war nur vorgetäuscht.«

»Wie kommst du darauf? Ich habe zwar die Akte nicht vorliegen, aber wenn damals ermittelt wurde, dass es Suizid war, sehe ich keinen Grund, daran zu zweifeln.«

»Ich glaube, dass die wenigen Schmauchspuren damals nicht richtig bewertet wurden. Hugo Ritter stand vor der Pleite, es wurde ein Abschiedsbrief gefunden – da schien ein

Selbstmord plausibel zu sein. Es gibt aber mehrere Fakten, die dagegensprechen.«

»Lass hören.«

»Hugo Ritter hat im Wintergarten gesessen. Jemand hat sich von hinten angeschlichen, ihm die Pistole an die Schläfe gehalten und abgedrückt. Das würde erklären, warum das Projektil mit leichter Neigung nach unten in den Schädel eingedrungen ist. Dann ist er mit dem Stuhl umgekippt und auf den Boden gestürzt.«

»Und was ist mit den Schmauchspuren?«

»Der Täter hat dem Toten die Waffe in die Hand gedrückt und noch mal geschossen. Dabei musste er die schlaffe Hand festhalten, hat sie also größtenteils mit seiner eigenen verdeckt. Dadurch entstanden bei Hugo Ritter nur Schmauchspuren an Daumen und Zeigefinger.«

»Demnach wurden zwei Schüsse aus der Waffe abgegeben?«

»Nein, nur einer.«

»Ja, dann«, sagte er bedauernd, »kann deine Theorie nicht stimmen.«

»Es sei denn, der Täter ist nicht impulsiv, sondern geplant vorgegangen. Er hatte eine zweite Waffe.«

»Wurde denn ein Einschussloch, ein weiteres Projektil oder eine zweite Hülse gefunden?«

»So dumm war der Täter nicht. Der Mord geschah im Wintergarten. Da ist es keine Kunst, durch die offene Terrassentür in den Park zu schießen. Danach musste er nur noch die zweite Waffe und die Hülse verschwinden lassen. Anschließend hat er den Abschiedsbrief auf dem Computer getippt und seelenruhig abgewartet, bis Edith Ritter ihren toten Mann findet und die Polizei informiert.«

»Mmm.«

Charlotte konnte fast hören, wie es in Hannes' Kopf arbeitete.

»Das Argument, dass er sich das Leben aus wirtschaftlichen Gründen genommen hat, ist auch absurd«, fügte sie hinzu. »Durch die Insolvenz war er praktisch frei. Christa Bernhardt war seine heimliche Liebe. Wahrscheinlich hat er nur auf den richtigen Moment gewartet, sich von seiner Frau zu trennen, um mit Christa neu anzufangen. Sie hatte mehr als genug Geld für einen unbeschwerten Lebensabend.«

»Das klingt plausibel«, gab Hannes nach kurzem Schweigen zu. »Aber wie sollen wir das nach so langer Zeit beweisen?«

»Die Schmauchspuren sprechen eine deutliche Sprache. Frag doch zur Sicherheit einen Kriminaltechniker. Sollte der das genauso beurteilen wie ich, muss der Fall neu aufgerollt werden. Ich wette, dann stellt sich bald heraus, dass es Verbindungen zu den aktuellen Todesfällen gibt.«

»Du glaubst immer noch, dass es einen Zusammenhang gibt?«

»Ja.«

»Also gut, ich spreche mit der KTU. Außerdem fordere ich die Akte Ritter an. Vor Montag werde ich die wahrscheinlich nicht bekommen. Bis dahin musst du dich gedulden.«

»Nicht unbedingt. Ich habe die Akte eingescannt und kann sie dir gleich schicken.«

»Warum hast du es so eilig?«

»Weil ich hier spätestens am Dienstagabend raus muss. Dann kann ich nicht mehr unauffällig ermitteln.«

»Dir ist hoffentlich klar, dass du die Füße stillhalten musst, wenn wir die Ermittlungen wieder aufnehmen sollten? Dann bist du aus dem Spiel.«

»Ich weiß.«

Sie bemerkte selbst, dass ihr die Antwort ein bisschen zu schnell herausgerutscht war, als hätte sie Öl auf der Zunge, aber er kommentierte das nicht. Er kannte sie lange und gut genug, um zu wissen, dass sie wenigstens im Hintergrund mitmischen würde. Ihre Recherchen der letzten Wochen würden hoffentlich dazu beitragen, den Täter zu entlarven.

»Okay, schick mir die Akte. Ich melde mich, ob wir übernehmen.«

»Danke, Hannes.«

Die Mail mit der Akte war bald unterwegs. Zufrieden lehnte sich Charlotte zurück. Ein Blick auf die Armbanduhr erinnerte sie daran, dass es Zeit zum Mittagessen war, aber sie hatte keine Lust, zu kochen. Ihr Nacken tat weh, ein leichtes Pochen hinter der Stirn kündigte Kopfschmerzen an. Außerdem war sie nach der kurzen Nacht müde. Zu Hause würde sie sich jetzt langmachen, die bereitliegende Wolldecke bis über die Schultern ziehen und eine Sofarunde einlegen. In der Gästewohnung hatte sie wegen des kleinen Sofas keine andere Wahl, als ins Schlafzimmer zu gehen. Schnell entkleidete sie sich bis auf die Unterwäsche und schlüpfte unter die Decke. Schon nach wenigen Augenblicken schlief sie ein.

Durch ein Geräusch schreckte Charlotte aus dem Schlaf. Benommen richtete sie sich etwas auf und hörte den leiser werdenden Hall aus dem Fahrstuhlschacht. Gleichzeitig verspürte sie einen bohrenden Kopfschmerz und ließ sich leise aufstöhnend in das Kissen zurücksinken. Ihre Augen schweiften zum Wecker auf dem Nachtschränkchen. Sie hatte fast drei Stunden geschlafen. Dennoch war ihr Nacken nach wie vor verspannt, und die Kopfschmerzen hatten zugenommen. Sie fühlte sich wie gerädert, als sie aufstand und ins Bad schlich.

Während sie sich frischmachte, überlegte sie, ob sie die Kaffeerunde ausfallen lassen sollte. Sie würde ohnehin nicht mehr pünktlich erscheinen können. Unschlüssig verließ sie das Bad. Auf dem Weg ins Schlafzimmer vernahm sie den Signalton ihres Smartphones. Das Gerät lag auf dem Wohnzimmertisch. Sie griff danach und las den Namen auf dem Display.

»Hallo, Anneliese.«

»Ich bin es«, vernahm sie Conrads Stimme. »Wir wollten mal hören, wo du bleibst.«

»Tut mir leid, aber ich fühle mich nicht besonders, die üblichen Beschwerden, wenn ich zu lange am Computer gesessen habe.«

»Komm bitte trotzdem. Heute ist Ellis erstes Mal. Sie hat alles so liebevoll vorbereitet. Ohne dich säße sie hier immer noch stumm in der Ecke.«

»Überredet«, erwiderte sie halbherzig. »Das dauert aber ein Weilchen.«

»Kein Problem.«

Knapp 20 Minuten später durchquerte sie die Lobby. Inzwischen kannten die Bewohner sie und grüßten sie freundlich, als sie vorbeiging. Sie freute sich darüber, dass man sie so rasch als Teil dieser Gemeinschaft angenommen hatte, und betrat den Wintergarten. Auf dem Tisch stand eine große Vase mit weißen und roten Pfingstrosen neben einer Platte mit vielen kleinen Frucht- und Joghurttörtchen.

»Wie schön«, sagte Charlotte, worauf Elisabeth sofort aufstand und sie nach ihren Wünschen fragte.

Kaum hatte sie zwischen Anneliese und Philipp Platz genommen, reichte Elisabeth ihr einen Teller mit einem Erdbeertörtchen, eine Serviette und eine Tasse Kaffee.

»Danke dir.« Sie bemerkte Philipps vorwurfsvollen Blick, während sie die Tasse abstellte. »Was?«

»Wolltest du dir nicht etwas merken?« Ohne ihre Antwort abzuwarten, stand er auf, zog ein kleines Fläschchen aus der Hosentasche und trat damit hinter sie. »Du weißt ja, wie es geht.«

Sie würde sich hüten zu protestieren, nachdem er ihr Anfang der Woche schon einmal so schnell Linderung verschafft hatte. Rasch platzierte sie den Teller auf dem Beistelltisch und öffnete zwei Knöpfe ihrer Bluse. Mit geschlossenen Augen lehnte sich Charlotte zurück. Diesmal gelang es ihr auf Anhieb, sich zu entspannen. Sie empfand es als Wohltat, Philipps Hände in ihrem Nacken zu spüren, und bedauerte es, als er sie später zurückzog und sich wieder neben sie setzte.

»Danke.« Sie schloss die Knöpfe und bewegte probeweise den Kopf hin und her. »Deine Fähigkeiten überraschen mich immer wieder.« Ihre Augen schweiften zu seinen Händen. »Es ist, als hättest du Saugnäpfe an den Fingern, die alle Schmerzen aus mir rausziehen.«

»Es ist zwar ein Vergnügen, dich zu massieren, aber du solltest es gar nicht erst so weit kommen lassen, dass du Schmerzen hast.«

»Manchmal lässt sich das leider nicht vermeiden.«

»Was hast du denn immer so lange am Computer zu tun?«, fragte Conrad, während Elisabeth den kalt gewordenen Kaffee gegen einen heißen austauschte. »Liest du da ganze Romane?«

Lächelnd nickte sie Elisabeth zu, griff nach dem Kuchenteller und probierte von dem Törtchen. Es fiel ihr zunehmend schwer, den neu gewonnenen Freunden den wahren Grund ihres Aufenthalts in der Residenz zu verschweigen.

»Es geht um spezielle Ermittlungen«, formulierte sie wohlüberlegt, um nicht zu viel zu verraten. »Leute wie ich versuchen, ungeklärte Kriminalfälle zu lösen.«

»Am Computer?«, warf der General ein. »Unterstützt euch die Polizei dabei?«

»Das Projekt ist geheim«, behauptete sie und dämpfte ihre Stimme. »Man hat Akteneinsicht, aber die Namen bleiben anonym«, fügte sie vorsichtshalber hinzu, um vor allem bei Philipp keine Skepsis zu wecken. Immerhin war er derjenige in der Runde, der sich mit Kriminalfällen am besten auskannte. »Manchmal fällt Außenstehenden etwas auf, das die Ermittler übersehen haben, weil sie einfach zu nah dran sind.«

»Deshalb kennst du meine Bücher«, bemerkte Philipp. »Dir genügt es nicht, Krimis nur zu lesen oder in der Flimmerkiste anzuschauen. Du willst verstehen, wie Täter ticken, sich in sie hineinversetzen und möglichst überführen. Klingt ein bisschen nach Hobby-Profiling.«

Sie trank einen Schluck Kaffee und schaute den Professor dann ernst an.

»Etwas mehr ist es schon.«

»Sorry, das sollte nicht abwertend klingen. Du meinst also, das deckt sich schon fast mit meinem Beruf?«

»Wäre es damals in meinem Leben anders gelaufen, wären wir heute vielleicht Kollegen.«

Er schien angenehm überrascht. Bisher hatte sie nicht erwähnt, dass sie einige Semester Psychologie studiert hatte.

»Dann wären wir uns möglicherweise viel früher begegnet, ich hätte dir den Hof gemacht, wir wären glücklich verheiratet und hätten mindestens fünf Kinder, die …«

»Und wovon träumst du nachts?«, unterbrach sie ihn und lachte leise. »Bis heute habe ich nicht bereut, dass es so und nicht anders gekommen ist.«

»Erzähl bitte weiter«, bat Elisabeth. »Ich finde es unglaublich spannend, was du da tust. Bestimmt hattest du schon Erfolge.«

»Darüber darf ich nicht sprechen.« Sie schaute zu Anneliese, die scheinbar konzentriert strickte und noch kein Wort gesagt hatte. Charlotte sah ihr aber an, dass sie den Grund für diese Ausführungen wusste. »Heute habe ich am Laptop viele Akten gelesen. Das war anstrengend, weil ich hier keinen richtigen Arbeitsplatz zur Verfügung habe, sondern am niedrigen Couchtisch sitzen musste. So was löst bei mir immer Verspannungen aus, die dann zu Kopfschmerzen führen.« Sie drehte sich zu Philipp. »Woher wusstest du eigentlich, dass dein Wunderelixier heute noch gebraucht würde?«

»In dieser Hinsicht hat Conrad im Gegensatz zu dir ein gutes Gedächtnis. Nach dem Anruf bei dir hat er mich losgeschickt, das Fläschchen zu holen.«

»Du hast schon heute Morgen ein bisschen angeschlagen gewirkt«, fügte der Wetterfrosch hinzu. »Erst zu wenig Schlaf und dann noch ein Brummschädel.«

»Hat sich dein Lesemarathon wenigstens gelohnt?«, schaltete sich Anneliese nun doch in das Gespräch ein. »Bist du mit deinen Ermittlungen weitergekommen?«

»Das muss zwar noch überprüft werden, aber es sieht so aus, als hätte ich heute einen Beweis gefunden, dass ein damals als Suizid eingestufter Todesfall ein raffinierter Mord war.«

Das leise Klappern der Stricknadeln verstummte augenblicklich.

»Du scheinst dir ziemlich sicher zu sein.«

»Hundertprozentig.« Sie beugte sich etwas vor und blickte von einem zum anderen. »Das ist top secret und bleibt bitte unter uns, sonst bekomme ich einen Haufen Ärger.«

Während ihr von allen Seiten versichert wurde, kein Wort darüber zu verlieren, nutzte die Stick-Liesel die Gelegenheit, erhob sich und schenkte sich am Kuchentisch eine Tasse Kaffee ein.

»Möchtest du auch noch?«, fragte sie an Charlotte gewandt, die daraufhin aufstand und mit ihrer Tasse zu ihr trat. »Kann ich nachher kurz zu dir kommen?«

Charlotte nickte nur, ließ sich das heiße Gebräu eingießen und setzte sich wieder.

Sie plauderten noch eine Weile und verabredeten sich für den »Bunten Abend« im Rittersaal.

Noch vor dem Abendessen stand Anneliese vor der Tür. Charlotte ließ sie eintreten und ging ins Wohnzimmer voraus. Mit einer Geste umfasste sie den Raum.

»Entschuldige die Unordnung.«

»Du hattest Wichtigeres zu tun, als aufzuräumen.« Sie setzte sich aufs Sofa und schaute die Freundin erwartungsvoll an. »Ist es dir wirklich gelungen, zu beweisen, dass Hugo Ritter sich nicht umgebracht hat?«

Charlotte setzte sich zu ihr und erzählte, was sie herausgefunden hatte. Sie zeigte Anneliese das Bild von den Schmauchspuren und erklärte, auf welche Weise sie entstanden sein mussten. Dabei nahm sie Annelieses Hand und legte ihre darüber, um die Schussabgabe zu simulieren.

»Nur so lässt sich erklären, warum ausschließlich an Daumen und Zeigefinger Schmauchspuren haften blieben.«

»Du bist genial«, meinte Anneliese beeindruckt. »Darauf muss man erst mal kommen.«

»Das hätte mir schon längst auffallen müssen. Ich habe die ganze Zeit geahnt, dass da was nicht stimmt, aber nicht entdeckt, was es sein könnte. Erst heute bin ich zufällig darauf gestoßen.«

»Besser jetzt als nie. Wie geht es denn nun weiter?«

»Hannes überprüft das, und dann wird der Fall hoffentlich neu aufgerollt. Ob man den Täter nach so langer Zeit überführen kann, bleibt abzuwarten.«

»Schade, dass Christa das nicht mehr erlebt. Es hätte ihr viel bedeutet.«

KAPITEL 23 – SONNTAG, 24. MAI

Wie aus weiter Ferne vernahm sie das Läuten der Glocken, das durch das offene Fenster von der Stadtteilkirche hereinwehte. Träge schlug Charlotte die Augen auf und streckte sich. Das morgendliche Sonnenlicht, das durch die Jalousien ins Zimmer fiel, malte sanfte Streifen auf die Wände. Sie verschränkte die Arme hinter dem Kopf und blieb entspannt liegen. Durch die Abendveranstaltung war es spät geworden. Conrad hatte gesagt, dass er das Schwimmen ausfallen lassen und lieber ausschlafen wollte. Sie konnte sich also Zeit lassen. In Gedanken versuchte sie, einen Zusammenhang zwischen dem Mord an Hugo Ritter und den anderen Todesfällen herzustellen. Bindeglied konnte nur Christa Bernhardt sein. Wahrscheinlich wäre es hilfreich zu wissen, wer von ihrem Tod profitierte. Das würde sie aber erst am Montag nach der Testamentseröffnung erfahren. So lange musste sie sich gedulden. Das war nicht gerade ihre Stärke. Schließlich entschied sie sich, den Tag mit einem Lauf durch den Park zu beginnen.

Die Kopfhörerstöpsel in den Ohren, trabte sie bald in gemächlichem Tempo unter dem Blätterdach der Eichen entlang.

Am Rande des Teichs blieb sie stehen. Zu den Enten hatte sich ein Höckerschwanenpaar gesellt, das majestätisch über das Wasser glitt. Ein friedlicher Anblick, den Charlotte genoss, bis sie Schritte hinter sich hörte. Sie drehte sich herum und sah einen leicht gebeugt gehenden Mann eine Bank ansteuern. Er setzte sich, stellte seinen Gehstock zwischen den Beinen ab und stützte die Hände darauf.

»Guten Morgen, Frau Stern!«, rief er Charlotte zu, die daraufhin die Kopfhörer herauszog und zu ihm trat.

»Morgen, Herr Pippich.« Aufmerksam musterte sie ihn. »Alles gut bei Ihnen?«

»Eigentlich schon.«

»Aber?«

»Haben Sie einen Moment Zeit?« Als sie zögerte, trat ein bittender Ausdruck in seine Augen. »Ich habe sonst niemanden zum Reden.«

Verstehend nickte sie und ließ sich neben ihm nieder.

»Wo zwickt es denn?«

»Ich habe eine Frau kennengelernt, die auch auf meine Anzeige geantwortet hat. Sie ist nett, humorvoll und noch richtig gut beisammen.«

»Das ist doch schön, oder nicht?«

»Doch, doch«, versicherte er. »Sie hat mir gleich gefallen. Auch weil sie noch so agil und unternehmungslustig ist. Wir waren gestern zusammen Mittagessen und haben dann einen Spaziergang im Tiergarten gemacht. Es ist lange her, seit ich mich mit einer Frau so gut verstanden habe.«

»Wo liegt dann das Problem?«

»Ich habe bei der Anzeige ein bisschen mit meinem Alter geschummelt«, gestand er verlegen. »Jetzt hält sie mich für 78, dabei bin ich schon 81.«

»Und wie alt ist sie?«

»76, aber sie sieht jünger aus, weil sie so schlank und drahtig ist. Jetzt habe ich Angst, dass sie mich nicht wiedersehen will, wenn sie erfährt, wie alt ich wirklich bin.«

»Trotzdem sollten Sie ihr die Wahrheit sagen.«

»Gibt es denn gar keine andere Möglichkeit?«

Sekundenlang überlegte Charlotte.

»Wenn Sie sich partout noch nicht dazu entschließen können, sollten Sie sich vielleicht erst mal besser kennenlernen. Dann verzeiht sie Ihnen den Schwindel vielleicht. Sagen Sie ihr augenzwinkernd, dass es sich bei der Altersangabe in der

Anzeige nur um einen Druckfehler gehandelt haben kann. Mit etwas Glück, nimmt sie es mit Humor.«

Spontan legte er seine Hand auf ihren Arm. Sie zitterte leicht und war mit Altersflecken übersät.

»Das könnte klappen.« Lächelnd zog er seine Rechte zurück. »Danke, Frau Stern. Sie sind eine kluge Frau.«

»Dann wünsche ich Ihnen viel Erfolg.«

»Das kann ich gebrauchen. Sie hat mich beim Abschied gefragt, wie ich zu Sex im Alter stehe.«

»Hoffentlich haben Sie nicht wieder Ihren Standardspruch losgelassen.«

»Den habe ich mir verkniffen«, erklärte er mit listigem Lächeln. »Sonst hätte sie vielleicht genauso geantwortet wie Sie: dass ich es ihr zeigen soll.«

»Anscheinend sind Sie lernfähig. Wer hätte das gedacht?«

»Diesmal will ich es nicht vermasseln. Die Dame gefällt mir nämlich sehr. Ich glaube, ich habe mich verliebt.«

»Dann bekommen Sie am Ende doch noch was fürs Herz«, sagte sie lächelnd und stand auf. »Ich drücke Ihnen die Daumen«, fügte sie hinzu und lief weiter.

Zurück in ihrem Apartment duschte sie ausgiebig und frühstückte später auf dem Balkon. Der lästige Abwasch ging ihr an diesem Morgen leicht von der Hand. Nachdem sie auch das Bett gemacht und die herumliegende Kleidung in den Schrank gelegt hatte, setzte sie sich an den Tisch und nahm noch einmal die umfangreiche Wochenendausgabe der HAZ zur Hand. Diesmal konnte sie sich besser auf die Lektüre konzentrieren. Schließlich legte sie die Zeitung beiseite und zog sich ihren Terminkalender heran, in dem sie alle Termine während ihres Aufenthalts im Eichengrund notiert hatte. Es fehlte nur noch die Testamentseröffnung, die sie für Montag um 9 Uhr eintrug. Nachdenklich blätterte sie zurück. Die vergangene Woche war ereignisreich gewesen. Am Dienstag die Gedenkfeier für Christa Bernhardt, zwei Tage später, am 21. Mai, das Frühstück mit Onno von Kleist, am nächsten Tag die Urnenbeisetzung. War da nicht noch etwas am Mittwoch gewesen? Sie war nach Hause gefahren, um die Akten und Tagebücher in Sicherheit zu bringen, und hatte mit ihren Kindern telefoniert. Am Nachmittag hatte Frau Fischer Kaffee und Kuchen spendiert.

Charlotte griff nach einem Kugelschreiber und trug den Geburtstag der Residenzleiterin im freien Feld des 20. Mai ein. War an diesem Tag sonst noch etwas Wichtiges geschehen? Ihr fiel nichts weiter ein. Deshalb schob sie den Terminplaner zur Seite und öffnete das Notebook. Sie überprüfte, ob sie alle wichtigen Fakten in der Datei Eichengrund abgelegt hatte. Sollten die Ermittlungen wiederaufgenommen werden, wollte sie Hannes ihre vollständigen Recherchen übergeben. Da sie eine Einladung zur Testamentseröffnung besaß, würde sie die Namen der Erben von Christa Bernhardt nach dem Termin hinzufügen. Damit wären ihre Ermittlungen im Grunde abgeschlossen. Ob sie dabei helfen würden, die Todesfälle aufzuklären und den Täter zu überführen, blieb abzuwarten.

Wirklich zufrieden war Charlotte damit nicht. Sie hatte sich konkrete Ergebnisse erhofft, aber sie konnte nicht einmal einen Verdächtigen präsentieren. Das wunderte sie nun nicht mehr. Wenn ihre Vermutungen im Hinblick auf Hugo Ritters Tod zutrafen, hatte sie es mit einem sehr intelligenten Täter zu tun, der jeden seiner Schritte bis ins kleinste Detail plante. Er war clever und organisiert, überließ nichts dem Zufall. Wahrscheinlich war er gebildet, sozial angepasst, freundlich, extrovertiert und ging einer festen Beschäftigung nach.

»Hobby-Profiling«, murmelte sie in Erinnerung an Philipps Bemerkung. Vielleicht hätte sie ihn längst ins Vertrauen ziehen sollen. Anfangs hatte sie es nicht getan, weil es schien, als hätte er ein Verhältnis mit Marion Fischer. Vielleicht hätte er ihr von ihren Ermittlungen erzählt. Sie wäre bestimmt nicht begeistert gewesen, dass jemand in ihrer Residenz herumschnüffelte. Möglicherweise hätte sie darauf bestanden, dass die Probebewohnerin Eichengrund verließ. Als Philipp vor ein paar Tagen sagte, aus welchem Grund er nicht mit Marion Fischer Geburtstag gefeiert hätte, war es zu spät, ihn einzuweihen.

Gedankenverloren fiel ihr Blick auf den Terminkalender. Sekundenlang starrte sie darauf – dann kam Leben in sie.

»Ich bin ein Idiot!«, schimpfte sie laut vor sich hin. »Wie konnte ich das übersehen?«

Hektisch suchte sie im Durcheinander auf dem Tisch nach ihrem Handy. Unter dem Zeitungsstapel fand sie es und griff auf Hannes' Nummer zu.

»Du kannst es wohl auch nicht erwarten«, hörte sie gleich darauf seine Stimme. »Ich hätte mich in der nächsten Stunde bei dir gemeldet.«

»Mit welcher Info?«

»Nach Rücksprache mit der KTU hat Frau Dr. Pauli angeordnet, die Ermittlungen in allen vier Todesfällen wiederaufzunehmen. Morgen habe ich sämtliche Akten auf meinem Schreibtisch.«

»Hast du dafür überhaupt Zeit? Du bist doch mit dem Eilenriedekiller ausgelastet.«

»Den Fall hat das BKA übernommen, seit zweifelsfrei feststeht, dass unser Killer auch in Tschechien und der Ukraine auf die gleiche Weise gemordet hat. Wahrscheinlich steckt die russische Mafia dahinter. Ich kann mich also voll und ganz auf die Toten im Eichengrund konzentrieren.«

»Das erleichtert mich. Sitzt du am Computer?«

»Du brauchst wohl wieder Unterstützung von deinem Freund und Helfer.«

»Wie hast du das erraten? Du hast doch Zugriff auf alle relevanten Meldedaten. Kannst du mal im Melderegister nachsehen, ob du was über Marion Fischer findest?«

»Über die Leiterin der Seniorenresidenz?« Seine Stimme klang verblüfft. »Du glaubst doch nicht etwa, dass sie etwas mit den Todesfällen zu tun hat?«

»Das erkläre ich dir gleich. Schau doch bitte nach, ob sie am 20. Mai 1966 in Stollberg geboren wurde.«

Sie hörte einen Seufzer, dann das Klappern der Tastatur und schließlich einen anerkennenden Pfiff.

»Sag mal, kannst du hellsehen, Charly? Geburtsdatum und -ort stimmen überein. Wie bist du ausgerechnet auf Stollberg gekommen?«

»Das ist eine Kreisstadt im Erzgebirge. Dort befand sich zu DDR-Zeiten das Frauenzuchthaus Hoheneck. Edith Ritter hat dort ein paar Jahre eingesessen.«

»Und was hat das mit Frau Fischer zu tun?«

»Sie ist ihre Tochter.«

»Woher weißt du das nun wieder?«

Mit wenigen Worten erzählte sie ihm von den Stasiakten, beschränkte sich dabei aber auf das Nötigste.

»Wahrscheinlich hat Frau Fischer eines Tages erfahren, dass sie adoptiert wurde«, schloss sie. »Nach der Wende hat sie nach ihren leiblichen Eltern gesucht – und sie offenbar gefunden.« Sekundenlang überlegte sie. »Seit wann ist sie in Hannover gemeldet?«

»Seit Januar 2012.«

»Hugo Ritter starb zwei Monate später.«

»Du willst aber nicht behaupten, dass sie ihren eigenen Vater umgebracht hat?«, sagte er vorwurfsvoll. »Das wäre wirklich absurd. Sie war bestimmt glücklich, dass sie endlich mit ihren Eltern zusammen sein konnte.«

Da war etwas Wahres dran. Hatte sie wieder was übersehen?

»Charly?«

»Warte mal, ich muss nachdenken.« Sie brauchte jetzt etwas Süßes und wollte über den aufgeklappten Laptop in die Pralinendose greifen, verfehlte sie aber. Der Zeitungsstapel verrutschte und kippte mitsamt dem Konfekt auf den Boden. Charlotte konnte gerade noch das Wasserglas vor dem Absturz retten.

»Was ist denn da los bei dir?«

»Nichts. Ich war nur ungeschickt.« Mit dem Smartphone am Ohr erhob sie sich und schaute sich das Malheur an. »Es könnte doch sein, dass Marion Fischer es nicht verkraftet hat, statt des erhofften Familienidylls die zerrüttete Ehe ihrer Eltern vorzufinden. Das Hotel war pleite, der Vater hatte eine Geliebte und wollte die Mutter verlassen. Alles, wovon sie geträumt hatte, war wie ein Luftballon zerplatzt. Und schuld daran war ihr Vater. Dafür hat sie ihn so sehr gehasst, dass …« Sie ging in die Hocke, um die Pralinen einzusammeln. So wie die Scheibe Marmeladenbrot, die beim Herunterfallen immer mit der beschmierten Seite den Boden küsste, war auch die Metalldose gelandet. Einen herausgekullerten Champagnertrüffel steckte Charlotte gleich in den Mund. Dann schaltete sie das Telefon auf Freisprechfunktion und legte es auf den Tischrand. »… dass sie ihn lieber tot sehen wollte, als die Schmach zu ertragen. Vielleicht war die leidende Edith ein weiterer Grund, den Vater zu verabscheuen. Immerhin …« Sie unterbrach sich, als beim Herumdrehen der Metalldose die beiden übereinanderliegenden braunen Einsätze mit den Fächerunterteilungen für das Konfekt herausfielen. Dazwischen entdeckte sie etwas Weißes und hielt gleich darauf zwei Umschläge in den Händen, auf denen ihr Name stand. Der eine war größer, der andere dafür dicker.

»Das ist ja ein Ding.«

»Was machst du da eigentlich? Charly?!«

»Moment, ich habe gerade was Interessantes gefunden.« Sie griff nach dem Handy, legte es neben das Notebook und setzte sich wieder aufs Sofa. »Mir ist eben die Pralinendose vom Tisch gefallen, die mir Christa Bernhardt am Abend vor ihrem Tod geschickt hat. Ich habe dir doch davon erzählt.«

»Ja, und?«

»Anscheinend hat sie zwischen den beiden Schichten Nachrichten für mich versteckt.« Rasch öffnete sie den größeren Briefumschlag und zog ein zusammengefaltetes Blatt heraus, das sie kurz überflog. »Hör dir das an, Hannes: *Liebe Frau Stern, meine kluge Freundin hat mich vor ein paar Tagen auf Sie aufmerksam gemacht. Seit wir den wahren Grund für Ihre Anwesenheit im Eichengrund vermuten, ist in mir wieder Hoffnung, dass die Schuldigen an den Todesfällen doch noch entlarvt werden. Ich bin sicher, es handelt sich um die gleichen Personen, die Hugo Ritter auf dem Gewissen haben und die wahrscheinlich auch mich in absehbarer Zeit so raffiniert aus dem Weg räumen werden, dass wieder niemand Verdacht schöpft. Damit wäre ich ihr viertes Opfer. Wenn ich Sie richtig einschätze, sind Sie die Einzige, die dem ein Ende bereiten kann. Sie sind kein Mensch, der tatenlos zuschaut, wenn jemand Hilfe braucht. Das habe ich heute Nachmittag erlebt.*

Wenn Sie diesen Brief finden, werde ich vielleicht nicht mehr am Leben sein, aber ich hoffe, dass Sie Ihre Ermittlungen nicht aufgegeben haben. Damit Sie weitere Informationen erhalten, können Sie auf mein Schließfach zugreifen – auch über meinen Tod hinaus. Da ich mit dem Besitzer der Privatbank seit Jahren befreundet bin, hat er mir nach Hugos Tod ein inoffizielles Schließfach eingerichtet. Heute Morgen hat er es mir ermöglicht, Sie dort vorsorglich zu autorisieren. Bitte nehmen Sie es mir nicht übel, dass ich zuvor jemanden aus der

Residenzverwaltung bestochen habe, mir Ihre persönlichen Daten zu geben.

In dem kleineren Umschlag finden Sie den Namen der Bank, meine Codekarte und einen Schließfachschlüssel. Räumen Sie das Fach leer und verfahren Sie mit dem Inhalt, wie Sie es für richtig halten. Die Wertsachen betrachten Sie bitte als Aufwandsentschädigung. Wahrscheinlich sind Sie davon nicht begeistert, aber es ist sozusagen mein allerletzter Wille. Dennoch sollten Sie Ihre Ermittlungen abbrechen, wenn Sie glauben, dass es zu gefährlich für Sie wird. Ihnen darf meinetwegen auf keinen Fall etwas zustoßen.

Bei Fragen wenden Sie sich bitte an meine Vertraute, die sich Ihnen bestimmt schon zu erkennen gegeben hat. Sie wird Ihnen so gut wie möglich weiterhelfen. Viel Glück! – Christa Bernhardt.«

»Anscheinend wusste sie, dass du den Brief erst nach ihrem Tod finden würdest.«

»Wenn ich mir das Naschen nicht so oft verkneifen würde, wüsste ich längst, was im Schließfach liegt.«

»Du bist eben sehr diszipliniert.«

»Leider nicht in jeder Hinsicht.«

»Morgen wissen wir mehr. Wenn du früh zur Bank gehst, könntest du anschließend ins Präsidium kommen.«

»Daraus wird nichts. Um 9 Uhr bin ich zur Testamentseröffnung von Christa Bernhardt geladen. Danach fahre ich zur Bank. Du kannst ja inzwischen mal über meine Theorie nachdenken. Oder findest du es nicht merkwürdig, dass Hugo Ritter sich angeblich zwei Monate, nachdem er sein einziges Kind kennengelernt hat, erschossen haben soll?«

»Ungewöhnlich ist das schon«, gab er ihr recht. »Es kann nicht schaden, Nachforschungen über Marion Fischer anzustellen.«

»Dann mach mal. Ich melde mich morgen.«

»Hoffentlich«, neckte er sie. »Nicht, dass du haufenweise Gold und Juwelen in dem Schließfach findest und damit durchbrennst.«

»Das wäre sogar legal. Du könntest mich nicht mal zur Fahndung ausschreiben.«

»Würde ich trotzdem machen. Wir brauchen dich hier.«

»Dann muss ich der Versuchung wohl widerstehen. Ciao, Hannes.«

»Bis morgen!«

Sie unterbrach die Verbindung und schaute in den zweiten Umschlag. Es war alles vorhanden, um problemlos an das Bankschließfach zu kommen. Sie erhoffte sich vom Inhalt konkrete Hinweise auf den Täter. Ob Christa so vorausschauend gehandelt und die fehlenden Tagebücher dort deponiert hatte? Charlotte erwartete, Informationen in den letzten Aufzeichnungen der Opernsängerin zu finden, die ihre Theorie stützten. Zum jetzigen Zeitpunkt war sie allerdings schon sicher, dass mit Marion Fischer etwas nicht stimmte. Allein die Tatsache, dass sie ihre Mutter mit »Frau Ritter« ansprach, war verdächtig. Oder hatte sie der alten Dame etwa nie offenbart, dass sie die verlorene Tochter war? Dann hätte auch Hugo nicht von ihrer Existenz gewusst. Aber warum hätte sie sich ihren Eltern nicht zu erkennen geben sollen? Das ergab keinen Sinn. Merkwürdig war indes auch Marion Fischers Position als Residenzleiterin. Wie war sie ausgerechnet im ehemaligen Hotel Eichengrund an diesen Posten gekommen? Dafür musste sie zumindest eine entsprechende Ausbildung haben. Und wer hatte sie eingestellt? Etwa Christa Bernhardt? Für die übrigen Personaleinstellungen hatte sie wahrscheinlich jemanden beauftragt, aber würde eine Eigentümerin nicht zumindest bei der Stellenbesetzung der Residenzleitung ein Wörtchen mitreden wollen? Dann gab es nur zwei Möglichkeiten: Entweder hatte Marion Fischer sie hinters Licht geführt, oder Christa hatte genau gewusst, wen sie mit der Leitung betraute. Dann hatte sie es wahrscheinlich getan, weil die Bewerberin Hugos Tochter war, ein Teil des geliebten Mannes.

Charlotte wusste, dass Spekulationen sie nicht weiterbrachten. Sie steckte die beiden Umschläge in die Handtasche, sammelte die Pralinen ein und räumte den Tisch auf.

Am Nachmittag durchschritt sie auf dem Weg zum Wintergarten die Lobby. Ihr wurde bewusst, dass dies die vorletzte Kaffeerunde war, an der sie teilnahm. Sie verspürte Bedauern, verdrängte dieses Gefühl aber, als sie sich zu den anderen gesellte.

Der General hatte Kaffee und Gebäck geordert. Elisabeth versorgte die Runde mit dem starken Getränk; Charlotte verteilte die Kuchenteller.

Das Gespräch drehte sich zunächst um die Veranstaltung vom Vorabend, bei der ein Zauberer besonders viel Begeisterung ausgelöst hatte.

»Das war schon toll, wie er seine Assistentin verschwinden ließ«, meinte Conrad. »Manch einer wäre froh, eine unerwünschte Person auf diese Weise loszuwerden.«

»Dann gäbe es weniger Scheidungen – und weniger Morde«, sagte Anneliese und griff in ihren Handarbeitskorb. »Heute habe ich eine Einladung zum Strickpicknick bekommen.«

»Werden dort Wollreste mit Nadeln verspeist?«, fragte der General mit einem Anflug von Humor, worauf sie leise lachend den Kopf schüttelte.

»Das ist ein Treffen gegenüber dem Neuen Rathaus am Maschteich, bei dem gestrickt, geklönt und gepicknickt wird. Das ist eine nette Abwechslung zum täglichen Einerlei. Als ich noch im Dienst war, hatte ich nie Zeit für so was. Jetzt genieße ich das.«

»Hast du eigentlich Kontakt zu deinen ehemaligen Schützlingen?«, erkundigte sich Elisabeth. »Oder verschwinden die auf Nimmerwiedersehen, wenn sie volljährig sind?«

»Nur die wenigsten lassen nie wieder von sich hören. Ich bekomme auch heute noch Mails, Anrufe oder Urlaubskarten von »meinen Kindern«. Wir waren schließlich jahrelang so was wie eine Familie.«

»Manchmal klingelt sogar nachts das Telefon, wenn eines ihrer Kids einen Rat braucht«, fügte Conrad hinzu, worauf Anneliese abwinkte.

»Die wissen, dass ich Nachteule immer spät ins Bett gehe.«

»Es ist doch schön, wenn die Verbindungen mit dem Eintritt in den Ruhestand nicht abreißen«, sagte Philipp. »Immerhin hat man mit dem Beruf einen Großteil seines Lebens verbracht. Außerdem tut es gut, wenn man hin und wieder noch gefragt ist.«

»Man gehört noch nicht ganz zum alten Eisen«, stimmte Conrad ihm zu. »Ich bin jedenfalls froh, dass hin und wieder Interesse an meinen Vorträgen besteht. In zwei Wochen referiere ich im Haus der Jugend.«

»Über welches Thema?«, fragte Elisabeth.

»Wolkenlesen.«

»Klingt spannend«, meinte Charlotte. »Geht es darum, welche Wolken einen Wetterumschwung verkünden?«

»So ist es. In unseren Breiten sind Wolken häufig zu sehen. Für Wanderer beispielsweise kann es wichtig sein, sie zu deuten, oder für Bergsteiger und Luftfahrer. Wie es mit der Regenwahrscheinlichkeit in den nächsten Stunden aussieht oder ob ein Gewitter aufzieht. Es gibt viele Wolkenarten, die auf den ersten Blick weiß oder grau oder auch bedrohlich schwarz erscheinen. Von ihnen kann man die Wetterentwicklung ablesen. Genauso verrät das Blau des Himmels und die Luftfeuchte einiges über das zu erwartende Wetter.«

»Das hört sich gut an«, sagte Elisabeth. »Dürfen da nur junge Leute hin oder können wir Senioren auch an der Veranstaltung teilnehmen?«

»Das ist ein öffentlicher Vortrag, der nur wegen des relativ großen Saals im Haus der Jugend stattfindet.«

»Wir gehen alle zusammen hin«, verkündete Anneliese. »Zum Lernen ist es schließlich nie zu spät.«

KAPITEL 24 – MONTAG, 25. MAI

Charlotte kam gerade aus der Dusche, als sie die Melodie ihres Handys hörte. Rasch wickelte sie sich in ein großes Handtuch, lief barfuß in den Wohnraum hinüber und nahm das Telefon vom Tisch. Vom Display las sie den Namen des Anrufers ab.

»Moin, Hannes.«

»Morgen, Charly. Sorry, dass ich so früh störe, aber ich wollte dich noch vor der Testamentseröffnung über unseren Ermittlungsstand informieren.«

»Dann mach mal.«

»Wir haben inzwischen einiges rausgefunden: Sabine Ritter wurde kurz nach der Geburt von Ursula und Karl Fischer adoptiert. Sie nannten das Mädchen Marion. Die Kleine ist in Ostberlin aufgewachsen. Der Vater war Offizier der Nationalen Volksarmee, die Mutter Sachbearbeiterin im VEB Kombinat Berliner Verkehrsbetriebe. Marion Fischer machte Abitur und heiratete kurz danach ihren ehemaligen Klassenkameraden Werner Riedel, von dem sie sich zwei Jahre später scheiden ließ. Aus dieser Ehe stammt ein Junge. Marion nahm ihren Mädchennamen wieder an und …«

»Riedel?«, unterbrach sie ihn. »Heißt der Sohn zufällig Michael?«

»Woher weißt du das?«

»An der Rezeption arbeitet ein junger Mann, der Michael Riedel heißt. Wir sind erst vor ein paar Tagen ins Gespräch gekommen. Er ist BWL-Student und jobbt hier nebenbei.«

»Über Michael Riedel haben wir noch nichts, aber es ist sicher kein Zufall, dass der Rezeptionist genau wie der Sohn von Frau Fischer heißt.«

»So sehe ich das auch. Merkwürdig ist nur, dass hier anscheinend niemand weiß, dass er der Sohn der Chefin ist. Sie hat das Verhältnis zu ihm offenbar genauso geheim gehalten wie das zu ihrer Mutter.«

»Wahrscheinlich«, stimmte Hannes ihr zu. »Marion Fischer hat übrigens nach der Wende auch BWL studiert. Vorher war sie Sekretärin bei der Stasi. Und sie war Sportschützin in dem Verein, in dem ihr Vater im Vorstand war.«

»Sie kennt sich also mit Waffen aus.«

»Nicht nur deshalb konzentrieren wir uns weiter auf sie. Die Staatsanwältin hat einen Durchsuchungsbeschluss für die Büroräume und die Dienstwohnung von Frau Fischer beantragt. Wusstest du, dass sie das Penthouse im Eichengrund bewohnt?«

»Irgendwer hat das mal erwähnt, aber Näheres weiß ich nicht.«

»Egal, wir werden wohl noch heute Vormittag in der Residenz anrücken.«

»Ich fahre nach dem Termin beim Anwalt zur Bank und komme danach zurück. Vielleicht sehen wir uns dann noch.«

»Alles klar, Charly. Bis später.«

»Danke für die Infos!«

Anneliese wartete bereits in der Lobby, als Charlotte herunterkam. Nervös ging sie vor der Rezeption auf und ab. Sie begrüßten sich kurz, verließen die Residenz und stiegen in Charlottes Wagen. Unterwegs erzählte sie Anneliese von den neuesten Erkenntnissen.

»Du bist wie ein Terrier«, sagte die Strick-Liesel beeindruckt. »Wenn du erst mal eine Fährte aufgenommen hast ... Ich hätte nie damit gerechnet, dass die nette Frau Fischer was mit den Todesfällen zu tun haben könnte.«

»Das ist noch nicht bewiesen, aber es spricht doch einiges dafür.« Als sie an einer roten Ampel stoppen musste, schaute sie Anneliese forschend an, die mit unruhigen Fingern am Schultergurt ihrer Handtasche knibbelte. »Warum bist du denn so nervös? Eine Einladung zur Testamentseröffnung bedeutet normalerweise, dass man was geerbt hat. Das ist doch nichts Schlechtes.«

»Ich will aber nichts erben, jedenfalls nicht von Christa. Nachher heißt es noch, ich hätte mich wie eine Erbschleicherin an sie rangemacht, weil sie sonst niemanden hatte.«

»Seit wann gibst du was auf das Gerede der Leute?«, forderte Charlotte sie heraus und fuhr an. »Du hast dir nichts vorzuwerfen.«

Trotz dieser Worte war Anneliese weiterhin anzumerken, dass sie sich unbehaglich fühlte.

Als sie die Kanzlei Kleist betraten, wurden sie von einer jungen Frau gebeten, noch einen Moment im Wartezimmer Platz zu nehmen. Dort saßen zu ihrer Verwunderung Marion Fischer und Edith Ritter.

»Was tun Sie denn hier, Frau Stern?«, fragte die Residenzleiterin nach der Begrüßung, worauf Charlotte die Schultern hob.

»Ich habe keine Ahnung, warum ich herbestellt wurde. Abgesehen von dem Zwischenfall mit dem Hund, hatte ich keinen Kontakt zu Christa Bernhardt.«

Ehe Marion Fischer etwas dazu sagen konnte, betrat ein hochgewachsener Mann im dunkelgrauen Anzug den Raum. Fragend schaute er in die Runde.

»Frau Stern?«

»Das bin ich.«

»Darf ich Sie für einen Moment nach nebenan bitten?«

Nach einem kurzen Blickkontakt mit Anneliese erhob sie sich und ließ sich in ein Büro führen. Dort stellte sich der Mann als Dr. Thomas Bergmann vor, reichte ihr die Hand und bat sie, sich zu setzen. Er selbst nahm hinter dem Schreibtisch Platz. Der Blick, mit dem er sie musterte, wirkte interessiert, fast neugierig.

»Sie haben sich wahrscheinlich gefragt, aus welchem Grund ich Sie hergebeten habe, Frau Stern. Es war der ausdrückliche Wunsch der Verstorbenen. Sie hat mich am Abend vor ihrem Tod angerufen und mir mitgeteilt, dass sie gerade einen Brief an mich abgeschickt hätte. Dieses Schreiben enthielt genaue Anweisungen für mich im Falle ihres Ablebens.«

»Und was habe ich damit zu tun?«

»Ich soll Ihnen einen Umschlag aushändigen – aber erst, nachdem Sie mir einige vorgegebene Fragen beantwortet haben.«

»Dann fragen Sie.«

Umständlich nahm er einen Briefbogen aus einem Aktendeckel.

»Ermitteln Sie immer noch im Eichengrund?«

»Ja.«

»Haben Sie schon einen Verdächtigen?«

»Ja.«

»Waren Sie schon bei der Bank und haben das Schließfach ausgeräumt?«

»Leider habe ich den Schlüssel erst am Wochenende entdeckt. Deshalb kann ich erst nach dieser Veranstaltung hier zur Bank fahren.«

»Ich denke, diese Auskünfte hätten meine Mandantin zufriedengestellt.« Er legte das Schreiben in die Akte zurück und nahm einen Umschlag heraus, den er Charlotte reichte. »Sie möchten den Brief bitte gleich nach Aushändigung lesen. Außerdem war es ihr Wunsch, dass Sie der Testamentseröffnung beiwohnen.« Er legte einen Brieföffner in ihre Reichweite und erhob sich. »Ich lasse Sie solange allein.«

Damit verließ er den Raum und schloss die Tür.

Gespannt schlitzte Charlotte das Kuvert auf und las:

Liebe Frau Stern,

da Sie von Herrn Dr. Bergmann diesen, meinen letzten Brief erhalten haben, gehe ich davon aus, dass Sie nicht aufgeben, einen Beweis für ein Verbrechen an Hugo Ritter, den beiden anderen Herren und nicht zuletzt an mir zu finden. Die Lektüre meiner Tagebücher wird Ihnen sicher weitergeholfen haben. Sollten Sie den Schlüssel für mein Bankschließfach noch nicht gefunden haben, dann schauen Sie bitte in der Pralinendose nach, die ich Ihnen geschickt habe.

Wenn eines meiner Tagebücher als Beweis gebraucht wird, übergeben Sie es an Ihre Freunde bei der Polizei. Außerdem möchte ich Sie bitten, meine anderen Aufzeichnungen zu vernichten. Es soll kein Fremder darin lesen. Sie spiegeln fast mein ganzes Leben wider, erzählen von guten Zeiten, von Liebe und Glück, aber auch von Tod, Trauer und Erpressung. Mit den Fotos aus dem Schließfach wird man allenfalls nachweisen können, dass ich erpresst wurde. Ich bin aber überzeugt davon, dass es mehr als nur diese Fotos gibt. Im Wintergarten vom Eichengrund gab es damals eine Überwachungskamera, weil Einbrecher zuvor zweimal über die Veranda eingedrungen waren. Es müsste eine Videoaufnahme – vielleicht sogar vom Mord an Hugo – existieren. Suchen Sie nach einer Videokassette oder nach einer CD, aber bringen Sie sich nicht in Gefahr! Auch wenn es Ihnen nicht gelingen sollte, die Morde aufzuklären, bin ich Ihnen dankbar, dass Sie es versucht haben. Durch Sie werde ich nicht verbittert, sondern mit Hoffnung auf Gerechtigkeit von der Bühne des Lebens abtreten.

Alles Gute für Sie!

Christa Bernhardt

P. S.: Nehmen Sie bitte an der Testamentseröffnung teil. Vielleicht gewinnen Sie dadurch neue Erkenntnisse.

Während sie den Briefbogen zusammenfaltete und in den Umschlag zurückschob, dachte sie über das Gelesene nach. Eine Aufzeichnung vom Mord an Hugo Ritter wäre ein unanfechtbarer Beweis. Sie musste Hannes informieren. Sie ließ das Kuvert in der Handtasche verschwinden und zog das Smartphone heraus. Mit flinken Fingern tippte sie eine Nachricht an Hannes: *Evtl. existiert eine Aufzeichnung vom Mord an Hugo Ritter. Ihr müsst danach suchen!*

Kaum hatte sie das Telefon wieder in die Tasche gesteckt, wurde die Tür geöffnet. Onno von Kleist begrüßte Charlotte mit dem schon üblichen Handkuss und begleitete sie dann in den Konferenzraum. Dort saßen die geladenen Damen bereits an einem großen Tisch. Charlotte setzte sich neben Anneliese, der Rechtsanwalt neben seinen um einige Jahre jüngeren Kollegen.

»Zunächst möchte ich Ihnen erklären, aus welchem Grund Sie eine Einladung von mir bekommen haben, die Testamentseröffnung aber in dieser Kanzlei stattfindet«, ergriff Dr. Bergmann das Wort. »Christa Bernhardt war unser beider Mandantin. Vereinfacht gesagt, ist sie eines Tages zu mir gekommen, um ihr Testament, das sie vor Jahren bei Herrn Dr. von Kleist hinterlegt hat, zu widerrufen und ihren Letzten Willen neu zu formulieren. Sie tat das im Vollbesitz ihrer geistigen Kräfte, was ein vorliegendes Gutachten zweifelsfrei belegt.«

Charlotte beobachtete, dass Marion Fischer blass geworden war, das Gehörte aber nicht kommentierte.

»Es war der Wunsch unserer Mandantin, dass sich alle hier Anwesenden eine Videobotschaft anschauen, bevor wir das Testament eröffnen.«

Onno von Kleist nahm eine Fernbedienung zur Hand und richtete sie auf einen großen Flachbildschirm, der an der Kopfseite des Tisches stand. Nach wenigen Augenblicken war die verstorbene Operndiva zu sehen. Christa Bernhardt saß in einem mit Rüschen besetzten dunkelroten Kleid in einem Sessel. Vor ihr auf einem runden Tisch stand ein Glas Wasser. Daneben lag ein kleiner Stapel Papiere.

»Liebe Anwesende«, begann sie mit klarer Stimme. »Hoffentlich sind Sie nicht allzu sehr erschrocken, dass ich mich sozusagen aus der Urne noch einmal an Sie wende. Ich verspreche, dass es das letzte Mal sein wird. Auf der Bühne habe ich viele Rollen gespielt, aber diese hier ist für mich genauso neu wie für Sie. Deshalb bitte ich um Nachsicht, wenn ich trotz tagelanger Vorbereitung ins Stolpern geraten sollte.« Bequem lehnte sie sich zurück. »Meine letzten Jahre habe ich aus zwei Gründen in der Seniorenresidenz Eichengrund verbracht: Ich wollte … nein, ich musste Klarheit über die wirklichen Todesumstände von Hugo Ritter erlangen. Außerdem war ich fest entschlossen, alle Personen, die in diesem Fall Schuld auf sich geladen haben, zur Rechenschaft zu ziehen. Einige von Ihnen wissen nur zu gut, was damals passiert ist, weil sie unmittelbar beteiligt waren. Für diejenigen, die es nicht wissen: Hugo Ritter wollte seine letzten Lebensjahre mit mir verbringen. Wir waren schon seit vielen Jahren ein Paar. Aus Rücksicht auf seine labile Frau haben wir unsere Beziehung so lange wie möglich geheim gehalten. An dem Tag, an dem ich ihn aus dem Hotel in ein neues Leben abholen wollte, fand ich ihn erschossen im Wintergarten.«

Unwillkürlich schwammen ihre Augen in Tränen.

»Es war schrecklich. Das viele Blut. Von einem Moment zum anderen schien auch mein Leben zu Ende zu sein. Wie betäubt habe ich nach der Waffe gegriffen. Einen Augenblick lang dachte ich daran, ihm in den Tod zu folgen. Dann wurde mir bewusst, dass Hugo sich niemals umgebracht hätte. So ließ ich die Pistole fallen und brach neben ihm zusammen.«

Sie sammelte sich kurz, bevor sie – ohne einen Blick auf ihr Manuskript zu werfen – weitersprach. Anscheinend hatte sie den Text auswendig gelernt.

»Ich weiß nicht, wie viel Zeit vergangen war, als auf einmal Edith Ritter mit einer Frau hereinkam. Zuerst habe ich mich gewundert, dass sie diese scheußlichen Einweg-Handschuhe trugen, aber dann hob die Frau die Waffe auf und steckte sie in einen Plastikbeutel. Frau Ritter kam auf mich zu und beschuldigte mich, ihren Mann erschossen zu haben, weil er sich für sie entschieden hätte. Zum Beweis hielt sie mir zwei Fotos unter die Nase, die mich mit der Pistole in der Hand neben meinem toten Geliebten zeigten. Inzwischen weiß ich, dass die Bilder von der Überwachungskamera stammten, die es früher im Wintergarten gab. Damals war ich wie vor den Kopf geschlagen. Ich beteuerte meine Unschuld, aber die andere Frau drohte damit, die Fotos und die Waffe mit meinen Fingerabdrücken der Polizei zu übergeben. Man würde mich wegen Mordes verurteilen und ins Gefängnis werfen, und die ganze Welt würde davon erfahren. Es sei denn, ich würde mich vertraglich bereit erklären, den Umbau vom Hotel zur Seniorenresidenz zu finanzieren. Damit würde ich auch Hugos Traum verwirklichen.« Langsam schüttelte sie den Kopf. »Hätte ich nicht unter Schock gestanden und Zeit zum Nachdenken gehabt, wäre ich vielleicht nicht darauf eingegangen. Heute weiß ich, dass es trotz allem die richtige Entscheidung war. Obwohl ich unterschreiben musste, dass Edith Ritter eine Wohnung in der Residenz bekommt, und dass Eichengrund nach meinem Tod an die ursprünglichen Besitzer oder deren Nachkommen zurückfallen soll.«

Sie beugte sich vor und trank einen Schluck aus dem Wasserglas. »Ich erklärte mich mit allem einverstanden und habe unterzeichnet.«

Wieder schwieg sie einen Moment.

»Ein paar Tage später wurde mir bewusst, dass ich etwas unternehmen musste. Deshalb bin ich nach London zu einem Freund geflogen und habe ihn um Rat gefragt. Er ist ein einflussreicher Mann, der sagte, dass es immer Möglichkeiten gäbe, etwas zu besorgen, ohne Spuren zu hinterlassen. Die Zielperson bemerke gar nicht, dass sie nicht mehr im Besitz einer bestimmten Sache ist. Manchmal genüge schon die Abwesenheit während einer Urlaubsreise für einen heimlichen Austausch.«

Sie hob die Hand und strich sich eine Strähne aus dem Gesicht, die sich aus ihrem hochgesteckten Haar gelöst hatte.

»Das war eine interessante Information. Mehr sage ich

nicht dazu.« Ein triumphierender Ausdruck erschien in ihren Augen. »Eine Frage kann ich mir dann aber doch nicht verkneifen: Haben Sie überprüft, ob die Unterlagen, die Sie heute vorlegen wollen, vollständig sind, Frau Fischer?«

Abermals legte sie eine Pause ein, um ihre Worte wirken zu lassen. Charlotte bemerkte, dass die Residenzleiterin noch eine Spur blasser geworden war, aber der Versuchung widerstand, in der braunen Dokumentenmappe, die vor ihr lag, nachzusehen.

»Mein Testament wird gleich verlesen und wahrscheinlich für manche Überraschung sorgen«, fuhr Christa fort. »An dieser Stelle möchte ich Herrn Dr. von Kleist bitten, mir nicht zu verübeln, dass ich einen seiner Kollegen hinzugezogen habe. Ich wollte Sie nicht in einen Interessenkonflikt bringen, da Sie auch Edith Ritter anwaltlich vertreten.« Nun legte sich ein weicher Ausdruck auf ihr Gesicht. »Meine letzten Worte möchte an dich richten: Danke, liebe Anneliese, für deine verlässliche Freundschaft, für dein Vertrauen und dafür, dass du immer für mich da warst.« Sichtlich bewegt beugte sie sich vor. Ihr Blick schweifte zu jemandem, der anscheinend hinter der Kamera stand. »Und jetzt schalten Sie das Ding ab, bevor ich noch sentimental werde.«

Onno betätigte wieder die Fernbedienung, Anneliese wischte sich über die Augen und putzte sich die Nase. Edith Ritter wirkte teilnahmslos; ihre Tochter schien ihren Ärger mühsam zu unterdrücken.

»Schreiten wir nun zur Testamentseröffnung«, verkündete Dr. Bergmann, nahm einen großen Umschlag zur Hand und brach vor aller Augen das Siegel. Mit ernster Miene schaute er in die Runde, bevor er das Testament verlas.

Christa Bernhardts letzter Wille besagte, dass ihr gesamtes Vermögen einschließlich der Seniorenresidenz Eichengrund in eine Stiftung übergehen sollte, die mittellose Musiker unterstützen und Stipendien vergeben sollte. Außerdem legte sie einen jährlichen Betrag fest, der sowohl dem Kinderhilfswerk UNICEF als auch ihren Patenkindern in der Dritten Welt und Straßenkindern in ihrer Heimatstadt helfen sollte. Als Vorstand dieser Stiftung benannte sie Anneliese Grothe – verbunden mit der Bitte, sich nach eigenem Ermessen einen Mitarbeiterstab zusammenzustellen. Neben einem entsprechenden Gehalt wurde ihr ein unbegrenztes Wohnrecht im Eichengrund zugesichert. Auch die persönliche Habe der Nachlassgeberin sollte in Annelieses Besitz übergehen. Als Justiziar der Stiftung bestimmte Christa Bernhardt den Rechtsanwalt und Notar Dr. Thomas Bergmann. Mit Datum der Verlesung des Testaments wurde Marion Fischer von all ihren Aufgaben im Eichengrund entbunden. Im Rahmen der Kündigungsfrist würde sie ihren vollen Arbeitslohn erhalten. Anneliese Grothe sollte kommissarisch die Residenzleitung übernehmen, bis sie einen geeigneten Nachfolger gefunden hätte. Die Eigentumsverhältnisse an Wohnung Nummer 46 in der Seniorenanlage sollten unangetastet bleiben. Edith Ritter würde weiterhin dort wohnen können. Es sei denn, ihr würde eine Mittäterschaft am Tod von Hugo Ritter nachgewiesen. Dann würde der damals geschlossene Vertrag wegen des Straftatbestands Erpressung angefochten werden.

Abschließend fügte Onno von Kleist hinzu, die in Video und Testament angesprochenen Verträge besten Wissens und Gewissens beurkundet zu haben. Keiner der beiden anwesenden Parteien sei damals anzumerken gewesen, dass die Vereinbarung erzwungen war. Diese Sache war ihm sichtlich unangenehm.

Indes hatte Marion Fischer mit versteinerter Miene zugehört. Nun kam Leben in sie.

»Diese Beschuldigungen sind absurd! Ich werde das Testament anfechten. Immerhin habe ich einen Vertrag, der über den Tod hinaus Gültigkeit hat.« Mit fahrigen Fingern öffnete sie ihre Dokumentenmappe und nahm einen Stapel Unterlagen heraus.

Charlotte beobachtete, dass sie hektisch darin blätterte – und erstarrte. Offensichtlich war das gesuchte Papier verschwunden.

Empört sprang Marion Fischer auf.

»Damit kommen Sie nicht durch!«

Während sie ihre Unterlagen zusammenraffte, betrat eine Rechtsanwaltsgehilfin den Raum. Sie flüsterte kurz mit ihrem Chef und übergab ihm einen Notizzettel. Dann wandte sie sich an die aufgebrachte Frau.

»Vor zehn Minuten hat ein Herr Riedel aus der Residenz angerufen. Ich soll Ihnen ausrichten, dass Sie die Polizei im Haus haben. Die würden alles durchsuchen. Sie möchten sich so schnell wie möglich melden.«

»Danke«, presste Marion Fischer hervor. Sie schien angestrengt nachzudenken. »Ich habe noch einen Termin«, sagte sie schließlich und schaute Charlotte an. »Können Sie Frau Ritter in die Residenz mitnehmen?«

»Tut mir leid, aber wir haben auch noch was vor. Rufen Sie ihr doch ein Taxi.«

»Nicht nötig«, sagte Onno von Kleist. »Ich fahre Frau Ritter nach Hause.«

Anneliese vereinbarte noch einen Termin mit Dr. Bergmann, dann verabschiedeten sie sich, um zur Bank zu fahren.

»Hat es dir die Sprache verschlagen, weil du jetzt für Christas Vermögen verantwortlich bist?«, fragte Charlotte unterwegs, da Anneliese seit dem Verlassen der Kanzlei kein Wort gesagt hatte.

»Ich muss das alles erst verdauen. Das Video ging mir schon an die Nieren. Und dann noch das Testament. Ich respektiere Christas letzten Willen, aber eine Stiftung leiten? Ich weiß nicht, ob ich das kann.«

»Natürlich kannst du das.«

»Woher willst du das wissen?«

»Immerhin hast du ein Heim für auffällig gewordene Kinder geleitet. Das stelle ich mir viel schwerer vor.«

»Das war mein Beruf, dafür habe ich studiert. Von einer Stiftung habe ich doch überhaupt keine Ahnung.«

»Auf mich machte Dr. Bergmann einen sympathischen Eindruck. Er wird dir helfen. Außerdem kannst du dir ein Team zusammenstellen.«

»Würdest du dabei mitmachen?«

»Ich?«, wiederholte Charlotte verwundert. »Davon verstehe ich nun wirklich nichts.«

»Dann sind wir schon zwei.«

»Hol dir lieber Elisabeth ins Boot. Sie war jahrelang Chefin in der eigenen Firma.«

»Gute Idee. Trotzdem wäre es schön, wenn du mitmachen würdest. Mehr als ein paar Stunden in der Woche wird das wahrscheinlich nicht in Anspruch nehmen. Mit etwas Glück kann ich auch meine künftigen Mitbewohner überreden.«

»Okay, ich denke darüber nach.«

Anneliese wartete im Wagen, während Charlotte die Bank betrat. Da Christa ihr eine Vollmacht über ihren Tod hinaus erteilt hatte, musste Charlotte sich nur ausweisen. Der Bankdirektor persönlich begleitete sie zur ersten Sicherung, bei der die Codekarte benötigt wurde. Über eine Treppe gingen sie hinunter in den Tresorraum. Dort steckte zuerst der Mann seinen Schlüssel ins Schließfachschloss und forderte Charlotte auf, mit dem Kundenschlüssel ebenso zu verfahren. Kaum war das Fach geöffnet, verließ der Bankchef den Tresorraum. Nun war sie allein. Es gab keine Überwachungskameras. Langsam zog sie die Wertkassette heraus und trug sie zu einem Tisch. Nach kurzem Zögern klappte sie den Deckel hoch. Ihr Blick fiel auf die vermissten Tagebücher. Sie nahm die Bände heraus und legte sie beiseite. Darunter lag eine Mappe, in der sie verschiedene Dokumente und Fotos fand. Zuletzt holte sie einen kleinen dunkelblauen Samtbeutel heraus. Gespannt öffnete sie die Verschlusskordel und ließ den Inhalt in die hohle Hand gleiten. Im Licht der Deckenlampen funkelten etwa zwei Dutzend Diamanten. Obwohl Charlotte sich damit nicht auskannte, ahnte sie, dass die Steine von erheblichem Wert waren. Was hatte sich Christa dabei gedacht, sie einer Fremden zu hinterlassen? Das war doch verrückt!

Sie bugsierte die Diamanten in den Beutel zurück und verschloss ihn sorgfältig. Dann steckte sie alles in ihre große Umhängetasche und schob die Wertkassette zurück ins Schließfach.

Nachdem sie das Bankgebäude verlassen hatte, ging sie zu ihrem Wagen, öffnete die Fahrertür und beförderte die Tasche auf den Rücksitz. Sie setzte sich hinter das Lenkrad und startete den Motor, während Anneliese neben ihr unruhig hin und her rutschte, ohne etwas zu sagen.

Nach einer Weile warf Charlotte ihr einen raschen Seitenblick zu.

»Möchtest du gar nicht wissen, was im Schließfach war?«

»Hältst du mich für neugierig?«

»Das käme mir nie in den Sinn, aber ich habe Angst, dass du gleich platzt.«

Lachend schüttelte Anneliese den Kopf.

»Du kennst mich schon ziemlich gut. Waren die fehlenden Tagebücher im Tresor?«

»Nicht nur die. Ich habe auch eine Mappe mit Unterlagen und eine Handvoll Diamanten gefunden.«

»Das hätte ich mir ja denken können.«

»Was?«

»Christa hat ihr Geld immer gut angelegt und es durch geschickte Investitionen vermehrt. Manchmal hat sie auch an der Börse gezockt – und immer hohe Gewinne eingefahren. Sie hatte ein Händchen für so was. Die Diamanten hat sie mal im Scherz als ihren Notgroschen bezeichnet. Als du mir gestern erzählt hast, dass du die Wertsachen im Schließfach als Aufwandsentschädigung erhalten sollst, war mir klar, dass es nur die Glitzersteinchen sein können.«

»Ich kann das nicht annehmen. Die Diamanten sind doch bestimmt ein Vermögen wert.«

»Na und? Christa wollte, dass du sie bekommst. Sie wusste genau, was sie tat.«

»Trotzdem.«

»Du musst sie behalten«, fiel Anneliese ihr ins Wort. »So wie ich die Stiftung leiten muss.«

Dazu sagte Charlotte nichts mehr. Insgeheim beschloss sie, die Diamanten zu verkaufen und den Erlös einem guten Zweck zukommen zu lassen. Sie brauchte das Geld nicht. Sie bezog nicht nur eine gute Pension und die Hinterbliebenenrente von der Ärzteversorgung ihres Mannes, sondern sie verfügte nach dem Verkauf ihres Hauses und dem Erwerb der Eigentumswohnung immer noch über genug Rücklagen für einen angenehmen Lebensabend. Außerdem empfand sie eine so wertvolle Aufwandsentschädigung als unpassend – zumal sie die Opernsängerin kaum gekannt hatte. Es wäre sicher in Christa Bernhardts Sinn, mit dem Geld Menschen zu unterstützen, die alles verloren hatten. Fast täglich berichteten die

Medien über die vielen Flüchtlinge, die auf dem gefährlichen Weg über das Mittelmeer ins Land kamen und nicht mehr besaßen als das, was sie am Leib trugen. Da wurde jeder Cent gebraucht.

»Das hätte ihr bestimmt gefallen«, murmelte sie, worauf Anneliese sie fragend anschaute.

»Was meinst du?«

»Entschuldige, ich habe nur laut gedacht. Das ist wahrscheinlich eine Alterserscheinung.«

»Zeig mir einen aus unserer Arthrose-Liga, der keine Selbstgespräche führt. Das ist völlig normal.«

»Das beruhigt mich.«

Da sie am Sonntag darum gebeten hatte, an ihrem letzten Tag in der Residenz für Kaffee und Gebäck zu sorgen, hielt sie bei ihrem Lieblingskonditor und suchte verschiedene Tortenstücke aus.

Im Eingangsbereich vom Eichengrund trennten sich die Freundinnen. Anneliese trug den Kuchenkarton, um ihn im Residenzcafé abzugeben und den Kaffee für den Nachmittag zu bestellen.

Charlotte entdeckte Hannes Bremer, der in der Nähe der Rezeption stand, und ging zu ihm hinüber. Im Vorbeigehen sah sie durch die offen stehenden Bürotüren, dass die Durchsuchung in vollem Gange war. Unterdessen beendete der Kommissar sein Telefongespräch, steckte das Handy in die Tasche und umarmte Charlotte kurz.

»Das war die Staatsanwältin. Sie hat dich heute zur inoffiziellen Mitarbeiterin erklärt. Dadurch kannst du wenigstens deine Kosten abrechnen.«

»Die paar Euro«, winkte sie ab. »Durch den Beutel Diamanten, den Christa Bernhardt mir hinterlassen hat, kann ich leicht auf die Spesen verzichten.«

»Machst du Witze?«

Lächelnd schüttelte sie den Kopf.

»Ich bin jetzt eine gute Partie, mein Lieber.« Sie nahm seinen Arm und führte ihn ein Stück beiseite, da Michael Riedel hinter der Rezeption mithören konnte. Mit gedämpfter Stimme erzählte sie dem Kommissar, was sie im Bankschließfach gefunden hatte. »Ich werde das alles gleich lesen. Wenn etwas Ermittlungsrelevantes dabei ist, melde ich mich bei dir.«

»In Ordnung.« Fragend hob er die Brauen. »Verrätst du mir noch, wer die alte Dame beerbt?«

Charlotte informierte ihn über die wesentlichen Festlegungen.

»Und wo ist Frau Fischer jetzt? Hier ist sie noch nicht aufgetaucht.«

»Sie sagte was von einem Termin, aber nachdem sie wusste, was hier los ist, halte ich es für möglich, dass sie sich aus dem Staub gemacht hat.«

»Ich lasse sie zur Fahndung ausschreiben. Wir haben zwar noch keinen handfesten Beweis, aber tatverdächtig ist sie allemal. – Vorher frage ich im Penthouse nach, ob die Kollegen was gefunden haben.«

»Darf ich mitkommen?«

Er nickte nur und führte sie zum Lift.

Die Dienstwohnung der Residenzleiterin war hell und geräumig. Im Wohnraum waren mehrere Polizeibeamte damit beschäftigt, sämtliche Schränke und Schubladen zu durchsuchen. Mit dabei war auch Martin Drews, der Charlotte herzlich begrüßte. Sie blieb mitten im Zimmer stehen und schaute sich um. Die elegante Einrichtung aus cremefarbenen Polstern und überwiegend weiß gelackten Schrankelementen wirkte genauso teuer wie der riesige Flachbildschirm und die Designer-Stereoanlage.

»Habt ihr schon was gefunden?«, wandte sich Hannes an Martin. »Unterlagen über den Verkauf des Hotels, Fotos oder das Video?«

»Bisher haben wir nichts davon entdeckt. Vielleicht hat sie alles Wichtige im Bürotresor eingeschlossen. Die Kollegen unten sind dabei, das Ding zu öffnen.« Anerkennend schaute er Charlotte an. »Saubere Arbeit. Du hattest wieder mal den richtigen Riecher.«

»Ja, ja«, erwiderte sie gedankenverloren. Ihr Blick schweifte durch den Raum. »Wo würdet ihr eine Stecknadel verstecken?«

»Im Heuhaufen«, antwortete Martin wie aus der Pistole geschossen, worauf sie den Kopf schüttelte. »Ein Schaf versteckt man auch am besten unter Artgenossen im Schafstall.« Sie deutete zur Stereoanlage, neben der ein CD-Ständer aufragte. »Habt ihr euch die Sammlung schon genauer angesehen?«

»Das sind nur Musik-CDs: Klassik, Jazz, ein paar Rockbands und sogar Helene Fischer.«

»Ist in den Hüllen auch drin, was draufsteht?«

»Du meinst … Schiet, daran habe ich nicht gedacht.«

Sofort machte er sich an die Arbeit, öffnete jede einzelne CD-Hülle und sichtete den Inhalt. Hannes unterstützte ihn dabei. Schließlich richtete sich der Kommissar deutlich frustriert auf.

»Nichts.«

»Tut mir leid.«

»Muss es nicht«, beruhigte er sie. »Es wäre durchaus möglich gewesen.« Er gab den Kollegen Anweisung weiterzusuchen.

Dann verließ er mit Charlotte das Penthouse.

»Schickst du mir deine Ermittlungsunterlagen? Dann kann ich mich gleich im Büro damit beschäftigen.« Und als sie nickte: »Als wir hier auftauchten, hat einer der Bewohner wohl mitbekommen, worum es geht. Er hat mir zugeflüstert, dass Frau Fischer ein Verhältnis mit Professor Thaler hat, der auch in der Residenz wohnt. Könnte er mit ihr unter einer Decke stecken?«

»Das halte ich für ausgeschlossen.« Knapp erzählte sie, warum Philipp noch nicht einmal ihren Geburtstag mit der Residenzleiterin gefeiert hätte.

»Könnte es dafür auch einen anderen Grund geben? Wenn Frau Fischer von Anfang an wusste, wer du bist und was du im Eichengrund tust ... Vielleicht sollte sich der Professor mit dir anfreunden, um rauszubekommen, was du weißt – und ob du ihnen auf die Schliche gekommen bist.«

»Das ist absurd.« Nun berichtete sie ihm vom Ausfall der Bremsen an Philipps Wagen und wie es ihnen gelungen war, einen Unfall zu verhindern. »Möglicherweise war Frau Fischer auch dafür verantwortlich – aus Rache oder gekränktem Stolz, weil Philipp sie abblitzen ließ. Damit sie nicht unter Verdacht gerät, ist sie auf dem Hinweg zum Ruheforst mit ihm gefahren. Dort hat jemand in ihrem Auftrag die Bremsen manipuliert. Kurz vor der Heimfahrt hat sie angekündigt, dass sie mit Onno zurückfährt. Weil sie dafür gesorgt hatte, dass Philipp unterwegs verunglückt?«

»Schon möglich«, überlegte Hannes. Dann schaute er sie kopfschüttelnd an. »Du hast den Wagen wirklich ausgebremst? Weißt du eigentlich, wie gefährlich das war?«

»Ich hatte keine Wahl.« Leicht legte sie die Hand auf seinen Arm. »Es ist ja noch mal gut gegangen.«

»Dazu sage ich besser nichts mehr. Gibt es wenigstens einen Beweis dafür, dass der Ausfall der Bremsen nicht durch einen technischen Defekt verursacht wurde?«

»Ich frage Philipp nachher, ob er schon von seinem Mechaniker gehört hat.«

Bei der Rückkehr in ihr Apartment ärgerte sich Charlotte wieder einmal über ihre Unordnung. Rasch räumte sie den Wohnzimmertisch frei, zog den Inhalt des Schließfachs aus der Tasche und legte alles vor sich hin. Dabei fiel ihr Hannes' Bitte ein. Deshalb klappte sie zuerst den Laptop auf und schickte ihre Eichengrund-Datei ins Präsidium. Dann nahm sie die dünne Mappe und schlug sie auf. Darin befanden sich einige Versicherungsunterlagen, die für die Ermittlungen jedoch nicht von Belang waren. Außerdem die Kopie eines Testaments von vor fast acht Jahren, in dem – neben einigen karitativen Einrichtungen – Hugo Ritter als Haupterbe eingesetzt war.

Nachdenklich blickte Charlotte vor sich hin. Christa hatte in ihrer Videobotschaft davon gesprochen, dass sie sich beinah neben Hugo erschossen hätte. Damit hätte sie den Bock zum Gärtner gemacht. Da ein Toter nicht mehr erben konnte, wären Edith Ritter und Marion Fischer seine Erbnachfolgerinnen gewesen, denen Christas Vermögen zugefallen wäre.

Sie schob die Unterlagen beiseite und griff nach den Fotos. Die erste Aufnahme zeigte Christa und Hugo in Paris – wie der Eiffelturm im Hintergrund verriet. Auch auf den nächsten Bildern war durch berühmte Bauwerke nicht schwer zu erraten, wo das Paar sich getroffen hatte. Die Liebenden waren stets Arm in Arm oder Hand in Hand zu sehen. Die letzten beiden Fotos wichen jedoch erheblich von den Momentaufnahmen des Glücks ab. Sie zeigten einen in seinem Blut liegenden Hugo, neben dem eine sichtlich verstörte Christa mit einer Waffe in der Hand stand.

Das mussten die Erpresserfotos sein, von denen Christa in ihrer Videobotschaft gesprochen hatte. Lange betrachtete Charlotte die Bilder. Vor Gericht wären sie tatsächlich von größter Beweiskraft gewesen. Dazu die Aussagen von Edith Ritter und Marion Fischer – und Christa Bernhardt wäre wohl für den Rest ihres Lebens hinter Gittern gelandet. Da war es nur verständlich, dass sie sich auf die Erpressung eingelassen hatte. Um Details zu erfahren, griff Charlotte nach den Tagebüchern und sortierte sie chronologisch, bevor sie den ersten Band aufschlug.

Sie las von Hugos Plänen, Eichengrund zur Seniorenresidenz umzubauen, weil sich der Hotelbetrieb durch die sinkenden Gästezahlen nicht mehr rentierte. Er hatte Christa von einem Investor erzählt, der als stiller Teilhaber fungieren wollte. Sie hatte sich mit ihm gefreut und unbeschwerte Tage mit ihm in Wien verlebt. Viel zu spät hatte sie erfahren, was Hugo ihr lange verschwiegen hatte: Der Investor war abgesprungen, ein neuer ließ sich nicht finden, die Bank drängte auf Rückzahlung der Kredite. Christas Angebot, die Pleite durch eine Finanzspritze abzuwenden, schlug er aus. Unverhofft tauchte er am Silvesterabend in Berlin auf, wo Christa für eine Galaveranstaltung engagiert war. Nach ihrem Auftritt holte er sie in ihrer Garderobe ab und fuhr mit ihr ins Hotel Adlon, wo sie für die Dauer des Gastspiels abgestiegen war. In ihrer Suite erzählte er ihr, dass er ein gutes Kaufangebot erhalten hätte. Durch die exponierte Lage und die ständig steigenden Grundstückspreise würde nach Abzug der Schulden und einer Abfindung für Edith genug für ein angenehmes Leben übrig bleiben. Wenn der Verkauf unter Dach und Fach wäre, wollte er die Scheidung einreichen und damit einen Schlussstrich unter die Vergangenheit ziehen. Seine letzten Jahre wollte er mit der Frau zusammen sein, die er liebte. Und dann machte er Christa einen Heiratsantrag, den sie voller Freude annahm. Hugo bestand allerdings auf Gütertrennung, um Gerüchte von vornherein im Keim zu ersticken.

Die folgenden Eintragungen spiegelten Christas beinah euphorische Stimmung wider. Sie war glücklich, dass bald geschehen würde, was sie nie zu hoffen gewagt hätte: Sie würde mit dem geliebten Mann zusammenleben. So schmiedete sie Zukunftspläne, plante, ihre Karriere aufzugeben, und erkundigte sich nach Immobilien im sonnigen Süden.

Bei einem weiteren Treffen sprach Hugo erstmals wieder über seine Tochter. Als er Christa kennenlernte, hatte er sie nur kurz erwähnt. Dann hatten sie in stummem Einvernehmen nie wieder von ihr gesprochen. Nach jahrelanger Suche hatte sie ihre Eltern endlich gefunden. Hugo konnte jedoch nicht mit ihr warmwerden. Sie war und blieb ihm fremd. Dennoch erleichterte es ihn, dass Edith nun jemanden hätte, wenn er sie verlassen würde.

An dieser Stelle unterbrach Charlotte die Lektüre, da es Zeit für die Kaffeerunde wurde. Im Wintergarten half Anneliese ihr, den Kuchen auf Teller zu verteilen. Als die Runde auch mit Kaffee versorgt war, kamen die Ereignisse des Vormittags zur Sprache.

»Ich habe gehört, dass du mit der Polizei zusammenarbeitest«, sagte der General. »Haben die dich wirklich hier eingeschleust, damit du verdeckt ermitteln kannst?«

»Ganz so war es nicht.« Nun konnte sie offen darüber sprechen, ohne die Ermittlungen zu gefährden. Ausführlich erzählte sie, was sie bewogen hatte, sich zum Probewohnen anzumelden. »Ich hatte nicht damit gerechnet, dass ihr mich so herzlich in eurem Kreis aufnehmt. Deshalb ist es mir mit der Zeit immer schwerer gefallen, euch nicht einzuweihen.«

»Das war schon richtig so«, meinte Elisabeth. »Wenn man den Gerüchten glauben darf, hast du genug Beweise gefunden, dass sie sogar den Tod von Herrn Ritter neu untersuchen. Das ist doch ein toller Erfolg.«

»Stimmt es, dass Frau Fischer was damit zu tun haben soll?«, fragte Conrad. »Ich kann mir das gar nicht vorstellen. Sie ist doch immer so nett und hilfsbereit. Angeblich wird aber schon nach ihr gesucht.« Sein Blick wechselte zu Philipp. »Was sagst du dazu? Du kennst sie doch besser als wir.«

»Das ist auch nur ein Gerücht, das sich anscheinend hartnäckig hält. Sogar der Kommissar hat mich vorhin darauf angesprochen. Wer den wohl darauf gebracht hat?«

»Du brauchst mich gar nicht so anzugucken«, sagte Charlotte vorwurfsvoll. »Von mir hat er das nicht. Ich habe ihm gesagt, dass an dem Klatsch nichts dran ist. Immerhin weiß ich, wie schnell einem hier eine Liebschaft angedichtet wird.«

»Es gibt doch immer Leute, die sich bei der Polizei wichtigmachen wollen«, meinte Anneliese. »Ohne Charlottes Spürsinn würden die Todesfälle jedenfalls nicht wieder aufgerollt. Das müsste eigentlich gefeiert werden.«

»Wir können uns doch abends noch mal treffen«, schlug Conrad vor. »Heute ist ja auch Charlottes letzter Tag hier.«

»Das ist eine gute Idee«, sagte Philipp. »Ich besorge die Getränke.«

»Und ich steuere was Leckeres vom Italiener bei«, kündigte Anneliese an – und dann erzählte sie von Christas Vermächtnis. »Ich kann den Stiftungsjob nur übernehmen, wenn ihr alle mitmacht. Conrad hat mir seine Unterstützung schon zugesagt.«

»Ich helfe gern«, sagte Elisabeth. »Das ist wenigstens eine sinnvolle Beschäftigung.« Sie gab das Wort durch einen Blick an den General weiter.

»Das ist zwar Neuland für mich, aber wenn ihr mich gebrauchen könnt, bin ich dabei. – Philipp?«

»Anscheinend wird das unser erstes Gemeinschaftsprojekt als WG. Ende der Woche sind die Handwerker fertig – und ihr könnt einziehen.« In seinen Augen funkelte es belustigt. »Wer hätte gedacht, dass Liesel mal unsere Chefin wird?«

»Hör bloß auf«, winkte sie ab. »Zu allem Überfluss soll ich auch hier das Regiment übernehmen, bis die Nachfolge für

Frau Fischer geregelt ist.« Leise lachte sie. »Das wäre eigentlich eher eine Aufgabe für Albert.«

»Das könnte mir gefallen«, ging der General darauf ein. »Als Erstes würde ich anständigen Frühstückskaffee für alle einführen.« Sein bittender Blick schweifte zu Charlotte. »Bekomme ich noch eine Tasse?«

Sofort erhob sie sich, holte die Kanne herbei und schenkte ihm ein. Auch Philipp hielt ihr seine Tasse in stummer Aufforderung hin.

»Hast du schon von deinem Mechaniker gehört?«, fragte sie und füllte ihm Kaffee nach. »Waren die Bremsen manipuliert?«

»Sämtliche Bremsleitungen waren angeschnitten. Alex sagte, dass die Bremsflüssigkeit relativ schnell beim Bremsen rausgepumpt wurde. Wir haben inzwischen die Polizei eingeschaltet.« Er stellte seine Tasse ab, ehe er Charlotte wieder anschaute. »Wann lässt du deinen Wagen reparieren?«

»Morgen mache ich einen Termin mit meiner Werkstatt und melde mich dann bei dir.«

Als sich die Kaffeerunde auflöste, durchquerte Charlotte die Lobby. Sie wollte gleich in ihre Wohnung zurück, um weiter in den Tagebüchern zu lesen.

»Frau Stern!«, rief ihr die junge Frau zu, die hinter der Rezeption Dienst tat. »Ich habe etwas für Sie.«

Charlotte trat zu ihr und nahm einen gepolsterten Umschlag entgegen. Darauf stand in krakeliger Handschrift ihr Name – sonst nichts. Gespannt riss sie die Lasche auf und schaute hinein.

»Wer hat den für mich abgegeben?«

»Das weiß ich leider nicht. Ich war vorhin kurz im Büro. Als ich zurückkam, lag er hier auf dem Tresen.«

»Danke«, sagte Charlotte nur und wandte sich zum Lift.

In ihrem Apartment setzte sie sich sofort an den Laptop

und schaltete ihn ein. Dann griff sie in den Umschlag und zog eine CD heraus. Mit wenigen Handgriffen hatte sie die Hülle geöffnet und den Datenträger in das CD-Fach des Computers gelegt. Nach einigen Sekunden startete der Videofilm automatisch auf dem Monitor – leider ohne Ton.

Hugo Ritter saß zeitunglesend im Wintergarten. Seine Tochter trat mit einigen Unterlagen in der Hand zu ihm und redete auf ihn ein. Hugo legte seine Lektüre beiseite, nahm die Papiere entgegen und vertiefte sich darin. Als Marion ihm einen Stift hinhielt, schüttelte er mehrmals den Kopf.

Daraus schloss Charlotte, dass er seine Unterschrift verweigerte. Die nun folgende heftige Diskussion bekräftigte diese Annahme.

Sichtlich wütend verschwand seine Tochter. Hugo blieb nachdenklich sitzen. Als er schließlich die Hand nach der Zeitung ausstreckte, kam Marion wieder ins Bild. Sie schlich sich von hinten an ihren Vater an, setzte ihm eine Pistole an die Schläfe und drückte ab. Hugo Ritter kippte mitsamt dem Korbstuhl nach vorn und stürzte zu Boden. Um seinen Kopf herum bildete sich eine Blutlache.

Hörbar atmete Charlotte aus. Sie hatte unwillkürlich die Luft angehalten, als Marion mit der Waffe in der Hand hinter Hugo aufgetaucht war. Ihr war nicht entgangen, dass die Schützin dünne Handschuhe trug, was auf gute Vorbereitung hindeutete. Gespannt verfolgte Charlotte das weitere Geschehen.

Reglos stand Marion Fischer neben ihrem toten Vater. Nach einem kurzen Blick auf die Armbanduhr blitzte in ihrem

Gesicht ein eisiges Lächeln auf – wie ein Messer im Mondlicht. Dann legte sie die Waffe neben Hugo auf den Boden.

Sekundenlang wurde das Bild dunkel. Bei der Fortsetzung der Aufnahme lag der Hotelier immer noch in seinem Blut. In einem eleganten hellen Wollkostüm trat Christa Bernhardt ein. Vor der Leiche des Geliebten blieb sie abrupt stehen und schlug entsetzt die Hände vor den Mund. Es dauerte eine Weile, bis sie sich wie in Trance bückte und die Pistole aufhob.

Dies war der Moment, in dem sie in Versuchung geriet, Hugo in den Tod zu folgen, dachte Charlotte, als sie sah, dass Christa sich die Mündung der Waffe an die Brust hielt. Nach wenigen Augenblicken schüttelte die verzweifelte Frau jedoch den Kopf. Sie ließ den Arm sinken und die Pistole entglitt ihren Fingern. Christa schwankte plötzlich und brach unweit des Geliebten zusammen.

Noch einmal wurde der Monitor kurz dunkel. Das nächste Bild zeigte Christa, wie die sich mühsam aufrappelte. Wie gelähmt stand sie da und starrte auf den Toten, während sie in die Tasche ihrer Kostümjacke griff und ein kleines Telefon herauszog.

Charlotte vermutete, dass sie die Polizei rufen wollte, wusste aber seit der Testamentseröffnung, was gleich passieren würde.

Tatsächlich betraten Edith Ritter und Marion Fischer den Wintergarten. Beide trugen dünne Einmalhandschuhe. Die Hoteliersgattin war sichtlich bemüht, ihren toten Mann nicht anzusehen. Sie wirkte aufgebracht, fahrig – und ängstlich. Ihre Tochter legte ihr die Hand auf den Rücken und schob sie in die Richtung der Opernsängerin. Edith machte Christa offenbar den Vorwurf, Hugo erschossen zu haben, worauf diese sichtlich bestürzt den Kopf schüttelte und abwehrend die Hände hob. Daraufhin konfrontierte Edith sie mit zwei Fotos. Während die Sängerin zu keiner Reaktion fähig war, hob Marion Fischer die Pistole auf und steckte sie in eine Plastiktüte. An dieser Stelle endete die Videoaufzeichnung.

Charlotte speicherte den Film auf der Festplatte, nahm die CD aus dem Fach des Laptops und legte sie in die Hülle zurück. Dann rief sie Hannes an.

»Hallo, Charly«, meldete er sich. »Ich weiß, dass du es kaum erwarten kannst, aber wir haben noch nichts Neues. Die Durchsuchung hat nicht viel ergeben, ein Video haben wir nicht gefunden, und Marion Fischer ist immer noch wie vom Erdboden verschluckt. Wir haben inzwischen ihren Sohn verhört, aber der scheint völlig ahnungslos zu sein. Der junge Mann ist aus allen Wolken gefallen, als er von den Vorwürfen gegen seine Mutter hörte. Er sagte, er hätte den Job an der Rezeption nur bekommen, weil er ihr geschworen hatte, dass niemand erfährt, wer seine Mutter ist. Ihr Verhältnis war nie besonders innig, deshalb ließ er sich auf den Handel ein. Mit Edith Ritter haben wir auch gesprochen – oder es zumindest versucht. Durch ihre Demenz ist aus ihr nichts Brauchbares rauszubekommen. Wir stehen also ganz am Anfang.«

»Ihr seid also wieder mal auf meine Hilfe angewiesen«, zog Charlotte ihn auf. »Zufällig habe ich hier eine CD mit einer Videoaufnahme, die einem Geständnis gleichkommt. Es ist deutlich zu sehen, wie Marion Fischer ihren Vater erschießt.«

»Ich fasse es nicht! Woher hast du die?«

»Jemand Unsichtbares hat sie in mein Postfach legen lassen.«

»Arbeitest du etwa mit Heinzelmännchen zusammen?«

»Eher nicht. Die würden doch sicher ab und zu bei mir aufräumen. Leider muss ich das immer noch selbst machen.«

»Du bist zu bedauern.«

»Sag ich doch. Kann jemand die CD abholen? Ich möchte sie nicht länger als nötig hierhaben.«

»Ich schicke dir Pia. Sie ist in einer halben Stunde bei dir. Inzwischen weite ich die Fahndung nach Marion Fischer aus.«

Um sich die Wartezeit zu verkürzen, widmete sie sich den Tagebüchern. Charlotte las von Christas Vorfreude auf das Leben mit Hugo, von ihrer Verabredung, zusammen nach Menorca zu fliegen, um sich eine Finca anzusehen, von dem Tag, an dem sie ihn abholen wollte, und von dem Tag, der sie in einen tiefen Abgrund stürzte. Sie berichtete von dem Vertrag, den sie unterschrieb, weil sie dazu erpresst wurde und vom Besuch bei ihrer Freundin Anneliese. Die Eintragungen der folgenden Wochen waren von Kummer und Schmerz erfüllt. Christa trauerte und reiste weiterhin von Auftritt zu Auftritt, um zu vergessen. Hugos Tod ließ sie jedoch nicht los. Sie war überzeugt davon, dass es kein Selbstmord war. Auch wenn seine finanzielle Situation noch so aussichtslos gewesen sein sollte, hätte er ihr das niemals angetan. Sie musste einen Beweis finden, dass er umgebracht wurde, weil er seine Frau verlassen wollte. So nahm sie Kontakt mit Marion Fischer auf und teilte ihr mit, dass sie ihre Karriere aufgeben und ein Apartment im Eichengrund beziehen wollte. Die Residenzleiterin versuchte zunächst, das zu verhindern, aber Christa setzte sich durch, indem sie ihr drohte, sie könne dafür sorgen, dass ihr Arbeitsvertrag nicht verlängert würde. Marion Fischer gab schließlich klein bei, was Christa vermuten ließ, dass sie auch einen Vorteil darin sah, die verrückte alte Diva unter ständiger Beobachtung zu haben. So bezog sie bald eine kleine Wohnung im Eichengrund.

Erst als Pia Wagner eintraf, legte Charlotte ihre Lektüre beiseite. Sie unterhielten sich kurz über den Fall, dann verab-

schiedete sich die Kommissarin, um ins Präsidium zurück-
zufahren. Charlotte ging ins Bad, machte sich frisch und zog
sich für das letzte Treffen mit den Freunden um. Bevor sie
das Apartment verließ, versteckte sie alle Unterlagen und die
Diamanten aus dem Schließfach im Backofen.

Charlotte freute sich auf den letzten Abend mit den Freunden. Im Wintergarten waren schon alle versammelt, als sie eintrat. Überwältigt blieb sie nach wenigen Schritten stehen. Auf
dem großen Tisch waren Platten mit Antipasti sowie Brot-
körbchen arrangiert, daneben war eine Getränkeauswahl aus
Wein- und Mineralwasserflaschen zu finden. Die niedrigen
Tische zwischen den Korbsesseln zierten flackernde Kerzen
in kleinen Glasgefäßen.

»Anscheinend wollt ihr mir den Abschied so schwer wie
möglich machen.« Sie nahm das Glas entgegen, das Philipp ihr
reichte. Die anderen waren schon mit Rotwein versorgt und
tranken ihr zu. »Ihr erwartet aber keine Rede von mir?« Die
erwartungsvollen Blicke, die auf ihr ruhten, waren Antwort
genug. »Also gut. Bevor ich hier eingezogen bin, dachte ich,
dass es nicht einfach wird, als Neue mit den Bewohnern warm
zu werden. Ich sah mich schon unter lauter alten Leutchen, die
nur über ihre Krankheiten reden. Dann hat mich an meinem
ersten Tag ein älterer Herr so charmant in eure Runde eingeladen, dass ich nicht widerstehen konnte.« Lächelnd beugte
sie sich zum General hinunter und hauchte einen Kuss auf
seine Wange. »Ohne deine Initiative hätte mein Aufenthalt
hier nur aus Ermittlungen bestanden. So aber sind wir Freunde
geworden, haben viel gelacht und viel erlebt. Dafür bin ich
euch allen dankbar. Ihr seid eine tolle Truppe.«

»Zu der du auch gehörst«, sagte Conrad. »Du musst uns
so oft wie möglich besuchen.«

»Versprochen.«

KAPITEL 25 – DIENSTAG, 26. MAI

Gegen 2 Uhr morgens schreckte Charlotte hoch. Benommen warf sie einen Blick auf die Leuchtziffern des Weckers und sah, dass sie nur anderthalb Stunden geschlafen hatte. Kurz vor Mitternacht hatte sich die fröhliche Runde im Wintergarten getrennt. Nach dem langen Tag war sie zu müde gewesen, um noch in den Tagebüchern zu lesen. Stattdessen war sie ins Bett gegangen. Wodurch war sie nach so kurzer Zeit wieder erwacht? Egal, dachte sie und drehte sich herum. Dadurch bemerkte sie den Lichtschein, der durch die offene Schlafzimmertür hereinfiel. Anscheinend hatte sie vergessen, im Wohnzimmer die Lampe auszuschalten, aber sie war zu müde, noch einmal aufzustehen. Während sie die Augen schloss, nahm sie am Fußende des Bettes eine Bewegung wahr. Erschrocken richtete sie sich auf, sah eine schemenhafte Gestalt, die langsam näher kam. Sie war ganz in Schwarz gekleidet – und hielt eine Pistole in der Hand.

»Raus aus dem Bett!«

Charlotte erkannte die Stimme sofort.

»Frau Fischer?«

Erst als die Residenzleiterin dicht vor dem Bett stehen blieb, konnte Charlotte ihr Gesicht sehen.

»Mit mir haben Sie wohl nicht mehr gerechnet.«

»Was wollen Sie von mir?«

»Dachten Sie, dass Sie hier ungestraft rumschnüffeln und alles kaputtmachen können?« In ihren Augen lag blanker Hass. »Dafür werden Sie bezahlen!«

Trotz der Waffe, die auf sie gerichtet war, zwang sich Charlotte zur Ruhe.

»Hat es nicht schon genug Tote gegeben? Legen Sie die Pistole weg und stellen Sie sich der Polizei.«

»Das könnte Ihnen so passen! Ich habe nichts mehr zu verlieren.« Mit der Waffe gab sie ihr einen Wink. »Aufstehen!«

Notgedrungen schlug Charlotte die Decke zurück und schwang die Beine aus dem Bett.

»Was haben Sie vor?«

»Das werden Sie früh genug erfahren. Los jetzt, ins Bad.«

Charlotte blieb keine andere Möglichkeit, als aufzustehen und dorthin zu gehen. Marion Fischer folgte dicht hinter ihr. Sie nahm den Badeanzug, der an einem Haken hing, und warf ihn Charlotte zu. »Anziehen.«

»Und wenn ich mich weigere?«

Marion warf einen vielsagenden Blick auf die Pistole.

»Werden Sie es bereuen.«

Charlotte drehte ihr den Rücken zu, stieg widerwillig in den Badeanzug und zog ihn hoch. Erst danach streifte sie das Sleepshirt über den Kopf ab und schlüpfte in die Träger. Im nächsten Moment spürte sie den kalten Lauf der Waffe zwischen den Schulterblättern. Marion lenkte sie in den hell erleuchteten Wohnraum.

»Wo sind die Diamanten?«

»Welche Diamanten?«

»Die aus dem Bankfach der alten Diva. Ich habe mit meinem naiven Sohn telefoniert. Michael hat gehört, dass Sie mit dem Kommissar zusammenarbeiten – und was Sie im Schließfach gefunden haben.«

»Dann hat Ihr Sohn sicher auch gesehen, dass ich alles, was im Schließfach lag, der Polizei übergeben habe«, bluffte Charlotte. »Hier gibt es nichts zu holen. Deshalb sollten Sie …«

»Verdammter Idiot!«, schimpfte Marion. »Der hat überhaupt nichts kapiert.«

»Warum haben Sie ihn nicht in Ihre Machenschaften eingeweiht?«

»Weil er viel zu weich ist – wie sein Vater. Aber das geht Sie nichts an.« Mit der Pistole zeigte sie auf die Apartmenttür. »Raus jetzt!«

Schräg gegenüber betrat Anneliese im Ostflügel der Seniorenwohnanlage den Balkon, um vor dem Schlafengehen frische Luft zu schnappen. Die Nacht war kühl, sodass sie in der dünnen Schlafanzughose und dem kurzärmeligen Shirt fröstelte. Sie rieb sich die Arme, während ihr Blick über die dunkle Fassade der Residenz schweifte. Nur hinter einem Fenster fiel durch offene Vorhänge Licht. War das nicht die Gästewohnung? Anscheinend kam Charlotte auch nicht zur Ruhe. Erstaunt beugte sie sich etwas vor, als zwei Gestalten in Fensternähe auftauchten. Charlotte war nicht allein. Sie hatte Besuch – Herrenbesuch? Das Lächeln auf Annelieses Gesicht verblasste, als sie beobachtete, dass die eine Person die andere mit einer Waffe bedrohte. Sie konnte die Pistole deutlich erkennen. Marion Fischer, schoss es ihr durch den Kopf. Das konnte nur bedeuten, dass sie sich an Charlotte rächen wollte. Anneliese sah noch, dass die Freundin zur Tür gedrängt wurde, dann verschwanden beide aus ihrem Blickfeld.

»Sch…«, fluchte sie leise, machte auf dem Absatz kehrt und lief in ihr Schlafzimmer. »Conrad, wach auf!«, rief sie und zog ihm die Decke weg. »Charlotte ist in Gefahr!«

Schlaftrunken richtete er sich auf.

»Was ist los?«

Sie erklärte kurz, was sie beobachtet hatte.

»Das sah wie eine Entführung aus. Sag Philipp Bescheid; ich rufe die Polizei und frage unten, ob die Nachtwache was gesehen hat. Wir treffen uns dann in der Lobby.«

Schon lief sie hinaus. Im Wohnzimmer suchte sie in ihrer

Handtasche nach dem Handy, fand es aber nicht. Auch lag es weder auf dem Tisch noch auf der Kommode. Anneliese wollte nicht noch mehr Zeit mit der Suche vergeuden. Sie würde die Polizei von der Lobby aus anrufen, griff im Vorbeigehen den Wohnungsschlüssel von der Ablage und verließ ihr Apartment. Auf dem Flur wandte sie sich nach rechts, stieg in den Fahrstuhl und fuhr ins Erdgeschoss.

Im Eingangsbereich war nur die Notbeleuchtung eingeschaltet, dennoch konnte sie sich gut orientieren. Sie eilte hinter die Rezeption und stieß die Tür zum Verwaltungstrakt auf. Gleich im ersten Raum auf der rechten Seite befand sich das Zimmer der Nachtwache. Ohne anzuklopfen, stürmte sie hinein und blieb sekundenlang stehen, als sie sah, dass Schwester Petra mit Paketband an einen Stuhl fixiert war. Auch ihr Mund war mit einem Klebestreifen bedeckt, sodass nur aufgeregte Laute zu hören waren.

Anneliese lief zu ihr und riss den Streifen mit einem Ruck ab.

»Frau Fischer«, keuchte die Pflegerin. »Sie kam plötzlich rein und hat mir eine Pistole unter die Nase gehalten.«

Anneliese nickte nur, schaute sich suchend auf dem Schreibtisch um und zog eine Schere aus dem Stifteköcher. Rasch durchtrennte sie damit die Fesseln. Dabei streifte ihr Blick den Überwachungsmonitor, der in vier Bereiche unterteilt war. Das Bild rechts unten zeigte das Schwimmbad. Anneliese sah, dass Charlotte im Badeanzug auf einer Liege saß und irgendetwas um ihre Fußgelenke legte. Genauso verfuhr sie mit den Handgelenken. Marion Fischer stand vor ihr, die Pistole auf sie gerichtet.

»Was soll das werden?«

»Das sind Gewichtmanschetten«, erkannte Schwester Petra. »Die sind bestimmt aus dem Fitnessraum. Eigentlich werden sie zur Stärkung der Arm- und Beinmuskulatur eingesetzt. Sie erschweren die Bewegung und …« Entsetzt blickte sie Anneliese an. »Wenn sie Frau Stern zwingt, damit zu schwimmen, werden ihre Kräfte schnell erlahmen und sie wird ertrinken.«

»Das werden wir verhindern.« Sie zeigte auf den Bildschirm. »Können Sie das auf den Monitor in der Lobby umstellen?«

»Das geht nur an der Rezeption.«

»Dann los!«

Sie liefen in die Eingangshalle, wo Schwester Petra die Videoüberwachung umschaltete. Nur Augenblicke später kamen Conrad und Philipp angelaufen – beide in Schlafanzug und Bademantel.

»Sie sind im Schwimmbad.« Anneliese berichtete knapp von den Gewichtmanschetten und zeigte auf den Monitor. Sie sahen, dass Charlotte sich anscheinend weigerte, ins Wasser zu gehen. Daraufhin schlug Marion Fischer mit der Waffe gegen ihre Schulter und trieb Charlotte zur Treppe. Sie hatte keine Wahl, tauchte Stufe um Stufe tiefer ins Becken und begann zu schwimmen.

»Wir müssen Charlotte da rausholen«, sagte Phillip sichtlich erregt. »Ich gehe runter und rede mit Marion.«

»Warte«, hielt Anneliese ihn auf. »Sie wird nicht auf dich hören. Zusammen können wir auch nichts ausrichten. Immerhin ist sie bewaffnet und hat nichts mehr zu verlieren. Wahrscheinlich würde sie nicht zögern, auf uns zu schießen. Es sei denn …«

»Was?«, fragte Conrad ungeduldig. »Nun sag schon!«

»Wenn wir mehr wären, viel mehr.« Erwartungsvoll schaute sie ihn an. »Du kennst dich doch mit der Technik hier aus. Kann man eine Durchsage machen, ohne dass man das im Schwimmbad hört?«

»Kein Problem.« Er öffnete den kleinen Schrank an der Wand, in dem neben den Alarmtasten auch die Sprechanlage untergebracht war. Er legte den Schalter mit dem Schwimmbadsymbol und vorsichtshalber auch den für die Lobby um.

Dann zeigte er auf das Tischmikrofon, das neben dem Monitor stand. »Man muss den Knopf beim Sprechen gedrückt halten.«

Anneliese schaute Philipp an, doch der schüttelte den Kopf.

»Du hast jetzt hier die Leitung. Die Leute kennen dich. Auf dich werden sie hören.«

»Okay.« Sie dachte kurz nach, griff nach dem Mikrofon und machte es sprechbereit. »Achtung, Achtung! Das ist eine wichtige Durchsage!« Sie legte eine kurze Pause ein, um den Bewohnern Gelegenheit zum Wachwerden zu geben. »Hier spricht Anneliese Grothe. Ich brauche Ihre Hilfe. Unsere Mitbewohnerin Frau Stern schwebt in Lebensgefahr. Kommen Sie bitte alle so schnell wie möglich in die Lobby. Nur zusammen können wir Frau Stern retten.« Sie wartete einen Moment, dann wiederholte sie ihre Durchsage.

»Gut gemacht«, lobte Philipp, wobei er den Monitor nicht aus den Augen ließ. »Trotzdem hoffe ich, dass die Polizei bald hier ist.«

»Die habe ich in der Aufregung völlig vergessen«, gestand sie und griff zum Telefon.

»Ruf ihn an«, sagte Conrad, nahm eine von den Visitenkarten vom Tresen, die der Kommissar dagelassen hatte, und reichte sie Anneliese. »Er weiß am besten, was zu tun ist.«

Während sie Hannes Bremer informierte, trafen die ersten Bewohner aus verschiedenen Richtungen in der Eingangshalle ein. Sie waren in Schlafanzug oder Nachthemd und trugen Morgen- oder Bademäntel darüber.

»Der Kommissar ist in 20 Minuten hier«, sagte Anneliese zu Conrad und Philipp. »Wir sollen nichts unternehmen, bis er da ist. – Aber das gefällt mir nicht. Wer weiß, wie lange Charlotte durchhält.«

»Sie ist zwar gut im Training, aber nach der Feier gestern Abend kann sie noch nicht viel geschlafen haben«, meinte

Conrad. »Dazu noch die Gewichte an Armen und Beinen. Da lassen die Kräfte schnell nach.«

»Wir gehen jetzt runter«, beschloss Philipp und informierte die immer größer werdende Anzahl der eintreffenden Bewohner über die Ereignisse. Unter ihnen war auch Elisabeth. Nur der General war nicht zu sehen.

Charlotte kämpfte sich durchs Wasser. Zuerst hatte sie noch versucht, Frau Fischer aus dem Pool heraus zur Vernunft zu bringen. Aber diese Frau war so sehr von Hass erfüllt, dass sie sich durch nichts von ihrer Rache abhalten ließ. Deshalb konzentrierte sich Charlotte auf das gleichmäßige Bewegen ihrer Arme und Beine. Sie merkte selbst, dass sie immer langsamer wurde. Die Gewichte zerrten an ihren Kräften. Dennoch gab sie nicht auf. Verbissen schwamm sie weiter. Ihr war klar, wie gering ihre Chancen standen, hier lebend herauszukommen. Anfangs hatte sie ihre Hoffnungen auf die Nachtwache gesetzt. Falls die Videoüberwachung ebenso wie das Telefon zu ihr umgestellt würde. Aber dann hätte sie bestimmt längst Alarm geschlagen. Die Rezeption war erst ab 6 Uhr morgens besetzt. Bis dahin waren es mindestens drei Stunden. So lange würde sie unmöglich durchhalten. Auch auf ihre Freunde konnte sie nicht zählen. Sie lagen – wie alle anderen in der Residenz – in tiefem Schlaf. Sie war allein. Niemand vermisste sie. Dennoch hoffte sie auf ein Wunder.

Geräusche von der Treppe her ließen sie aufhorchen. Sie reckte beim Schwimmen den Hals und sah Philipp, dann Anneliese, Conrad und Elisabeth. Hinter ihnen tauchten immer mehr Bewohner auf. Wortlos versammelten sich alle in der Nähe der Treppe. Ihr Erscheinen erleichterte Charlotte, ließ sie Hoffnung schöpfen. Aber würden die Freunde ihr wirklich helfen können?

Marion Fischer schien wie vom Donner gerührt. Sekundenlang starrte sie die Menschenansammlung an. Dann richtete sie die Pistole auf die Menge.

»Keinen Schritt weiter, sonst schieße ich!«

Trotz dieser Drohung kam Philipp näher. Er warf einen besorgten Blick zu Charlotte hinüber, die ihn so gequält ansah, dass er am liebsten sofort in den Pool gesprungen wäre, um sie zu retten. Sein Blick wanderte widerstrebend zu Marion Fischer.

»Das hat doch keinen Sinn. Leg die Pistole weg und lass Frau Stern gehen.«

»Das war ja klar, dass du dich für sie einsetzt«, giftete sie. »Du hast dich in die alte Schachtel verguckt! Und mich hast du links liegen lassen!«

»Das ist doch absurd. Uns verbindet nur die Kaffeerunde im Wintergarten.« Unbewusst trat er einen Schritt näher. »Eifersucht. Dann bist du für die kaputten Bremsen an meinem Wagen verantwortlich.«

Gleichmütig zuckte sie die Schultern.

»Weißt du, wie kränkend das ist, wegen einer 20 Jahre Älteren abserviert zu werden?«

»Zwischen uns ist nichts«, widersprach Philipp mit ruhiger Stimme. »Sie will ja nicht mal in unsere WG ziehen. Wir sind Freunde – mehr nicht.«

»Freunde«, höhnte sie. »Sie ist doch nur hier, um uns auszuspionieren. Dafür muss sie büßen.« Sie warf einen Blick zum Pool, in dem Charlotte in der Nähe vom Beckenrand auf der Stelle verhielt. »Weiterschwimmen!«, befahl Marion und richtete die Pistole auf sie. »Wird's bald!« Als Charlotte gehorchte, nahm sie wieder Philipp ins Visier. »Geh zurück zu den anderen. Es ist zu spät.«

»Das ist es nicht«, mischte sich nun Anneliese ein und trat neben Philipp. »Sie haben nur noch eine Chance: Verschwinden Sie, bevor die Polizei hier ist.«

»Um mich ein Leben lang zu verstecken? So war das nicht geplant. Wärt ihr nicht mit der ganzen Meute hier eingefallen …« Sie schaute wieder zu Charlotte, der es offensichtlich immer schwerer fiel, sich über Wasser zu halten. »Es dauert nicht mehr lange.«

Insgeheim gab Charlotte ihr recht. Sie hatte kaum noch Kraft. Es war, als hingen zentnerschwere Bleigewichte an ihren Füßen, die sie gnadenlos nach unten zögen. Prustend tauchte sie auf. Inzwischen war sie zu erschöpft, ihre Arme und Beine zu bewegen. Sie sammelte ihre letzte Energie, paddelte verzweifelt auf der Stelle, kämpfte um ihr Leben. Sie durfte nicht aufgeben, wollte nicht sterben!

Zwischen den Residenzbewohnern tauchte der General in seinem Rollstuhl auf. Über seinen Beinen lag eine karierte Wolldecke.

»Bitte, Marion«, sagte Philipp eindringlich. Alles in ihm drängte ihn, Charlotte aus dem Wasser holen. Die auf seine Brust gerichtete Waffe hielt ihn jedoch zurück. »Die Polizei wird gleich hier sein. Noch ist es nicht zu spät, Frau Stern gehen zu lassen.«

»Wenn die Polizei kommt, bevor sie untergegangen ist, erschieße ich sie«, sagte Marion mit kalter Stimme. »Und jeden, der mich daran hindern will.«

Panik erfasste Charlotte; ihre Atmung ging stoßweise. Sie ruderte mit den Armen, dachte flüchtig an ihre Familie – und versank.

Fast geräuschlos brachte der General sein Gefährt in Position. Seine Hand glitt unter die Decke und zog eine entsicherte Armeepistole hervor. Aller Augen waren entsetzt auf das Wasser gerichtet, sodass niemand bemerkte, dass er die Waffe hob, zielte und abdrückte.

Der Schuss hallte durchs Schwimmbad. Durch den Treffer wurde Marion die Pistole aus der Hand gerissen, schlitterte über die Fliesen. Während Anneliese mit wenigen Schritten heran war und sich nach der Waffe bückte, warf Philipp seinen Bademantel von sich und tauchte mit einem Hechtsprung ins Becken. Mit kräftigen Stößen schwamm er unter Wasser auf Charlotte zu, sah sie vor sich auf den Beckengrund sinken. Er packte sie an den Schultern und zog sie hoch. Als sie auftauchten, stieß er heftig den Atem aus. Hastig brachte er Charlotte zum Beckenaufgang. Dort wartete bereits Conrad, der ihm half, sie am Rande des Pools auf die Fliesen zu legen.

»Charlotte!« Philipp kniete neben ihr und klopfte mit der flachen Hand leicht gegen ihre Wange. »Hörst du mich? Bitte, sag was!« Als sie nicht reagierte, legte er die Hand auf ihren Brustkorb, um mit der Herzmassage zu beginnen. Im gleichen Moment schlug sie die Augen auf und hustete heftig. Philipp fiel ein Stein vom Herzen. Er stützte sie, bis der Hustenanfall vorüber war. Dann nahm er sie in die Arme und hielt sie fest. Spontan applaudierten die umstehenden Senioren.

Von hinten drängte sich Hannes durch die Menge. Mehrere Polizisten verteilten sich in der Schwimmhalle.

»Was ist passiert?«

Alle redeten durcheinander, worauf Anneliese die Stimme erhob.

»Ruhe, bitte!« Augenblicklich wurde es still. Daraufhin berichtete sie dem Kommissar, was sich in der Schwimmhalle ereignet hatte – ohne dabei Marion Fischer aus den Augen zu lassen, die an der Wand hockte und ins Leere starrte.

Hannes gab einem Polizisten einen Wink und deutete auf die gebrochene Frau.

»Festnehmen!«

Dann trat er zu Charlotte, die inzwischen auf einer Liege saß und von Philipp in einen Bademantel gehüllt wurde. Die Gewichtmanschetten lagen vor ihr auf dem Boden.

»Charly, alles okay bei dir?«

Mit kaum wahrnehmbarem Lächeln nickte sie.

»Diesmal bist du zu meiner Rettung zu spät gekommen.«

»Soll nicht wieder vorkommen«, ging er darauf ein. »Wie ich eben hörte, hat der Herr Professor seine Sache sehr gut gemacht.« Er setzte sich zu ihr und nahm ihre Hände. »Geht es dir wirklich gut? Vorsichtshalber solltest du ins Krankenhaus.«

»Das ist nicht nötig. Mir fehlt nichts. Ich möchte nur schlafen.«

»Du solltest jetzt nicht allein …«

»Ich bleibe bei ihr«, sagte Philipp, »und passe auf sie auf.«

»Okay«, gab Hannes nach und erhob sich.

Sogleich steuerte der General seinen Rolli zu ihm und reichte dem Kommissar seine Pistole.

»Ich habe erst geschossen, als es sich nicht mehr vermeiden ließ. Aber ich wollte niemanden verletzten. Deshalb habe ich auf ihre Waffe gezielt.«

»Sauberer Schuss«, gestand Hannes ihm zu. »Sie haben hoffentlich eine Waffenbesitzkarte.«

»Selbstverständlich.«

»Gut.« Nachdenklich blickte er in die Runde. »Ich schlage vor, Sie alle gehen schlafen. Halten Sie sich bitte morgen …« Kopfschüttelnd brach er ab. »Heute Vormittag für die Zeugenvernehmungen zur Verfügung.«

Als Philipp Charlotte aus der Schwimmhalle führte, blieb sie kurz beim General stehen und legte die Hand auf seine Schulter.

»Danke.«

»Es war mir eine Ehre.«

Philipp legte den Arm um Charlottes Schultern und brachte sie bis zu ihrer Wohnung. Vor der Tür schaute sie ihn hilflos an.

»Ich habe keinen Schlüssel.«

»Dann musst du wohl noch mal bei dem langweiligen Professor schlafen.«

»Mir bleibt heute auch nichts erspart.«

»Du wirst es überleben«, meinte er und führte sie zurück zum Lift.

In seinem Apartment dirigierte er sie ins Bad und legte ein großes Handtuch bereit.

»Du musst aus dem nassen Badeanzug raus«, sagte er und ließ sie allein.

Rasch zog sie sich aus und trocknete sich ab. Trotzdem fror sie. Sie wickelte sich in das Frotteetuch, nahm ein kleineres vom Haken und rubbelte damit durch ihr Haar.

Zögernd betrat sie das Schlafzimmer und sah, dass Philipp sich schon umgezogen hatte. Er trug nun eine dunkelblaue Schlafanzughose mit einem weißen Shirt darüber. Charlottes Gewissen regte sich, da das passende Pyjamaoberteil immer noch im Schrank der Gästewohnung lag. Sie hätte es Philipp längst zurückgeben sollen.

Nach einigem Suchen in der Schublade einer Kommode förderte er ein geblümtes Flanellnachthemd seiner Tante zutage, das er ihr reichte.

»Das ist zwar nicht der letzte Chic, aber was Hübscheres habe ich leider nicht.«

»Ich will heute sowieso keinen Schönheitswettbewerb mehr gewinnen.« Ohne Philipp zu beachten, ließ sie das Handtuch fallen und zog das Nachthemd über den Kopf.

Philipp war viel zu überrascht, um ihre Worte zu kommentieren. Erst als Charlotte unter der Decke lag, besann er sich.

»Wenn du noch was brauchst, ich bin nebenan.«

»Das hatten wir doch schon mal. Meinetwegen musst du nicht auf deinen Schlaf verzichten. Das Bett ist breit genug.«

»Sicher? Gebranntes Kind scheut das Feuer.«

»Mein Feuer wurde im Schwimmbecken gelöscht. Wenn du kein Problem damit hast, neben einer Wasserratte zu liegen.«

»Neuerdings habe ich eine Schwäche für diese reizenden Tierchen.«

Er legte sich neben sie, stützte sich mit dem Arm ab und schaute sie an. In seinen Augen lag ein noch nicht ganz erloschener Funken der Besorgnis.

»Wie fühlst du dich?«

»Ich bin hundemüde – und mir ist immer noch kalt.«

»Soll ich dich wärmen?«

»Wenn es dir nichts ausmacht.«

»Ich bin hart im Nehmen.« Er rückte näher und legte den Arm um ihre Schultern. Mit der Wange an seiner Brust schloss sie die Augen.

»Danke«, murmelte sie noch, dann war sie auch schon eingeschlafen.

Im Morgengrauen träumte Charlotte, dass sie im Pool immer noch um ihr Leben kämpfte. Sie riss die Augen auf und war erleichtert, als sie Philipp sah, der tief und fest neben ihr schlief. Obwohl sie sich wie gerädert fühlte, erhob sie sich vorsichtig und schlich ins Bad. Dort streifte sie den Frotteemantel über, griff nach ihrem Badeanzug und verließ barfuß das Apartment.

Auf dem Flur vor der Gästewohnung begegnete ihr Edith Ritter. Da im Körbchen ihres Rollators noch nichts lag, war sie anscheinend auf dem Weg zur Rezeption, um ihre Tageszeitung zu holen.

»Guten Morgen, Frau Stern. Sie sind aber schon früh unterwegs.«

»Ich habe mich ausgesperrt«, erwiderte sie der Einfachheit halber. »Deshalb muss ich zur Rezeption.«

»Nicht nötig.« Die alte Dame griff in ihre Jackentasche und zog ein Schlüsselbund heraus. »Ich lasse Sie rein.«

»Sie haben einen Generalschlüssel?«

»Das ist in unserer Branche so üblich.« Sie schloss die Tür auf und öffnete sie ein Stück weit. »Danke, Frau Stern.«

»Wofür?«

»Sie haben dafür gesorgt, dass das Böse aus Eichengrund verschwunden ist.«

»Meinen Sie damit Ihre Tochter?«

»*Sabine* war meine Tochter. Drei Tage nach der Geburt wurde sie mir weggenommen. Erst 46 Jahre später habe ich sie als Marion wiedergesehen. Zuerst war ich überglücklich, aber dann …« Ihr Blick schweifte in die Ferne. »So hatte ich mir mein kleines Mädchen nicht vorgestellt: so hart und unnachgiebig – und so grausam.« Tränen füllten ihre Augen. »Sie hat Hugo einfach erschossen. Mich hatte sie vorher zum Frisör geschickt. Und als ich zurückkam, war er tot. Sie hat mich gezwungen, ihr Spiel mitzuspielen, sonst hätte sie mich auch umgebracht. Wie ein Doppelselbstmord hätte es ausgesehen.«

Rasch dirigierte Charlotte sie in die Wohnung und schloss die Tür. Ein solches Gespräch sollte nicht auf dem Flur geführt werden.

»Warum hat sie ihren Vater erschossen?«

»Er hat ihr gesagt, dass er Eichengrund nicht halten kann, dass er verkaufen muss, um die Schulden zu bezahlen.«

»Und dass er mit Christa neu anfangen wollte.«

»Dafür hat sie ihn gehasst – und mir hat sie Vorwürfe gemacht, weil ich nicht um ihn gekämpft habe.« Ein weicher

Ausdruck legte sich auf ihr faltiges Gesicht. »Ich habe Hugo geliebt, so sehr geliebt, aber ich konnte ihn auch verstehen. All die Jahre hat er zu mir gehalten, auch als er sich längst in Christa verliebt hatte. Marion hat ihm gesagt, dass er gehen kann, wenn er uns Eichengrund überlässt. Schließlich hätte Christa genug Geld, um seine Schulden zu bezahlen. Das wollte er aber nicht.«

»Deshalb musste er sterben.«

»Marion war unerbittlich. Eichengrund sollte in der Familie bleiben. Sie sagte, sie hätte ein Recht auf ihr Erbe. Ich konnte sie nicht aufhalten.«

»Wurden Sie weiterhin von ihr bedroht?«

»Ja, ich hatte immer Angst vor ihr. Erst als ich dement wurde, hat sie mich in Ruhe gelassen. Mit der Zeit wurde sie sogar immer freundlicher. Wahrscheinlich dachte sie, dass ich alles vergessen habe.« Triumphierend blitzte es in ihren Augen auf. »Hätte sie geahnt, dass ich etwas gegen sie in der Hand hatte.«

»Die Videoaufnahme«, kombinierte Charlotte. »Der Umschlag in meinem Postfach war von Ihnen.«

»Das war meine erste und einzige Chance, frei zu werden.«

»Warum sind Sie nicht längst zur Polizei gegangen?«

»Hätte ich das getan, dann hätte sie ausgesagt, dass ich sie zum Mord an meinem Mann angestiftet habe, weil er mich verlassen wollte. Sie hätte dafür gesorgt, dass ich auch ins Gefängnis muss.«

»Woher hatten Sie die CD eigentlich? Ihre Tochter wird sie Ihnen kaum gegeben haben.«

»Nach Hugos Tod musste alles ganz schnell gehen. Marion hatte mit Christa genug zu tun. Ich sollte die CD vernichten, bevor die Polizei im Haus ist. Obwohl ich große Angst hatte, habe ich die Aufnahme nicht zerstört, sondern gut versteckt. Ich hatte sie schon fast vergessen, bis ich gestern hörte, dass

Sie hier bei uns für die Polizei ermitteln. Ich bin froh, dass jetzt alles vorbei ist, obwohl ich nun ganz allein bin.«

Behutsam legte Charlotte die Hand auf ihren Arm.

»Das sind Sie nicht. Sie haben noch Ihren Enkel.«

»Wen?«

Nicht einmal ihrer Mutter hatte sie es gesagt, dachte Charlotte voller Mitgefühl für die alte Dame.

»Sie kennen doch den Studenten von der Rezeption. Michael Riedel.«

»Ein netter junger Mann – und so hilfsbereit. Er trägt mir manchmal meine Einkäufe in die Wohnung.«

»Er ist Marions Sohn, Ihr Enkel.«

Ediths Augen richteten sich ungläubig auf sie.

»Warum hat sie mir das nie erzählt? Sollte er mich aushorchen? Wenn er so schlecht wie seine Mutter ist, will ich nichts mit ihm zu tun haben.«

»Er wusste nichts von den Machenschaften seiner Mutter. Ihre Tochter hat von ihm verlangt, dass er ihr schwört, niemandem zu sagen, dass sie seine Mutter ist – vielleicht aus Eitelkeit.«

»Ich habe einen Enkel«, flüsterte Edith überwältigt. »Wären Sie nicht zum Probewohnen hierhergekommen, hätte ich das wohl nie erfahren. Jetzt hat mein Leben wieder einen Sinn.«

Forschend schaute Charlotte sie an. Es war das erste Mal in all den Wochen, dass sie Edith Ritter über einen längeren Zeitraum bei klarem Verstand erlebte.

»Langsam glaube ich, dass Sie gar nicht dement sind.«

Edith zuckte nur die Schultern, wobei sie hintergründig lächelte. Dann legte sie den Zeigefinger an die Lippen.

»Psst.«

»Ich verrate Sie nicht«, versprach sie. Diese Frau hatte in ihrem Leben schon genug gelitten. »Danke für Ihr Vertrauen.«

Die alte Dame nickte nur und griff nach der Türklinke.

»Ich muss jetzt meinen Mann suchen.« Verschwörerisch zwinkerte sie ihr zu und verließ die Wohnung.

Nachdenklich ging Charlotte ins Bad, um zu duschen. Sie zog den Bademantel aus und warf einen Blick in den Spiegel. Bei ihrem Anblick zuckte sie zusammen: Sie war blass und sah übernächtigt aus; unter ihren Augen zeichneten sich Schatten ab, das Haar war stumpf und zerzaust. Plötzlich hatte sie nur noch den Wunsch, von hier wegzukommen. Sie lief ins Schlafzimmer hinüber und zog sich an. Hastig warf sie ihre Kleidung in den Koffer, holte ihre Sachen aus dem Bad und stopfte sie in die Reisetasche. Anschließend schaute sie bei einem Rundgang in alle Schränke und nahm ihre persönlichen Sachen heraus. Auch das Versteck im Backofen räumte sie leer. Die Lebensmittel ließ sie stehen. Zuletzt schlang sie ein Seidentuch um den Kopf und setzte ihre große Sonnenbrille auf. Mit ihrem Gepäck verließ sie das Apartment und fuhr im Lift in die Lobby. Dort gab sie den Schlüssel ab und bat darum, ihr die Rechnung zuzuschicken.

Eine halbe Stunde später betrat Charlotte ihre Wohnung. Noch in der Diele streifte sie das Tuch und die Schuhe ab, lief durch die Räume und öffnete die Fenster. Kraftlos sank sie aufs Sofa. Sie musste Hannes anrufen – und ihre Kinder.

Durch das Läuten des Telefons schreckte Charlotte hoch. Benommen schlug sie die Augen auf. Sie brauchte einen Moment, um sich zu orientieren. Mit leisem Stöhnen rappelte sie sich hoch, trat an die Kommode und griff zum Hörer.

»Ja?«

»Na endlich«, vernahm sie Hannes' erleichterte Stimme. »Ich versuche schon den ganzen Tag, dich auf dem Handy zu erreichen. Geht es dir gut?«

»Alles okay. Ich bin auf dem Sofa eingeschlafen.«

»Ich habe mir Sorgen gemacht, nachdem keiner aus der Residenz wusste, wo du bist.«

»Entschuldige, ich wollte so schnell wie möglich nach Hause. Das war gestern alles ein bisschen viel.«

»Das hätte gar nicht passieren dürfen. Hätte ich diese Frau nicht maßlos unterschätzt …«

»Du kannst nun wirklich nichts dafür«, fiel sie ihm ins Wort. »Jeder in Marion Fischers Lage hätte sich abgesetzt. Es konnte doch niemand ahnen, dass sie sich an mir rächen will und dadurch ihre Verhaftung riskiert. Hat sie schon ein Geständnis abgelegt?«

»Bis jetzt hat sie noch kein Wort gesagt. Aber wenn wir sie mit dem Video konfrontieren, wird sie schon reden.«

»Sie könnte behaupten, dass ihre Mutter sie angestiftet hat, Hugo zu erschießen. Edith hat mir in einem klaren Moment erzählt, dass ihre Tochter ihr damit gedroht hat.« Sie berichtete ihm, was die alte Dame ihr über den Mord anvertraut hatte. »Mir tut sie leid. Sie musste schon so viel durchmachen. Vielleicht ist es ein Glück, dass sie dement ist. Dadurch hat sie eine Menge vergessen.«

»Ihr Enkel wird sich um sie kümmern. Ich habe Michael Riedel gesagt, dass sie seine Großmutter ist.«

»Edith hat erst von mir erfahren, dass sie einen Enkel hat. Vielleicht kannst du aus ihrer Tochter rausbekommen, warum niemand davon wissen sollte.«

»Wir werden sehen. Deine Aussage brauchen wir auch noch. Kannst du morgen ins Präsidium kommen?«

»Wenn es unbedingt sein muss.«

»Das kann ich dir leider nicht ersparen.«

»Ich weiß«, sagte sie mit einem Seufzer. »Kannst du wenigstens versuchen, meinen Namen aus den Medien rauszuhalten?«

»Das habe ich schon mit der Staatsanwältin besprochen. Wir werden nichts über die Umstände von Marion Fischers Verhaftung an die Presse weitergeben.«

»Danke.«

»Ruh dich bis morgen aus.«

»Am liebsten würde ich ein paar Tage wegfahren, vielleicht ans Meer.«

»Dann mach das doch. Das wird dir guttun. Meinetwegen kannst du schon ganz früh zu uns kommen – und anschließend gleich fahren.«

»Ich denke darüber nach. – Bis morgen.«

Sie setzte sich aufs Sofa und überlegte, ob sie wirklich verreisen sollte. Sie brauchte Abstand – so viel war sicher. Ein Tapetenwechsel würde ihr vielleicht helfen, die Ereignisse zu verarbeiten. Freunde von ihr besaßen ein kleines Ferienhäuschen an der Ostsee, das sie ihr schon öfter überlassen hatten. Kurzentschlossen rief sie ihre Freundin Karin an, die ihr erzählte, dass die Familie das Haus erst wieder im August nutzen würde. Charlotte könne sich den Schlüssel jederzeit abholen. So verabredeten sie sich für den nächsten Vormittag.

Nach dem Gespräch ging sie in die Diele, nahm ihr Gepäck und trug es ins Schlafzimmer. Die elegante Kleidung, die sie im Eichengrund bevorzugt hatte, war rasch gegen etwas Legeres ausgetauscht. Auch ihre Kamera packte sie ein. Sie wusste aus Erfahrung, dass die Motivsuche sie ablenken würde.

Mit leisem Stöhnen richtete sich Charlotte wieder auf; ihr ganzer Körper war verspannt. Dazu schmerzten die Muskeln an Armen und Beinen. Sie brauchte ein heißes Bad. Deshalb ging sie nach nebenan und ließ Wasser in die Wanne laufen. Auf dem Weg zurück ins Schlafzimmer hörte sie die Melodie ihres Mobiltelefons. Ihre Handtasche stand immer noch in der Diele. Während sie das Gerät herausfischte, sprang die Mailbox an.

Charlotte nahm das Smartphone mit ins Schlafzimmer und setzte sich auf die Bettkante. Auf dem Display wurden 17 unbeantwortete Anrufe angezeigt. Auf der Liste las sie immer die gleichen Namen: Anneliese, Philipp und Hannes. Auch auf der Mailbox hatten die drei mehrere Nachrichten hinterlassen. Mit Hannes hatte sie bereits gesprochen. Anneliese schickte sie eine SMS, dass sie alles gut überstanden hätte und nun erstmal eine Auszeit nehmen würde. Bei Philipp meldete sie sich nicht. Obwohl sie ihm dankbar für seinen Einsatz in der Schwimmhalle war, wusste sie ihn nicht richtig einzuschätzen. Nun hatten sie schon zweimal die Nacht zusammen im selben Bett verbracht. Sie gestand sich ein, dass sie sich in seiner Nähe wohlfühlte – so wohl, wie in einem Paar bequemer Hausschuhe. Für ihn war das, trotz seiner Vorliebe fürs Flirten, ein Freundschaftsdienst gewesen. Er hatte ihr Verhältnis zueinander Marion Fischer gegenüber nicht heruntergespielt, um sie zu beruhigen, sondern weil es den Tatsachen entsprach. Sonst hätte er später in seinem Apartment zumindest angedeutet, ob er anders empfand. Aber er hatte sich noch nicht einmal zu einem Kommentar hinreißen lassen, als sie vor seinen Augen das Nachthemd seiner Tante angezogen hatte. Möglicherweise fand er das auch einfach nur peinlich: Eine alte Frau, die ungeniert die Hüllen vor ihm fallen ließ. – Jetzt, da sie darüber nachdachte, war auch ihr das unangenehm, obwohl sie durch ihren Sport ganz gut in Form geblieben war. Philipp hatte sich zu keiner Zeit anders als ein Freund verhalten – trotz seiner manchmal zweideutigen Bemerkungen. Sie wurde einfach nicht schlau aus diesem Mann. Deshalb war es besser, den Kontakt zu ihm vorläufig zu vermeiden.

KAPITEL 26 – MITTWOCH, 27. MAI

Ein Blick auf den Wecker verriet Charlotte, dass sie beinah 14 Stunden geschlafen hatte. Vorsichtig streckte sie sich unter der Decke und war erleichtert, als sie den Muskelkater kaum noch spürte. Obwohl es früher Morgen war, stand sie auf und ging ins Bad. Nach einer erfrischenden Dusche betrachtete sie sich im Spiegel. Sie sah immer noch blass und mitgenommen aus. Um zu verhindern, darauf angesprochen zu werden, schminkte sie sich dezent, was ihr ein frischeres Aussehen verlieh.

Gleich nach dem Frühstück, das nur aus einer Tasse Kaffee bestand, fuhr sie zum Präsidium. Pia, Martin und Hannes umarmten sie sichtlich froh darüber, dass sie den Anschlag unverletzt überstanden hatte. Als ihre Aussage aufgenommen wurde, schaute die Staatsanwältin kurz herein und gratulierte Charlotte zu ihrem Ermittlungserfolg.

Während das Protokoll getippt wurde, wartete sie im Büro des Hauptkommissars.

»Ich weiß immer noch nicht, warum plötzlich so viele Bewohner in der Schwimmhalle aufgetaucht sind. Hat die Nachtwache Alarm geschlagen?«

»Die hatte Marion Fischer schon vorher außer Gefecht gesetzt«, sagte Hannes. »Frau Grothe hat von ihrem Balkon aus gesehen, was in deiner Wohnung passiert ist.« Dann erzählte er, auf welche Weise ihre Freunde aus der Kaffeerunde die Bewohner zusammengetrommelt hatten.

»Anneliese ist anscheinend nie um gute Einfälle verlegen. Ich verdanke ihr mein Leben.«

»Ihr und dem Professor. Der hat ganz schön was für dich riskiert.«

»Ich weiß.« Sie war erleichtert, als der Rechtsmediziner hereinpolterte und sie dadurch Hannes' forschendem Blick entkam.

»Charly!« Unbeholfen zog Horst Fleischmann sie an seine Brust. »Was machst du bloß für Sachen? Mir ist beinah das Herz stehen geblieben, als ich hörte, in welcher Gefahr du warst.«

Sanft, aber bestimmt löste sie sich von ihm.

»Ich habe eben einen wachsamen Schutzengel.«

»Der aber tatkräftige Unterstützung brauchte.« Schwer ließ er sich auf einen Stuhl fallen. »Philipp hat dich doch im letzten Moment aus dem Wasser geholt.«

»Hast du mit ihm gesprochen?«

»Er hat mich gestern angerufen, weil er unbedingt deine Adresse haben wollte. Ich hab sie ihm aber nicht gegeben. Wo kämen wir denn da hin? Schließlich habe ich schon bei unserem letzten Treffen sein großes Interesse an dir bemerkt.«

»Ihr habt euch getroffen? Davon hat er gar nichts erzählt.«

»Er hat dir nicht verraten, dass ich mich verplappert habe?«

»Nein, aber jetzt möchte ich wissen, worum es dabei ging.«

Es war ihm sichtlich unangenehm, darüber zu sprechen. Umständlich zog er ein Taschentuch hervor und tupfte sich die Schweißperlen von der Stirn.

»Du weißt wahrscheinlich, dass er einen Roman schreiben will – und ich ihn bei den rechtsmedizinischen Details berate. Bei unserem letzten Treffen ging es auch um die Toten im Eichengrund. Philipp will seinen Serienkiller ja Taten begehen lassen, die wie Unfälle aussehen.« Noch einmal wischte er sich über die Stirn. »Ich habe ihn ein bisschen über das Leben in der Residenz ausgefragt. Er erzählte auch von der netten Gruppe, die sich immer zum Nachmittagskaffee trifft.«

»Und?«

»Von der Dame, die seit Kurzem zum Probewohnen da ist, hat er regelrecht geschwärmt, dass sie sehr attraktiv ist und klug und so humorvoll.« Hilflos zuckte er die massigen Schultern. »Da ist es mir eben rausgerutscht.«

Ungeduldig beugte sie sich etwas vor.

»Was?«

»Dass er sich keine Hoffnungen machen soll, weil du sowieso nur an deinen Ermittlungen interessiert bist. Er hat dann so lange gebohrt, bis ich ihm alles erzählt habe.«

»Wann war das?«

»Am letzten Donnerstag.«

Deshalb hatte Philipp nicht viel dazu gesagt, als sie der Kaffeerunde das Märchen von den Kriminalfällen aufgetischt hatte, die sie angeblich im Internet löste. Er kannte schon seit Tagen den wahren Grund für ihre Anwesenheit im Eichengrund – und hatte kein Wort darüber verloren.

Vom Präsidium aus fuhr sie zu ihrer Freundin und holte den Schlüssel für das Ferienhaus ab. Von dort startete sie auf direktem Weg nach Norden. Am Nachmittag erreichte sie das Ostseebad Kühlungsborn. Zuerst steuerte sie die Innenstadt an, um einzukaufen. Am unbeschrankten Bahnübergang sprang die Ampel über dem Andreaskreuz auf Rot. Jedes Mal, wenn Charlotte hierherkam, musste sie an dieser Stelle anhalten, um die Bäderbahn Molli passieren zu lassen. Die schwarze Dampflock spuckte graue Rauchwolken in den Himmel und zog die acht rot-weißen Waggons schnaufend hinter sich her.

Nach dem Einkauf brauchte Charlotte nur wenige Minuten zum Grundstück ihrer Freunde, die das sanierungsbedürftige Häuschen kurz nach der Wende gekauft und liebevoll instandgesetzt hatten. Sie war schon mehrmals mit ihrem Mann hier gewesen, aber seit seinem Tod hatte sie sich noch nicht dazu überwinden können.

Während sie den Golf unter den Carport lenkte, erinnerte sie sich, was sie nach ihrer Ankunft stets zuerst getan hatten. Ohne ihr Gepäck auszuladen, hatten sie die Fahrräder aus dem Schuppen geholt und waren zum Strand geradelt. Dort hatten sie die Schuhe ausgezogen und die Hosenbeine hochgekrempelt. Hand in Hand waren sie durch den feinen Sand ans Ufer gelaufen und hatten ihre Füße vom erfrischenden Meerwasser umspülen lassen. Das war zu ihrem Ritual geworden, das jeden ihrer Ostseeurlaube eingeläutet hatte.

Kurzentschlossen stieg sie aus dem Wagen, öffnete die Kofferraumklappe und suchte in ihrer großen Tasche nach dem Schlüsselbund.

Im Schuppen überprüfte sie kurz das Fahrrad, bevor sie zum Strand aufbrach. Schon bald erreichte sie den von wilden Heckenrosen und leuchtenden Sanddornbüschen gesäumten Weg. Sie schloss das Fahrrad an einem Pfeiler an und schlüpfte aus den Sandaletten. Nach wenigen Schritten gruben sich ihre Zehen in den warmen Sand. Tief atmete sie die klare Luft ein, die nach Meer roch, lief bis zum Wasser und ließ die leichten Wellen über ihre Füße rollen. Sie blinzelte gegen die Sonne, sah die Möwen, die elegant über ihr dahinsegelten und wie zur Begrüßung kreischten. Schließlich trat sie zurück, setzte sich nachdenklich in den Sand und lauschte dem Rauschen der brechenden Wellen. Es war ein merkwürdiges Gefühl, allein an diesem Strand zu sitzen. Mit der Zeit war sie über den Tod ihres Mannes hinweggekommen und hatte sich ihr Leben neu eingerichtet. In diesem Moment vermisste sie ihn jedoch fast so sehr wie in den ersten Wochen ohne ihn.

Erst als der Wind das Tuten eines Schiffshorns zu ihr herüberwehte, erhob sie sich und schlenderte zurück zu ihrem Fahrrad.

Am frühen Abend richtete sich Charlotte im Ferienhaus ein. Allmählich verspürte sie Hunger. Sie hatte unterwegs nur ein paar Kekse gegessen und gönnte sich nun das Matjesbrötchen vom Fischstand am Supermarkt. Dazu trank sie eine Tasse ihres Lieblingstees, den sie seit Jahren aus Darjeeling, Assam- und Aislabytee mischte und immer von zu Hause mitnahm.

Zur Tagesschau schaltete sie den Fernseher ein. Nach den Nachrichten zappte sie noch ein wenig durch die Programme, schaltete aber bald ab, als sie immer wieder gähnen musste. Der Kräfte zehrende Kampf im Schwimmbad und die lange Fahrt an die Küste forderten ihren Tribut. Deshalb ging sie nach einem Abstecher ins Bad ins Gästezimmer und legte sich ins Bett. Kaum hatte ihr Kopf das Kissen berührt, schlief sie ein.

KAPITEL 27 – DONNERSTAG, 28. MAI

Charlotte schwamm um ihr Leben. Ihre Arme und Beine fühlten sich bleischwer an, sodass sie kaum von der Stelle kam. Höhnische Blicke aus alten Gesichtern starrten auf sie herab. Niemand half ihr. Alle warteten darauf, dass ihre Kräfte nachließen. Dicht gedrängt standen sie in ihren Schlafanzügen am Beckenrand – sensationsgierig und schadenfroh. Wo waren ihre Freunde? Anneliese und Conrad, Albert, Elisabeth und Philipp?

Verzweifelt warf sie den Kopf in den Nacken, während sie reflexartig Wasser trat. Sie hatte Angst. Sie wollte nicht sterben! Doch die Gewichte zogen sie weiter nach unten. Sie konnte gerade noch den Atem anhalten, dann schlug das Wasser über ihr zusammen. Plötzlich umgab sie eine unheimliche Stille. Sie sank tiefer und tiefer. Ein brennender Schmerz durchzuckte ihre Lungen. Sie stieß die Luft aus und saugte im nächsten Moment Wasser ein. Vor ihren Augen tanzten schwarze Schleier.

Nach Atem ringend fuhr Charlotte hoch. Sie hechelte und sog gierig die Luft ein. Panisch blickte sie sich um. Im morgendlichen Dämmerlicht erkannte sie, dass sie im Bett saß. Das war nur ein Traum! Erleichtert ließ sie sich zurücksinken. Allmählich beruhigte sich ihre Atmung. Mit der Hand fuhr sie sich über die nasse Stirn. Auch ihr Körper fühlte sich feucht an. Ihre Augen suchten die Leuchtziffern des Weckers: 5.48 Uhr.

Unwillig erhob sie sich und ging ins Bad. Dort streifte sie das dünne Sleepshirt ab und stellte sich unter die Dusche. Unter dem warmen Wasserstrahl entspannte sie sich allmählich.

In ein großes Frotteetuch gehüllt trat sie später ans Waschbecken und betrachtete ihr Gesicht im Spiegel. Obwohl sie mehr als acht Stunden geschlafen hatte, sah sie müde aus. Sollte sie sich noch einmal hinlegen? Nein, entschied sie, sonst würde der quälende Albtraum vielleicht wiederkehren.

Minuten später verließ sie in ihrem Laufdress das Haus. Sie holte ihr Fahrrad, fuhr zum Strand, schloss es an und lief hinunter zum Meer. Die Luft war kühl und klar; eine leichte Brise spielte mit ihrem Haar. Kein Mensch war zu sehen.

An der Wasserkante entlang joggte sie bis zur Seebrücke. Dort verhielt sie für einige Dehnungsübungen und lief an den leuchtend blauen Strandkörben vorbei zurück zu ihrem Rad. Auf dem Heimweg stoppte sie beim Bäcker und kaufte Brötchen und eine Tageszeitung.

Nach dem Frühstück machte sie es sich auf der Terrasse unter dem Sonnenschirm bequem. Auf dem Tisch lagen die vier Tagebücher aus dem Bankschließfach in chronologischer Reihenfolge. Die ersten beiden Bände hatte sie in der Residenz gelesen. Sie griff nach dem dritten und schlug ihn auf.

Christa erzählte von ihren ersten Wochen in der Wohnung im Eichengrund und vom großen Interesse der Bewohner an ihrer Person. Hin und wieder meldeten sich Journalisten mit Interviewanfragen, aber nach einiger Zeit legte sich der Rummel, was Christa nur recht war. Sie wusste, dass die Residenzleitung ein Auge auf sie hatte. Das hinderte sie aber nicht daran, Marion Fischer bei jeder sich bietenden Gelegenheit spüren zu lassen, dass sie diese Frau für den Tod des Geliebten verantwortlich machte. Obwohl Christa häufiger die Gesellschaft von Edith Ritter suchte, bekam sie aus der Hotelierswitwe nichts heraus. Mit der Zeit zweifelte sie daran, jemals beweisen zu können, dass Hugo nicht Selbstmord begangen hatte. Christa zog sich mehr und mehr zurück und blühte erst wieder auf, als sie Anneliese überredet hatte, in der Residenz einzuziehen.

Charlotte las von Christas Dilemma, der Freundin immer alles anvertrauen zu wollen, und der Angst, Anneliese dadurch in Gefahr zu bringen.

Manchmal erwähnte Christa ihren Verehrer Gerhard Kleiber, der ihr mit Blumen und Konfekt bewaffnet hartnäckig den Hof machte. Sie nahm ihn jedoch nicht ernst, zumal sie sich nicht vorstellen konnte, noch einmal annähernd so viel für einen Mann empfinden zu können wie für Hugo, den sie immer noch liebte.

Im letzten Tagebuch schrieb Christa von den Kopfschmerzen, die immer häufiger auftraten, sodass sie schließlich einen Neurologen konsultierte. Nach der niederschmetternden Diagnose, dass in ihrem Kopf ein inoperabler Hirntumor saß, war sie tagelang wie gelähmt. Doch dann sah sie in der kurzen, ihr verbleibenden Lebenserwartung die Chance, Hugos Mörder doch noch seiner gerechten Strafe zuzuführen. Sie streute das Gerücht, herzkrank zu sein, und gab in der Residenz eine glaubhafte Vorstellung einer Herzattacke. Auch vergaß sie nicht, den Arzt Dr. Wilke einzuweihen, der häufig zu Patientenbesuchen in der Residenz weilte. Obwohl das für ihn selbstverständlich war, erinnerte sie ihn nachdrücklich an seine Schweigepflicht. Egal, was geschehen würde, er durfte sich unter keinen Umständen verplappern. Bald darauf arrangierte sie ein Treffen mit ihrem Wohnungsnachbarn Ludger Uhland und setzte ihn so geschickt auf Edith Ritter an, dass er gar nicht bemerkte, welches Ziel sie damit verfolgte.

Den Unfalltod von Gerhard Kleiber bedauerte sie, hegte aber noch kein Misstrauen an der Todesursache. Erst nach dem tödlichen Treppensturz von Ludger Uhland begann sie zu zweifeln. Beide Männer hatten mit ihr in Verbindung gestanden. Der eine hatte in der Residenz offenbar den Anschein erweckt, sehr vertraut mit ihr zu sein. Ihr Nachbar hatte in den Wochen vor seinem Tod in Edith Ritters Leben herumgeschnüffelt. Christa vermutete, dass Marion Fischer Wind davon bekommen und zwei und zwei zusammengezählt hatte. Außer der Geliebten ihres Vaters konnte niemand Ediths Vergangenheit kennen. Hatte Marion die vermeintlichen Mitwisser ausgeschaltet? Christa war überzeugt davon. Anscheinend hatte die Residenzleiterin Angst. Sie musste damit rechnen, dass ihre Machenschaften doch noch ans Licht kämen. Dann würde es auch zu gefährlich, Christa am Leben zu lassen. Ihr musste etwas einfallen, um Marion eine einmalige Gelegenheit zu geben, das Problem zu lösen.

Charlotte legte das Buch aus der Hand, stand auf und holte sich ein Glas Wasser aus der Küche. Damit setzte sie sich wieder nach draußen und widmete sich gespannt ihrer Lektüre.

Christa schrieb darüber, dass Anneliese ihr von der neuen Probebewohnerin erzählt hatte, von ihren Recherchen im Internet und der Hoffnung, in Charlotte Stern eine Verbündete auf der Suche nach Hugos Mörder zu finden.

Hier endeten die Tagebuchaufzeichnungen. Die restlichen Ereignisse hatte Charlotte hautnah miterlebt. Blieb nur die Frage, ob Marion Fischer tatsächlich nachgeholfen hatte, Christa ins Jenseits zu befördern.

KAPITEL 28 – DIENSTAG, 16. JUNI

Seit mehr als zwei Wochen erholte sich Charlotte nun schon an der Ostsee. Tagsüber ließ sie ihr Smartphone ausgeschaltet. Erst abends checkte sie verpasste Anrufe und hörte die Mailbox ab. Es tat ihr gut, nicht ständig erreichbar zu sein.

Das ungewöhnlich milde Wetter lockte sie täglich nach draußen. Sie radelte viel und unternahm lange Strandspaziergänge und schoss viele Fotos. Motive gab es in Hülle und Fülle: Strand und Meer, das Spiel der Wellen, die Seebrücke aus verschiedenen Blickwinkeln, kitschige Sonnenuntergänge. Nur ins Wasser traute sie sich nicht, obwohl sie bei früheren Urlauben täglich im Meer gebadet hatte.

Nachmittags saß sie oft auf der Terrasse und las. Immer um die gleiche Stunde schaute sie auf die Uhr. Zu dieser Zeit saßen die Freunde im Wintergarten der Residenz. Sie vermisste diese Treffen. Wahrscheinlich würden sie auch als WG-Bewohner an dieser Tradition festhalten – sich unterhalten und lachen. Ob sie schon umgezogen waren? Seit ihrer Abreise hatte sie nichts von Anneliese gehört. Nur Philipp hinterließ regelmäßig Nachrichten auf ihrer Mailbox, die sie aber nicht beantwortete.

Charlotte ging ins Haus und schaltete die Kaffeemaschine ein. Während das Gerät leise blubberte, suchte sie in ihrer Umhängetasche nach dem Umschlag mit den bestellten Fotos vom Frühlingsfest, den ihr die Rezeptionistin beim Auschecken aus der Residenz übergeben hatte.

Mit einem Becher Kaffee und dem Kuvert setzte sie sich wieder auf die Terrasse und schaute sich die Bilder an. Auf einer der Aufnahmen war die gesamte Wintergartenrunde im Park zu sehen. Auf einer anderen wurde Charlotte von Onno beim Rock 'n' Roll herumgewirbelt, sodass ihre Beine fast in ihrer ganzen Länge zu sehen waren. Ein weiteres Bild zeigte sie beim Tanz in Philipps Armen, während sie einander in die Augen schauten. Sie erinnerte sich, dass sie sich in diesem Moment gefragt hatte, warum er ihr so vertraut erschien. Ohne weiter darüber nachzudenken, betrachtete sie die restlichen Fotos, auf denen auch Anneliese und Conrad, Elisabeth und Albert in fröhlicher Stimmung zu sehen waren. Sie alle fehlten Charlotte.

An einem besonders heißen Nachmittag stand sie im Badeanzug mit den Füßen im Wasser am Ufer – und zögerte wie schon in den Tagen davor. Zwar wurde sie nachts immer seltener von Albträumen geplagt, dennoch saß das Erlebnis, fast ertrunken zu sein, tief. Sie wusste, dass sie sich überwinden musste, um das traumatische Ereignis zu bewältigen. Eine Weile schaute sie unentschlossen den plantschenden Kindern in der Nähe zu, dann gab sie sich einen Ruck und wagte ein paar Schritte nach vorn. Die Wassertemperatur lag allenfalls bei 15 Grad. Normalerweise machte ihr das nichts aus. Wenn sie sich bewegte, würde ihr sicher warm werden. Schwimm! Na los! Mach schon! Den Befehlston ihrer inneren Stimme konnte sie nicht ignorieren. Sie ging langsam weiter, tauchte bis zu den Schultern ins Wasser und kraulte ein Stück am Strand entlang. Auf dem Rückweg schwamm sie in ruhigen und gleichmäßigen Zügen. Dabei gestand sie sich ein, wie herrlich es war, in den leichten Wellen dahinzugleiten.

Nach dem Abendessen schaltete sie das Mobiltelefon an und hörte zuerst die Mailbox ab. Außer Philipp hatte auch Hannes eine Nachricht hinterlassen und um Rückruf gebeten. Sie setzte sich mit einem Glas Rotwein auf die Terrasse und rief den Kommissar an.

»Hallo, Charly«, meldete er sich. »Geht es dir gut?«

»Ja, danke. Ich genieße die Ruhe und Abgeschiedenheit. Gibt es was Neues von eurer Soko Eichengrund?«

»Frau Fischer hatte bis gestern nur den Mord an Hugo Ritter gestanden. Angesichts des Videos blieb ihr ja nichts anderes übrig. Aber sie hat hartnäckig geleugnet, etwas mit den Unfällen der beiden alten Herren und mit dem Tod der Bernhardt zu tun zu haben. Heute Morgen habe ich sie aus der Reserve gelockt und behauptet, dass Christa Bernhardt ihr haushoch überlegen war und sie ausgetrickst hätte. Sie wurde furchtbar wütend und hat mich angeschrien, dass ›die Alte‹ schuld am Tod von Kleiber und Uhland sei, weil sie keine Ruhe gegeben hätte. Deshalb musste sie dann auch sterben.«

»Damit hattest du sie«, vollendete Charlotte. »Hat sie ein umfassendes Geständnis abgelegt?«

»Inzwischen hat sie alles zugegeben, auch dass sie für den Anschlag auf den Professor verantwortlich ist. Sie hatte sich Hoffnungen gemacht, dass mehr aus ihr und ihm werden könnte – und sich da wohl richtig reingesteigert. Irgendwann hat sie sein Interesse an der neuen Probebewohnerin mitbekommen. Sie konnte seinen Rückzug nicht ertragen und sann auf Rache. Ein Freund aus DDR-Zeiten, der ihr noch was schuldig war, hat sich auf dem Waldparkplatz an den Bremsen zu schaffen gemacht. Seinen Namen hat sie uns noch nicht verraten, aber den kriegen wir noch raus.«

»Und wie ist sie bei Christa vorgegangen?«

»So, wie du vermutet hattest. Sie ist nachts mit dem Hund, dem abgerichteten Rottweiler ihres DDR-Freundes in Christa Bernhardts Wohnung eingedrungen. Als die knurrende Bestie vor ihrem Bett stand, ist die alte Dame buchstäblich zu Tode erschrocken.«

»Sie hat jeden skrupellos beseitigt, der ihr im Wege stand«, sagte Charlotte erschauernd. »Vier Morde und zwei Mordversuche – was für eine grausige Bilanz. Ich glaube, sie leidet an einer schweren Persönlichkeitsstörung: Auf den ersten Blick freundlich und zuvorkommend, auf der anderen Seite manipulativ und impulsiv, übersteigertes Selbstwertgefühl, kein Schuldbewusstsein.« Kopfschüttelnd brach sie ab. Philipp hatte das, was sie hier tat, Hobby-Profiling genannt. »Ihr werdet sicher ein psychiatrisches Gutachten erstellen lassen.«

»Ist schon in Auftrag gegeben. Das dauert.«

»Was ist eigentlich mit den Stasiakten von Edith Ritter? Braucht ihr die für die Beweisführung?«

»Nein, sie betreffen ja nur Frau Fischers Mutter.«

»Und Christas Tagebücher?«

»Steht da außer ihren Vermutungen etwas Beweiskräftiges drin?«

»Nein.«

»Dann reicht uns das Video-Testament. Warum fragst du?«

»Christa hat mich gebeten, sie zu vernichten, wenn die Polizei sie nicht braucht.«

»Verstehe. Weißt du schon, wann du zurückkommst?«

»Hast du etwa Sehnsucht nach mir?«

»Immer«, neckte er sie. »Fast so viel wie einige Herren, bei denen du hoch im Kurs stehst.«

»Keine Ahnung, wovon du sprichst.«

»Du bist doch sonst so scharfsinnig.«

»Das ist auch nur so ein Gerücht.«

Er ließ sein tiefes Lachen hören.

»Darüber reden wir noch mal, wenn du wieder da bist.«

»Wahrscheinlich komme ich am Donnerstag nach Hause. Ich habe für Freitag einen Termin in der Autowerkstatt vereinbart.«

»Verdreh bis dahin niemandem den Kopf.«

»Warum nicht? Ich bin doch angeblich gerade so schön in Übung.«

»Du bist unverbesserlich. Melde dich bitte, wenn du zurück bist.«

»Mach ich. Ciao, Hannes.«

KAPITEL 29 – FREITAG, 19. JUNI

Nach dem Frühstück bedankte sich Charlotte bei der Nachbarstochter fürs Blumengießen und Briefkastenleeren mit einem Gutschein, den sie gleich nach ihrer Rückkehr am Donnerstagnachmittag in einem bei jungen Leuten angesagten Klamottenladen besorgt hatte.

In ihrer Wohnung steckte sie die Stasiakten in eine Tragetasche und verließ das Haus. Zuerst fuhr sie zu einem Blumengeschäft und suchte einen Strauß bunter Sommerblumen aus. Damit fuhr sie zu ihrer Freundin Karin, gab ihr den Ferienhausschlüssel zurück und klönte ein Weilchen mit ihr.

Charlottes nächstes Ziel war die Seniorenanlage Eichengrund. Als sie die Lobby durchquerte, wurde sie von allen Seiten freundlich gegrüßt. An der Rezeption fragte sie nach Edith Ritter. Von der jungen Frau, die dort Dienst tat, erfuhr sie, dass die alte Dame kurz zuvor in den Park gegangen war. Bei dieser Gelegenheit erkundigte sich Charlotte auch, wann die Freunde aus der Residenz ausgezogen waren.

Sie durchquerte die Lobby und trat über die Terrasse ins Freie. Wie vermutet, saß die Hotelierswitwe in der Nähe des Teichs auf einer Bank. Ihr Gehwagen stand in Reichweite.

»Guten Tag, Frau Ritter. Darf ich mich zu Ihnen setzen?«

»Frau Stern.« Sie war sichtlich überrascht. »Wollen Sie hier doch noch einziehen?«

»Ich bin Ihretwegen hier«, verneinte sie und setzte sich neben sie. Die Baumwolltasche legte sie neben sich. »Wie geht es Ihnen?«

»Seit ich keine Angst mehr haben muss, fühle ich mich so wohl wie lange nicht mehr.« In ihre Augen trat ein lebhafter Glanz. »Ohne Sie hätte ich nie erfahren, dass ich einen Enkel habe. Michael ist ein guter Junge. Er kümmert sich rührend um mich.«

»Das freut mich.«

Aufmerksam schaute die alte Dame sie an.

»Sie haben Ihren Einsatz fast mit dem Leben bezahlt, aber man sieht Ihnen nichts mehr davon an. Die Bräune steht Ihnen ausgezeichnet. Waren Sie im Urlaub?«

»Ich war an der Ostseeküste, um mich von den Strapazen zu erholen.« Sie griff nach der Tragetasche und legte sie in das Transportkörbchen des Rollators. »Das sind Ihre Stasiakten, die in der Wohnung von Herrn Uhland gefunden wurden. Ich denke, Sie haben ein Recht darauf.«

Zögernd streckte Edith die Hand danach aus, zog sie aber wieder zurück.

»Wenn Sie nicht an die Vergangenheit erinnert werden möchten, nehme ich sie wieder mit und vernichte sie. Vielleicht möchten Sie die Akten aber auch Ihrem Enkel geben, damit er versteht, was damals passiert ist.«

»Ja, vielleicht. Danke, dass Sie daran gedacht haben.«

»Dann werd' ich mal wieder.« Charlotte erhob sich und streckte ihr lächelnd die Hand entgegen. Die alte Dame umschloss sie mit erstaunlich festem Druck. »Alles Gute, Frau Ritter.«

»Für Sie auch.«

Von der Seniorenresidenz fuhr Charlotte in die Südstadt zurück. Freitags war auf dem Stephansplatz ein großer Wochenmarkt, auf dem sie oft einkaufte. Sie nahm den Weidenkorb aus dem Kofferraum und schlenderte an den Ständen vorbei, die Frisches aus der Region anboten. Schnell füllte sich ihr Korb mit heimischem Obst und Gemüse, Kräutern und Käse. Dabei kam sie auch an dem rosa bestrickten Betonpoller mit grüner Bommelmütze vorbei, der sie an Annelieses »Urban Knitting« erinnerte. Sie beschloss, die Freunde am Nachmittag zu besuchen, und ließ sich an »ihrem« Blumenstand einen Strauß aus Allium, Schopflavendel, Clematis, Rosen, Rosmarin, Thymian und Salbei binden.

Später brachte sie ihre Einkäufe nach Hause, gab ihren Wagen in der Werkstatt ab und ging dann die wenigen Schritte zum Frisör, bei dem sie noch vor dem Frühstück telefonisch einen Termin vereinbart hatte.

Im Taxi ließ sie sich am Nachmittag zu Philipps Adresse fahren. Das Tor stand offen. Sie folgte dem mit Blumenrabatten gesäumten Weg zum Haus, stieg die drei Granitstufen hinauf und lächelte, als sie über dem Klingelknopf die fünf Namensschilder sah. Auf ihr Läuten öffnete der General die Tür.

»Heiliges Kanonenrohr!«, entfuhr es ihm bei Charlottes Anblick, doch dann strahlte er übers ganze Gesicht. »Mit dir hätte ich am allerwenigsten gerechnet.«

»Soll ich wieder gehen?«

»Untersteh dich! Bitte, komm rein.«

Da die Möbel in der Wohnhalle nicht mehr mit Folie abgedeckt waren, wirkte sie größer und sehr gemütlich.

»Wir müssen durch meine Stube«, sagte Albert und übernahm mit seinem Rolli die Führung. »Die anderen sitzen auf der Terrasse.«

Charlotte folgte ihm durch sein Wohnzimmer ins Freie. Außer Philipp saßen alle um den gedeckten Tisch herum und begrüßten sie mit großem Hallo. Anneliese sprang auf und schloss sie in die Arme.

»Jetzt bin ich aber erleichtert. Ich wollte schon die Suchhunde losschicken.«

»Tut mir leid, dass ich mich so lange nicht gemeldet habe«, sagte Charlotte und reichte ihr die Blumen. »Ein kleines Dankeschön.«

»Wofür?«

»Für alles, was du in meiner letzten Nacht im Eichengrund für mich getan hast.«

»Das war doch nichts Besonderes.«

»Das war großartig und sehr effektiv«, widersprach Elisabeth und nahm ihr die Blumen ab. »Ich stelle diesen herrlichen Strauß ins Wasser und bringe eine Tasse für Charlotte mit.«

Conrad deutete auf den Gartenstuhl zu seiner Linken.

»Setz dich zu mir. Du bist genau im richtigen Moment gekommen. Ellis Erdbeertorte ist köstlich.«

»Ich habe jeden Tag um diese Zeit auf die Uhr gesehen«, gestand sie und nahm neben ihm Platz. »Dadurch wurde mir klar, wie sehr ich diese Kaffeerunde vermisse.« Lächelnd schaute sie von einem zum anderen. »Ihr alle habt mir gefehlt.«

»Uns ging es genauso«, sagte der General. »Ohne dich war die Kompanie unvollständig.«

»Und ausgerechnet heute ist Philipp nicht da«, fügte Elisabeth hinzu und stellte ein Gedeck vor Charlotte auf den Tisch. »Er hält einen Vortrag an der Uni.« Sie schenkte den Kaffee ein und legte ein Stück Torte auf Charlottes Teller. Anscheinend wechselten sie sich immer noch mit der Bewirtung ab.

»Danke.«

»Erzähl doch mal, wo du in den letzten Wochen gewesen bist«, bat Conrad. »Wahrscheinlich hast du dir diese knackige Bräune im sonnigen Süden geholt.«

»An der Ostsee. Freunde von mir haben dort ein Ferienhäuschen.«

»Hast du dich da den ganzen Tag in der Sonne rösten lassen?«

»Das ist mir zu langweilig – und außerdem gefährlich. Ich bin viel geradelt und habe lange Spaziergänge gemacht.« Sie probierte den Kuchen, bevor sie Elisabeth anschaute. »Wirklich lecker. Anscheinend habt ihr euch hier problemlos eingewöhnt.«

»Unser Zusammenleben klappt gut. Wir sind eine harmonische Gemeinschaft, hocken aber nicht ständig aufeinander. Wenn einer seine Ruhe haben will, respektieren wir das.«

»Wir teilen uns die Küchenarbeit und die Putzfee«, fügte Anneliese hinzu. »Angenehmer kann man sich kaum dem Verfallsdatum nähern.«

»Hast du schon mit der Stiftungsarbeit begonnen?«

»In den letzten Tagen habe ich mit Dr. Bergmann am inhaltlichen und organisatorischen Konzept für die Satzung gearbeitet. Für rechtliche und steuerliche Fragen ist er zuständig. Die Stiftungssatzung ist nämlich Voraussetzung für die Anerkennung der Stiftung durch die Stiftungsaufsichtsbehörde. Wenn das alles erledigt ist, können wir loslegen.«

»Dann werden wir alle mitmachen«, sagte Conrad. »Liesel hat in der letzten Zeit so oft mit dem Advokaten zusammengehockt, dass ich fast eifersüchtig wurde.«

»Hast du Angst, dass ich mit ihm und der Stiftungskasse durchbrenne?«, zog Anneliese ihn auf. »Keine Sorge, der ist bestimmt nicht an einem Auslaufmodell interessiert.«

»Du bist eine attraktive Frau in den besten Jahren und …«

»Ja, ja«, winkte sie ab und wandte sich an Charlotte. »Gibt es Neuigkeiten über die Toten im Eichengrund? Hat Frau Fischer die Morde gestanden?«

Bereitwillig gab Charlotte ihren Kenntnisstand zum Besten.

Sie saßen noch lange plaudernd und lachend auf der Terrasse. Charlotte wurde schließlich gebeten, zum Abendessen zu bleiben, und verabschiedete sich erst danach.

Elisabeth hatte erwähnt, dass Philipp nach dem Vortrag zum Musikladen wollte. Deshalb fuhr Charlotte im Taxi dorthin, um sich auch bei ihm zu bedanken.

Der Club war gut besucht. Sie trat gleich an die Theke, um sich von dort aus einen Überblick zu verschaffen.

»Guten Abend«, grüßte Ron, der Wirt mit dem roten Haarschopf, wobei er sie nachdenklich musterte. »Charlotte, richtig? Sie waren vor ein paar Wochen mit dem Professor hier.«

»Stimmt«, bestätigte sie lächelnd, worauf er das Geschirrtuch, mit dem er Gläser poliert hatte, beiseitelegte.

»Sind Sie mit Philipp verabredet? Er ist schon vor einer Weile gekommen.« Mit dem Zeigefinger deutete er nach rechts. »Er sitzt da drüben.«

Sie schaute über ihre Schulter in diese Richtung und entdeckte Philipp sofort, obwohl er ihr den Rücken zuwandte. Ihm gegenüber saß eine Frau mit schulterlangem braunem Haar. Ihr Alter war schwer zu schätzen, aber auch auf die Entfernung war unverkennbar, dass sie hübsch war. Nun beugte sie sich etwas vor. Während sie sprach, tätschelte sie Philipps Hand.

Insgeheim tadelte sich Charlotte, dass es eine Schnapsidee gewesen war, hierherzukommen, und wandte sich Ron zu.

»Nein, wir sind nicht verabredet. Ich bin zufällig in der Gegend und wollte nur mal sehen, ob es bei Ihnen heute Live-Musik gibt.«

»Erst nächsten Freitag wieder«, erklärte er und musterte sie skeptisch. Anscheinend glaubte er ihr kein Wort. Sie war eben eine schlechte Lügnerin.

»Dann komme ich in einer Woche wieder«, sagte sie und beeilte sich, den Club zu verlassen.

Im Freien blieb sie einen Moment lang stehen, um sich zu orientieren. Einige Straßen weiter müsste es eine Bushaltestelle geben. Oder sollte sie sich besser ein Taxi rufen? Unschlüssig wandte sie sich nach rechts. Sie war erst wenige Schritte gegangen, als sie Philipps Stimme hinter sich hörte.

»Charlotte! Warte, bitte!«

Zögernd drehte sie sich herum. Da war er schon dicht bei ihr. Sein Blick glitt forschend über ihr Gesicht.

»Geht es dir so gut, wie du aussiehst?«

Sie nickte nur.

»Keine Albträume?«

Seine Frage wunderte sie nicht. Natürlich kannte er sich mit den Folgen traumatischer Erlebnisse aus.

»Jetzt nicht mehr.«

»Das beruhigt mich.« Er trat noch etwas näher. »Kann es sein, dass du meinetwegen gekommen bist? Warum bist du gleich wieder verschwunden?«

»Weil ich nicht stören wollte.«

»Meine Schwester hätte gern deine Bekanntschaft gemacht.«

»Deine Schwester?«

»Sophia hat auf diesem Treffen bestanden, um Aufbauarbeit zu leisten. Seltsamerweise spürt sie immer, wenn mich etwas stark beschäftigt.«

»Dann solltest du sie nicht länger warten lassen.«

»Das ist okay. Als Ron mir zuflüsterte, dass du eben im Club warst, habe ich einen Moment gezögert. Da sagte Sophia nur: ›Nun geh schon.‹«

Wie aufs Stichwort öffnete sich die Tür des Musikladens. Derweil Ron auf der Schwelle stehen blieb, trat Sophia auf die Straße.

»Entschuldige mich einen Moment«, bat Philipp. »Aber lauf nicht weg.« Er eilte zu seiner Schwester hinüber und verabschiedete sich mit einer Umarmung. Während er ein paar Worte mit dem Wirt wechselte, trat Sophia zu Charlotte.

»Es hätte mich gefreut, Sie kennenzulernen. Aber das holen wir bald nach.« Als sie sich zum Gehen abwandte, sagte sie leise: »Machen Sie es ihm nicht so schwer. Er liebt Sie.«

Ehe Charlotte darauf reagieren konnte, war sie zu ihrem am Straßenrand geparkten Wagen geeilt und eingestiegen.

Im nächsten Augenblick trat Philipp zu Charlotte.

»Was hat sie denn zu dir gesagt?«

»Nichts Wichtiges. Ich sollte jetzt auch nach Hause fahren.«

»Bitte, bleib noch. Wir müssen reden. Aber nicht hier.«

Er nahm sie bei der Hand und führte sie durch eine Toreinfahrt in den Hinterhof des Musikladens. Im Dämmerlicht erkannte Charlotte viele blühende Kübelpflanzen und zwei kleine Gartentische mit je zwei Holzstühlen.

»Hier diskutiere ich manchmal mit Ron und ein paar Freunden über Gott und die Welt. Setz dich bitte. Ich bin gleich wieder da.«

Er verschwand durch die offen stehende Hintertür des Clubs und kehrte wenig später mit einem Tablett zurück, auf dem eine Flasche Rotwein, zwei Gläser und ein flackerndes Windlicht standen. Nachdem er alles auf den Tisch gestellt hatte, setzte er sich zu Charlotte und griff nach der Flasche, schenkte aber noch nicht ein.

»Hattest du schon was zum Abendessen?«

»Ich war am Nachmittag in eurer WG und habe vorhin mit deinen Mitbewohnern gegessen.«

»Gut.« Sichtlich zufrieden füllte er die Gläser. »Wo warst du eigentlich die ganze Zeit?«

»An der Ostsee.«

»Mit dem Rechtsverdreher? Seid ihr inzwischen fest zusammen?«

»Wie kommst du darauf?«

»Er war in seiner Kanzlei nicht zu erreichen, angeblich weil er verreist ist.«

»Aber nicht mit mir. Ich habe Onno das letzte Mal bei der Testamentseröffnung gesehen.«

Die Erleichterung war ihm deutlich anzusehen.

»Ich habe mich beinah täglich mit deiner Mailbox unterhalten. Warum hast du mich nie zurückgerufen?«

»Weil ich Zeit brauchte, mit mir ins Reine zu kommen.«

»Kannst du dir nicht vorstellen, dass ich mir Sorgen gemacht habe? In der Nacht im Schwimmbad … Ich hatte noch nie so viel Angst um einen Menschen. Und dann warst du am nächsten Morgen spurlos verschwunden! Ich dachte, du willst nichts mehr mit mir zu tun haben, weil ich dich erst im letzten Moment aus dem Wasser geholt habe. Hätte ich eher was unternommen …«

»Du hast doch versucht, sie zur Aufgabe zu bewegen.«

Gequält blickte er ihr in die Augen.

»Du hast alles gehört, oder? Ich habe ihr nicht die Wahrheit gesagt.«

»Das ist jetzt nicht mehr wichtig.«

»Doch! Ich will nicht, dass du denkst … Normalerweise hätte ich das hinterher sofort klargestellt, aber es war nicht der richtige Zeitpunkt. Glaubst du, mir ist es leichtgefallen, mich zurückzuhalten, als du in Tante Lenchens Apartment das Nachthemd angezogen hast? Es schien so selbstverständlich, so vertraut. Trotzdem musste ich mein Testosteron da raushalten. Alles, was du in dieser Nacht gebraucht hast, war ein Freund, Geborgenheit, Sicherheit.« Mit einem leisen Seufzer brach er ab und fuhr sich mit den Fingern durch sein weißes Haar. »Wahrscheinlich habe ich alles falsch gemacht.«

»Du hast alles richtig gemacht.« Sie legte die Hand auf seinen Arm, zog sie aber gleich zurück. »Sonst wäre ich kaum hier, um mich bei dir zu bedanken.«

Seine Augen nahmen einen erwartungsvollen Ausdruck an.

»Bist du wirklich deshalb gekommen?«

»Ja, und weil ich dich was fragen wollte.«

»Was?«

»Steht dein Angebot noch?«

Sekundenlang dachte er nach.

»Brauchst du eine Nackenmassage?«

Lächelnd schüttelte sie den Kopf.

»Das andere.«

»Was habe ich dir denn noch …« Ungläubig weiteten sich seine Augen. »Du möchtest bei uns einziehen?«

»Darf ich erst mal zum Probewohnen kommen?«

»Hast du es auf die Leichen in meinem Keller abgesehen?«

»Ich möchte nur rausfinden, ob so eine Wohngemeinschaft was für mich ist.«

»Wann willst du einziehen?«

»Vielleicht am Montag?«

»Abgemacht.«

Er reichte ihr ein Glas, nahm das andere und ließ es an ihrem klingen. Dabei schaute er ihr in die Augen. »Habe ich dir schon gesagt, dass du wunderschön aussiehst?«

»Bei Kerzenlicht ist jede Frau schön.«

»So wird das nichts«, murmelte er. »Charlotte, ich muss dir endlich sagen, dass ich dich …«

»Bitte nicht«, fiel sie ihm hastig ins Wort. »Lass uns noch ein bisschen Zeit, uns besser kennenzulernen.«

KAPITEL 30 – MONTAG, 22. JUNI

Da Charlottes Wagen in der Werkstatt stand, kam Philipp am Vormittag, um sie abzuholen. Sie war freudig überrascht, als sie neben der Haustür das hinzugefügte Schild mit ihrem Namen sah, und warf Philipp einen dankbaren Blick zu.

In der WG wurde sie herzlich von den Bewohnern begrüßt. Conrad und Philipp trugen ihr Gepäck in die ehemaligen Räume seiner Tochter. Anschließend genossen sie das vorbereitete Sektfrühstück.

Gegen Mittag ging Charlotte hinauf, um sich einzurichten. Überrascht schaute sie sich zuerst im Wohnraum um. Die spärliche Möblierung ihres ersten Besuchs war durch einige Möbelstücke ergänzt worden. Außer einer Couchgarnitur, einem Glastisch und einem Sideboard war ein Phonotisch hinzugekommen, auf dem eine Stereoanlage und ein Flachbildschirm standen. In der Essecke war ein bunter Blumenstrauß in einem Porzellankrug arrangiert.

Nebenan im Schlafzimmer waren zum Bett und den weißen Möbeln ein passender Kleiderschrank und ein zierlicher Frisiertisch hinzugekommen.

Anscheinend hatten ihre Mitbewohner das Wochenende damit verbracht, die Räume für sie herzurichten. Auch die liebevoll ausgewählte Dekoration rührte Charlotte. Gegenüber dem Bett hing eine große Fotoleinwand, auf der Dünengras, Strand und Meer zu sehen waren – fast wie in ihrem Ostseeurlaub. Auf der Wohnzimmerkommode stand neben einer blühenden Orchidee ein Tablett mit Kerzen und auf dem Glastisch eine Schale mit frischem Obst.

Vor der offen stehenden Balkontür bauschten sich die Vorhänge im leichten Wind. Charlotte zog sie zurück und trat hinaus. In den rings um das Geländer angebrachten Blumen-kästen leuchteten üppig blühende Pflanzen in allen Farben. Der kleine Tisch und die zierlichen Gartenstühle luden zum Verweilen ein. Der herrliche Blick in den Garten und die Stille entlockten Charlotte einen wohligen Seufzer. Sie konnte sich durchaus vorstellen, hier ihren Lebensabend zu verbringen.

Zum Nachmittagskaffee trafen sich die Bewohner auf der Terrasse.

»Falls ihr das hier genauso handhabt wie im Eichengrund, möchte ich mich daran beteiligen. Sowie mein Wagen repa-riert ist, bin ich mit der Bewirtung dran.«

»Aber nur, wenn du mir die Werkstattrechnung überlässt«, sagte Philipp. »Mein Sparschwein wartet schon ungeduldig darauf, geschlachtet zu werden.«

»Ich dachte, du machst Home-Banking – mit Geld unter der Matratze.«

»Du bist herzlich eingeladen, mal nachzuschauen. Wie wäre es gleich heute Abend? Alles, was du in meinem Bett findest, darfst du für immer behalten.«

»Ein so großzügiges Angebot kann ich unmöglich annehmen«, parierte sie. »Aber vielleicht komme ich trotzdem irgendwann darauf zurück. Man weiß ja nie.«

»Ich werde warten.«

Sie sah, dass Anneliese und Conrad einen vielsagenden Blick tauschten, kommentierte das aber nicht. Wahrscheinlich wussten alle hier, dass sich etwas zwischen ihr und Philipp anbahnte. Sie war sich aber noch nicht im Klaren darüber, ob sie eine Beziehung wollte. Seit dem Tod ihres Mannes war ihr Leben darauf ausgerichtet, allein zu bleiben. Sie hatte nicht damit gerechnet, dass es noch einmal jemanden geben könnte, der das infrage stellte, der ihre Sicht auf ihr Dasein veränderte.

Abends trafen sie sich wieder auf der Terrasse. Philipp warf den Grill an; Anneliese und Elisabeth hatten leckere Salate zubereitet.

Auch bei Sonnenuntergang saßen sie noch in fröhlicher Runde beisammen. Auf dem Tisch flackerten Windlichter in hohen Gläsern; im Feuerkorb am Rande der Terrasse knisterten Holzscheite.

Charlotte ging kurz hinein und kehrte mit einem Stoffbeutel zurück.

»Philipp, ist es dir recht, wenn ich etwas verbrenne?«

»Kommt darauf an, was.«

»In einem ihrer Briefe hat Christa mich gebeten, ihre Tagebücher zu vernichten. Es wäre sicher in ihrem Sinne, wenn wir das zusammen tun. Deshalb habe ich sie mitgebracht.«

»Das hätte ihr bestimmt gefallen«, sagte er und erhob sich. »So können sie wenigstens nicht in falsche Hände gelangen.«

Charlotte verteilte die Tagebücher, die sie nacheinander in die Flammen warfen.

»Hugos Tod ist aufgeklärt, und die Tagebücher sind verbrannt«, sagte Anneliese, als sie sich wieder setzten. »Jetzt kann Christa endlich in Frieden ruhen.«

»Etwas fehlt noch«, widersprach Charlotte. »Du hast mal gesagt, Christa und Hugo waren wie die zwei Königskinder, die niemals zusammenkommen konnten. Seit ich die Tagebücher gelesen habe, weiß ich, wie sehr sie sich geliebt haben.«

»Jetzt ist es für die beiden aber zu spät«, meinte Conrad. »Sie sind tot.«

»Manchmal ist der Tod eine Gelegenheit, etwas zu ändern.«

»Das verstehe ich nicht.«

»Man könnte Hugos Urne in den Ruheforst umbetten.«

»Ein schöner Gedanke«, befand Anneliese. »Das kannst du aber vergessen. Dazu gibt Edith nie ihre Einwilligung.«

Triumphierend schaute Charlotte in die Runde.

»Die habe ich schon, sogar schriftlich. Ich war gestern bei ihr im Eichengrund.«

»Eigentlich wundert mich das nicht«, sagte der General. »Es gibt wohl kaum etwas, das du nicht schaffst.«

»Oh, da gibt es eine Menge«, winkte sie ab. »Einzelheiten verrate ich aber nicht. Jedenfalls war Edith sehr zuvorkommend.«

»Wahrscheinlich hat sie dir die Erlaubnis aus Dankbarkeit gegeben«, vermutete Philipp. »Immerhin hast du sie aus den Fängen ihrer Tochter befreit.«

»Vielleicht spielte das auch eine Rolle bei ihrer Entscheidung. Allerdings sagte sie, dass sie der Liebe der beiden zu Lebzeiten im Weg gestanden hätte. Sie wollte sie nicht auch noch im Tod voneinander trennen.«

»Und wie geht es nun weiter?«, fragte Conrad. »Wir können Hugos Urne doch nicht so einfach ausbuddeln.«

»Morgen erkundige ich mich bei der Friedhofsverwaltung. Danach werde ich wohl einen Bestatter beauftragen müssen. Und dann fahren wir noch mal in den Deister.«

KAPITEL 31 – DONNERSTAG, 2. JULI

Bald nach dem Frühstück stiegen die Freunde in Philipps Mercedes. Nur der General blieb zu Hause.

Die beiden Männer saßen vorn; Anneliese, Elisabeth und Charlotte auf der Rückbank.

»Es ist ein merkwürdiges Gefühl, die Strecke noch mal zu fahren«, sagte Conrad, ehe er Philipp anschaute. »Hast du vorher vorsichtshalber die Bremsen kontrolliert?«

»Ich fahre doch nicht schneller, als unsere Schutzengel fliegen können. Und die würden bestimmt nicht zulassen, dass von so einer tollen WG schon kurz nach der Gründung nur der General übrig bleibt.«

»Am Ende müsste Albert zurück in die Seniorenresidenz mit dem plörrigen Kaffee«, scherzte Anneliese. »Das würde er uns nie verzeihen.«

»Ich war überrascht, wie gut er in der WG zurechtkommt«, sagte Charlotte. »Anscheinend braucht er überhaupt keine Hilfe.«

»Solange er ein paar Schritte laufen kann, schafft er es morgens und abends allein. Erst wenn das mal nicht mehr klappt, buchen wir eine Pflegedienst-Flatrate.«

»Albert ist zäh«, fügte Elisabeth hinzu. »Ist es nicht erstaunlich, wie er sich vom wortkargen Miesepeter zu einem geselligen Menschen entwickelt hat? Und seinen Humor hat er auch wiedergefunden. Vor ein paar Tagen habe ich ihm meine Hilfe angeboten. Da hat er gesagt: Soldaten können kochen, Betten machen, aufräumen und haben gelernt zu gehorchen. Dadurch wären sie sogar die idealen Ehemänner.«

»Das kann ich auch alles«, behauptete Conrad. »Nur mit dem Gehorchen habe ich so meine Schwierigkeiten.«

»Daran arbeiten wir noch«, bemerkte Anneliese trocken. »Du bist doch lernfähig.«

Später stellten sie den Wagen auf dem Waldparkplatz ab. Am Eingang zum Ruheforst wartete bereits der Bestatter, der die Gruppe bis zu dem Baum führte, an dem ein kleines Holzschild mit dem Namen der Opernsängerin befestigt war. Im Halbkreis blieben die Freunde dort stehen.

Aus unsichtbaren Lautsprechern erklang der Song: »Arms of an Angel«. Charlotte hatte es Anneliese als Christas engster Freundin überlassen, den Ablauf der Urnenbeisetzung festzulegen. Deshalb überraschte es sie nicht, als Anneliese mit dem Ende des Liedes das Wort ergriff.

»Wir haben uns hier heute versammelt, um zusammenzubringen, was zusammengehört. Christa und Hugo mussten ihre Liebe zu Lebzeiten lange vor der Welt verstecken. Als sie nach Jahren der Entbehrungen und Heimlichkeiten ihren Lebensabend zusammen verbringen wollten, hat ein grausames Verbrechen an Hugo das verhindert. Vor einigen Wochen wurde auch Christa das Leben genommen. Wir wissen nicht, ob mit dem Tod alles endet. Vielleicht sind beide im Jenseits längst beisammen. Wir können nur noch dafür sorgen, das Christa und Hugo nebeneinander ruhen – vereint für die Ewigkeit.«

Sie nickte dem Bestatter zu, worauf eine lyrische Melodie erklang: »You raise me up«. Bewegt tastete Charlotte nach Philipps Hand. Er warf ihr einen verständnisinnigen Seitenblick zu und umschloss ihre Finger mit sanftem Druck.

Während die letzten Töne verklangen, versenkte der Bestatter die Urne in die vorbereitete Grabstelle.

Wie bei ihrer letzten Fahrt in den Deister kehrten sie später zum Mittagessen in der Sportgaststätte ein. Dort bestellten sie wie schon einmal XXL-Schnitzel. Nach dem Essen unternahmen sie einen kurzen Waldspaziergang und fuhren dann nach Hannover zurück.

Die Kollegen saßen abends schon am Stammtisch in der Altstadtkneipe »Alibi«, als der Rechtsmediziner eintraf. Schnaufend ließ sich Horst Fleischmann auf den Stuhl neben Charlotte fallen.

»Bin ich zu spät?«

»Wir sind auch gerade erst gekommen«, sagte Hannes. »Ich habe ein Bier für dich mitbestellt.«

»Danke.« Sein Blick schweifte zu Charlotte. »Stimmt es, dass du in die WG von Professor Thaler eingezogen bist?«

»Der Flurfunk funktioniert anscheinend immer noch gut.«

»Hast du was mit ihm? Ich meine, seid ihr ein Paar?«

»Nein.«

»Aber es läuft darauf hinaus, oder? Weil er dir das Leben gerettet hat?«

Vorwurfsvoll schaute sie ihn an.

»Du solltest mich eigentlich besser kennen.«

»Das ist es ja eben. Du hast doch immer betont, wie wichtig dir deine Freiheit und Unabhängigkeit inzwischen ist.«

Sie zuckte die Schultern und war erleichtert, als der Kellner die Getränke brachte. Das verschaffte ihr ein wenig Zeit, sich eine Antwort zu überlegen.

»Es ist, wie es ist«, sagte sie schließlich. »Ich bin mit allen WG-Bewohnern befreundet, nicht nur mit Philipp. Du magst ihn doch auch. Sonst würdest du ihn kaum bei seinem Buch beraten. Oder willst du ihm jetzt nicht mehr helfen?«

»Hältst du mich für so kleinkariert?«

Behutsam legte sie die Hand auf seinen Arm. Dabei bemerkte sie, dass die anderen aufmerksam zuhörten.

»Ich halte dich für einen großartigen Freund, den ich nicht verlieren möchte.« Sie stieß Hannes unter dem Tisch mit dem Fuß an und warf ihm einen bittenden Blick zu, ihr zu helfen, bevor es peinlich würde.

»Was tust du eigentlich den ganzen Tag in der WG?«, fragte er geistesgegenwärtig. »Bist du da nicht unterfordert?«

»Kein bisschen. Bei uns ist immer was los. Wir kochen oft zusammen oder unternehmen was. Nächste Woche fangen wir mit der Arbeit in der Christa-Bernhardt-Stiftung an. Außerdem hat Philipp mich gefragt, ob ich Lust habe, an seinem Krimi mitzuschreiben. Er braucht jemanden, der sich mit Verbrechen auskennt.«

»Das klingt nach einem vollen Programm«, warf Pia ein. »Da bleibt dir ja gar keine Zeit mehr für die Mörderjagd.«

»Dann müsst ihr eure Fälle eben allein lösen. Dafür werdet ihr schließlich bezahlt.«

»Schlecht bezahlt«, korrigierte Hannes sie. »Da fällt mir ein, dass die Staatsanwältin auf deine Rechnung vom Probewohnen wartet.«

»Die Kosten dafür bleiben dem Steuerzahler erspart. Anneliese Grothe hat verhindert, dass ich eine Rechnung bekomme. Sie war von Christa als kommissarische Residenzleiterin eingesetzt.«

»Eine verantwortungsvolle Aufgabe«, meinte Martin. »Kann Frau Grothe das überhaupt?«

»Sie hat jahrelang ein Heim für schwererziehbare Kinder geleitet. Das ist kein großer Unterschied.« Sie griff nach ihrem Glas und trank den anderen zu. »Was gibt es denn bei euch Neues? In der Zeitung stand, dass im Mittellandkanal Säcke mit Leichenteilen gefunden wurden. Und wieder ohne Kopf. Habt ihr den Fall übernommen?«

»Da ist die Soko Kanal dran«, sagte Hannes. »Die Kollegen kommen aber nicht so richtig weiter. Durch die DNA-Analyse ist der Tote zwar identifiziert, aber es gibt keine Hinweise auf den Täter oder den Tatort.«

»Ich habe gelesen, dass die Leiche Kampfspuren aufwies.«

»Abwehrverletzungen und beidseitige Rippenfrakturen«, fügte der Rechtsmediziner hinzu. »Das lässt auf stumpfe Gewalteinwirkung schließen.«

»Gut, dass wir uns nicht damit rumschlagen müssen«, sagte Pia. »Obwohl unser neuer Fall auch verzwickt ist.«

»Der Mord im Lindener Hafen?«, vermutete Charlotte, wobei sie gespannt in die Runde blickte. »Darüber wurde erst gestern berichtet. Glaubt ihr, dass der Tod des Arbeiters mit dem Verschwinden der beiden Container zusammenhängt?«

»Das wissen wir noch nicht.«

»Es wäre aber schon ein merkwürdiger Zufall, wenn es sich …«

»Charly!«, fiel Hannes ihr ins Wort. »Das ist nicht deine Baustelle.«

»Ihr gönnt mir aber auch gar nichts.«

»Doch – einen beschaulichen Lebensabend in deiner WG.«

»Wie langweilig.«

»Und so schön ungefährlich.«

Charlotte schnitt ihm eine Grimasse, griff nach ihrem Glas und leerte es in einem Zug. Hannes tat es ihr gleich.

»Möchtest du auch noch ein Bier – oder musst du noch fahren?«

»Immer her damit; ich werde abgeholt.«

»Ist dein Wagen noch in der Werkstatt?«, fragte er und gab dem Kellner ein Zeichen, eine weitere Runde zu bringen. »Das kommt davon, wenn man sich auf so waghalsige Bremsmanöver einlässt.«

»Das war nicht waghalsig, sondern genau durchdacht, du Schlaumeier.«

»Von wem?«

»Von Anneliese. Sie hatte so was mal in einem Film gesehen.«

»Kann es sein, dass ihr alle ein bisschen verrückt seid? Vielleicht sollte man eure ganze WG unter Beobachtung stellen.«

Lachend knuffte sie ihn in die Seite.

»Frecher Kerl.«

In der nächsten Stunde wurden die Gespräche lockerer. Auch Horst Fleischmann taute allmählich auf. Man merkte ihm nicht an, ob und wie sehr ihm die neueste Entwicklung im Leben der Freundin zusetzte.

Zusammen verließen sie später das »Alibi«. Vor der Kneipe schaute sich Charlotte um und sah Philipp ein Stück weiter neben seinem Wagen stehen. Er hatte darauf bestanden, sie zu fahren, weil ihr Wagen seinetwegen zur Reparatur war.

So verabschiedete sie sich von der Stammtischrunde und schlenderte zu Philipp hinüber. Wie ein gelernter Chauffeur öffnete er zackig die Beifahrertür.

»Bitte sehr, gnädige Frau.«

»Wartest du schon lange?«

»Ein paar Minuten.«

»Warum bist du nicht reingekommen?«

»Ich wusste nicht, ob dir das recht ist. Außerdem wollte ich dich nicht ins Gerede bringen.«

»Die Zeiten sind vorbei. Ich bin doch kein junges Mädchen mehr.«

»In meinen Augen schon.«

»Du kannst es wohl auch nicht lassen«, neckte sie ihn lächelnd. »Lass uns nach Hause fahren.«

DANKSAGUNG

An dieser Stelle möchte ich – außer den üblichen Verdächtigen – meinen drei Freundinnen und Erstleserinnen Monika Meier, Sigrid Albrecht und Barbara Kaubisch für die Hilfe bei der mühsamen Tippfehlersuche danken. Ohne eure Adleraugen wäre ich aufgeschmissen.

Außerdem danke ich Otto Schwarzer für die guten Ratschläge, die ich zwar nicht immer befolge, aber auch nicht missen möchte.

Mein besonderer Dank gilt meiner Lektorin Claudia Senghaas, ohne die das Buch nicht den Weg in diesen Verlag gefunden hätte, für das kompetente Lektorat, die Unterstützung und die Geduld.

Weitere Titel finden Sie auf den folgenden Seiten und im Internet:

WWW.GMEINER-SPANNUNG.DE

Alle Bücher von Claudia Rimkus:

**Hobbyermittlerin
Charlotte Stern:
1. Fall: Eichengrund**
ISBN 978-3-8392-2204-1

2. Fall: Rabeneck
ISBN 978-3-8392-2588-2

3. Fall: Uhlenbrock
ISBN 978-3-8392-0088-9

4. Fall: Erlenried
ISBN 978-3-8392-0259-3

**5. Fall: Letztes
Kapitel Hannover**
ISBN 978-3-8392-0612-6

6. Fall: Birkenblut
ISBN 978-3-8392-8126-0

**weitere:
Mörderisches
aus Hannover
(mit Heike Wolpert)**
ISBN 978-3-8392-2540-0

GMEINER SPANNUNG

WWW.GMEINER-VERLAG.DE
Wir machen's spannend

Anja Eichbaum
Inselklänge
Kriminalroman
416 Seiten, 12,5 x 20,5 cm,
Broschur
ISBN 978-3-8392-8090-4

Norderney feiert sein erstes Sängerfestival. Urlau-
ber lauschen den Chören am Strand, am Kur-
platz und auf der Thalasso-Plattform. Doch der
plötzliche Tod einer jungen Sängerin zerreißt die
Harmonie. Inselpolizist Martin Ziegler rätselt:
Wer ist die Frau, die kurz zuvor durch Pöbeleien
aufgefallen war? Auch seine Frau Anne ist erschüt-
tert, denn das Opfer war ihre Patientin. Hätte sie
den Tod verhindern können? Kaum beginnen die
Ermittlungen, wird Ziegler brutal außer Gefecht
gesetzt. Absicht oder Zufall? Hinter der idyllischen
Kulisse lauert das Unheil – und die Zeit drängt.

GMEINER SPANNUNG

WWW.GMEINER-VERLAG.DE
Wir machen's spannend

Heike Gerdes; Peter Gerdes
**Inselmorde zwischen
Sandburg und Strandkorb**
Kriminalroman
256 Seiten, 12,5 x 20,5 cm,
Broschur
ISBN 978-3-8392-8058-4

Wer glaubt, auf den Friesischen Inseln gäbe es nur
Sonne, Sand und das tiefblaue Meer, irrt gewaltig.
Denn so sicher wie die Ebbe auf die Flut folgt,
lauern hinter Dünen und Deichen tödliche Rivali-
täten, mörderische Intrigen und tückische Gezeiten.
Humorvoll erzählt und unerwartet tiefgründig
führen die Ermittlungen auf eine spannende Spurensuche zwischen Sandburg und Strandkorb.

GMEINER SPANNUNG

WWW.GMEINER-VERLAG.DE
Wir machen's spannend

Susanne Ziegert
**Der kleine Pferdehof am Deich –
Gegen den Sturm**
Roman
304 Seiten, 12,5 x 20,5 cm,
Broschur
ISBN 978-3-8392-8051-5

Nach einem turbulenten Jahr haben Lara und André
die Bedingungen für die Erbschaft erfüllt und sind
stolze Besitzer des Pferdehofs an der Nordsee.
Doch der Hof ist hoch verschuldet und ein Investor hat es auf das Anwesen und die Ländereien
abgesehen. Ein Filmprojekt soll für Einnahmen und
die Rettung des Hofes sorgen. Doch Streit, Eifersucht und Rückschläge bringen alles ins Wanken
und stellen ihre Beziehung auf eine harte Probe.
Lara und André kämpfen für ihre Vision – den
gewaltlosen Umgang mit Pferden. Werden ihr
Hof und ihre Liebe den Sturm überstehen?

GMEINER SPANNUNG

WWW.GMEINER-VERLAG.DE
Wir machen's spannend